MIKE WALTERS

Blutfrühling

Buch

Über zwanzig Jahre war der skrupellose Geschäftsmann Muunokhoi unantastbar. Man konnte dem Herrn über das mächtigste kriminelle Imperium der Mongolei seine dunklen Machenschaften nie nachweisen. Und als er nun endlich doch vor Gericht steht, muss das Verfahren eingestellt werden, denn die Beweise gegen ihn sind wertlos: Ein Mitglied der Abteilung für Schwerkriminalität hatte die Beweise gefälscht. Es ist ein schwarzer Tag für den so brillanten wie mysteriösen Ex-Inspektor Nergui und seinen Nachfolger Doripalam. Doch es kommt noch schlimmer. Während sie als Folge dieser Blamage nun die Korruption in den eigenen Reihen bekämpfen sollen, müssen sie auch noch in einem Mordfall ermitteln: In einem verlassenen Nomadenlager in der mongolischen Steppe wurde eine Frau ermordet aufgefunden. Offensichtlich war sie gefoltert worden, bevor ihr der Killer schließlich die Kehle durchschnitt. Wollte ihr der Mörder vor ihrem Tod noch Informationen entreißen? Doch welche Geheimnisse könnte diese Frau gehütet haben? Die Suche nach den Hintergründen der Tat führt Doripalam zunächst hinaus in die mongolische Steppe zur Familie der Toten. Zugleich weisen Spuren in die Hauptstadt Ulan-Bator – und schließlich auch zu Muunokhoi …

Autor

Mike Walters hat in der Ölindustrie, im Bankgeschäft und für den Rundfunk gearbeitet. In den letzten zehn Jahren war er als Unternehmensberater in allen Teilen der Welt im Einsatz. »Blutfrühling« ist sein zweiter Roman mit Ex-Inspektor Nergui, und der Autor schreibt bereits an neuen Krimis aus dieser Serie. Mike Walters lebt mit seiner Familie in Manchester. Mehr Informationen zum Autor und seinen Romanen unter www.theshadowwalker.com.

Von Mike Walters bei Goldmann lieferbar:

Blutiger Schnee. Roman (46288)

Mike Walters

Blutfrühling

Roman

Aus dem Englischen
von Juliane Gräbener-Müller

GOLDMANN

Die Originalausgabe erschien 2007
unter dem Titel »The Adversary«
bei Quercus, London

FSC
Mix
Produktgruppe aus vorbildlich
bewirtschafteten Wäldern und
anderen kontrollierten Herkünften

Zert.-Nr. SGS-COC-1940
www.fsc.org
© 1996 Forest Stewardship Council

Verlagsgruppe Random House FSC-DEU-0100
Das FSC-zertifizierte Papier *München Super* für dieses Buch
liefert Arctic Paper Mochenwangen GmbH.

1. Auflage
Deutsche Erstveröffentlichung 2009

Umschlaggestaltung: UNO Werbeagentur, München
Umschlagfoto: gettyimages/DigitalVision/Peter Adams
Redaktion: Martina Klüver
AB · Herstellung: Str.
Satz: deutsch-türkischer fotosatz, Berlin
Druck und Bindung: GGP Media GmbH, Pößneck
Printed in Germany
ISBN: 978-3-442-46909-3

www.goldmann-verlag.de

Für Christine, James, Adam und Jonny

Sie sind draußen in der Steppe, weit weg von zu Hause. Weit weg von allem.

Es ist später Nachmittag an einem der ersten Frühlingstage. Das tiefe Blau des unendlich weiten Himmels wird nur durch ein paar Wolkenfetzen gestört. Alles – selbst die Berge rundherum mit ihren schneebedeckten Gipfeln – ist im Vergleich dazu winzig klein.

Die Sonne steht schon tief, und die Berge werfen lange Schatten über die grüne Ebene. Hinter ihnen ist die verschwommene Silhouette der Stadt noch in helles Sonnenlicht getaucht, Fenster und Türme blitzen, und sie selbst rasen ihrem Ziel entgegen.

Man hat ihm gesagt, er solle sich ducken. Aber es fällt ihm schwer, sich nicht umzusehen. Noch nie war er so weit von der Stadt weg, noch nie hat er eine so offene, so leere Landschaft gesehen. Er hat in der Steppe gelebt, und die Berge waren die Grenzen seiner Welt, doch er hätte nie gedacht, dass sie selbst nach einer so langen Fahrt immer noch fern und unerreichbar sein würden.

Er dreht sich zu dem endlosen Streifen unbefestigter Straße hinter ihnen um und starrt durch den aufgewirbelten Staub auf das alte Auto, das ihrem glänzenden Geländewagen folgt.

Dann richtet er den Blick nach vorne auf dieselbe Straße, während er sich fragt, wie weit sie wohl noch von ihrem Ziel entfernt sind. Er schaut auch hinaus, als sie an einem Nomadenlager vorbeifahren, an grasenden Ziegen und Rindern, alten Männern auf Pferden, die die Fahrzeuge ohne erkennbares Interesse beobachten.

Sie sind zu viert in dem Jeep. Er sitzt mit dem Boss hinten. Der Boss hat die Augen geschlossen, als schliefe er, aber vermutlich ist er wach und hört dem Geplauder der beiden auf den Vordersitzen zu. Er hat den Boss noch nie schlafen sehen, obwohl der ja auch irgendwann schlafen muss. Er merkt, wie sein eigener Kopf von dem Geschüttel auf der Schotterpiste auf und ab wippt, bemüht sich aber, wach zu bleiben, indem er zu erraten versucht, wie weit sie noch fahren müssen.

Auf der Rückfahrt werden sie sich zu fünft in den Geländewagen quetschen müssen. Dann wird der Boss bestimmt vorne sitzen.

Irgendwann schläft er doch ein. Als er die Augen wieder aufmacht, ist die Sonne fast untergegangen und der Jeep wird langsamer. Es scheint, als hätten sie ihr Ziel erreicht, obwohl der Ort hier sich in nichts von den endlosen Kilometern leeren Graslands unterscheidet, das sie bereits durchfahren haben.

Der Wagen bleibt stehen, und im selben Moment öffnet der Boss die Augen. Der Fahrer dreht sich nach ihm um. Der Boss sagt nichts, nickt nur leicht. Hier ist es.

Hinter ihnen hält das andere Auto an. Der Boss macht seine Tür auf, und sie steigen alle aus, während das zweite Fahrzeug um sie herumfährt und dreißig, vierzig Meter weiter schließlich stehen bleibt. Sie sehen zu, wie der Fahrer aussteigt, die hintere Tür öffnet und zwei metallene Benzinkanister herausholt.

Die Sonne ist jetzt so gut wie untergegangen, über den Bergen ist nur noch ein leuchtend rotes Scheibchen zu sehen. Die Berggipfel und der Himmel im Westen glühen purpurrot, während der übrige Himmel in ein sattes Mauve getaucht ist und allmählich die ersten Sterne aufgehen.

Ganz in der Ferne liegt die Stadt als winziges dunstiges Lichtbündel da. Doch ansonsten erscheint die Steppe menschenleer.

Im Dämmerlicht schauen sie schweigend zu, wie der Fahrer systematisch Benzin über das Dach des alten Autos schüttet. Die hintere Tür steht immer noch offen und er beugt sich hinein, um auch den Rücksitz mit der Flüssigkeit zu übergießen. Als beide Kanister leer sind, wirft er sie wieder in den Wagen. Dann schraubt er, als müsste er noch eine letzte Korrektur vornehmen, den Deckel vom Benzintank des Autos ab.

Er hält inne und schaut hinüber zum Boss, der mit seinem üblichen, fast unmerklichen Nicken reagiert. Es ist nicht klar, ob der Fahrer es im Dämmerlicht erkennen kann, aber wie es scheint, hat er das Zeichen erhalten. Langsam fängt er an, sich rückwärts von dem Auto zu entfernen, wobei er nach der Stelle Ausschau hält, wo die sich ausbreitende Benzinlache begonnen hat, ins Gras zu sickern. Dort bleibt er stehen und zieht etwas aus der Tasche. Er macht eine scharfe Handbewegung und wirft dann einen glühenden Gegenstand auf den feuchten Boden zu seinen Füßen.

Einen Moment lang hält er inne, um sich zu vergewissern, dass das weggeworfene Streichholz das Benzin entzündet hat. Danach geht er, um einiges schneller als vorher, zu der Stelle, wo die anderen stehen.

Mit einem schwachen Lächeln nickt er dem Boss zu, und dann richten alle den Blick auf das Auto. Es ist fast dunkel, der Himmel ist übersät mit Sternen, und die sich ausbreitende Feuerwand leuchtet grell in der Finsternis.

Wortlos dreht der Boss sich um und steigt auf der Beifahrerseite in den Jeep. Die anderen drei Männer folgen ihm, zwängen sich auf die Rückbank, und dann fahren sie davon, zurück auf die Straße in Richtung Stadt.

Der junge Mann schaut sich durch die Heckscheibe noch einmal um. Das Auto brennt, ein bedeutungsloses Leuchtfeuer in der endlos weiten Ebene. Er sieht zu, wie es hinter ihnen kleiner wird. Der grelle Lichtschein dehnt sich für kurze Zeit aus, als der Benzintank Feuer fängt und das Auto explodiert. Und dann verschwindet er langsam, bald nur noch ein winziges Spiegelbild der sternenerfüllten Nacht.

Und während der Jeep über die unbefestigte Straße zurück in die Stadt fährt, ist er immer noch unsicher, ob es nur Einbildung war oder ob er in dem kurzen Moment, bevor die Flammen um sich griffen, aus der sich ausbreitenden Feuerwand tatsächlich das Trommeln von Fäusten und die Schreie einer panikerfüllten Stimme hatte hören können.

1. KAPITEL

Der Gerichtssaal ging nach Osten, seine großen Fenster blickten auf die Stadt und die leere Fläche des Süchbaatаar-Platzes. So früh im Jahr fiel vormittags das Licht der niedrig stehenden Sonne auf die verblassten Holzbänke und zeichnete die Umrisse der wenigen im Raum Anwesenden ab.

Richterin Radnaa beugte sich, für einen Moment vom Sonnenlicht geblendet, ungeduldig blinzelnd vor. »Sie wollen also sagen, dass wir nicht weitermachen können?«, sagte sie. Die Gesichtszüge des Mannes, der ihr gegenüberstand, konnte sie kaum ausmachen, seine Miene nicht erkennen.

»Es ist kompliziert«, sagte er. »Wir brauchen mehr Zeit.«

Richterin Radnaas Blick wanderte hinüber zu dem neben ihr am Tisch aufgereihten Gremium: zwei weniger erfahrenen beisitzenden Richtern und drei Schöffen. Dieses starke Aufgebot spiegelte zweifellos die Tragweite dieses Falles wider. Und wie um sie alle an die Schwere ihrer Verantwortung zu erinnern, hing an der Wand hinter ihnen unübersehbar die rot-blau-gelbe Nationalflagge.

»Wir verhandeln nun schon seit zwei Wochen«, sagte sie. »Und davor haben wir Ihnen viel Zeit für die Anklagevorbereitung gelassen. Sie haben uns versichert, dass die Ermittlungen der Staatsanwaltschaft abgeschlossen sind.«

»Wie schon gesagt, es ist kompliziert«, sagte der Mann. »Es hat neue Entwicklungen gegeben.«

»Sie sind aber nicht bereit, uns über die Art dieser Entwicklungen aufzuklären.«

»Es ist …«

»Kompliziert. Ja, Herr Tsengel, ich glaube, das haben wir begriffen. Soviel ich weiß, sind Sie noch relativ neu in Ihrer Funktion als Staatsanwalt. So mag es Sie überraschen, dass das Gesetz nicht selten kompliziert ist.«

»Ja, aber …«

»Ich finde das nicht hinnehmbar, Herr Tsengel. Wir haben bereits sehr viel in diesen Fall investiert. Wir haben uns die bisherige Beweisführung der Staatsanwaltschaft angehört. Das ist ohne Frage ein sehr bedeutender Fall mit vielen Verzweigungen …«

»Das ist ja genau …«

»Und dennoch beantragen Sie jetzt, nachdem wir bereits zwei Wochen verhandelt haben, eine Vertagung für eine beträchtliche Dauer aufgrund von – Entwicklungen. Ohne jedoch bereit zu sein, uns die Art oder Bedeutung dieser Entwicklungen zu erläutern. Das ist doch eine korrekte Zusammenfassung der Situation, oder?«

»Ja, aber, nun, es ist …«

»Ich glaube, wir verstehen sehr gut, was es ist, Herr Tsengel. Vielleicht sollten wir jetzt Herrn Nyamsuren um seine Meinung zu dieser Angelegenheit bitten.«

Tsengel machte den Mund auf, als wollte er etwas entgegnen, schwieg jedoch. Er war ein kleiner, ziemlich unbeholfener junger Mann, der sich in seinem westlichen Anzug nicht besonders wohlzufühlen schien. Er trat von einem Fuß auf den anderen, als würde er sich am liebsten vor der Richterin in ein Mauseloch verkriechen.

Richterin Radnaa schaute hinüber zu den beiden anderen Männern, die an einem Tisch in der Mitte des Gerichtssaals saßen und während der vorausgegangenen Diskussion unablässig miteinander getuschelt hatten. Sie gab einem der beiden Männer, einer großen schlanken Gestalt in einem schwarzen

Anzug, der von wesentlich besserer Qualität war als Tsengels, ein Zeichen. Als Reaktion darauf erhob er sich ein wenig.

»Herr Nyamsuren«, sagte sie, »würden Sie bitte für einen Moment zu uns vorkommen?«

Nyamsuren wechselte einen Blick mit seinem Nachbarn, einem kräftig gebauten Mann mittleren Alters mit kahlrasiertem Kopf, bevor er aufstand, um sich mit fragender Miene der Richterbank zu nähern. »Gibt es ein Problem?«

»Es scheint so«, sagte Richterin Radnaa. »Die Staatsanwaltschaft beantragt eine Vertagung.«

Nyamsuren zog die Augenbrauen hoch. »Tatsächlich?« Mit einem schwachen Lächeln blickte er zu Tsengel hinüber. Der starrte zu Boden. »Gibt es irgendwelche Schwierigkeiten, Herr Tsengel? Herrn Muunokhoi sind schon große Unannehmlichkeiten bereitet worden. Ich nehme an, wir sprechen hier nicht von einem langen Aufschub?«

Mit blasser Miene hob Tsengel den Blick. »Also, das ist schwer zu sagen. Ich meine …«

Nyamsuren wandte sich Tsengel ganz zu und sah ihn scheinbar verwundert an. »Ich bin sicher, es handelt sich um ein Missverständnis, Herr Tsengel. Die Staatsanwaltschaft ist immer sehr gründlich. Und mein Mandant hat sich den Behörden gegenüber stets kooperativ gezeigt. Ich sehe nicht, welche weiteren Entwicklungen sich an dieser Stelle ergeben haben könnten.«

Tsengel hustete, während er einen Punkt zwischen Nyamsuren und der Richterin fixierte. Die beisitzenden Richter und die Schöffen hatten die Diskussion mit großer Aufmerksamkeit verfolgt. »Ja, schon, aber die Situation ist sehr …« Er fing den Blick der Richterin auf und hustete erneut. »Die Situation ist sehr schwierig. Sie werden verstehen, dass ich mich in einer unangenehmen Lage befinde …« Er verstummte, als wüsste er nicht, was er als Nächstes sagen sollte.

»Sie bringen uns alle in eine unangenehme Lage, Herr Tsengel. Ich glaube, Herr Nyamsuren hätte alles Recht der Welt, Ihren Vorschlag mit Nachdruck abzulehnen.«

»Bei allem Respekt«, sagte Nyamsuren, dessen Blick von der Richterin wieder zu Tsengel zurückwanderte, »mir ist immer noch nicht ganz klar, wie der Vorschlag von Herrn Tsengel überhaupt aussieht.«

»Herr Tsengel?« Mit einer freundlichen Geste wandte die Richterin sich dem jungen Mann zu.

Tsengel trat verlegen von einem Fuß auf den anderen. »Nun, wir stellen einen Antrag auf Vertagung der Verhandlung. In der Zeit klären wir die Punkte, die neu aufgetaucht sind.«

Nyamsuren lächelte ohne jedes Anzeichen von Humor. »Verstehe. Und auf wie lange beantragen Sie die Vertagung?«

»Also, genau kann ich nicht ...«

Nyamsuren lachte. »Na, so was, bisher war mir doch glatt entgangen, dass die Staatsanwaltschaft durchaus Sinn für Humor besitzt!«

»Es tut mir leid, ich kann nicht ...«

»Herr Tsengel, Herr Muunokhoi ist jahrelang ständig von der Polizei und der Staatsanwaltschaft belästigt worden. Über die Geschäftsaktivitäten meines Mandanten wurden Berichte verfasst, die ans Verleumderische grenzen. Er wurde beschuldigt, mit allem zu handeln, von Heroin bis hin zu Uran, meine ich. Dennoch wurde mein Mandant bisher nie strafrechtlich verfolgt, und es wurde auch noch nie Anklage gegen ihn erhoben. Vor sechs Monaten nun fand die Polizei aus Gründen, die ihr selbst am besten bekannt sind, sie hätte genügend Material angehäuft, um die Verhaftung meines Mandanten aufgrund verschiedener Anklagepunkte zu rechtfertigen, darunter ...« Er warf einen flüchtigen Blick auf seine Aufzeichnungen, als wären die genauen Anklagepunkte ihm ziemlich gleichgültig. »... darunter die Anklage, ach ja, zu wenig Einfuhrzölle gezahlt zu haben. Seitdem unterlag er strengsten Kautionsbedingungen, die die Möglichkeit, seinen rechtmäßigen Geschäften nachzugehen, stark eingeschränkt haben. Und jetzt, wo mein Mandant endlich die Gelegenheit hat, seine Unschuld zu beweisen, kommen Sie und beantragen die Vertagung auf unbestimmte Zeit aufgrund irgendwelcher – Schwierigkeiten, die Sie uns anscheinend nicht einmal erläutern können. Daraus kann ich nur den Schluss ziehen, dass es sich hier um einen Scherz handelt.«

Tsengel warf der Richterin einen unglücklichen Blick zu, als flehte er sie um Mitleid an. »Mit Verlaub gesagt, die Hauptanklage bezieht sich auf illegale Einfuhren. Schon schwerwiegender als die Nichtabfuhr von Zöllen ...«

»Ja, natürlich«, sagte Richterin Radnaa. Mit fragend hochgezogenen Augenbrauen wandte sie sich an Nyamsuren: »Ich nehme an, Sie sind nicht bereit, Herrn Tsengels Bitte stattzugeben?«

Nyamsuren lächelte. »Davon können Sie wohl ausgehen.«

Sie schaute Tsengel an. »Und Sie sind nicht in der Lage, uns das Beweismaterial der Staatsanwaltschaft vorzulegen?«

Tsengel zögerte, als dächte er angestrengt über eine anderslautende Antwort nach. »Im Augenblick nicht«, sagte er schließlich.

Sie nickte langsam, ehe sie sich ihren Kollegen zuwandte. »Wir brauchen eine kurze Beratungspause«, sagte sie, »aber soweit ich sehe, stehen uns nur zwei Wege offen.« Sie hielt inne. »Entweder wir setzen die Verhandlung auf der Grundlage der Beweise, die Sie uns unterbreiten können, fort. Ich nehme an, das ist nicht in Ihrem Sinne?«

Tsengel blinzelte und nickte leicht.

»Oder wir einigen uns«, fuhr sie fort, »da Herr Nyamsuren verständlicherweise nicht bereit ist, einer Vertagung auf unbestimmte Zeit zuzustimmen, vielleicht auf eine kurze Unterbrechung, in der die Staatsanwaltschaft ihre Position überdenkt. Vielleicht bis morgen früh?«

»Es ist nicht Ihre Schuld. Das müssen Sie immer bedenken.« Nergui saß zurückgelehnt, die Füße fein säuberlich auf die Schreibtischkante gelegt, in Doripalams Büro. Der Inspektor hatte seinen ehemaligen Chef noch nie so entspannt erlebt. Er wünschte nur, er könnte Nerguis Gemütsruhe teilen.

»Das ganze Ding ist ein einziger Schlamassel«, sagte er.

Nergui zuckte die Schultern. »Das wissen wir. Aber niemand gibt Ihnen die Schuld dafür.«

Doripalam beugte sich über den Schreibtisch. Nergui war aufgefallen, dass sein Nachfolger an der Spitze der Mordkommission während ihres Gesprächs ziellos auf dem linierten Block vor sich herumgekritzelt hatte, ausgedehnte Spiralen, die außen begannen und sich nach innen auf einen winzigen Punkt in der Mitte zubewegten. »Sie vielleicht nicht«, sagte Doripalam. »Weil Sie wissen, was für ein Laden das hier ist. Aber andere schon.«

»Natürlich. Es wird immer Dumme geben, die nach Sündenböcken suchen. Aber das hier ist nicht Ihr Fehler.«

»Ich bin dafür verantwortlich.«

Nergui nahm behutsam die Füße vom Schreibtisch und beugte sich vor. Seine Kleidung war wie üblich eine scheinbar natürliche Mischung aus konventionell und exzentrisch: ein dunkler, gut geschnittener Straßenanzug, der mit einem zitronengelben Hemd und einer ungewöhnlich grellen Krawatte in verschiedenen Gelbtönen kontrastierte. Als Nergui die Füße auf den Schreibtisch geschwungen hatte, war Doripalam aufgefallen, dass die Socken offensichtlich passend zum Hemd ausgesucht worden waren.

»Inwiefern denn verantwortlich?«, fragte Nergui. Seine dunklen Gesichtszüge waren so ausdruckslos wie immer, und er sprach in beiläufigem Ton; dennoch fühlte Doripalam sich verpflichtet, die Frage ernst zu nehmen.

»Ich weiß es nicht«, sagte er. »Aber wenn man der Meinung ist, ich sei der Aufgabe nicht gewachsen, sollte ich sie nicht innehaben.«

»Würden Sie dann kündigen?«

»Wenn es so weit käme, ja, dann würde ich das wohl tun.«

»Dann müsste ich wohl dafür sorgen, dass Ihre Kündigung nicht angenommen würde.« Nergui lächelte. »Wenn es so weit käme. Wir können aber, glaube ich, davon ausgehen, dass das nicht passieren wird. Jedenfalls nicht wegen dieser Angelegenheit.«

Doripalam schob seinen Stuhl zurück. »Aber versaut haben wir die Sache trotzdem, oder? Nach all der Zeit. Nach all der Mühe, die wir uns gemacht haben. Fast hätten wir Muunokhoi gehabt. Und jetzt war alles für die Katz'.«

Nergui zuckte die Schultern. »Immer mit der Ruhe. Sind Sie sicher, dass nichts mehr zu retten ist?«

»Ein Teil der uns vorliegenden Beweise ist wasserdicht. Damit ist der Fall nicht ganz gestorben, aber doch so gut wie. Der Umstand, dass Dokumente gefälscht wurden, färbt auf alles andere ab. Keiner wird den Fall mehr ernst nehmen. Wir haben versucht, Zeit zu gewinnen, um zu sehen, ob wir aus dem Beweismaterial, das wir haben, noch mehr herausholen können, aber davon wollten sie nichts wissen.«

»Nein, das überrascht aber auch nicht besonders.«

Zum ersten Mal lächelte der Inspektor. »Stimmt, aber immerhin haben wir diese eingebildeten Schnösel bei der

Staatsanwaltschaft dazu gezwungen, ein bisschen zu arbeiten. Was allerdings die letzte Befriedigung sein dürfte, die uns in dieser Richtung vergönnt sein wird.«

Nergui nickte bedächtig. »Man erwartet, dass der Sache nachgegangen wird, wissen Sie das?«

Doripalam stand auf und trat ans Fenster. Es war ein kalter, klarer Frühlingstag, der Himmel über dem grauen Häusermeer von einem leuchtenden, wolkenlosen Blau. Der Blick aus seinem Büro war nicht gerade überwältigend – die Rückseite eines leerstehenden Bürogebäudes, dessen Fenster großenteils eingeschlagen waren. Zwischen den beiden Gebäuden befand sich ein verlassener Hof, auf dem die Überbleibsel des bankrott gegangenen Geschäfts herumstanden – ein alter Schreibtisch, ein paar Bürostühle, sogar ein zerbrochener Aktenschrank. Irgendwo jenseits von alldem, dachte Doripalam, lagen die offene Steppe, die Berge, die meilenweite Leere. »Gewusst habe ich es nicht«, sagte er, »aber damit gerechnet habe ich schon.« Er lachte leise. »Die Staatsanwaltschaft tut gerade so, als wäre sie diejenige, die die ganze Arbeit gemacht hat. Vielleicht sollten wir eine offizielle Untersuchung über all die Fälle beantragen, die die Staatsanwaltschaft vermasselt hat.«

»Man kann nicht unentwegt Untersuchungen durchführen«, sagte Nergui. »Nein, aber ich glaube, diesmal können wir sie nicht verhindern. Es wird zu viele Fragen geben.« Er hielt inne. »Ich habe mich dafür angeboten.«

Der Inspektor drehte sich vom Fenster weg. »Das haben Sie?«

Nergui zuckte die Schultern. »Warum nicht? Ich kenne mich mit den Abläufen hier besser aus als jeder andere. Aber wenn Ihnen dabei unbehaglich ist ...«

Doripalam schüttelte den Kopf. »Nein, natürlich nicht. Aber werden sie nicht einen Interessenkonflikt wittern?«

»Wenn ich die Untersuchung leite? Ich wüsste nicht, warum.«

Doripalam lehnte sich ans Fenster, sodass die Umrisse seiner schlanken Figur sich gegen das Tageslicht abzeichneten. »Zunächst mal haben Sie mich eingestellt.«

»Da bin ich aus dem Schneider«, sagte Nergui. »Diese Untersuchung betrifft nicht Sie oder Ihre Leistung. Es gibt keinerlei Andeutung, dass Sie auch nur eine Ahnung von dem hatten, was sich da abgespielt hat.«

»Das weiß ich«, sagte Doripalam, »und ich hoffe, Sie wissen es auch. Ich bin aber sicher, dass andere nur allzu gern vom Schlimmsten ausgehen werden.«

»Solche Leute gibt es immer«, sagte Nergui. »Aber ich glaube, hier ist die Situation eindeutig. Ich weiß, was Sie geerbt haben – nicht zuletzt, weil ich derjenige war, der es Ihnen hinterlassen hat. Und der Minister weiß es ebenfalls. Er weiß, dass der zivile Polizeiapparat von Anfang an ein Saustall war – die Leute, die das Militär nicht wollte, die Übriggebliebenen, die keine bessere Stelle bei der Regierung finden konnten. Er weiß, was wir alles unternommen haben, um einen gewissen Professionalismus zu entwickeln …«

»Oder wenigstens ein bisschen Kompetenz«, fügte sein Gegenüber leise hinzu.

»Sie sagen es. Er weiß auch, wie viel wir getan haben, um die Dinge zu ändern, Sie und ich. Und wie unbeliebt wir uns damit gemacht haben.«

»Sehr erfreulich«, sagte Doripalam, nur mit einem Hauch von Ironie in der Stimme. »Die Unterstützung des Ministers bedeutet mir natürlich sehr viel. Allerdings ist mir nicht klar, inwiefern es für uns relevant ist.«

»Der Minister ist kein Dummkopf. Er kennt die Probleme, vor denen Sie stehen. Eine Untersuchung ist notwendig, aber er möchte Ihnen das Leben nicht noch schwerer machen.«

»Will er eine Art Mohrenwäsche?«

»Ganz im Gegenteil, er will eine umfassende und gründliche Untersuchung aller Umstände, die diesem Fall zugrunde liegen. Er will Transparenz und Offenheit. Ich vermute, er will eine angemessene Zuweisung von Verantwortlichkeit und Schuld.« Nergui benutzte das ministerielle Vokabular, ohne dass man hätte entscheiden können, ob ein spöttischer Unterton mitschwang. »Er will sicherstellen, dass Sie über die nötigen Ressourcen verfügen, um die Situation zu retten.«

Doripalam nickte. »Und das alles will der Minister? Hat er denn ein so großes persönliches Interesse an dem Fall?«

»Sagen wir, er weiß davon. Ich spreche in seinem Namen, Sie verstehen«, sagte Nergui. »Und benutze vielleicht hier und da meine eigenen Worte.«

Der Inspektor schüttelte den Kopf. »Sie durchtriebener alter Fuchs!«, sagte er.

»Dann bin ich also gefeuert?«

Der Leiter der Mordkommission schüttelte den Kopf. »Es steht nicht in meiner Macht, Sie zu entlassen, selbst wenn ich es wollte. Das wissen Sie.«

Er spielt mit mir, dachte Doripalam. Warum tut er das sogar jetzt noch? »Aber natürlich sind Sie vom Dienst suspendiert«, fügte er hinzu. »Bei vollen Bezügen. Bis das Ergebnis der Untersuchung vorliegt.«

»Also werde ich demnächst gefeuert? Sobald das Ergebnis der Untersuchung vorliegt?«

Doripalam seufzte leicht. Tunjin hätte sich ruhig entschuldigen können, fand er. Zumindest für die Unannehmlichkeiten, die er ihnen allen bereitet hatte, für die Peinlichkeit dieser ganzen Situation. Ganz zu schweigen davon, was es bedeutete, dass Muunokhoi womöglich wieder draußen sein Unwesen trieb, weniger angreifbar als je zuvor. Doripalam hatte vorgehabt, dieses Gespräch ruhig und fair anzugehen, merkte aber, dass er zunehmend die Beherrschung verlor. »Ihnen ist doch klar, was Sie getan haben? Ich meine, Sie verstehen, welche Folgen Ihr Vorgehen hat?« Er sprach mit Tunjin, als wäre der irgendein Schwachkopf und nicht ein Beamter, der ihm dreißig oder mehr Jahre Erfahrung voraus hatte. Es fiel ihm jedoch schwer, für seinen Ton oder seine Worte Bedauern zu empfinden.

Tunjin, der Doripalam gegenübersaß, lehnte sich auf seinem Stuhl zurück. Er sah wesentlich entspannter aus als sein Chef. »Sicher tue ich das. Aber vielleicht möchten Sie mich ja gerne noch einmal daran erinnern, Herr Inspektor.« Tunjin ging vermutlich davon aus, dass seine lange Berufslaufbahn zu Ende war, und verhielt sich dementsprechend. Oder aber, was noch wahrscheinlicher war, er wusste sehr genau, wie ein solches Verhalten sich auf Doripalam auswirkte, vor allem wenn es von niederrangigen, aber erfahreneren Polizisten an den Tag gelegt wurde.

»Wissen Sie, wie lange wir versucht haben, an diesen Punkt zu gelangen?«, fragte Doripalam und bereute es fast im selben Moment.

»Viele Jahre lang«, antwortete Tunjin. »Schon weit vor Ihrer Zeit, Inspektor.«

Doripalam nickte langsam, während er seine Wut zu beherrschen versuchte. »Sie können mir sicher ganz genau sagen, seit wann, Tunjin. Wie ich gehört habe, seit mindestens fünfzehn Jahren.«

»Ich glaube, länger.«

»Ja, sicher haben Sie recht. Also – wie lange? Achtzehn, zwanzig Jahre. Vielleicht noch länger ...« Doripalam hob die Hand, denn er spürte, dass Tunjin im Begriff war, die fragliche Information zu liefern. »Und jetzt, wo wir so nah dran sind, geschieht so etwas. Nein. Bitte entschuldigen Sie, dass ich Ihren Beitrag übergehe: Jetzt lassen *Sie* so etwas geschehen.« Er hielt inne. »Nach neunzehn, zwanzig, wie vielen Jahren auch immer, sind wir also wieder genau da, wo wir angefangen haben. Nämlich nirgendwo.«

Erfreulicherweise schienen Doripalams Ausführungen Tunjin ziemlich betroffen gemacht zu haben. »Bei allem Respekt, Herr Inspektor ...«

Doripalam stellte mit Genugtuung fest, dass fürs Erste keins dieser Worte ironisch klang. Das wertete er als Fortschritt. Er beschloss, so weiterzumachen. »Nein«, fügte er wie nach kurzer Überlegung hinzu. »Das stimmt gar nicht. Wir sind sehr wohl irgendwo. Nämlich tief in der Scheiße. Für die Verbrecherwelt sind wir eine Lachnummer. Die Staatsanwaltschaft hält uns für komplette Nieten. Nach Meinung des Ministeriums sind wir entweder korrupt oder Stümper, wenn nicht sogar beides.« Er hielt inne, aber nicht lange genug, als dass Tunjin ihn hätte unterbrechen können. »Ich finde es schwierig, dieser Situation irgendwelche positiven Seiten abzugewinnen. Und für diese missliche Lage ist eine einzige Person verantwortlich.«

Er merkte, dass Tunjin endlich die Fassung verlor. Doripalam wusste nicht, ob das wünschenswert war, aber angesichts seines eigenen Gemütszustands bedeutete es ihm wenigstens eine gewisse Befriedigung.

»Bei allem Respekt, Inspektor«, wiederholte Tunjin, diesmal wieder mit ironischem Unterton, »angesichts der Tatsache, dass wir in den vergangenen zwei Jahrzehnten tatsächlich keine Fortschritte gemacht hatten, hielt ich mein Vorgehen für gerechtfertigt. Die Beweise, die uns vorlagen, hätten für sich genommen nicht überzeugt. Ich dachte, das Risiko sei es wert.«

Zum ersten Mal wurden Doripalams Wut und Ärger durch etwas übertroffen, was an Erstaunen grenzte. Er lehnte sich auf seinem Stuhl zurück und starrte den ihm gegenübersitzenden Mann an. Tunjin war äußerlich eine verkorkste Gestalt – aber wie es schien, tickte er auch nicht ganz richtig. Der Mann war klein, dick und unförmig und sein unrasiertes Kinn bestand aus mehreren Wülsten. Er trug einen billigen, an Ellbogen und Knien blankgewetzten schwarzen Anzug. Auf Jackett und Hose befanden sich beunruhigend viele Flecken, die nach verschüttetem Essen aussahen.

»Das Risiko wert?«, wiederholte Doripalam schließlich. Eine schlüssige Reaktion fiel ihm schwer. Tunjin saß da, beobachtete ihn und spielte scheinbar gleichgültig mit einem völlig zerkauten Kugelschreiber herum.

Doripalam schüttelte den Kopf, während er nach angemessenen Formulierungen suchte. »Das finde ich ja gerade so ungewöhnlich«, sagte er. »Es klingt sicher herablassend, aber Sie sind einer der besten – der erfahrensten – Polizisten, die wir in dieser Abteilung haben. Wir haben Probleme – die Ihnen bekannt sind. Vor manchen Ihrer Kollegen habe ich wenig Respekt und sie haben ganz bestimmt wenig Respekt vor mir. In Ihrem Fall dagegen ...«

Tunjin hatte das Ende eines Kugelschreibers im Mund und machte sich daran, es noch weiter zu verunstalten. Einen Augenblick später zog er den Stift wieder heraus, betrachtete gedankenverloren dessen zerkautes Ende und steckte ihn dann behutsam in sein Ohr. Doripalam beobachtete den Vorgang wie hypnotisiert.

Nach einer Pause versuchte er es erneut. »Wir waren nicht immer einer Meinung«, sagte er. »Ihre Vorgehensweise erschien mir oft anmaßend, Ihre Disziplin mangelhaft.« Tunjin bohrte inzwischen systematisch mit dem Kuli in seinem Innenohr, und Doripalam fand es immer schwieriger, den roten Faden zu behalten. »Aber ich sah, dass Sie Erfolge erzielten. Ich hielt Sie für integer, für weit ehrlicher als manche Ihrer

Kollegen. Jedenfalls dachte ich das immer.« Er zögerte, denn ihm wurde immer klarer, dass er seine Zeit verschwendete. Tunjins Spielerei mit dem Kugelschreiber war fast buchstäblich eine Demonstration seiner Taubheit gegenüber Doripalams Worten.

»Mir wäre nie in den Sinn gekommen«, sagte der Inspektor schließlich, »dass Sie sich einer solchen Tat schuldig gemacht haben könnten. Dass Sie Beweise gefälscht haben könnten.«

Tunjin zog den Kuli aus seinem Ohr und warf einen prüfenden Blick auf das, was er hatte herausholen können. Schließlich schaute er zu Doripalam auf und zuckte die Schultern. »Ich bin Polizeibeamter«, sagte er. »Ich tue nur, was ich kann.«

Doripalam starrte ihn fassungslos an. »Aber sehen Sie denn nicht«, sagte er, »dass ein solches Verhalten, eine solche Manipulation der Justiz, selbst wenn Sie Erfolg gehabt hätten, für einen Polizeibeamten nicht akzeptabel ist? Für einen Polizeibeamten am allerwenigsten.«

Tunjin zuckte erneut die Schultern und steckte sich das zerkaute Ende des Kugelschreibers wieder in den Mund. »Also ist es doch beschlossene Sache«, sagte er. »Spätestens nach Abschluss des Verfahrens bin ich gefeuert.«

»So – die Sitzung wird fortgesetzt.« Richterin Radnaa schaute Tsengel scharf an, der gekrümmt hinter dem verblassten Holztisch saß. »Sind Sie nun imstande, uns die Situation zu erläutern, Herr Tsengel?«

Tsengel rutschte verlegen hin und her, bevor er sich langsam erhob. »Ja, Frau Richterin. Zumindest soweit ich ...« Er hielt inne, als hätten die Worte ihn verlassen.

»Herr Tsengel?« Richterin Radnaa schaute sich in dem fast leeren Gerichtssaal um. In der Regel waren die Verhandlungen öffentlich, und selbst der banalste Fall zog wenigstens ein paar Besucher an, die über viel Zeit verfügten. Ein

Prozess dieser Art hätte unter normalen Umständen Schlangen von Schaulustigen angezogen, ganz zu schweigen von der kompletten Riege der Pressevertreter. Es war jedoch von Anfang an klar gewesen, dass es sich hier nicht um einen normalen Prozess handelte, und das Ministerium hatte zum Schutz seiner Geheimdienstquellen auf Ausschluss der Öffentlichkeit bestanden. Die Verteidigung hatte keine Einwände erhoben, womöglich in dem Wissen, dass ihr Mandant davon nur profitieren könnte.

Tsengel schien seine fünf Sinne wieder beisammenzuhaben. »Soweit ich kann«, beendete er seinen Satz. »Ich habe mich mit meinen Vorgesetzten beraten«, fuhr er dann fort. »Unsere Position ist unverändert. Wir sind mit unserem Beweismaterial in Schwierigkeiten geraten und würden im Idealfall gerne eine Vertagung beantragen, um zu sehen, ob wir hier zu einer Lösung gelangen.«

»Und sind Sie jetzt imstande, zu präzisieren, wie lang diese Vertagung dauern soll?«

Tsengel zögerte und blickte dann flüchtig zu Nyamsuren hinüber, der scheinbar entspannt neben dem Angeklagten saß. »Nun, wir glauben, dass wir unsere Probleme nur lösen können, wenn wir eine Vertagung von erheblicher Dauer erreichen. Wenigstens einige Wochen.«

Richterin Radnaa nickte bedächtig und wandte sich dann an Nyamsuren. »Ich gehe davon aus, dass die Position Ihres Mandanten in Bezug auf eine solche Vertagung sich nicht geändert hat?«, sagte sie.

Nyamsuren nickte und erhob sich lässig. »Ich bin sicher, Sie haben Verständnis für unsere Position, Frau Richterin.« Er schaute sich zu seinem Mandanten um, der, den rasierten Kopf nach vorne gebeugt, immer noch einen Punkt auf dem Tisch fixierte.

»In der Tat.« Ihr Blick ging zurück zu Tsengel. »Und in

diesem Fall muss ich einräumen, dass die Position des Herrn Verteidigers ganz und gar nachvollziehbar ist. Ich verstehe ja, dass Sie Schwierigkeiten haben, Herr Tsengel, obwohl ich zugebe, dass ich nicht genau weiß, welcher Art sie sein könnten. Andererseits finde ich, dass die Verteidigung, insbesondere in einem derartigen Verfahren, mit Fug und Recht davon ausgehen kann, dass die Staatsanwaltschaft ihre Anklagevorbereitung abgeschlossen hat, wenn es zur Hauptverhandlung kommt.«

Tsengel sah aus, als drücke ihn eine Last nieder. Er nickte kläglich. »Ich verstehe«, sagte er. »Meine Anweisungen lauten, dass die Staatsanwaltschaft, sollte es sich als unmöglich erweisen, die beantragte Vertagung zu erlangen, keine weiteren Beweise mehr vorzulegen hat. Kurz gesagt, es wird keine Anklageschrift verlesen.«

Richterin Radnaa starrte ihn einen Moment lang an. »Unter formalen Aspekten«, sagte sie, »hat das Hauptverfahren begonnen. Deshalb glaube ich nicht, dass wir die Anklage einfach abweisen können.«

Nyamsuren erhob sich. »Sie erlauben, Frau Richterin?«, sagte er. »Mein Mandant ist eines außerordentlich schweren Verbrechens angeklagt worden und hat außerdem eine Flut unbegründeter Verleumdungen über sich ergehen lassen müssen. Um des guten Rufes meines Mandanten willen halte ich es für unerlässlich, dass das Urteil auf der Grundlage der vorhandenen Beweise gesprochen wird …«

»Beziehungsweise der nicht vorhandenen«, ergänzte Richterin Radnaa.

»Wie Sie mögen, Frau Richterin. Ich glaube aber, dass angesichts der Schwere der Anklage ein deutliches Urteil notwendig ist, um Herrn Muunokhois Ruf wiederherzustellen.«

»Ich kann Ihnen nur zustimmen, Herr Nyamsuren.« Die Richterin schaute hinüber zu ihren Kollegen und den Schöffen. »Wir ziehen uns zur Beratung zurück, werden aber vermutlich nicht lange brauchen.« Sie hielt inne. »Unter diesen Umständen hat die Verteidigung wohl keine weiteren Beweise vorzulegen?«

Nyamsuren schielte zu Tsengel hinüber, der jetzt dasaß und mit leerem Blick zu Boden starrte. »Natürlich hatten wir unsere Verteidigung gründlich vorbereitet. In Ermangelung einer Anklage der Staatsanwaltschaft dürfte das jedoch jetzt überflüssig sein.«

»Ganz Ihrer Meinung, Herr Nyamsuren. Wir werden über unser Urteil beraten und uns wieder hier einfinden in ...« Sie warf einen Blick auf die Uhr an der gegenüberliegenden Wand des Gerichtssaals. Deren konvexe Glasabdeckung schloss das Spiegelbild der mongolischen Flagge hinter der Richterbank ein. »Nun, ich glaube nicht, dass wir länger als eine halbe Stunde brauchen werden.«

Sie stand auf und verließ mit großen, entschlossenen Schritten den Raum, gefolgt von der Gruppe der beisitzenden Richter und Schöffen. Die Tür schloss sich hinter ihnen, und im Gerichtssaal war es still. Tsengel schaute, Nyamsurens Blick ausweichend, immer noch zu Boden.

Nyamsuren lächelte. Er nickte den beiden schweigenden Polizisten zu, die während der Verhandlung zu beiden Seiten der Gerichtssaaltür postiert gewesen waren. »Ich glaube, euer Bewachungsdienst ist bald zu Ende, Jungs«, sagte er.

Die beiden Polizisten antworteten nicht, erwiderten aber ostentativ Nyamsurens Blick. Bis der über die Schulter hinter sich schaute. Sein Mandant hatte zum ersten Mal den Kopf gehoben. Seine dunklen Augen waren jetzt fest auf die beiden Polizeibeamten gerichtet, die, die Finger am Abzug ihrer Schusswaffen, nahezu erstarrten. Die ausdruckslosen Augen des Mannes ließen weder Humor noch Wärme erkennen, obwohl er jetzt ebenso wie Nyamsuren lächelte.

2. KAPITEL

Sie hätte mit den anderen gehen, hätte die Chance ergreifen sollen, als noch Zeit dazu war.

Aber sie hatte es nicht gewagt, aus Angst, dass ihr Fortgehen zu viel aufdecken würde. Schließlich würde eine Mutter ihr Kind nicht im Stich lassen, würde nicht freiwillig in die Steppe zurückkehren, solange sie nichts über den Verbleib ihres Sohnes wusste. Das hatte sie dem Polizisten klargemacht. Sie hatte gesagt: »Ich werde nicht gehen. Ich werde nicht weiterziehen. Nicht, solange ich nicht weiß, wo er ist. Was ihm zugestoßen ist.«

Der Polizeibeamte hatte genickt und sich ein paar Stichworte in sein Notizbuch geschrieben. Sie vermutete, dass es ihn in Wirklichkeit nicht interessierte, dass er sich diese Aufzeichnungen nie wieder anschauen würde. Er tat so als ob, versuchte, ihr den Eindruck zu vermitteln, dass man sie ernst nahm.

»Wir haben keine Erkenntnisse darüber, dass ihm etwas zugestoßen ist«, hatte er in einem Ton geäußert, der vermutlich beruhigend wirken sollte, tatsächlich aber abweisend klang.

Sie gab ihm keine Schuld. Er sah in ihr einfach eine ängstliche alte Frau. Wahrscheinlich war seine Mutter genau so. Ganz bestimmt regte sie sich über das Leben auf, das er führte, über die Risiken, die er als Polizeibeamter auf sich nahm, über das, was die Zukunft für ihn bereithalten würde.

»Ich weiß es«, sagte sie. »Ich weiß, dass ihm etwas zugestoßen ist.«

Der Polizist blickte zu ihr auf, offensichtlich erstaunt über die ruhige Gewissheit in ihrem Ton. »Sie haben uns aber doch alles erzählt, was Sie wissen?«, sagte er. »Oder haben Sie weitere Informationen?« Seine Stimme hatte eine spöttische Schärfe. Ihm war das alles gleichgültig. Ihm war gleichgültig, was sie fühlte.

Einen Moment lang erwiderte sie seinen Blick, als wäre sie im Begriff, etwas zu sagen. Dann schüttelte sie den Kopf. »Nein, ich habe Ihnen alles erzählt, was ich kann.«

Das stimmt, dachte sie. Sie hatte ihm alles erzählt. Nicht alles, was sie wusste. Aber alles, was sie zu sagen imstande war.

Sie hatte keine Ahnung, wem sie trauen konnte. Sicher nicht diesem lächelnden, unaufrichtigen jungen Mann vor ihr. Abgesehen von ihrer engeren Familie traute sie ohnehin niemandem. Sie konnte nur versuchen, die Öffentlichkeit einzuschalten, alles publik zu machen, möglichst viel Krach zu schlagen.

Und zu hoffen, dass das genügte, um ihn aufzuhalten.

Nachdem der Polizist gegangen war, hatte sie gebückt auf dem kleinen Hocker vor dem Eingang zu ihrer Jurte gesessen und über das leere Weideland geschaut. Hinter ihr konnte sie die sanften Bewegungen der Pferde, das Klappern von Gerätschaften, das verzweifelte Weinen eines Babys hören.

Ihre Familie bereitete sich darauf vor weiterzuziehen. Sie würde nicht mit ihnen gehen. Noch nicht. Einige von ihnen hatten angeboten, bei ihr zu bleiben, aber sie hatte abgelehnt. Sie wusste nur zu gut, dass die anderen auch Angst hatten. Angst um sie, Angst um ihren Sohn. Aber vor allem Angst um sich selbst.

Sie wussten, er würde kommen.

Eine Woche später brach der Rest der Familie das Lager ab und packte mit der für Nomaden typischen Effizienz die

Zelte und Einrichtungsgegenstände zusammen. Als die Pferde und Lastwagen fertig beladen waren, war ihr Bruder noch einmal zu ihr gekommen.

»Wie lange?«

»So lange es dauert«, sagte sie.

»Wir kommen dich holen. Sobald wir einen passenden Platz gefunden und uns niedergelassen haben. Das wird nur ein paar Tage dauern.«

»So lange es dauert«, wiederholte sie.

Als sie den Konvoi davonziehen sah, war ihr, als würde ihr das Herz aus dem Leib gerissen. Eine Mutter verlässt nicht freiwillig ihr Kind.

Sie hatte nicht einmal sagen können, was sie fühlte. Hatte ihren Gefühlen nicht getraut. Hatte aber auch nicht darauf vertraut, dass sie in dieser weiten, leeren Ebene nicht irgendwie beobachtet würden.

Es hatte lange gedauert, bis die letzten schwarzen Pünktchen des Konvois im blassen Dunst des Horizonts verschwunden waren. Danach war sie in ihre Jurte zurückgekehrt, hatte Wasser für den Tee aufgesetzt und sich auf ihrem Hocker niedergelassen. Jetzt konnte sie nur noch warten.

Er würde kommen. Dessen war sie sich sicher. Er würde bald kommen.

In dieser Nacht lag sie wach und lauschte auf das leise Rauschen des Frühlingswinds, der durch das Zeltgerüst fuhr. Dann und wann war entferntes Vogelzwitschern oder Hundegebell zu hören. Sie stellte sich vor, dass er dort draußen war, vielleicht schon näher kam, vielleicht schon ganz nah war.

Sie stellte sich vor, wie sie ihn wiedersehen würde.

Am nächsten Morgen, als ihr Handy klingelte, war sie fast sicher, dass er es war. Sie saß vor ihrer Jurte, den alten, schweren *del* ihres Mannes gegen die frühmorgendliche Kälte um die Schultern geschlungen.

Sie meldete sich zögernd, ohne genau zu wissen, was sie sagen würde.

Aber er war es nicht. Es war wieder die Polizei. Ein anderer Polizist, höherrangig als der, der tags zuvor bei ihr gewesen war. Nein, sie hätten nichts Neues zu berichten. Aber, ja, er würde sich gerne mit ihr treffen, ihre Geschichte selbst hören.

Sie stimmte einem Termin gegen Ende der Woche zu, nahm aber gar nicht wahr, was die sanfte Stimme sagte. Sie saß nicht der Illusion auf, der Anruf könnte irgendeine Bedeutung haben. Es liegt an den Zeitungsberichten, dachte sie. Wenigstens in dieser Hinsicht funktionierte ihr Plan. Immerhin wurde ihre Geschichte nun gehört.

Vielleicht würde das helfen, ihn fernzuhalten. Vielleicht würde es ihn aber auch früher zu ihr führen. Sie wusste nicht mehr, was von beidem ihr lieber war.

Am nächsten Tag kam er. Seine Ankunft überraschte sie kaum, und sie merkte, dass sie sogar vergessen hatte, sich zu fürchten.

Er war allein. Irgendwie hatte sie ihn sich inmitten seines Gefolges vorgestellt, als Mittelpunkt, auf den alle anderen fixiert waren, denn genau so hatte sie ihn in Erinnerung.

Aber natürlich kam er allein. Mit Bedacht parkte er seinen Geländewagen ein ganzes Stück von der verbliebenen Ansammlung von *gers* entfernt und ging dann langsam über das mit Buschwerk bewachsene Weideland auf die Stelle zu, wo sie saß. Da er die Morgensonne im Rücken hatte, war er kaum mehr als eine Silhouette, und dennoch bildete sie sich ein, die tiefe Leere seiner Augen sehen zu können.

Sie blieb sitzen, bis er fast bei ihr war. Dann erhob sie sich, und als sie langsam ins Zelt ging, spürte sie ihn dicht hinter sich.

Das Gespräch verlief, wie sie erwartet hatte. Er machte

sich nicht die Mühe zu fragen, was sie wusste und was nicht. Er hielt sich nicht mit Erklärungen auf. Er versuchte nicht, mit ihr zu handeln oder ihr zu schmeicheln. Er sagte einfach nur, was er wollte, und wartete ruhig darauf, dass sie sich einverstanden erklärte.

Als sie ablehnte, wirkte er einen Moment lang fast erstaunt. Dann wiederholte er sein Ansinnen, ruhig, im selben höflichen Ton. Die darin enthaltene Drohung war greifbar.

Sie wusste nicht, was für eine Reaktion sie erwartet hatte. Vielleicht hatte sie gehofft, er würde sich auf dem Absatz umdrehen und gehen. Vielleicht.

Doch als der erste Schlag kam, wusste sie, dass sie ihn erwartet hatte. Sie spannte sich kurz an, als seine Faust ihre Wange traf, und dann taumelte sie gegen die Wand des Zeltes. Sein zweiter Hieb traf sie an der Brust, und als sie zu Boden fiel, schlug sie mit dem Kopf auf das massive Holzgerüst der Jurte.

Halb bewusstlos, verspürte sie eine absurde Enttäuschung darüber, dass sie nur so kurz standgehalten hatte. Dann versetzte er ihr einen heftigen Fußtritt in den Rücken. In dem Wissen, dass wenigstens das – das alles – bald vorbei sein würde, rollte sie sich an die Wand der Jurte.

Doch dann beugte er sich über sie, und sie sah seine Augen, leer und ausdruckslos, während er ein Feuerzeug aus der Tasche zog.

Da wurde ihr klar, dass das erst der Anfang war.

»Der ist neu. Geht richtig ab, wenn man aufs Gaspedal tritt.«

Daran hatte Doripalam keinen Zweifel. Er ließ sich tiefer in den Rücksitz des Daihatsu-Geländewagens sinken und versuchte, sich zu entspannen. Was eine kleine Herausforderung darstellte, wurde er doch von einem übertrieben begeisterten jungen Mann chauffiert, der die Angewohnheit hatte, sowohl zu schnell zu fahren als auch vor engeren Kurven zu wenig abzubremsen.

»Schauen Sie sich das an«, sagte Luvsan, während er das Lenkrad herumriss. »Hält wunderbar die Spur.«

»Bis jetzt«, gestand Doripalam, der spürte, wie die Schotterpiste unter ihnen dahinglitt, ihm zu. »Allerdings weiß ich nicht, wie lang das Schicksal auf Ihrer Seite ist.« Das fehlte jetzt gerade noch, dachte er; ein funkelnagelneues Auto, das von einem idiotischen jungen Polizeibeamten zu Schrott gefahren wurde. Vor allem, wenn es ihm gelang, seinen Vorgesetzten auch gleich noch zu Schrott zu fahren. Obwohl manche das durchaus als Gewinn verbuchen könnten.

Wieder einmal fragte sich der Inspektor, warum er sich überhaupt entschlossen hatte, diese Fahrt anzutreten. Aus ihm bestens bekannten Gründen war in der Presse groß über den Fall berichtet worden, aber eine besondere Priorität kam ihm, ehrlich gesagt, nicht zu. In Wirklichkeit hatte es damit wahrscheinlich gar nichts auf sich. Jedenfalls nichts, was die Polizei hätte regeln können.

Zum Teil ging es ihm wahrscheinlich auch um das Bild, das seine Abteilung nach außen hin abgab – ein notwendiger, aber lästiger Aspekt seiner Arbeit. In Anbetracht der großen Medienresonanz, die diese Geschichte gefunden hatte, musste deutlich werden, dass Doripalam etwas unternahm, so sehr es ihm selbst auch als Zeitverschwendung erscheinen mochte. Wenn vom Parlament, dem Großen Staats-Chural, kritische Fragen gestellt würden, was durchaus denkbar war, könnte er wenigstens auf sein persönliches Engagement in diesem Fall verweisen.

Aber wenn er ehrlich war, gab es nur einen Grund, weshalb er heute hier draußen war und sich mit rasender Geschwindigkeit nordwärts in den Schatten der Berge begab. Er ging Nergui aus dem Weg, seinem früheren Chef und Mentor, der seinem alten Beritt, als den er die Abteilung Schwerkriminalität unweigerlich immer noch empfand, wieder einmal eine Stippvisite abstattete. Nicht dass er Nergui ganz oder für länger aus dem Weg gehen konnte. Aber wenn Doripalam heute etwas später im Polizeipräsidium eintraf, würde Nergui zumindest die Runde der ritualisierten überschwänglichen Begrüßungen beendet haben. Doripalam kannte Nergui gut genug, um zu wissen, dass er eine solche Zeremonie weder genießen noch sich dadurch täuschen lassen würde. Schließlich waren die meisten von denen, die jetzt die Rückkehr ihres ehemaligen Chefs feierten, nur allzu froh gewesen, ihn von hinten zu sehen – und zwar mehr oder minder aus denselben Gründen, aus denen sie jetzt auch Ressentiments gegen Doripalam hegten. Aber er wusste auch, dass Nerguis Rückkehr ihnen eine willkommene Handhabe gegen ihren jetzigen Chef bot.

Es war also alles in allem Feigheit, was ihn zu diesem Ausflug bewogen hatte. Und am Ende würde er wahrscheinlich genau das Gegenteil von dem bewirken, was der Inspektor beabsichtigt hatte. Andererseits würde er Nergui so Gelegenheit geben, sich ohne weitere Störung einzurichten. Und Doripalam vielleicht die Möglichkeit, sich vorzubereiten auf – tja, auf was immer Nergui im Sinn hatte. Ihm war immer noch nicht ganz klar, was das wohl sein mochte. Und da er Nergui kannte, bereitete ihm das nach wie vor Kopfzerbrechen.

Inzwischen hatten sie die Stadt weit hinter sich gelassen und fuhren nach Norden auf die Berge zu. Es war wieder ein herrlicher Frühlingstag, der Himmel tiefblau, das Weideland am Anfang des neuen Jahres saftig und fruchtbar. Luvsan konsultierte auf geradezu religiös anmutende Weise das hochmoderne GPS-Navigationssystem, aber das war kaum notwendig. Die einzige Straße erstreckte sich endlos vor ihnen, und die Landschaft um sie herum erschien menschenleer, Kilometer um Kilometer Steppe.

»Dort ist es«, sagte Luvsan wie aus heiterem Himmel. Er gestikulierte nach vorne, wobei er für einen Augenblick beide Hände vom Lenkrad nahm. Der Geländewagen schwenkte leicht aus, bis Luvsan das Steuer in aller Ruhe mit der linken Hand wieder unter Kontrolle brachte. »Schauen Sie sich das an«, sagte er. »Fährt sich wie von allein. Ein Traum.«

Doripalam lehnte sich zurück, atmete tief durch und fragte sich, wie Luvsans Träume wohl aussehen mochten. Doch dann erblickte er das Lager – eine kleine Ansammlung der traditionellen *gers*. Die Rundzelte oder Filzjurten waren immer noch ein ganzes Stück entfernt. Ein besonders großes Lager schien es nicht zu sein, gerade mal fünf oder sechs Zelte. Höchstwahrscheinlich war ein Großteil der Gruppe schon weitergezogen, auf der Suche nach neuen Weidegründen für ihre Tiere, jetzt, wo das Frühjahr angebrochen war. Falls dem so ist, dachte er, überrascht es nicht, dass die Mutter beschlossen hat, noch hierzubleiben. Er fragte sich, wie lange sie wohl noch zu warten hätte.

Als sie sich auf Höhe des Lagers befanden, riss Luvsan mit offensichtlicher Begeisterung das Lenkrad herum und fuhr von der Schotterpiste auf die Ansammlung von Jurten zu. Sie rasten über das holprige Gelände, und Doripalam stellte sich innerlich schon mal auf ein paar Beulen und blaue Flecken ein. Aus Erfahrung wusste er, wie sehr diese menschenleere Landschaft das eigene Gefühl für Entfernungen verfälschen konnte, und trotzdem war er erstaunt darüber, wie lange sie bis zu dem Lager brauchten. Doch schließlich kamen sie bei den *gers* an, wo Luvsan abrupter als nötig in die Bremsen stieg, so dass der Jeep auf der harten Erde leicht schlingerte.

»Sind Sie sicher, dass wir hier richtig sind?«, fragte Doripalam. Das Lager sah verlassen aus, aber er wusste, dass die Nomaden niemals ihre *gers* zurücklassen würden, wenn sie zu neuen Weidegründen zogen.

Luvsan drehte sich um und schaute seinen Chef mit einem beinahe mitleidigen Blick an. »Natürlich sind wir hier richtig«, erwiderte er. »Ich war vor ungefähr zehn Tagen hier oben, als wir die Mutter zum ersten Mal befragt haben.« Er hielt inne, um einen Blick durch die Windschutzscheibe zu werfen. »Damals standen allerdings mehr Zelte da. Ein paar von den Leuten müssen weitergezogen sein.«

»Es ist Frühjahr«, sagte Doripalam.

»Viel haben sie nicht gerade zurückgelassen«, sagte Luvsan. »Ich sehe überhaupt keine Tiere.«

Er hat recht, dachte Doripalam. Normalerweise würde man grasende Schafe oder Ziegen erwarten, dazu die angebundenen Pferde für den Transport. Und außerdem war es ungewöhnlich, dass ein solches Lager nicht eifersüchtig von mindestens einem riesengroßen Hund bewacht wurde, der hinauslief, um jeden vorbeifahrenden Wagen zu verbellen. Aber hier gab es nichts dergleichen. Keine Tiere, überhaupt kein Anzeichen von Leben. Nicht einmal eins der allgegenwärtigen Motorräder, die immer mehr zum bevorzugten Wüstentransportmittel wurden. Nur die kleine Jurtenansammlung, eine winzige Insel menschlicher Baukunst inmitten der weiten Landschaft.

»Vielleicht sind die anderen gar nicht viel weitergezogen. Vermutlich wartet Frau Tuya auf uns und wird dann zu ihnen stoßen.« Doripalam hatte diesen Besuch wenige Tage zuvor arrangiert und dabei über eine erstaunlich klare Mobilfunkverbindung mit ihr gesprochen.

»Und wie kommt sie wohl von hier weg?«, sagte Luvsan.

Doripalam zuckte die Schultern. »Ich nehme an, die anderen holen sie irgendwann ab.«

Luvsan warf ihm einen skeptischen Blick zu.

Doripalam schüttelte den Kopf. »Na gut, dann sagen Sie's mir.«

Aber Luvsan hatte wieder recht. Doripalams Erklärung war nicht sehr schlüssig. Frau Tuya gehörte einer Nomadenfamilie an, sie war Teil einer eng verbundenen Gemeinschaft. Es war denkbar, dass einige von ihnen vorausgegangen waren, um fruchtbares Weideland ausfindig zu machen, aber es war unwahrscheinlich, dass ihre Angehörigen sie zu einer polizeilichen Vernehmung allein ließen. Vor allem angesichts ihres Gemütszustands und all dessen, was sie in den vergangenen zwei Wochen durchgemacht hatte. Das hier sollte eigentlich eine routinemäßige Befragung werden, aber Doripalam beschlich zum ersten Mal ein gewisses Unbehagen.

Langsam machte er die Wagentür auf und trat hinaus in die kühle Morgenluft. Der Sommer ließ noch eine ganze Weile auf sich warten, aber später gegen Mittag würde es schon angenehm warm werden, dachte er. Abgesehen vom Flüstern des Windes im spärlichen Gras herrschte nahezu vollkommene Stille. Hinter den Jurten dehnte die Steppe sich aus, bis sie in das dunklere Grün der Berge mit den schneebedeckten Gipfeln überging.

»Es ist unheimlich«, sagte Luvsan hinter ihm. »Die Stille.«

»Etwas, was Ihnen ziemlich fremd sein dürfte«, sagte Doripalam, aber die Stichelei war nur halbherzig. »In welchem Zustand war Frau Tuya, als Sie sie vernommen haben?«, fragte er schließlich.

»Sie schien okay«, sagte Luvsan. »Ich meine, beunruhigt, wie nicht anders zu erwarten, aber unter den gegebenen Umständen relativ ruhig.«

Doripalam nickte. Er fragte sich nur, was »relativ ruhig« angesichts dieser besonderen Umstände bedeuten mochte. Ein vermisster Sohn im Teenageralter. Verschwunden auf seiner ersten richtigen Reise ohne seine Familie. Ein mysteriöser letzter Telefonanruf, dem zu entnehmen war, dass er eine neue Arbeit gefunden hatte. Und dann nichts mehr.

»Ich habe das Vernehmungsprotokoll gelesen«, sagte Doripalam. »Sie erschien mir ziemlich ruhig, gab aber, soweit ich erkennen konnte, nicht viel preis.«

»Sie hat einigermaßen ausführlich auf die Fragen geantwortet«, sagte Luvsan. »Aber Sie haben recht. Sie hatte etwas Verschlossenes an sich.«

»Meinen Sie, dass sie etwas verbarg?«

Luvsan zuckte die Schultern. »Ich würde sagen, nein. Aber ganz sicher kann man sich nicht sein. Die Leute verhalten sich merkwürdig, wenn sie besorgt sind. Und ich glaube, dass sie uns einen Teil der Schuld gibt, weil wir keine Fortschritte machen.«

»Das stimmt«, sagte Doripalam. »Und die Presse sieht das ganz bestimmt genauso. Aber es ist schwierig, Fortschritte zu machen, wenn wir nicht einmal sicher wissen, dass ein Verbrechen begangen wurde.«

»Glauben Sie, dass er vielleicht einfach auf eigene Faust losgezogen ist?«

»Er ist ein junger Kerl«, sagte Doripalam. »Ich finde, das liegt durchaus im Bereich des Möglichen, Sie nicht?«

Aus den *gers* kam immer noch kein Zeichen von Leben oder Bewegung. Doripalam wurde klar, dass sie beide das Gespräch in der vagen Hoffnung in die Länge gezogen hatten, jemand möge aus einer der Jurten herauskommen und sie der Notwendigkeit entheben, die *gers* selbst zu betreten.

»Sieht nicht so aus, als gäbe es ein Begrüßungskomitee«,

sagte er schließlich. »Wir werden wohl selbst einen Blick hineinwerfen müssen.«

Luvsan nickte und rief dann mit unerwartet lauter Stimme: »Haltet den Hund fest!«

Das war der traditionelle Gruß, den man rief, wenn man sich als Besucher einem *ger* näherte. Doripalam hatte das immer etwas absurd gefunden und hier – ohne irgendein Lebenszeichen, sei es hündisch oder sonst wie – klang es lächerlich. Da keine Antwort kam, bewegte er sich langsam vorwärts und schob die Tür der ihnen am nächsten stehenden Jurte auf.

Blinzelnd spähte er in die Dunkelheit. Er duckte sich und trat in das Zelt, langsam, damit seine Augen sich an die Finsternis gewöhnen konnten. Luvsan folgte ein paar Schritte hinter ihm.

Die Jurte schien verlassen zu sein. Es gab wenige Möbelstücke darin – ein paar farbenfrohe Kommoden, einen Schrank, einen niedrigen Tisch mit einem darüber geworfenen weißen Tuch. Gegenüber der Tür stand ein einzelnes, mit einem grellbunten Wandteppich bedecktes Bett.

»Keiner da?«, fragte Luvsan, das Offensichtliche aussprechend.

»Scheint so«, sagte Doripalam. »Hier ist alles sehr ordentlich. Sieht nicht so aus, als wäre jemand in aller Eile aufgebrochen.«

»Aber aufgebrochen sind sie«, sagte Luvsan und trat hinter Doripalam ins dunkle Innere des Zeltes. »Von Leben keine Spur.« Er zog eine der bunt angemalten Kommoden auf. Die mit alten Zeitungen ausgelegten Schubladen waren leer.

Doripalam drehte sich um und trat blinzelnd wieder hinaus ins blendende Sonnenlicht. Inzwischen fegte ein ordentlicher Wind durch das mit Buschwerk bewachsene Weideland, und Doripalam merkte, dass er trotz der leuchtenden Morgensonne fror.

Er ging zu dem benachbarten *ger* hinüber und zog die Tür auf; diesmal ohne sich die Mühe zu machen, einen Gruß zu rufen. Als seine Augen sich wieder an die Dunkelheit gewöhnt hatten, stellte er fest, dass diese Jurte ebenso leer war wie die Erste. Auch sie war ordentlich aufgeräumt und immer noch mit knallbunten Schränken und Tischen möbliert. Bewohnt sah sie jedoch nicht aus.

»Dasselbe wie drüben?«, fragte Luvsan von hinten.

»Ganz genau dasselbe. Aufgeräumt, aber verlassen.«

»Was meinen Sie, wie lange sie schon weg sind?«

Doripalam zuckte die Schultern. »Keine Ahnung. Mit Frau Tuya habe ich – wann gesprochen? Vor vier Tagen.«

»Und da gab es kein Anzeichen dafür, dass sie vorhatte zu gehen?«

»Natürlich nicht«, erwiderte Doripalam leicht ungeduldig. »Sie hat nicht viel gesagt, aber mein Eindruck war, dass sie so lange hierbleiben wollte, bis es Neuigkeiten von ihrem Sohn gab.« Er drang weiter in die leere Jurte vor und öffnete verschiedene Schränke. Sie waren alle geleert worden, keine Spur mehr davon, dass noch vor Kurzem jemand hier gewohnt hatte. »Warum haben sie alles ausgeräumt, die *gers* aber nicht mitgenommen? Nomaden lassen ihre Jurten nicht zurück.«

»Freiwillig nicht«, stimmte Luvsan ihm zu.

Nachdem die beiden Männer wieder hinaus in die Sonne getreten waren, schloss Doripalam sorgfältig die Tür der Jurte hinter sich.

»Die Übrigen sollten wir uns auch anschauen«, sagte er. »Sicher ist sicher.« Es gab noch drei weitere Jurten, die ein paar Meter hinter den ersten beiden standen. »Sie nehmen die da und ich schaue mir diese beiden an.«

Luvsan nickte und ging zu der Jurte hinüber, auf die Doripalam gezeigt hatte. Der Inspektor selbst drehte sich um und öffnete die Tür des nächsten Zeltes.

Noch bevor er sie ganz aufgemacht hatte, wusste er, dass etwas nicht stimmte. Der Geruch war nicht stark und wurde schnell vom Wind verweht, aber für einen Polizisten mit Doripalams Erfahrung war er unverkennbar. Schnell zog er seine Taschenlampe heraus. Er hatte den Verdacht, dass er sich in dieser Jurte nicht länger als nötig würde aufhalten wollen.

Er schaltete die Lampe an, hielt sie vor sich hin und drang ins Dunkel vor. Augenblicklich wurde der Geruch stärker, beinahe unerträglich. Bei Sonnenschein heizte das Innere der Zelte sich auf, und er konnte das unablässige Summen von Fliegen hören.

Als seine Augen sich an das Dunkel gewöhnt hatten, ließ er den Strahl der Lampe sorgfältig durchs Innere der Jurte wandern. Zuerst sah sie genau wie die vorherigen beiden aus – aufgeräumt, anscheinend verlassen, ohne eine Spur von Leben.

Doch dann streifte das Licht schließlich ein Bild, das er vorausgeahnt hatte. Auch hier gab es keine Spur von Leben mehr, jedenfalls nicht von menschlichem. Das war vor noch nicht allzu langer Zeit ausgelöscht worden.

Die Leiche lag mit auf der Erde ausgestreckten Gliedmaßen am Rand der Jurte. Der Kopf befand sich in einem ungewöhnlichen Winkel. Doripalam strahlte den oberen Teil des Körpers an und sah mit Entsetzen, dass die Kehle brutal durchschnitten worden war.

Er zwang sich, näher hinzugehen, und versuchte, den schweren Geruch menschlicher Verwesung möglichst nicht einzuatmen. Es war die Leiche einer Frau mittleren Alters – vermutlich Ende vierzig; sicher war er sich allerdings nicht, da das Gesicht auf widerliche Weise von ihm abgewandt dahing. Sie trug, fest um ihren verdrehten Körper gebunden, einen schweren dunkelbraunen Mantel, den traditionellen *del*. Darunter ragten ein Paar blankpolierte schwarze Stiefel hervor. Es sah aus, als wäre sie angegriffen worden und dann rückwärts gegen die Wand der Jurte gefallen.

Da war aber noch etwas, etwas noch Seltsameres. Widerstrebend streckte Doripalam die Hand aus und bewegte die Leiche ein wenig. Ihre Arme steckten, merkwürdig verdreht, unter dem Rumpf fest. Als es Doripalam gelang, den Körper etwas anzuheben, sah er, dass die Arme an den Handgelenken mit einer festen Plastikschnur zusammengebunden waren. Sie waren nackt, der dicke Filz des *del* anscheinend weggerissen. Über die ganze Länge beider Arme konnte er ein hässliches Muster sehen, das nach Hämatomen und entzündeten Brandwunden aussah.

Als Doripalam hinter sich Schritte hörte, ließ er die Leiche auf die harte Erde zurückfallen. Er drehte sich um und sah Luvsan im Türrahmen stehen. Seine Silhouette zeichnete sich gegen das Sonnenlicht ab. Doripalam richtete den Lichtstrahl der Taschenlampe unmittelbar auf das Gesicht der Leiche.

»Frau Tuya?«, fragte er.

Luvsan trat ein und stellte sich hinter ihn, seine ganze bisherige Energie und Begeisterung wie weggeblasen. »Ich glaube ja«, sagte er schließlich.

»Irgendetwas in den anderen *gers*?«, fragte Doripalam.

»Nichts Derartiges. Mehr oder minder dasselbe wie in den ersten beiden. Verlassen. Ausgeräumt. Alle Kommoden leer.«

Als Doripalam den Lichtstrahl seiner Taschenlampe durch das Innere der Jurte wandern ließ, merkte er, dass sein anfänglicher Eindruck nicht ganz gestimmt hatte. Diese Jurte war zwar aufgeräumt und spärlich möbliert, aber nicht wie die anderen leergeräumt worden. Auf einer Kommode am anderen Ende des Raums befand sich ordentlich aufgestapeltes Geschirr und einer der größeren Schränke war halb geöffnet und gab den Blick auf Kleidung frei. Vor dem Schrank stand eine Metalltruhe mit aufgeklapptem Deckel, in dem sich ein weiterer Kleiderstapel und verschiedene Haushaltsgegenstände – ein Kessel, ein paar Töpfe, einige billig aussehende Schmuckstücke – türmten.

»Sieht aus, als hätte Frau Tuya auch Vorbereitungen zum Aufbruch getroffen«, sagte Doripalam. Die Lippen aufeinandergepresst, nickte Luvsan. Sein Gesicht war blass, und er wirkte, als könnte ihm jeden Moment schlecht werden.

Doripalam nickte ebenfalls, dann drehte er sich um und führte den jungen Mann zurück ans Tageslicht. Wieder an der frischen Luft, atmete er tief durch und genoss die Kühle des leichten Morgenwindes, die saubere Luft, die nur nach dem weiten Weideland und den Bergen roch. Luvsan folgte dicht hinter ihm und ließ sich dann schwer atmend auf die blanke Erde fallen.

»Und es sieht aus«, schloss Doripalam seine vorherige Bemerkung, »als hätte jemand unbedingt verhindern wollen, dass sie geht.«

3. KAPITEL

Einen Moment lang dachte er, es sei jemand im Vorzimmer. Er erstarrte, die Hände immer noch tief in der Schublade des Aktenschranks, und ratterte im Geist die Ausreden herunter, die er sich zurechtgelegt hatte. All die guten Gründe, weshalb er zu dieser nachtschlafenden Zeit hier sein und die Akten durchsuchen musste.

Vorsichtig schaute er sich um und merkte, dass das Geräusch nichts anderes als die Vibration seines Handys auf dem hölzernen Schreibtisch war. Mit dem Anruf hatte er natürlich mehr oder weniger gerechnet. Deswegen hatte er das Handy dort liegen lassen. Er hatte nicht gewagt, den Klingelton einzuschalten, falls sonst noch jemand im Gebäude sein sollte. Den Anruf zu verpassen, wenn er denn kam, konnte er aber auch nicht riskieren. Nur zu gut kannte er den Preis, den andere dafür bezahlen mussten, dass sie ihr Stichwort verpasst hatten.

Er nahm das Handy und schaute auf das Display. Keine Rufnummer. Ihm war völlig klar, dass der Anruf nicht zurückzuverfolgen sein würde, falls irgendjemand gewillt sein sollte, es zu versuchen.

Mit dem Daumen drückte er auf die Rufannahme. »Ja?«

Begrüßende Worte blieben wie immer aus. »Alles unter Kontrolle.« Das war eine Feststellung, keine Frage.

Er schluckte, sein Mund war mit einem Mal trocken. »Ja. Ich habe alles im Griff. Keine Sorge.« Im selben Augenblick bereute er die unnötige Versicherung. Der andere schwieg, und einen Moment lang dachte er, der Anrufer hätte aufgelegt. »Ich habe alles im Griff«, wiederholte er mit leicht brüchiger Stimme.

Endlich sprach der Anrufer wieder. »Es gibt noch ein Problem.«

»Hier nicht«, sagte er. Ihm war klar, dass seine Stimme übereifrig klang, aber er konnte nichts tun, um das zu verhindern. »Ich habe alles mehrfach überprüft …«

Der Anrufer ließ seine Worte kommentarlos verhallen. »Sie müssen restlos aufräumen.«

»Alles …« Er brach ab, als er begriff, was der Anrufer da sagte. »Er stellt jetzt keine Gefahr mehr dar«, sagte er. »Er ist vom Dienst suspendiert worden. Seine Karriere ist zu Ende …«

»Ich will, dass Sie restlos aufräumen.«

»Aber wäre es nicht zu riskant …?« Er wollte die Worte schon hinunterschlucken, denn er wusste, wie gefährlich es war, allein die Frage zu stellen. Dann merkte er, dass es ohnehin keinen Zweck hatte weiterzusprechen. Die Leitung war tot. Der Anrufer hatte bereits aufgelegt.

Das war es also. Alles aufräumen.

Er beugte sich vor und ging die restlichen Akten in dem Schrank durch, war aber eigentlich gar nicht mehr richtig bei der Sache. Den letzten Ordner warf er in die Schublade zurück, wobei er peinlich darauf achtete, dass seine behandschuhten Finger keine Abdrücke hinterließen und nichts darauf hinwies, dass hier irgendetwas durcheinandergebracht worden war.

Alles aufräumen.

Eine Überraschung war es nicht. Er hatte allerdings gehofft, dass die Aufgabe jemand anderem zufallen würde. Ihm war das alles zu nah.

Aber genau aus diesem Grund war die Wahl natürlich

auf ihn gefallen. Er wusste inzwischen ganz genau, wie das alles funktionierte. Wie schnell er da hineingezogen worden war ... Und wie wenig Spielraum ihm jetzt nur noch blieb.

Sorgfältig machte er die Schublade des Aktenschranks zu und stellte die Zahlenkombination am Schloss wieder so ein, wie sie bei seiner Ankunft vor vierzig Minuten gewesen war.

Einen Moment lang stand er da, blickte sich um und vergewisserte sich, dass er keine Spuren hinterlassen hatte. Dann durchquerte er schnell den Raum, zog behutsam die Tür auf und verließ Doripalams Büro.

»Sind Sie mir aus dem Weg gegangen?«

Doripalam blickte von den Akten auf, die seinen ganzen Schreibtisch bedeckten. Nergui stand in der Tür, die Schulter lässig an den Rahmen gelehnt. Von irgendwo hinter ihm kam Sonnenlicht herein, so dass sein kräftig gebauter Körper nur als Silhouette sichtbar war.

»Wie kommen Sie auf die Idee? Ich war beschäftigt.« Doripalam deutete auf den Wust von Papieren vor sich.

»Das habe ich gehört. Vor allem nach gestern.«

»Vor allem nach gestern«, pflichtete Doripalam ihm bei. »Das hatte uns gerade noch gefehlt.«

»Mörder nehmen nur selten Rücksicht«, sagte Nergui. »Was ist passiert?«

Doripalam zögerte. Er hatte festgestellt, dass es ihm immer mehr widerstrebte, laufende Fälle mit seinem ehemaligen Chef zu diskutieren. Ihm war bewusst, wie schnell sie in diesen informellen Besprechungen dazu neigten, wieder in ihre früheren Rollen zu verfallen – Nergui, der erfahrene Vorgesetzte; er, der eifrige Stellvertreter, der das Wissen und die Ratschläge des Älteren begierig aufsog. Von Nerguis Seite war das sicher nicht beabsichtigt, und Doripalam bemühte sich immer, diesem Hang zu widerstehen, aber ihr altes Beziehungsmuster war zu tief verwurzelt. Und wie auch immer seine Beweggründe aussahen, es war klar, dass Nergui sich immer noch nicht ganz von diesem Ort lösen konnte.

»Ich habe keine Ahnung«, sagte Doripalam schließlich. »Es gibt noch nicht viel, wovon wir ausgehen können. Wir warten auf den vollständigen Bericht des Pathologen. Aber sie ist eindeutig ermordet worden – ihre Kehle war durchschnitten. Todeszeitpunkt vermutlich vor mindestens vierundzwanzig Stunden. Vielleicht auch mehr. Die Leiche war gefesselt – die Handgelenke waren zusammengebunden, und um die Knöchel fand sich der Abdruck einer Schnur. Und sie war das Opfer von – nun, Folter scheint mir hier das richtige Wort. Ihr Körper war übersät mit Hämatomen und Brandwunden – vermutlich von einer Zigarette. Das ist im Augenblick so ziemlich alles, was wir haben.«

»Klingt nach viel. Was ist mit dem Rest der Familie?«

»Wir versuchen sie ausfindig zu machen«, sagte Doripalam, der sich allen guten Absichten zum Trotz ins Gespräch hatte ziehen lassen. »Wie es aussieht, sind ein paar von ihnen weitergezogen, nachdem wir Frau Tuya das erste Mal vernommen hatten, aber wir wissen weder, wo sie sind, noch warum sie einige ihrer *gers* zurückgelassen haben.«

»Aber ein paar Zelte wurden doch mitgenommen?«

»Anscheinend. Der Polizeibeamte, mit dem ich dort war, Luvsan, war zur ersten Vernehmung rausgefahren. Er meint, damals acht oder neun Zelte gesehen zu haben – vermutlich lebten mehr als zwanzig Menschen in dem Lager. Als wir gestern dort hinkamen, waren es nur noch fünf Jurten.«

»Und alle verlassen?«

»Alle verlassen und leergeräumt, außer der, in der wir die Leiche fanden. Frau Tuya hatte eindeutig vor aufzubrechen – es stand eine halb gepackte Reisetruhe da. Auch in den anderen Zelten fanden wir ein oder zwei persönliche Gegenstände, aber nur solche, die man versehentlich vergisst.«

»Warum haben sie die *gers* dann nicht auch zusammengepackt?«

Doripalam zuckte die Schultern. »Wer weiß? Vielleicht hat einer von ihnen die Frau umgebracht und sie mussten Hals über Kopf verschwinden. Oder, falls es keiner von ihnen war, hatten sie vielleicht Angst vor dem, der es war.«

»Aber wenn man weiß, was man zu tun hat, dauert es doch nicht lange, eine Jurte zu zerlegen.«

»Wenn man wirklich Angst hat, vielleicht zu lange.«

Während sie sich unterhielten, hatte Nergui sich auf einem Stuhl vor Doripalams Schreibtisch niedergelassen. Er hatte, wie Doripalam auffiel, eine Sammelmappe mit der Aufschrift »Untersuchung ASK« mitgebracht, die er jetzt zwanglos an der Ecke der Tischplatte ablegte. Doripalam fragte sich, ob er sich nach der Mappe erkundigen sollte, beschloss aber, das erst einmal zu vertagen. Alles in allem fühlte er sich im Moment wohler dabei, den Mordfall zu besprechen.

Nergui lehnte sich zurück, sodass die vorderen Stuhlbeine in der Luft hingen. Doripalam fand, dass er aussah wie immer, und es war schwer abzuschätzen, ob er im Ministerium je heimisch werden würde. Doripalam hatte nicht ernsthaft erwartet, dass sein früherer Chef es dort sehr lange aushalten würde. Vor allem nach der Sache mit dem Engländer. Und doch hatte Nergui sich, mehr als ein Jahr später, anscheinend in seiner Rolle als Taschenträger des Ministers eingerichtet, in der er sich angeblich mit Angelegenheiten von nationaler Bedeutung befasste, jedoch – soweit Doripalam es beurteilen konnte – die meiste Zeit damit zubrachte, in seinem kleinen, aber gut ausgestatteten Büro im dritten Stock des Ministeriums Akten durchzuarbeiten. Außer im Moment natürlich. Im Moment saß er in Doripalams Büro, steckte seine Nase wieder einmal in die Angelegenheiten der Abteilung Schwerkriminalität und beschäftigte sich mit – ja, womit eigentlich?

Wie immer gab Nerguis Gesicht mit dem dunklen Teint nichts preis. Sein Blick ruhte gelassen auf Doripalam, als hätte er den Gedankengang des jüngeren Mannes mit allen Wendungen verfolgt. »Glauben Sie, dass es mit dem Sohn zu tun hat?«, fragte er, nachdem das Schweigen sich unbehaglich in die Länge gezogen hatte.

»Wer weiß?«, sagte Doripalam. »Bis jetzt hatte ich das Verschwinden des Sohnes nicht besonders ernst genommen.«

»Sie fanden aber, dass es sich lohnte, persönlich mit ihr zu sprechen?«

Doripalam zuckte die Schultern. So recht wohl fühlte er sich nicht dabei, dass er genau an dem Vormittag zu Frau Tuya gefahren war, als Nergui in die Abteilung zurückkehrte. Er war sich sicher, dass Nergui diesen Zufall bemerkt hatte. »Das war hauptsächlich eine PR-Sache«, sagte er. »Sie haben die Resonanz gesehen, die sie in der Presse bekommen hat. Auch so etwas, was wir in dem Moment überhaupt nicht gebrauchen konnten.«

»Sie soll wohl einen Verwandten bei der *Ardiin Erkh* gehabt haben?« Das war eine der großen Tageszeitungen in Privatbesitz, die mit der Ankunft der Demokratie im Land aufgetaucht waren.

Doripalam nickte. »Ein Cousin. Redaktionsassistent oder so was. Auf diese Weise kam der erste Bericht über sie zustande. Alle anderen Medien haben sich dann drangehängt.«

»Witwe eines Kriegshelden verliert Sohn. Polizei hat noch keine Spur. So was.«

»Ganz genau so was. Außer dass die Folgerung lautete: ›Polizei bleibt untätig‹.«

»Weil Sie es nicht ernst genommen haben?«

»Nicht besonders, wenn ich ehrlich bin. Der Junge, Gavaa, war neunzehn. Er war in die Stadt gegangen, um eine Stelle in einer staatlichen Behörde anzutreten. Ein großer gut gebauter Junge, der anscheinend seinem Soldatenvater nachschlug. Intelligent und unabhängig. Und das Verhältnis zu seiner Mutter, nach allem, was man hört, nicht gerade das beste. Also nichts, was ihn als typisches Opfer hätte erscheinen lassen können.«

»Sie dachten, er hätte einfach die Gelegenheit genutzt, seiner eigenen Wege zu gehen?«

»So in etwa. Alle Anzeichen sprachen dafür, dass er sich ziemlich schnell und ziemlich erfolgreich in der Stadt eingelebt hatte. Er hatte einen ordentlichen Freundeskreis. Als junger Mann ohne Verpflichtungen verdiente er recht gut. Er hatte eine Wohnung nahe dem Zentrum gemietet, nur ein paar hundert Meter vom Süchbaataar-Platz entfernt. Alles in allem ein durchaus angenehmes Leben.«

»Aber Sie konnten ihn nicht ausfindig machen?«

»Nein, und das war das Rätselhafte daran. Das und die Umstände seines Verschwindens, so weit bekannt.«

Doripalam wurde sich bewusst, dass sie beide wieder einmal in ihr altes vertrautes Gesprächsmuster verfallen waren – Nergui stellte Fragen, die Doripalam dazu veranlassten, gründlicher nachzudenken, wobei sein wohlbekannter Wunsch, dem älteren Mann zu gefallen und zu imponieren, noch ein Übriges tat. Für den Chef der Abteilung Schwerkriminalität war das jedoch, wie er fand, kein angemessenes Verhalten. Allerdings musste er aufgrund früherer Erfahrungen zugeben, dass er auf die Weise zu Antworten oder zumindest zu ein paar neuen Fragen fand.

»Ich habe gelesen, dass er sich eine neue Stelle besorgt hat«, sagte Nergui. Doripalam fragte sich, wo genau Nergui das gelesen hatte. Zugegeben, dank Frau Tuyas Cousin war in der Presse ausführlich über die Geschichte berichtet worden, aber Doripalam war auch klar, dass Nergui sich, wenn er wollte, so gut wie jede interne Polizeiinformation besorgen konnte.

»Wir wissen es nicht genau«, sagte Doripalam. »Er hat seine Mutter angerufen, ein paar Wochen vor seinem vermutlichen Verschwinden – für das wir allerdings kein exaktes Datum haben, ja, wir wissen nicht einmal mit Sicherheit, dass er wirklich verschwunden ist. Er sagte ihr, dass er beim Ministerium aufhören werde und dass er ein neues Angebot habe, das so gut sei, dass er es nicht ausschlagen könne.«

»Was das war, hat er ihr aber nicht verraten?«

»Nein, sie sagte sogar, er habe sehr geheimnisvoll geklungen. Habe immer wieder angedeutet, dass es Dinge gebe, über die er nicht reden dürfe. Solche Sachen.«

»Keine Stelle bei einer Regierungsbehörde«, sagte Nergui. Das war keine Frage.

Doripalam lächelte schwach. »Na, ich denke, das wüssten Sie. Aber wir haben es tatsächlich überprüft, weil wir uns nicht vorstellen konnten, welche Funktion strikte Geheimhaltung erfordern würde.«

»Wenn nicht eine Regierungsfunktion, dann liegt etwas eher Zwielichtiges nahe«, sagte Nergui.

»Möglich. Das heißt, wenn wir das, was die Mutter gesagt hat, für bare Münze nehmen. Damals schien sie darauf bedacht zu sein, möglichst viel Unruhe zu stiften. Ich war nicht unmittelbar damit befasst, habe aber alle Vernehmungsprotokolle gelesen und war mir nicht sicher, ob sie das, was Gavaa gesagt hatte, geheimnisvoller machte, als es vielleicht war.«

»Aber verschwunden ist er trotzdem?« Nergui fuhr sich langsam durch sein dickes schwarzes Haar.

»In dem Sinne, dass wir nicht wissen, wo er ist, ja. Aber sein Verschwinden scheint nicht besonders plötzlich gekommen zu sein. Er hatte seinem Vermieter zum nächsten Monat gekündigt, also eindeutig mit einem Umzug gerechnet. Auch seine Arbeitsstelle hatte er gekündigt und als Grund angegeben, er habe etwas besser Bezahltes gefunden, ohne aber zu sagen, was das war. Arbeitsstelle und Wohnung verließ er jedoch ein paar Wochen früher als erwartet. Der Vermieter kam eines Tages, um Post einzuwerfen, und fand die Wohnung verlassen vor.«

»Wie die *gers*?«, bemerkte Nergui.

»Ja, das nehme ich an. Es war eine möblierte Wohnung und aus dem, was der Vermieter sagte, schließe ich, dass Gavaa ohnehin nicht viel persönliches Eigentum hatte. Nur ein paar Kleider, einige Bücher und Bilder. Sie waren alle weg, aber ich vermute, sie dürften in einen kleinen Koffer gepasst haben. Der Vermieter war überrascht, dass er sich nicht verabschiedet hatte, da sie ganz gut miteinander ausgekommen waren, nahm aber an, dass Gavaa aus irgendeinem Grund beschlossen hatte, früher umzuziehen. Als wir mit ihm sprachen, hatte ich den Eindruck, dass er das Ganze für einen Sturm im Wasserglas hielt.«

»Was ist mit den Freunden? Die wussten doch sicher, wo er steckte?« Nergui schlug die Beine übereinander, so dass Doripalam sehen konnte, dass seine Socken heute hellblau waren, passend zu Hemd und Krawatte unter seinem üblichen dunkelgrauen Anzug. Er fragte sich flüchtig, wie viele Farbkombinationen Nergui wohl in seinem Kleiderschrank hatte.

»Davon wären Sie ausgegangen, oder?«, sagte Doripalam. »Das ist der einzige Teil der Geschichte, der nicht passt und wo die Besorgnis der Mutter verständlich war. Am Abend vor seinem Verschwinden war er mit ein paar Freunden ausgegangen – angenehmer Abend, kein Hinweis auf irgendetwas Ungewöhnliches, kein Anzeichen dafür, dass er nicht die Absicht hatte, am nächsten Tag in sein Büro in der Behörde zu gehen. Aber dort tauchte er nicht mehr auf. Genau wie der Vermieter gingen seine Vorgesetzten einfach davon aus, dass er beschlossen hatte oder gedrängt worden war, seine neue Stelle früher anzutreten als erwartet. Das fanden sie zwar ärgerlich, aber die Leute arbeiten oft nicht bis zum Ende ihrer Kündigungsfrist, so dass sie nicht weiter erstaunt waren.«

»Und die Freunde?«, fragte Nergui weiter.

Doripalam schüttelte den Kopf. »Wir haben mit allen gesprochen, die am Abend seines Verschwindens mit ihm zusammen waren, und außerdem noch mit ein paar anderen, von denen man weiß, dass sie mit ihm befreundet sind. Sie behaupten alle, ihn seitdem nicht mehr gesehen zu haben. Ich weiß nicht, ob sie die Wahrheit sagen. Wie schon erwähnt, war ich nicht unmittelbar involviert, aber aus den Vernehmungsprotokollen schließe ich, dass manche von ihnen vielleicht etwas überrascht waren, sich inmitten polizeilicher Ermittlungen wiederzufinden.«

»Glauben Sie, dass sie gelogen haben könnten?«

»Nun, nicht alle. Es ist schwer vorstellbar, dass sie es geschafft haben sollten, sich allesamt an eine übereinstimmende Geschichte zu halten. Es wäre aber durchaus möglich, dass manche von ihnen uns nicht alles erzählen.«

Nergui runzelte die Stirn. »Aber warum sollten sie etwas geheim halten? Sie glauben doch nicht, dass sie für Gavaas Verschwinden verantwortlich sind?«

»Ich halte es für wahrscheinlicher, dass er aus irgendeinem Grund beschlossen hat, sich französisch zu verabschieden. Und ein oder zwei von ihnen wissen, wohin er gegangen ist.«

»Vermutlich haben wir bei den Vernehmungen einen gewissen Druck auf sie ausgeübt?«

Doripalam nickte, das »wir« war ihm nicht entgangen. »Selbstverständlich. Den ganzen üblichen Kram. Wir haben ihnen gesagt, dass es unter Umständen ein schweres Vergehen ist, der Polizei Informationen vorzuenthalten – Strafvereitelung und so weiter. Wir haben ihnen auch gesagt, dass wir es hier möglicherweise mit einem Mord zu tun haben – was sicher die Richtung war, in die die Mutter uns drängte, auch ohne Leiche. Wenn ich mir aber die Vernehmungsprotokolle anschaue, glaube ich nicht, dass sie das sonderlich beeindruckt hat.«

»Das ist das Problem mit der Jugend von heute«, sagte Nergui. »Kein Respekt.«

Doripalam lächelte. »Das Problem mit den Jugendlichen von heute ist, glaube ich, dass sie im Allgemeinen schlauer sind, als ihnen guttut. Und uns auch. Falls einer von ihnen irgendeine Information hätte, sähe er keinen Grund, sie uns mitzuteilen, und nichts, was wir sagen könnten, würde das beeinflussen.«

»Zu meiner Zeit«, sagte Nergui, »hätte man sie so lange in eine Zelle sperren können, bis sie beschlossen hätten, zu kooperieren.«

»Zu Ihrer Zeit, Nergui, hätten Sie, wenn Sie gewollt hätten, ganz bestimmt noch viel Schlimmeres machen können«, sagte Doripalam. »Aber die Dinge haben sich geändert.«

»Oh, ich weiß«, sagte Nergui. »Aber erwarten Sie nicht von mir, dass ich mich darüber freue.«

»Wie auch immer, das ist der Stand der Dinge. Bis jetzt hatte ich angenommen, dass Frau Tuya überreagierte und Gavaa sich ganz einfach aus dem Staub gemacht hatte, so etwas. Ich dachte, zu gegebener Zeit würde er schon wieder auftauchen.«

»Das wird er ja vielleicht auch«, sagte Nergui, allerdings

mit einem ominösen Unterton. »Was ist mit der Beziehung zur Mutter? Was wissen wir darüber?«

»Na, sagen wir, sie war angespannt«, sagte Doripalam. »Nicht ganz klar, warum. Der Vater war Soldat. Kämpfte als Teil unserer Armee an der Seite der Russen in Afghanistan.«

»Und ist er dort auch gefallen?«, fragte Nergui.

Doripalam lehnte sich auf seinem Stuhl zurück und schaute den älteren Mann an. Nergui erwiderte den Blick gelassen, ohne dass seine hellblauen Augen irgendetwas von seinen Gedanken preisgaben. Doripalam hatte, wie so oft bei Nergui, das unbehagliche Gefühl, dass irgendwie mit ihm gespielt wurde – auch wenn es dabei nicht darum ging, ihn reinzulegen. Wie viel wusste Nergui wirklich über all das? »Ja«, sagte Doripalam schließlich, »vermutlich von einem Heckenschützen erschossen. Gavaa dürfte zu der Zeit noch ein Baby gewesen sein und sich deshalb kaum an seinen Vater erinnert haben. Doch er wuchs – jedenfalls nach Aussage seiner Mutter – mit einem ziemlich idealisierten Bild seines Vaters auf. Er vergötterte ihn. Das Militär gestattete ihnen, nach dem Tod des Vaters in ihrer Armeeunterkunft zu bleiben, so dass Gavaa in Sichtweite des Exerzierplatzes aufwuchs. Er sah seinen Vater als Teil der großen mongolischen Kriegstradition. Wollte in seine Fußstapfen treten.«

»Tat es aber nicht?«

»Das war ein Teil des Problems. Seine Mutter wollte genau das nicht – vielleicht verständlicherweise, angesichts dessen, was dem Vater widerfahren war. Also hielt sie ihn davon ab. Als er dann alt genug war, meldete er sich freiwillig zum Militär. Aber er fiel bei der Musterung durch. Litt an schwerem Asthma. Deshalb wollten sie ihn gar nicht haben. Und das machte natürlich alles nur noch schlimmer. Sicher konnte die Mutter ihre Erleichterung nicht verbergen.«

»Kinder sind ganz schön kompliziert«, bemerkte Nergui.

»Ich habe es weitgehend geschafft, mich von ihnen fernzuhalten.«

»Ich stelle mir vor, dass es für Gavaa nicht gerade hilfreich war, jeden Tag die Welt vor Augen zu haben, zu der er nicht gehören durfte. Deshalb nutzte er die nächstbeste Gelegenheit, da rauszukommen und sich eine Stelle in der Stadt zu besorgen.«

»Wie ist die Mutter draußen in der Steppe gelandet?«

»Sie stammte aus einer Familie von Hirten. Als sich herausstellte, dass Gavaa nicht mehr nach Hause kommen würde, beschloss sie, zu ihrer eigenen Familie zurückzukehren. Zu dem Zeitpunkt war Gavaa schon sechs oder sieben Monate in der Stadt, und der Kontakt zwischen ihnen scheint nicht übermäßig eng gewesen zu sein.«

»Ist es möglich, dass er für den Tod seiner Mutter verantwortlich ist?«

Doripalam nickte. »Wie ich sehe, ist Ihr messerscharfer Verstand durch Ihre Zeit im Ministerium nicht stumpf geworden«, sagte er mit einem schwachen Lächeln. »Ja. Diese Möglichkeit ziehen wir auch in Betracht.«

»Jedenfalls wird ihn die Nachricht vom Tod seiner Mutter vielleicht in die Steppe hinausbringen«, sagte Nergui.

»Vielleicht. Darüber wird in der Presse sicher umfassend berichtet. Dafür wird Frau Tuyas Cousin schon sorgen.«

»Es ist immer gut, Freunde in hohen Positionen zu haben«, sagte Nergui. Er hatte sich schon erhoben, als wollte er gehen, blieb dann aber, die Sammelmappe in der ausgestreckten Hand, stehen. »Apropos, Sie haben mich gar nicht nach der Untersuchung gefragt. Ich nehme an, es interessiert Sie, wie sie vorankommt.«

Doripalam lächelte. »Selbstverständlich. Aber ich wusste, dass ich Sie nicht extra darauf ansprechen müsste. Sie halten es doch nicht aus, mir nichts davon zu erzählen.«

Langsam nickend setzte Nergui sich wieder hin. An seinen makellos geschnittenen Gesichtszügen war unmöglich zu erkennen, ob er sich amüsierte oder nicht. »Sie haben recht«, sagte er. »Die jungen Leute von heute sind schlauer, als ihnen guttut.«

4. KAPITEL

Die Wohnung war ein einziges Chaos, darüber bestand kein Zweifel. Ja, wenn er sich so umschaute, musste er zugeben, dass das sogar noch eine höfliche Beschreibung war. Das Zimmer war schlichtweg verwahrlost. In den Ecken türmten sich schmutzige Teller und Schüsseln, ein Nährboden für Schimmel und Schlimmeres. Auf der Sitzfläche des abgewetzten Sofas hatten sich ungelesene Zeitungen zu einem hohen, wackligen Stapel angesammelt. Ein muffig riechender Haufen anscheinend ungewaschener Kleider, Oberbekleidung und Unterwäsche, war wahllos vor die schmuddelige Spüle geworfen worden. Ein ganzes Aufgebot an Gläsern und Tassen, die meisten halbvoll mit Wodka oder anderen Spirituosen, bedeckten Tisch, Stühle und Fußboden. Unter dem Tisch lagen mehrere leere Flaschen.

Und, was das Schlimmste war, mitten in diesem Dreckloch lag er. Arme und Beine von sich gestreckt, kaum einer Empfindung fähig, vermutlich übler riechend als der Rest dieses Durcheinanders zusammengenommen.

Wie zum Teufel war das passiert?

Langsam setzte er sich auf – schnellere Bewegungen waren ihm nicht möglich – und blickte sich ebenso langsam um. Er konnte kaum glauben, was er da sah. Zugegeben, der allerordentlichste Mensch war er nie gewesen. Manche hielten ihn sogar für einen der Unordentlichsten, gestand er sich widerstrebend ein. In einem Zustand wie diesem hatte er aber noch nie gelebt.

Und bis jetzt konnte er sich immer noch nicht so recht erinnern, wie er an diesen Punkt gelangt war.

Er merkte, dass es in seinem Hinterkopf heftig pochte. Seine Kehle war ausgetrocknet und schmeckte, als hätte er vor seinem Zusammenbruch versucht, ein paar von den weggeworfenen Kleidern zu kauen. Während er die aufgestapelten Reihen leerer und halbvoller Gläser anstarrte, wurde ihm allmählich klarer, wie er in diesen Zustand geraten war. Er konnte nur froh sein, dass er das ein oder andere Glas nicht ausgetrunken hatte.

Ganz vorsichtig zog er sich hoch und blinzelte dabei gegen das Sonnenlicht, das durch das vorhanglose Fenster hereinfiel. Er bemerkte, dass die billige Uhr immer noch über der Spüle hing, das purpurrote Plastikgehäuse so knallig wie eh und je. Zehn nach acht. Er vermutete, dass es morgens war, obwohl es zu dieser Jahreszeit auch um acht Uhr abends noch hell sein konnte. Jedenfalls hatte er keine Ahnung, wie lange er im Vollrausch gewesen war.

Mühsam schleppte er sich zur Spüle hinüber, wo er ein relativ sauber aussehendes Glas fand, das er ausspülte und mit Wasser aus dem Hahn füllte. Er trank das Wasser in einem Zug, dann füllte er das Glas wieder und leerte es. Den Vorgang wiederholte er ein drittes und dann ein viertes Mal. Danach fühlte er sich etwas menschlicher, obwohl jetzt allmählich Übelkeit den Durst als vorherrschendes Körpergefühl ablöste.

Als er von der Spüle wegging, erblickte er sich selbst für einen kurzen Augenblick in dem großen Spiegel, den er hinter der Wohnungstür aufbewahrte. Der Spiegel hatte seiner Frau gehört, und er konnte sich beim besten Willen nicht vorstellen, warum sie beschlossen hatte, ihn ihm zu überlassen. Womöglich nur, um die Widerwärtigkeit solcher Augenblicke wie diesem auf die Spitze zu treiben.

Dem konnte er sich nicht entziehen. Er sah noch unordentlicher aus als die Wohnung. Sein schmuddeliges Baumwollunterhemd hatte Schweißflecken unter den Achseln und Essensspuren auf Brust und Bauch. Darunter trug er ausgebeulte alte Boxershorts, deren Zustand jeder Beschreibung spottete. Und er hatte sogar Socken mit zueinander passenden großen Löchern an, durch die seine beiden großen Zehen hervorlugten.

Verglichen mit seinem Gesicht, war das alles noch einigermaßen in Ordnung. Er sah aus wie tot. Nein, wie tot in einem fortgeschrittenen Stadium der Verwesung. Er hatte noch nie einen Menschen, geschweige denn sich selbst, in einer so fürchterlichen Verfassung gesehen. Genau genommen hatte er im Laufe der Jahre eine oder zwei Leichen zu Gesicht bekommen, die besser ausgesehen hatten als er jetzt.

Er war unrasiert. Das war nicht der Rede wert. Mindestens drei oder vier Tage alte Stoppeln. Sein Hängebauch hatte nur den Zweck, die Schmuddeligkeit seines verwaschenen Unterhemdes zu betonen. Und seine Haare sahen aus, als wären sie großzügig in eine äußerst unangenehme zähflüssige Substanz getaucht worden – vielleicht Öl, vielleicht auch etwas Süßeres, um die Läuse anzuziehen, von denen er argwöhnte, dass sie mit Begeisterung dort irgendwo nisteten. Möglicherweise waren seine Haare auch noch über einen beträchtlichen Zeitraum in einen Windkanal gehalten worden. Ausschließen wollte er es jedenfalls nicht.

An die vergangene Nacht konnte er sich nicht erinnern. Das war nicht ungewöhnlich. Was ihn eher beunruhigte, war die Tatsache, dass er sich auch an keine der vorherigen erinnern konnte. Er goss sich noch ein Glas Wasser ein und ließ sich dann, nachdem er sorgfältig einen mit verkrustetem Schimmel überzogenen Teller aus dem Weg geräumt hatte, auf das fadenscheinige Sofa fallen.

Woran erinnerte er sich denn überhaupt?

Also, dass er suspendiert worden war, das stand schon mal fest. Aber wie zum Teufel war das passiert?

Zunächst einmal hatte er einfach genug gehabt. Nachdem er jahraus, jahrein, seine ganze Laufbahn hindurch, diesen Scheiß mit angesehen hatte, hatte er es an der Zeit gefunden, etwas dagegen zu tun. Nicht dass er seine Aufgabe nicht ernst genommen hätte. Das war sogar das eigentliche Problem. Er nahm sie etwas zu ernst. Deswegen steckte er jetzt in diesem ganzen Schlamassel. Er ließ den Blick noch einmal durch seine verwüstete Wohnung schweifen. Ein einziges Chaos.

Also hatte er versucht, raffiniert zu sein. Aber Raffinesse war nicht sein Ding. Zugegeben, auf eine gewisse Gerissenheit konnte er notfalls zurückgreifen, und er hatte gedacht, damit würde er durchkommen. Aber er hätte nie versuchen dürfen, raffiniert zu werden. Nicht wenn es um Muunokhoi ging. Das war ein großer Fehler gewesen.

Der Gedanke an Muunokhoi bereitete ihm Unbehagen. Selbst jetzt war ihm nicht ganz klar, wie viel Muunokhoi wusste. Es hieß, Muunokhoi wisse alles, und im Großen und Ganzen war Tunjin geneigt, das zu glauben. Sicher war es dem Mann gelungen, seinen idiotischen Plan schnell zu durchschauen, auch wenn Tunjin keine Ahnung hatte, wie. Es war ganz klar, dass Muunokhoi Insider als Informanten hatte, obwohl Tunjin der Meinung gewesen war, alles geheim gehalten zu haben. Sie hatten aber offensichtlich herausbekommen, was vor sich ging, und es würde sicher nicht lange dauern, bis sie Tunjin verpfiffen.

Seine Suspendierung war eigentlich nicht publik gemacht worden – angeblich war er krankgeschrieben –, aber er konnte sich nicht vorstellen, dass sie nicht bereits die Runde gemacht hatte. Und falls Muunokhoi die richtige Information bekam, würde er nicht lange brauchen, um eins und eins zusammenzuzählen.

Und mitten in all dem hatte Tunjin die Gelegenheit genutzt, sich ins Koma zu versetzen – wie lange genau, wusste niemand. Nein, Raffinesse war eindeutig nicht sein Ding.

Einen Moment lang überwältigte ihn fast die Panik. Falls Muunokhoi hinter ihm her war, war er erledigt. Das stand außer Frage. Er wusste zur Genüge, was Muunokhoi Leuten antun konnte, die ihn reizten. Dafür hatte er jede Menge Beispiele gesehen, weswegen er letztlich auch die entsprechenden Schritte unternommen hatte. Aber damit hatte er alles nur noch schlimmer gemacht und sich selbst in die Schusslinie gebracht.

Er holte tief Luft und zwang sich zu entspannen. Das war das Gute an blinder Panik: Selbst einem solchen Kater konnte sie die Spitze nehmen. Mit einem Mal schienen pochende Kopfschmerzen und ein revoltierender Magen nur noch halb so schlimm zu sein. Immerhin war er am Leben.

Gut, also raffiniert war er nicht. Aber er war gerissen und bauernschlau. Er kannte diese Stadt und wusste mehr als genug über den Abschaum, der sich darin herumtrieb. Eigentlich müsste es ihm gelingen, Muunokhoi einen Schritt voraus zu sein, wenigstens für eine Weile.

Aber für wie lange? Das war die Frage. Er konnte sich nicht ewig verstecken. Und er wusste genug über Muunokhoi, um zu erkennen, dass er ein geduldiger Mensch war. Unbarmherzig. Gnadenlos. Unerbittlich. Rachsüchtig. All das. Aber trotzdem geduldig. Im Gegensatz zu Tunjin war er nicht die Sorte Mensch, die sich in ein nur halb durchdachtes Unternehmen stürzte, ohne die geringste Ahnung zu haben, wie es ausgehen würde. Er würde sich so viel Zeit nehmen, wie er brauchte. Tunjin mochte sich für heute in Sicherheit bringen, für morgen, vielleicht für ein Jahr oder länger. Aber irgendwann, wahrscheinlich wenn er endlich wieder anfinge, sich zu entspannen, würde Muunokhoi da sein.

All das setzte natürlich voraus, dass Tunjin es schaffte, wenigstens einigermaßen nüchtern zu bleiben. Er schauderte bei dem Gedanken, wie verwundbar er die letzten paar Tage gewesen war, in denen er bestimmt von Bar zu Bar und dann wieder hierher zurückgetorkelt war, um sich noch mehr Wodka aus all den herumliegenden Flaschen hinter die Binde zu kippen. Unter diesen Umständen war es erstaunlich, dass er überhaupt wachgeworden war.

Tunjin rappelte sich vom Sofa hoch, bemüht, einen klaren Gedanken zu fassen. Es war natürlich möglich, dass er sich einfach unterhalb von Muunokhois Radar befand. Warum sollte sich eine große Nummer wie Muunokhoi mit einem unbedeutenden Würmchen wie Tunjin aufhalten? Die Antwort darauf kannte er jedoch nur zu gut. Muunokhoi würde sich mit Tunjin aufhalten, weil er der einzige Mensch war, der jemals kurz davor gestanden hatte, ihn hinter Gitter zu bringen.

Tunjin schaute sich in der Wohnung um. Vielleicht waren Muunokhois Leute schon hier gewesen. Um ganz ehrlich zu sein, sie könnten hier sogar alles durchwühlt haben, ohne dass man es merken würde. Nur der Gestank hätte sie womöglich davon abhalten können. Vorsichtig um die herumstehenden Teller und Schüsseln lavierend, arbeitete Tunjin sich wankend zum Schlafzimmer vor. Das befand sich insofern in einem geringfügig besseren Zustand als das größere Wohnzimmer, als es hier keine Teller mit Essensresten und nur eine einzige leere Wodkaflasche neben dem Bett gab. Das Bett selbst war zerwühlt, obwohl er sich nicht erinnern konnte, es in den vergangenen Nächten benutzt zu haben. Allerdings konnte er sich ebenso wenig erinnern, irgendwo anders geschlafen zu haben.

Während er langsam das Schlafzimmer betrat, schüttelte er in dem Versuch, einen klaren Gedanken zu fassen, den Kopf und schluckte die Panik hinunter, die von Neuem in seinem Magen aufzuwallen begann. Doch dann blieb er stehen, für einen Augenblick von Angst überwältigt.

Etwas lag in der Mitte des ungemachten Betts. Ein grauer mit einem Gummiband zusammengehaltener Pappordner. Ein Ordner, den er wiedererkannte. Ein Ordner, den er zuletzt, anscheinend unbeachtet, auf dem Schreibtisch des Chefs gesehen hatte.

Der Fallordner, der mit Muunokhoi zusammenhing.

Zögernd ging er auf das Bett zu und streckte die Hand nach dem Ordner aus, als hielte er ihn für eine Halluzination. Er konnte sich vorstellen, dass nach so viel Schnaps noch seltsamere Dinge passierten. Aber der Ordner war ohne Zweifel real.

Hatte er es irgendwie bewerkstelligt, ihn mit nach Hause zu bringen? Vielleicht hatte sein benebeltes Hirn ihn irgendwann im Laufe der letzten Tage auf den Gedanken gebracht, das Beweismaterial zu stehlen. Obwohl schwer vorstellbar war, dass irgendjemand ihn ins Polizeipräsidium hineingelassen haben sollte, und er nicht glauben konnte, dass er sich in einem Zustand befunden hatte, in dem er das Gebäude unentdeckt hätte betreten können.

Vielleicht hatte er ihn an dem Tag, als er das Gespräch mit dem Chef führte, einfach mitgenommen. Vom Schreibtisch des Chefs mitgenommen, ohne dass einer von ihnen beiden es bemerkt hätte. Sehr wahrscheinlich klang das nicht.

Vielleicht hatte jemand anderes den Ordner für ihn gestohlen und hierhergebracht als – ja, als was? Als Warnung? Um ihn in irgendeiner Weise zu belasten?

Er beugte sich vor und nahm den Ordner in die Hand, während eine Welle der Übelkeit ihn überkam. Er zog das

Gummiband ab, schlug den Ordner auf und blätterte die darin befindlichen Papiere durch.

Sie waren genau so, wie er sie in Erinnerung hatte. Einschließlich jener Aufzeichnungen und Dokumente, die er entweder selbst gefälscht oder von einem seiner Kontaktmänner hatte präparieren lassen, einem ehemaligen Betrüger, der für nichts anderes als ein paar leichte Erpressungsdrohungen gearbeitet hatte. Tunjin fragte sich beiläufig, ob Muunokhoi sich wohl auch für den Mann interessierte, der diese fachmännische Arbeit ausgeführt hatte.

Doch die Sorge um sein eigenes Wohlbefinden lag Tunjin näher. Die Papiere in dem Ordner waren mehr oder minder so, wie er sie zuletzt gesehen hatte. Aber nicht ganz. Es gab einen kleinen, aber äußerst signifikanten Unterschied. Vorne in den Ordner, oben auf den Dokumentenstapel, hatte man etwas Neues gesteckt, etwas, wovon Tunjin sicher war, dass er es beim letzten Mal noch nicht gesehen hatte.

Es war ein Foto. Eine hochwertige Aufnahme, anscheinend in einem Fotostudio entstanden. Wäre der Betreffende ein Schauspieler oder Sänger gewesen, hätte man dieses Foto sicher für die offizielle Fanpostkarte mit der Unterschrift des Künstlers ausgewählt. Hier bedurfte es allerdings keiner Unterschrift, denn Tunjin kannte die Person nur zu gut. Es war Muunokhoi. Seine Augen waren leer, aber sein Mund schien wie immer zu lächeln.

»Ich möchte ein Verbrechen melden. Oder ein potentielles Verbrechen, genau weiß ich es nicht. Bin ich hier richtig?«

Sangajav, der angespannt am Empfangstresen saß, blickte verwirrt auf. Doripalam hatte ihm aufgetragen, eine Reihe von Statistiken durchzuarbeiten, und jetzt wusste er nicht mehr, wo er war. »Wie bitte?«

Die Frau, die vor ihm stand, war eine beeindruckende Erscheinung. Vermutlich um die vierzig, dachte er, mit einem strengen Haarschnitt und Gesichtszügen, die eher auffällig als im herkömmlichen Sinne attraktiv waren, ihr aber dennoch etwas äußerst Ansehnliches verliehen. Auch die sehr modische Kleidung fiel ihm auf – ein ziemlich teuer aussehendes dunkles Kostüm, wahrscheinlich von irgendwoher aus dem Westen importiert. Für die Mathematik hatte Sangajav keine besondere Begabung, aber was die Einschätzung von Frauen betraf, hielt zumindest er sich für einen Kenner.

»Bin ich hier richtig, um ein Verbrechen zu melden?«

Sangajav legte seinen Stapel Papiere ordentlich zusammen und blickte zu ihr auf. »Also, nein, eigentlich nicht. Ich glaube, Sie wollen zur Polizeiwache.«

»Ist das hier nicht die Polizeiwache?«

Sangajav schüttelte den Kopf, als ginge es hier um einen sehr wesentlichen Irrtum. »Nein, das hier ist das *Polizeipräsidium*.«

»Und Sie sind nicht gleichzeitig eine Polizeiwache?«

»Nein. Das hier ist hauptsächlich Verwaltung, und ein paar Spezialeinheiten …«

»Aber Sie sind die Polizei?«

»Ja, das sind wir, nur …«

»Und warum kann ich hier kein Verbrechen melden?«

»Es ist nur – also, da müssen Sie zur Polizeiwache gehen.«

»Aber wo ich doch schon mal hier bin, können Sie sich nicht der Sache annehmen?«

»Das ist eigentlich nicht der Weg …«

»Aber warum denn nicht? Wenn Sie die Polizei sind und ich ein Verbrechen melden möchte, warum kann ich es dann nicht tun?«

Sangajav seufzte. Warum passierten solche Dinge immer

während seiner Dienstzeit? Das hier sollte eigentlich nicht einmal ein Empfangstresen sein. Das Gebäude war streng genommen für die Öffentlichkeit gar nicht zugänglich, der Tresen also im Grunde nur für die Begrüßung offizieller Gäste gedacht. Davon gab es aber so wenige, dass es unsinnig war, eigens eine Empfangskraft einzustellen; folglich sah die informelle Regelung vor, dass sich für den Fall, dass jemand auftauchen sollte, einer der Beamten aus dem Verwaltungsdienst hier hinsetzte. Soweit Sangajav es beurteilen konnte, passierte so etwas immer nur, wenn er hier Dienst schob, und dann waren es immer Leute wie diese.

»Weil es einfach nicht so funktioniert«, erklärte er geduldig. »Wir sind keine einsatzbereite Polizeiwache. Die ist auf der anderen Seite des Platzes. Wie gesagt, hier sind wir hauptsächlich Verwaltungsleute und ein oder zwei Spezialeinheiten wie die Abteilung Schwerkriminalität …«

»Die Abteilung Schwerkriminalität«, unterbrach sie. Um ihren Mund spielte der schwache Hauch eines Lächelns. »Was wäre, wenn ich ein *Schwerverbrechen* melden wollte? Könnte ich das hier tun?«

Sangajav vermutete allmählich, dass die Frau trotz ihres eindrucksvollen Auftretens völlig verrückt war. Er wusste nicht so recht, wie er reagieren sollte. »Wollen Sie ein Schwerverbrechen melden?«, fragte er.

»Ich bin mir nicht sicher«, sagte sie. »Was macht ein Schwerverbrechen aus?«

Sangajav schüttelte verzweifelt den Kopf. Er trachtete jetzt nur noch danach, diese Frau loszuwerden. Sie einfach rauszuwerfen, erschien ihm allerdings nicht angemessen. »Schwer zu sagen«, antwortete er schließlich. »Wenn Sie mir erzählen, worin das Verbrechen besteht, kann ich Ihnen vielleicht sagen, ob es schwer ist. Aber auch dann werden Sie es auf der Polizeiwache melden müssen.«

Sie nickte, als nähme sie diese Information sorgfältig auf. »Wie verhält es sich mit der Androhung physischer Gewalt?«, fragte sie. »Würden Sie das als Schwerverbrechen bezeichnen?«

»Das könnten wir schon«, sagte er. »Es käme auf die Umstände an.«

Wieder nickte sie. »Wenn der Zweck der Drohung nun darin bestanden hätte, ein Mitglied des Gerichts einzuschüchtern?«

»Ein Mitglied des Gerichts?«

»Ja«, sagte sie. »Eine Richterin. Eine Richterin, die normalerweise mit großen Strafprozessen zu tun hat. Also etwa dem, was Sie ›Schwerverbrechen‹ nennen würden.« Sie starrte Sangajav unverwandt an, und er konnte beim besten Willen nicht sagen, ob sie das ironisch meinte.

»Ich glaube, das könnte zählen«, sagte Sangajav. »Wenn das der Fall wäre.«

»Es ist der Fall«, erwiderte sie langsam. »Ich bin Richterin. Und ich bin bedroht worden. Es könnte reines Geschwätz sein. Vielleicht aber auch nicht.«

Sangajav war sich über ihren Geisteszustand immer noch nicht im Klaren. Wenn aber ihre Aussage stimmte, verdiente sie es vermutlich, ernst genommen zu werden. Der Chef wäre wahrscheinlich nicht begeistert, wenn er einer höheren Richterin die Tür wiese. Und außerdem würde es ihm selbst einen berechtigten Grund verschaffen, sie an jemand Ranghöheren abzuschieben. »Ich werde wohl jemanden auftreiben müssen, mit dem Sie sprechen können«, sagte er schließlich.

Sie hielt inne, als wäre ihr gerade etwas eingefallen. »Sie sagten, hier sei die Abteilung Schwerkriminalität? Ich glaube nämlich, dass ich den Leiter der Abteilung kenne.«

»Doripalam?«

Sie hatte einen Blick in den Augen gehabt, den Sangajav

– so erfahren er auch in der Einschätzung von Frauen war – nicht so recht deuten konnte. Doch als er den Namen nannte, verschwand dieser Blick so plötzlich wie ein Kerzenlicht, das ausgeblasen wurde. »Doripalam?«, wiederholte sie. »Nein, den kenne ich nicht. Ich dachte an jemand anderen.«

»Vielleicht seinen Vorgänger«, sagte Sangajav, wider Willen neugierig geworden. »Doripalam hat diesen Posten noch nicht so lange. Sein Vorgänger war ein Mann namens Nergui.«

Derselbe Blick oder etwas sehr Ähnliches erschien wieder in ihrem Gesicht. »Nergui«, sagte sie. »Ja. Es war Nergui, den ich kannte.« Sie zögerte. »Wir hatten ein paar Mal miteinander zu tun – aber das ist Jahre her. Macht er jetzt – etwas anderes?« Sie stellte die Frage mit einem leichten Zögern, als wäre sie beunruhigt darüber, wie Sangajavs Antwort ausfallen könnte.

»Befördert«, sagte Sangajav unverblümt. »Ins Justiz- und Innenministerium, Abteilung Staatsschutz.«

Sie nickte. »Das ist gut«, sagte sie. »Wenn auch kaum verwunderlich, vermute ich. Trotzdem tut es mir leid, dass ich ihn nicht sprechen kann.«

Sangajav sah allmählich eine Möglichkeit, sich aus dieser zunehmend schwachsinnigen Unterhaltung hinauszuziehen. Sie hatte den Wunsch geäußert, Nergui zu sprechen, und das reichte Sangajav aus. »Nun, wahrscheinlich können Sie das sogar«, sagte er. »Zufällig ist er zur Zeit hier, mit irgendeiner Angelegenheit befasst.« Wie den meisten Kollegen war auch Sangajav bis jetzt nicht klar, warum genau Nergui wieder aufgetaucht war, obwohl die Erfahrung lehrte, dass die Auswirkungen seiner Rückkehr in der Regel weder einfach noch bequem waren. »Wenn Sie möchten, kann ich versuchen, ihn für Sie ausfindig zu machen.«

Zum ersten Mal lächelte sie breit, und Sangajav war gezwungen, sein ursprüngliches Urteil zu revidieren. Sie war tatsächlich eine eindrucksvolle Frau, aber zudem, bemerkte er jetzt, war sie auch noch sehr schön.

»Das wäre mir recht«, sagte sie. »Das wäre mir sehr recht.«

5. KAPITEL

»Ich verstehe immer noch nicht ganz, was Sie vorhaben, Nergui. Was ich aber weiß, ist, dass ich mich damit nicht gerade wohlfühle.«

Sie saßen in Nerguis provisorischem Büro. Es war viel kleiner als das seines Nachfolgers, irgendwo am Ende des Korridors versteckt. Als das Ministerium die Bitte an Doripalam gerichtet hatte, Nergui vorübergehend einen Raum zur Verfügung zu stellen, war er zunächst versucht gewesen, eine Besenkammer für ihn freizumachen, und sei es nur aus dem einleuchtenden Grund, dass sie ohnehin schon eng zusammenrücken mussten. Durch eine kleine Umorganisierung innerhalb des Verwaltungspersonals war es ihnen am Ende gelungen, dieses Zimmer hier leerzuräumen, das insofern eine Verbesserung gegenüber der angedachten Besenkammer darstellte, als es wenigstens ein Fenster besaß. Ein Fenster, das im Gegensatz zu denen in Doripalams Büro sogar zwischen zwei benachbarten Bürogebäuden hindurch die Sicht auf den Süchbaatar-Platz frei gab.

An diesem Fenster stand Doripalam gerade, bemüht, Nerguis Blick auszuweichen. Mittlerweile schaffte er es schon besser, Nergui Paroli zu bieten. Immerhin konnte er ihm sagen, was er dachte, ohne dabei ein ungutes Gefühl zu haben. Trotzdem fand er, dass er immer noch ein wenig gönnerhaft behandelt wurde, so als tolerierte Nergui voller Nachsicht seine Kommentare, statt sie wirklich ernst zu nehmen.

»Ich habe es Ihnen erklärt«, sagte Nergui. »Ich leite die

vom Minister geforderte Untersuchung. Sie wissen, dass wir da durchmüssen.«

Doripalam beobachtete den Verkehr, der sich im kalten Schein der Morgensonne langsam um den Platz herumbewegte. Es war die übliche Prozession von verbeulten alten sowjetischen Autos und Bussen, die dicke Abgaswolken ausspien. Auf dem Platz selbst wimmelte es von Tauben, denen eine kleine Gruppe von Schulkindern auf der gegenüberliegenden Seite Brotkrumen hingeworfen hatte. Es war noch früh, und außer ein paar Gestalten im Anzug, die auf die umliegenden Regierungs- und Geschäftsgebäude zustrebten, waren relativ wenig Fußgänger unterwegs. »Ich weiß, dass *ich* da durchmuss«, sagte er. »Aber mir ist immer noch nicht klar, warum Sie es müssen.«

Nergui zuckte die Achseln. »Ich dachte, das hätten wir hinter uns«, sagte er. »Ich kenne die Abteilung gut. Ich weiß, welchen Zwängen Sie unterliegen. Ich verfolge keine eigenen Interessen ...«

Mit einem heftigen Kopfschütteln drehte Doripalam sich um. »Keine eigenen Interessen? Jetzt machen Sie aber mal einen Punkt, Nergui, das ist doch von vorne bis hinten Ihr Ding. Mit dem Minister hat es nichts zu tun, außer dass seine Unterschrift irgendwie unten auf den Arbeitsauftrag gelangt ist. Was hat er denn geglaubt, was er da unterschreibt?«

Nergui lächelte. Wie üblich saß er, die Füße auf der Schreibtischkante, zurückgelehnt auf seinem Stuhl und wirkte sehr entspannt. »Ich glaube, Sie werden viel zu zynisch«, sagte er. »Es muss die Arbeit sein, die Ihnen an die Nieren geht.«

Bemüht, sich seinen Ärger nicht allzu deutlich anmerken zu lassen, ließ Doripalam sich langsam auf dem Stuhl gegenüber von Nergui nieder. »Also gut«, sagte er. »Jetzt erklären Sie mir noch einmal Schritt für Schritt, was genau Sie hier vorhaben.«

»Das ist ganz einfach«, sagte Nergui. »Es gab politischen Ärger. Wir wissen, dass es nicht Ihre Schuld war, und ich kenne die Probleme, mit denen Sie konfrontiert sind, nur zu gut. Es sind genau die Probleme, mit denen auch ich zu kämpfen hatte, als ich an Ihrer Stelle war, und es ist mir nie gelungen, sie zu lösen. Wir sind beide ein Stück vorwärtsgekommen, wissen aber, dass noch ein langer Weg zurückzulegen ist.«

»Sie meinen die Korruption?«

Nergui nickte. »Es ist allgemein bekannt, dass die Zivilpolizei in ihren Anfängen aus lauter Versagern bestand, die sie in der Miliz loswerden wollten. Wir haben Leute genommen, die kaum einen Satz zusammenbrachten, und sie auf wirklich einflussreiche Positionen gesetzt. Und uns gewundert, wenn dieser Einfluss gleichsam über Nacht bestechlich wurde.«

»Wir haben auch ordentliche Leute in der Abteilung«, sagte Doripalam.

»Das leugne ich ja gar nicht«, erwiderte Nergui. »Vor allem unter denen, die wir später rekrutiert haben – wie unsere jetzige Mannschaft zur Genüge beweist –, obwohl auch da die niedrigen Gehälter, die wir anbieten konnten, eine erhebliche Erschwernis darstellten. Wer will schon zur Polizei kommen und hier sein Leben riskieren, wenn er als Verkäufer in einem Laden das Doppelte verdienen kann?«

»Ich vermutlich.«

Nergui nickte. »Sie vermutlich. Und eines Tages werde ich ernsthaft versuchen müssen, den Grund dafür herauszufinden.« Er lächelte schwach. »Aber Sie sind die Ausnahme, neben ein oder zwei Kollegen. Da draußen sind aber unzählige andere, die dem wirklich nicht gewachsen sind. Die Schlimmsten sind korrupt – die meisten davon gar nicht mal im großen Stil: Sie nehmen einfach hier und da Schmiergeld an und drücken dann ein Auge zu. Diejenigen, die nicht korrupt sind, sind schlicht unfähig – sie kapieren nicht, worin ihre Arbeit besteht oder warum sie wichtig ist. Sie halten sich nicht an die Vorschriften. Ihretwegen verlieren wir praktisch jeden Fall, den wir mit Müh und Not vor Gericht gebracht haben. Und die wenigen Leute, die nicht korrupt oder unfähig sind, sind rundweg faul. Sie haben keine Lust auf diese Arbeit.«

»Das spricht nicht gerade für meine Führungsqualitäten.«

»Jetzt aber halblang, Sie sind gerade mal fünf Minuten auf Ihrem Posten, und ich weiß, dass Sie wirklich schon etwas verändert haben. Wie lange habe ich denn auf diesem Stuhl gesessen? Und was sagt das über meine Führungsqualitäten aus?«

Doripalam versuchte erst gar nicht, darauf eine Antwort zu geben. »Schön, und wohin führt uns das jetzt?«

»Es führt uns an einen Punkt, wo wir vielleicht eine Gelegenheit haben, Dinge in Ordnung zu bringen.«

»Ich glaube, da komme ich nicht ganz mit.«

»Als ich auf Ihrem Posten war, Doripalam, habe ich immer wieder darauf gedrängt, mehr Mittel zu erhalten, um hier Ordnung zu schaffen. Das ist mir teilweise gelungen, aber es war nie auch nur annähernd genug. Sie haben bestimmt dasselbe getan, und ich habe allen mir zur Verfügung stehenden Einfluss genutzt, um Sie zu unterstützen.«

»Dafür bin ich Ihnen wirklich dankbar!«, sagte Doripalam. Er wollte eigentlich ironisch klingen, merkte jedoch, dass sein Ton eher verdrießlich war.

»Das interessiert aber niemanden. Es herrscht helle Aufregung, wenn etwas wirklich Schwerwiegendes passiert – wie unsere Morde letztes Jahr –, aber so etwas ist dann meistens so störend, dass sie es nur noch unter den Teppich kehren wollen.«

»Was ihnen in dem Fall ja gelungen ist, wenn ich mich recht entsinne.«

»Genau. So sind Politiker eben. Ihre Aufgabe besteht darin, Ärger zu vermeiden. Und leider ist eine Abteilung wie diese in ihren Augen eher eine Quelle potentiellen Ärgers als eine Truppe, die dem Wohl der Allgemeinheit dient.«

»Und Sie meinen, wir sind eine Truppe, die dem Wohl der Allgemeinheit dient?«, fragte er.

»Natürlich. Sie kennen mich. Bei all meinem Zynismus bin ich Patriot. Ich möchte das Beste für unser Land. Ich glaube, dass wir uns im Kleinen auf vielfältige Weise im Belagerungszustand befinden, und zwar vom Westen wie vom Osten. Und dass wir möglicherweise bereits unterwandert, unsere Verteidigungsstellungen schon untergraben worden sind.«

»Klingt mir etwas zu dramatisch.« Aus den Augenwinkeln konnte Doripalam die Fußgänger auf dem Süchbaataar-Platz sehen. Ein Mann in einem grauen Straßenanzug nippte an einem Styroporbecher mit Kaffee, während er, vorbei am großen Standbild des Revolutionshelden, gemächlich auf die Regierungsgebäude zuging. Ganz in der Nähe standen einige Teenagerinnen, auf deren T-Shirts vorne westliche Designerlabel prangten. Das sah nicht nach einem Land im Belagerungszustand aus. Allerdings sah es auch nicht mehr ganz so aus wie das Land, in dem Doripalam aufgewachsen war, und besonders alt war er noch nicht.

Nergui zuckte die Achseln. »Womöglich bin ich zu viel mit Politikern zusammen. Zu viel Rhetorik. Aber ich glaube, es stimmt. Wir verwenden unsere gesamte Zeit und Energie auf die großen politischen Fragen – unsere Beziehungen zu China, zu Russland, zum Westen – und dabei fürchte ich mehr und mehr, dass es die kleinen Straftaten, die kleinen Korruptionsfälle sind, die die Stabilität des Staates untergraben.«

»Der Staat war schon immer korrupt«, bemerkte Doripalam.

»Möglich. Aber was wir von dem alten System auch gehalten haben mögen, die Dinge waren unter Kontrolle. Jetzt bin ich mir dessen nicht mehr sicher. Alles wird von Profitstreben angetrieben und ist dabei, uns zu entgleiten. Ich weiß nicht, ob überhaupt jemand es für wichtig erachtet, sich dagegen zur Wehr zu setzen.«

»Außer Ihnen?« Doripalam wusste nicht, ob seine Frage spöttisch oder aufrichtig klingen sollte.

Nergui lächelte. »Ich bin nur ein Staatsdiener. Der seine Arbeit tut. Aber ich möchte die Mittel haben, um sie ordentlich zu tun.«

»Und was hat das mit der Untersuchung zu tun?«

»Es gibt noch ein anderes Problem. Der Minister hat den Sturm überstanden, wie er es immer zu tun scheint, aber die Opposition hat reichlich Kapital daraus geschlagen.«

Doripalam nickte. »Das hat der Minister mir sehr deutlich zu verstehen gegeben. Er hat mir zwar immer wieder versichert, dass es nicht meine Schuld war, aber wessen Schuld es sonst gewesen sein könnte, war auch nicht klar.«

»Sicher nicht seine. Tatsache ist, dass sie es diesmal nicht unter den Teppich kehren konnten. Was der Minister sich durch eine höchst amüsante Ironie des Schicksals weitgehend selbst zuzuschreiben hat.«

»Weil er so viel politisches Ansehen aus der Tatsache zog, dass wir Muunokhoi überhaupt vor Gericht gebracht hatten?«

»Ganz genau. Wenn ich mich recht entsinne, habe ich den Minister gewarnt, ein solches Vorgehen sei nicht unbedingt sehr klug, aber wenn es um politische Vorteile geht, ist er manchmal recht impulsiv.«

»Selbst wenn der Fall nicht so heillos in die Binsen gegangen wäre, hätten die öffentlichen Kommentare des Ministers einer fairen Verhandlung abträglich sein können«, bemerkte Doripalam. »Ich war nicht eben erfreut darüber, hielt es aber unter den Umständen nicht für angebracht, das später noch aufs Tapet zu bringen.«

»Wie man hört, planten Muunokhois Anwälte, genau in diese Richtung zu argumentieren«, sagte Nergui. Wie immer war nicht ganz klar, wie er an diese spezielle Information gekommen war. »Was aber, wie sich herausstellte, reine Theorie blieb.«

»Und jetzt müssen wir – ich meine, Sie – untersuchen, wie Tunjin uns in diesen Schlamassel hineinreiten konnte? Ich sehe nicht so recht, inwiefern uns das weiterhelfen könnte. Und ich sehe überhaupt nicht, inwiefern es *mir* weiterhelfen wird.«

»Ich bin einfach opportunistisch«, sagte Nergui. »Der Minister muss nach außen hin irgendetwas tun, und sei es auch nur, um sich selbst abzusichern. Er möchte einen kurzen, knackigen Bericht, aufgrund dessen ein paar geeignete Köpfe rollen werden.«

»Mit meinem Namen ganz oben auf der Liste?«

»Aber woher denn. Der Minister kann zwar impulsiv sein, aber ein Dummkopf ist er nicht. Er weiß – nicht zuletzt, weil ich es ihm wiederholt gesagt habe –, dass Sie sein größtes Kapital in diesem Polizeiapparat sind. Er wird Sie wegen einer solchen Sache nicht verlieren wollen. Aber so weit wird es ohnehin nicht kommen.«

»Warum nicht?«

»Weil dem Minister etwas unterlaufen ist, was sich – unter dem Aspekt kurzfristiger politischer Berechnung – als winzig kleiner Fehler entpuppen könnte. Er hat eingewilligt, dass ich die Untersuchung leite.«

»Was bedeutet?«

»Was bedeutet, dass wir es richtig machen. Sie und ich. Wir betrachten das als Gelegenheit, die Probleme in dieser Abteilung wirklich in den Griff zu bekommen. Wir können die eigentlichen Probleme – die echte Korruption – endgültig ausmerzen. Wir lassen so viele Köpfe rollen wie nötig, wohl wissend, dass der Minister uns Rückendeckung geben muss.«

»Warum muss er? Er hat sich noch nie gerne sonderlich weit aus dem Fenster gelehnt.«

»Nachdem er die Untersuchung angekündigt hat – und zwar mit genauso viel Tamtam wie vorher Muunokhois Verhaftung –, kann er es sich nicht leisten, sie nicht zu unterstützen, nur weil ihr Ergebnis um einiges radikaler ausfällt, als er vielleicht erwartet hat.«

Doripalam schüttelte den Kopf. Er hatte allmählich den Eindruck, dass Nergui sich zu lange in der Nähe von Politikern aufgehalten hatte. »Sind Sie sich der Sache sicher?«

Nergui zuckte die Schultern. »Überhaupt nicht. Wahrscheinlich wird man mich postwendend von der Untersuchung abziehen, und ich werde mich urplötzlich im Vorruhestand wiederfinden. Aber ich meine, einen Versuch ist es wert, Sie nicht?«

Er langweilt sich, fiel es Doripalam wie Schuppen von den Augen. Das war es, worum es hier ging. Er langweilte sich zu Tode, während er in seinem komfortablen Büro Akten hin und her schob. Dieses ganze Gerede über die Nation im Belagerungszustand – das war vermutlich schon aufrichtig, zog man Nerguis besondere Form des Patriotismus in Betracht. Es war aber nicht das, was Nergui wirklich bewegte. Was ihn letztlich antrieb, war das Bedürfnis, wieder Dinge aufzuwühlen, etwas in Bewegung zu bringen. Irgendeinen Spektakel zu veranstalten.

Doripalam lächelte. »Solange Sie dem Vorruhestand ins

Auge sehen und nicht ich. Ja, vielleicht ist es einen Versuch wert.«

Nergui saß still am Schreibtisch und hörte zu, wie Doripalams Schritte langsam im Gang verhallten. Er glaubte, dass es möglich gewesen sein dürfte, ein provisorisches Büro für ihn zu finden, das kleiner und noch abgelegener gewesen wäre als dieses, aber vermutlich nur, wenn man auf eine Besenkammer zurückgegriffen hätte. Doripalam konnte er dafür sicher nicht die Schuld geben. Im Großen und Ganzen, fand Nergui, wurde der Jüngere ganz gut mit allem fertig. Nergui selbst verhielt sich wie der übelste Manager. Einer, der die Karriereleiter hinaufgestoßen wird und sich dann nicht von dem Posten losreißen kann, den er eigentlich verlassen haben sollte. Der einfach nicht glauben kann, dass irgendjemand anderes ihn genauso gut ausfüllen könnte wie er.

War es das? Hoffentlich nicht, dachte Nergui. Er hatte große Achtung vor seinem Nachfolger – von dem er fand, dass er das Alltagsgeschäft besser erledigte, als er selbst es getan hatte, schon weil er unendlich viel mehr Geduld für den damit verbundenen Unsinn aufbrachte. Nein, es war die Arbeit selbst, die er nicht loslassen konnte. Und nicht nur deshalb, weil verglichen mit den intellektuellen Anforderungen seiner Funktion im Ministerium ihr Tempo und ihre Spannung ihm gefielen, sondern auch, weil er sie für wichtig hielt. Sie war das, was das Gefüge dieser immer zerbrechlicher werdenden Gesellschaft zusammenhielt.

Die ganzen Phrasen, mit denen er Doripalam bedacht hatte – ja, natürlich waren sie geschwollen. Wie sonst bekam man den Minister dazu, sich auch nur im Entferntesten mit so etwas zu befassen? Dennoch hatten sie einen wahren Kern. Wenn er sich so ansah, wie Drogenhandel, blinde Gewalt, schwerer Diebstahl durch den Einfluss des Auslands immer mehr zunahmen, kam ihm tatsächlich allmählich der Gedanke, dass der Kampf vielleicht schon verloren war. All diese großen ideologischen Schlachtrufe, Gleichheit, Freiheit, Demokratie – und doch war es diese Alltagskriminalität, die Schattenseite des Kapitalismus, mit der sie sich letztlich würden herumschlagen müssen.

Nun war er also wieder hier und pfuschte in Dingen herum, die er weit hinter sich gelassen haben sollte. An Doripalams Stelle hätte er ihnen wahrscheinlich gesagt, sie könnten sich ihre Untersuchung sonst wohin stecken. Aber genau deswegen war Doripalam gut in dieser Funktion. Weil er nur die Schlachten kämpfte, auf die es ankam. Weil er, so sehr er Nergui sein wiederholtes Eindringen auch übel nehmen mochte, doch erkannte, dass die Erfahrung und das Wissen des älteren Mannes nützlich sein konnten. Womöglich war es am Ende so, dass Doripalam Nergui ausnutzte. Zumindest hoffte Nergui, dass das der Fall war.

Das Telefon, das vor ihm auf dem Schreibtisch stand, riss ihn aus seiner Grübelei. Es überraschte ihn. Nergui hätte nicht gedacht, dass noch irgendjemand diese Kontaktnummer hatte. Der Minister würde ihn auf dem Handy anrufen – vermutlich mehrmals am Tag, sobald ihm klar war, dass Nergui nicht unmittelbar parat stand, um auf irgendeine sich zusammenbrauende kleinere Krise zu reagieren –, so wie seine Ministerkollegen auch. Nergui schätzte das Handy, nicht zuletzt deswegen, weil er es nach Belieben ausschalten konnte.

Zögernd nahm er den Hörer ab. »Nergui?«

»Ich bedaure, Sie stören zu müssen. Ich habe eine Besucherin hier unten am Empfangstresen. Sie ist gekommen, um ein Verbrechen zu melden – Androhung physischer Gewalt.«

Nergui schüttelte den Kopf und fragte sich, ob der Anruf an den falschen Nebenanschluss durchgestellt worden war.

»Tut mir leid«, sagte er. »Sie möchten sicher jemand anderen sprechen.«

»Nein. Entschuldigung, aber sie möchte unbedingt mit Ihnen sprechen.«

»Mit mir? Warum sollte sie mit mir sprechen wollen? Schicken Sie sie zur Wache rüber.«

»Genau das habe ich ja versucht. Aber sie sagt, sie kennt Sie. Sie ist Richterin.«

»Richterin?« Das Gespräch schien ins Surreale abzudriften. Nergui hatte im Laufe seines Berufslebens eine Reihe von Richterinnen kennengelernt, konnte sich aber nicht vorstellen, dass eine davon ihn gezielt aufsuchen würde, um ein Verbrechen zu melden.

»Ja. Sie sagt, sie sei bedroht worden.«

Nergui lehnte sich auf seinem Stuhl zurück. Durchs Fenster konnte er zwischen den benachbarten Häusern hindurch ein rechteckiges Stück klaren blauen Himmel sehen. »Bedroht?«

»Ja.«

Das klang nach einer Verrückten. Einer, die behauptete, sie sei Richterin, sie werde bedroht, sie kenne Nergui. Woher wusste sie überhaupt, dass er hier war? Er seufzte nachsichtig. »Und wie heißen Sie, mein Junge?«

Eine Pause am anderen Ende der Leitung. »Ich heiße Sangajav.«

»Nun, Sangajav, dann bringen Sie sie mal zu mir rauf. Ich hoffe aber, dass Sie nicht meine Zeit verschwenden.«

Eine zweite, etwas längere Pause. »Es tut mir leid, Herr Nergui, aber sie behauptet wirklich, Sie zu kennen.«

»Bringen Sie sie rauf.« Langsam legte Nergui den Hörer auf. Dann erhob er sich und ging zum Fenster hinüber. Die Aussicht auf den Platz war nicht besonders beeindruckend, aber immerhin bekam man ein bisschen vom wirklichen Leben da draußen mit. An der am nächsten liegenden Ecke des Platzes sah er eine Traube von älteren Männern, alle in den traditionellen Gewändern und Schärpen. Sie redeten und rauchten. Nergui fragte sich beiläufig, wer sie waren und warum sie sich auf diese Weise versammelt hatten. Jenseits von ihnen stand ein anderes Menschengrüppchen – diesmal japanische Touristen, die sich immer wieder anders hinstellten, um sich gegenseitig vor den Regierungsgebäuden, dem Süchbaataar-Denkmal oder der Post zu fotografieren.

An der Bürotür hinter ihm klopfte es leise. Nergui drehte sich in dem Moment um, als die Tür aufging und Sangajav, eine kleine farblose Gestalt mit unterwürfig gebeugtem Kopf, eine attraktive dunkelhaarige Frau in einem grauen, eleganten Kostüm hereinbrachte. »Das ist Frau Radnaa«, sagte er.

Sie betrachtete Nergui mit einem Ausdruck der Belustigung im Gesicht. »Du bist es tatsächlich«, sagte sie. »So ganz hatte ich es nicht geglaubt.«

Einen Moment lang starrte Nergui sie an. Aus den Augenwinkeln bekam er mit, dass irgendwo hinter ihr Sangajav diskret einen Abgang gemacht hatte und leise die Tür hinter sich zuzog. »Sarangarel«, sagte er endlich.

Sie lächelte. »Na, da bin ich aber erleichtert. Ich hatte schon ernsthaft befürchtet, du würdest dich nicht mehr an mich erinnern.«

Er schüttelte den Kopf, immer noch bemüht, alle Informationen, die er in den letzten Minuten bekommen hatte, zusammenzufügen. »Das hätte ich auch fast nicht. Es ist schon lange her«, sagte er, ehe ihm bewusst wurde, wie dumm seine Worte klangen. Seltsam, dachte er, wie der Schock uns in ein konventionelles Verhalten zurückkatapultiert. »Zehn Jahre.«

»Zwölf, glaube ich«, sagte sie.

Er nickte langsam, während er sie mit einer Handbewegung bat, Platz zu nehmen. Er setzte sich auf den Stuhl hinter dem Schreibtisch, den Blick immer noch auf die selbstbeherrschte Frau ihm gegenüber gerichtet. »Woher wusstest du, dass ich hier bin?«

»Ich freue mich zu sehen, dass dein Ego über die Jahre nicht gelitten hat«, sagte sie. »Ich wusste nicht, dass du hier bist. Ich bin nur hergekommen, um ein Verbrechen zu melden.«

»Damit hättest du zur Polizeiwache gehen müssen.«

»Das hat mir der hilfsbereite junge Mann, der mich hierhergebracht hat, auch gesagt. Aber ich bin froh, dass ich es nicht getan habe.«

»Ja«, sagte Nergui nach einer vielleicht etwas zu langen Pause. »Ich bin auch froh, dass du es nicht getan hast.«

»Das klang beinahe ehrlich«, sagte sie lachend.

Nergui zuckte die Schultern. »Nein wirklich, es ist schön, dich zu sehen. Aber ein kleiner Schock war es schon.«

»Das kann ich mir vorstellen.«

»Du siehst ganz anders aus«, sagte er. »Aber immer noch fantastisch.«

»Weißt du, du machst deine Pausen immer an der falschen Stelle und einen Augenblick zu lang.«

Nergui lachte. »Aber du hast dich nicht verändert, oder? Allerdings glaube ich, dass mein Gehör mich langsam im Stich lässt, denn ich meine, ich hätte den jungen Sangajav sagen hören, du seist Richterin.«

»Das stimmt. Ich bin Richterin. Ich verhandle Strafsachen. Es ist erstaunlich, dass wir uns noch nicht über den Weg gelaufen sind.«

Er starrte sie eine Weile an, als versuchte er, einen besonders undurchsichtigen Witz zu verstehen. »Tatsächlich?« Er schüttelte den Kopf. »Du hattest schon immer einen Sinn für Humor.«

»Den hatte ich immer«, bestätigte sie. »Aber das ist jetzt mein voller Ernst. Ich bin wirklich Richterin. Und ich bin gut darin.«

»Das bezweifle ich nicht. Du wärst gut in allem, was du mit vollem Engagement tust. Aber warum gerade Richterin?«

»Na, ich glaube, ich habe die Wege des Gesetzes ganz gut kennengelernt, meinst du nicht? Irgendwie erschien der Schritt mir folgerichtig.«

»Mir nicht«, sagte er. »Und du hattest keinerlei – Probleme?«

»Aufgrund meiner Vergangenheit, meinst du? Warum sollte ich? Ich war ja schließlich keine Kriminelle. Man konnte mich nicht dafür verantwortlich machen, mit wem ich verheiratet war. Ich wusste es ja nicht einmal.«

Nergui hatte den Eindruck, dass sie sich zu sehr rechtfertigte, fand das aber auch nicht verwunderlich. Im Laufe der Jahre hatte sie diese Argumente sicher ziemlich oft herbeten müssen. Er konnte nicht glauben, dass ihre Vergangenheit sie nicht an irgendeinem Punkt unwiederbringlich eingeholt hatte.

»Natürlich nicht«, stimmte er ihr zu. »Aber die Leute können bisweilen gnadenlos sein.«

Sie zuckte die Schultern. »Ich kann nicht behaupten, dass es einfach gewesen wäre. Nachdem – also, nachdem das alles passiert war, wusste ich nicht, was ich tun sollte. Ich war völlig verloren. Es gab einen Moment, da dachte ich, dass vielleicht du und ich …« Sie verstummte, als wäre ihr plötzlich aufgegangen, dass sie vielleicht schon viel zu viel gesagt hatte.

Nergui betrachtete sie aufmerksam, ohne dass sein dunkles Gesicht irgendetwas verriet. Das war ein Teil davon, erinnerte sie sich. Sie hatte nie genau gewusst, was er dachte, hatte ihm nie so nah kommen können, wie sie es gebraucht hätte.

»Es gab einen Moment, da habe ich vielleicht dasselbe gedacht«, sagte er, sehr zu ihrer Überraschung.

Lächelnd hob sie den Blick zu ihm. »Dann ist es wahrscheinlich ganz gut, dass keiner von uns wusste, was der andere dachte«, sagte sie.

»Das glaube ich auch«, pflichtete er ihr bei. »Wie ist es dir denn seitdem so ergangen? Ich hatte vorgehabt, danach Kontakt mit dir zu halten, aber irgendwie erschien es mir nicht angemessen.«

Nein, dachte sie, höchstwahrscheinlich hatte er recht. Es wäre nicht angemessen gewesen. »Für eine Weile wusste ich nicht weiter. Es war niemand da. Ich glaube, es hätte alles sehr schlimm ausgehen können, wenn ich mich nicht wieder in den Griff bekommen hätte.«

Jetzt konnte Nergui sich kaum jemanden vorstellen, der sich besser im Griff hatte als sie. Aber er wusste, dass dem nicht immer so gewesen war.

»Ich schaffte es, mir eine Stelle zu besorgen. Witzigerweise in der Kanzlei, die den Fall bearbeitet hatte ...«

Nergui nickte. Er erinnerte sich an den Rechtsanwalt, der Sarangarels Ehemann verteidigt hatte, und dachte, dass er ihr nach dem Tod ihres Mannes vermutlich nicht aus rein altruistischen Gründen eine Stelle angeboten hatte. Allerdings dürfte der Mann klug genug gewesen sein zu erkennen, dass er außer möglichen Vorteilen, die dieses Arrangement ihm bringen konnte, auf jeden Fall eine sehr fähige Angestellte bekommen würde.

»Am Anfang habe ich Büroarbeit erledigt. Und zwar so gut, dass ich befördert wurde, und am Ende haben sie mir die Möglichkeit geboten, Jura zu studieren und zu promovieren, um anschließend als Anwältin in die Kanzlei einzusteigen.«

»Was du zweifelsohne mit größter Leichtigkeit bewältigt hast«, bemerkte Nergui.

»Das würde ich nicht gerade sagen«, antwortete sie. »Aber ich habe es gemacht und mehrere Jahre als Strafverteidigerin gearbeitet. Dann bekam ich die Chance, mich als Richterin zu bewerben. Einer der Vorteile einer aufblühenden Demokratie – sie schafft eine ganze Palette neuer Beschäftigungsmöglichkeiten. Wusstest du, dass über die Hälfte unserer Richter Frauen sind?«

»Das bestätigt nur, was ich schon immer über weibliches Urteilsvermögen angenommen habe«, sagte Nergui. »Wesentlich solider als das männliche Pendant.«

»Außerdem neigen Frauen weniger zur Bevormundung«, sagte sie.

Nergui lächelte. »Aber wie du selbst sagst, es hat schon etwas Ironisches, dass du am Ende Recht sprichst über ...«

»Leute wie meinen verstorbenen Ehemann? Tja, ich vermute, dass man sich nicht allzu sehr in die psychologischen Aspekte dieser Angelegenheit vertiefen muss.«

»Meiner Erfahrung nach«, sagte Nergui, »lohnt es sich nie, sich allzu tief in die psychologischen Aspekte von irgendetwas zu vertiefen.«

»Und was ist mit dir, Nergui?«, sagte sie. »Ich habe deinen beruflichen Werdegang ein paar Jahre lang verfolgt – aus dem rein professionellen Interesse einer Strafverteidigerin heraus, könnte ich jetzt behaupten. Ich dachte, ich würde dir vielleicht zufällig über den Weg laufen, als ich den Fall Muunokhoi verhandelte. Das war doch einer von deinen Fällen, oder?«

Er sah sie scharf an, zum ersten Mal ein argwöhnisches Funkeln in den Augen. »Du hast den Fall Muunokhoi verhandelt?«

»Na ja, insoweit er überhaupt verhandelt wurde. Wenn es

einer von deinen Fällen war, hast du dich nicht mit Ruhm bekleckert.«

»Es war keiner von meinen«, erwiderte er. »Nicht direkt. Zu dem Zeitpunkt war ich schon nicht mehr hier. Aber es ist der Grund dafür, dass ich wieder hier bin. Nein, da haben wir uns wahrlich nicht mit Ruhm bekleckert.«

»Was ist denn da schiefgelaufen?«, fragte sie. »Ich habe die Staatsanwaltschaft noch nie so verunsichert erlebt. Normalerweise ist sie es, die alle anderen verunsichert.«

Nergui rückte geistesabwesend den Aktenstapel auf seinem Schreibtisch zurecht, wohl wissend, dass die gesamte Geschichte des Muunokhoi-Falles offen zwischen ihnen ausgebreitet war. »Bist du sicher, dass du rein zufällig hergekommen bist?«, fragte er. »Ein Wahnsinnszufall.«

Sie lehnte sich zurück und blickte ihn mit einem schwachen Lächeln auf den Lippen gelassen an. »Du vertraust aber auch wirklich niemandem, Nergui, stimmt's? Dass ich das vergessen konnte. Du achtest immer sorgfältig darauf, dass keiner dir einen Schritt voraus ist.«

»Mir macht es nichts aus, wenn Leute mir einen Schritt voraus sind«, sagte er. »Nur wenn sie einen Schritt hinter mir sind, dann fange ich an, mich zu fragen, was sie im Schilde führen. Ich bin ein oder zwei Mal zu oft von hinten erwischt worden. Buchstäblich und im übertragenen Sinne.«

Sie lachte. »Nein, ich bin aber wirklich ganz zufällig hier. Und nur, weil ich an den falschen Ort gegangen bin.« Sie hielt inne. »Das wiederum war vermutlich kein purer Zufall. Ich bin hierhergekommen, weil ich hier so oft vernommen worden war. Ich hatte gedacht, das hier wäre die Wache.«

»Es steht außer Frage, dass es sich bei dem, worin dein Mann verwickelt war, um Schwerkriminalität handelte«, sagte Nergui. »Deswegen bist du damals auch hierhergekommen. Aber – schön, ich will nicht misstrauisch sein –

warum bist du hier? Was hat es mit diesen Drohungen auf sich?«

»Ich weiß es ehrlich nicht. Gut möglich, dass es gar nichts ist. Also es fing kurz nach dem Muunokhoi-Prozess an. Jemand hatte sich meine private Telefonnummer verschafft und ich bekam drei oder vier Anrufe …«

»Drohungen?«

Sie zuckte die Schultern. »Eigentlich nicht. Am Anfang nicht. Da war einfach gar nichts. Außer dem Gefühl, dass jemand immer noch da und die Leitung noch nicht wieder frei war.«

»Heutzutage bekommt jeder diese automatischen Werbeanrufe. Sogar hier. Wir leben in einer globalisierten Welt. Es könnte aber auch sein, dass das Handy von jemandem spinnt. Außerhalb der Stadt ist der Empfang immer schlecht.«

»Ich glaube nicht, dass es jemand ist, den ich kenne. Die Nummer ist jedes Mal unterdrückt.«

»Also doch Werbeanrufe. Diese Wählcomputer. Mit denen können die Telefonisten nicht Schritt halten.«

»Das könnte natürlich sein. Aber kürzlich hatte ich ein paar, die mir bedrohlicher erschienen. Immer spät in der Nacht. Eine Stimme – metallischer Klang, wie verstellt oder irgendwie bearbeitet – wiederholt einen Namen. Den Namen meines Mannes.«

Nergui starrte sie an. »Sonst noch was?«

»Nichts. Nur das, immer wieder. Bis ich auflege. Manchmal ist auch dann die Verbindung noch nicht unterbrochen, sodass, wenn ich den Hörer wieder aufnehme, die Stimme immer noch da ist und fortwährend den Namen wiederholt.« Sie hielt inne. »Diese Anrufe sind am zermürbendsten. Wenn ich das Gefühl habe, dass ich das nie abstellen kann – dass es einfach immer so weitergehen wird.«

»Klingt es nach einer Aufnahme?«

»Könnte sein. Ich weiß es nicht. Vielleicht ja. Das würde erklären, warum es so unerbittlich klingt.«

»Und gibt es sonst noch etwas explizit Bedrohliches?«

»Nein. Nur das. Deswegen habe ich ja so lange gezögert, überhaupt etwas zu unternehmen.«

»Es muss irgendeine Vorschrift geben, an die du dich in einem solchen Fall halten musst«, sagte Nergui. »Als Richterin, meine ich. Wenn du Drohungen erhältst.«

»Die gibt es ganz bestimmt«, sagte sie. »Aber ich fand es albern, etwas in die Wege zu leiten, solange es keinen richtigen Grund gab. Und ich weiß nicht mal genau, ob es einen gibt.«

»Aber trotzdem bist du zur Polizei gegangen?« Nerguis blaue Augen musterten sie aufmerksam, und einen Moment lang konnte sie sich vorstellen, wie man sich fühlen musste, wenn man bei einer seiner Befragungen in die Enge getrieben wurde.

»Ich nehme an …« Sie zögerte. »Also, ich nehme an, dass es nicht ganz bewusst geschah. Im Großen und Ganzen war ich hier aber immer gut behandelt worden. Nicht zuletzt von dir. Deshalb dachte ich, hier würde mir vielleicht jemand zuhören. Es einfach durchsprechen. Sehen, ob ich mich nur lächerlich mache.«

»Genau das tun wir gerade«, sagte Nergui. Er fragte sich, wie zufällig ihr Auftauchen hier wirklich gewesen war. Sie war ihm nie, auch nicht mitten in jenen düsteren Zeiten vor zehn Jahren, wie ein Mensch vorgekommen, der irgendetwas ohne Grund tat. Sie hatte gedacht, Nergui habe hier immer noch das Sagen. Vielleicht war sie mit der Absicht gekommen, genau diese Art Gespräch zu führen.

»Und glaubst du, ich mache mich lächerlich?«

»Nein, natürlich nicht. Ich finde allenfalls, dass du die

ganze Sache zu gelassen nimmst. Es hört sich an, als wäre sie eigens dazu inszeniert worden, dich einzuschüchtern. Offensichtlich ist es jemand, der über deinen Hintergrund Bescheid weiß. Wie weit dürfte der bekannt sein?«

»Keine Ahnung. Ich habe die Geschichte von früher nicht verschwiegen, mich aber auch nicht sonderlich bemüht, sie in die Öffentlichkeit zu tragen. Nein, sehr weite Kreise dürfte es nicht gezogen haben.«

»Und ich glaube, dass wir durchaus annehmen können, dass es jemand ist, der versucht, dich in deiner Funktion als Richterin unter Druck zu setzen.«

»Aber nicht sehr wirkungsvoll.«

»Nein, bis jetzt nicht. Doch gegenüber den wortlosen Anrufen am Anfang wurde bereits ein Gang zugelegt, sodass wir vermutlich davon ausgehen können, dass sie bedrohlicher werden.«

»Ich bin froh, dass ich zu dir gekommen bin, um eine objektive Meinung statt tröstender Worte zu hören«, sagte sie.

»Darin bin ich auch weitaus besser.«

»Ich erinnere mich. Ja, vermutlich hast du recht. Ich sollte es melden.«

»Melde es vorschriftsmäßig bei der Justiz. Ich könnte mir vorstellen, dass du es zu Protokoll geben musst, falls sie später Fragen bezüglich deiner Unbefangenheit haben.«

Mit einem Ausdruck leichter Bestürzung blickte sie zu ihm auf. »Unbefangenheit? Ja, klar, ich verstehe, was du meinst. Es ist dumm von mir. Ich hätte gleich an all das denken sollen.«

Nergui betrachtete sie eingehend. Seiner Erinnerung nach war sie alles andere als dumm oder auch nur zerstreut. Er konnte kaum glauben, dass sie das alles nicht durchdacht haben sollte, bevor sie, unangekündigt und unerwartet, im

Polizeipräsidium auftauchte. »Du hattest wahrscheinlich Angst davor – vielleicht mehr, als dir bewusst ist. Allein diesen Namen zu hören, nach all den Jahren, wird eine Menge aufgewühlt haben, was du für längst begraben gehalten hattest.«

Sie nickte, als wäre auch dieser Gedanke ihr neu. Nergui fiel ihre frühere Bemerkung über die Bevormundung wieder ein. Er mutmaßte, dass sie durchaus bereit war, sich bevormunden zu lassen, wenn das zur Folge hatte, dass man sie unterschätzte.

»Ich kann mich um die polizeiliche Seite kümmern«, sagte er und fragte sich, noch während er sprach, ob das wirklich klug gewesen war. »Wir können die Anrufe überprüfen, vielleicht sogar die Telefonnummer herauskriegen, obwohl ich mir da nicht allzu große Hoffnungen machen würde. Im Übrigen wäre es sicher nicht verkehrt, dich unter Personenschutz zu stellen.«

Sie lächelte. »Hältst du das wirklich für notwendig?«

Er zuckte die Achseln. »Ich möchte dich nicht unnötig ängstigen. Aller Wahrscheinlichkeit nach ist das nur so ein halbgarer Idiot, der versucht, ein bisschen Unruhe zu stiften. Vielleicht jemand mit einem Groll auf dich. Zum Beispiel einer, den du in den Knast geschickt hast?«

»Ja natürlich, das ist möglich. Glaubst du denn, dass eine reale Gefahr besteht?«

»Das bezweifle ich, um ehrlich zu sein. Solche Leute wollen meistens nur ein bisschen stänkern. Diejenigen dagegen, die einem wirklich Schaden zufügen wollen, tun das in der Regel direkt. Genau weiß man es allerdings nie.«

»Ich beuge mich deinen überragenden Kenntnissen«, sagte sie. »Ich hoffe, du hast recht.«

»Das hoffe ich auch«, sagte er. Nach einer Pause fuhr er fort: »Es war schön, dich wiederzusehen, Sarangarel.«

Sie nickte. »Das muss Schicksal sein«, sagte sie. »Ich bin an den falschen Ort gekommen, und du solltest eigentlich gar nicht hier sein. Allerdings hast du mir nicht erklärt, was du hier eigentlich tust.« Sie blickte sich in dem kleinen, spärlich möblierten Raum um. »Wie das Büro eines Chefs sieht das hier nicht gerade aus.«

»Ist es auch nicht«, sagte er. »Ich bin hier nicht der Chef. Nicht mehr. Und wenn ich ganz ehrlich bin, muss ich sagen, dass ich selbst nicht genau weiß, was ich hier eigentlich tue.«

»Das sieht dir nicht ähnlich, Nergui«, sagte sie. »Du wusstest normalerweise immer genau, was du tatest.«

»Ja, nicht wahr?«, sagte er. Seine blauen Augen schauten sie unverwandt an. »Und du auch, wenn ich mich recht entsinne.«

6. KAPITEL

Tunjin lag zusammengesunken auf dem Bett und sah aus, als hätte ihm jemand einen kräftigen Schlag in die Magengrube versetzt.

Wieder betrachtete er die offene Akte, aus der ihm Muunokhoi mit leerem Blick entgegenlächelte. Falls er mit seiner Vermutung richtiglag, konnte er sich in nächster Zeit auf weit Schlimmeres als einen Schlag in die Magengegend gefasst machen.

Er suchte nach einer anderen Interpretation, einer anderen Erklärung für dieses Foto. Vielleicht war es die ganze Zeit in der Akte gewesen, eine Hilfe zu Muunokhois Identifizierung. Schließlich hatte es in der Verbrecherkartei keine offiziellen Fotos von ihm gegeben – jedenfalls nicht bis zu seiner kürzlich erfolgten Verhaftung. Der Verhaftung, für die Tunjin verantwortlich gewesen war.

Er wusste jedoch, dass dieses Bild sich nicht in der Akte befunden hatte. Dutzende Male war er sie durchgegangen, hatte die ursprünglichen Beweise verglichen, das neu erstellte Material überprüft, nach Ungereimtheiten Ausschau gehalten und nach allem gesucht, was die Fälschungen aufdecken würde. Er war davon überzeugt gewesen, dass alles perfekt war, narrensicher.

Aber Muunokhoi hatte es durchschaut. Und jetzt war Tunjin selbst der Narr.

Im Übrigen, auch wenn das Foto sich die ganze Zeit in der Akte befunden hatte, erklärte das noch nicht, wie sie hierherkam, in Tunjins Wohnung. Darüber hatte er in den letzten Minuten fieberhaft nachgedacht. Zugegeben, von den vergangenen paar Nächten wusste er nur noch wenig oder nichts, aber das allein deutete ja schon darauf hin, dass sein Zustand ihm nicht erlaubt hätte, Akten aus dem Polizeipräsidium zu stehlen. Keine Frage, diese Akte war von jemandem entwendet und hierhergebracht worden, der sich in einer weitaus besseren geistigen Verfassung befunden hatte als Tunjin.

Er brauchte einen Drink. Wirklich. Er erinnerte sich an die vielen fast leeren Wodkaflaschen in dem anderen Zimmer. Es war immer noch viel Schnaps übrig. Mehr als genug.

Es war verlockend. Einfach ins Vergessen zurückzugleiten. Nur hier zu liegen und zu warten, was passieren würde. Abgesehen davon, dass natürlich nichts passieren würde. Er würde an einer Alkoholvergiftung sterben, bevor Muunokhoi ihm in seiner Bewusstlosigkeit etwas antat. Muunokhoi wollte, dass seine Opfer ganz genau mitbekamen, was mit ihnen passierte und warum. Offensichtlich einer, der Unklarheiten nicht ausstehen konnte, dieser Muunokhoi.

Tunjin schüttelte den Kopf. Nein, diesmal bestand die Antwort nicht darin, sich hinter dem Alkohol zu verstecken. Ihn schauderte bei dem Gedanken, dass jemand irgendwann gestern oder vorgestern, wahrscheinlich während er im Vollrausch dalag, in die Wohnung eingedrungen, dann vermutlich über seinen komatösen Körper gestiegen war und diese Akte auf sein Bett gelegt hatte. Das war ein ziemlich starker Anreiz, den Fusel zu meiden, wenigstens für eine Weile.

Wie nah waren sie nun? Unmittelbar in der Nähe, damit sie das Ganze zu Ende bringen konnten, sobald er wach wurde?

Er musste vorsichtig sein. Wegen des hellen Sonnenscheins hatte er zum Glück kein Licht machen müssen, und die Vorhänge waren aufgezogen. Bis jetzt hätte ein Beobachter von draußen keine Bewegung wahrgenommen.

Es sei denn, sie hatten das leichte Ruckeln der Leitungen gehört, als er den Hahn aufgedreht hatte, um sich Wasser einzuschenken.

Nein, jetzt wurde er allmählich paranoid. Die Rohrleitungen in diesem Gebäude waren so alt, dass es unmöglich war, ein Geräusch einer bestimmten Wohnung zuzuordnen. Aber im Prinzip konnte er durchaus richtigliegen. Es konnte sein, dass sie auf ein Lebenszeichen warteten. Vielleicht warteten sie darauf, dass er die Wohnung verließ, damit sie ihn schnappen und an einen geeigneteren Ort bringen konnten. Aber wenn das zutraf, warum hatten sie ihn dann nicht einfach mitgenommen, als er bewusstlos war? Sie hätten ihn an jeden beliebigen Ort ihrer Wahl bringen und dann warten können, bis er wach wurde.

Weil sie mit ihm spielten. Deshalb hatten sie die Akte hiergelassen. Deshalb ließen sie ihn warten. Weil sie wussten, was in seinem Kopf vorgehen, worüber er nachdenken würde. Sie wussten – weil sie jetzt hier vor ihm lag –, dass er Muunokhois Akte gelesen hatte.

Und das war es. Er wusste – und sie wussten, dass er wusste –, wozu Muunokhoi fähig war. Er konnte nicht einfach dasitzen und darauf warten.

Er rappelte sich hoch und wankte zum Fenster hinüber, blieb aber bewusst seitlich davon stehen, damit er von außen nicht gesehen wurde. Am Stand der Sonne, deren Licht ihn blinzeln ließ, erkannte er, dass es wirklich noch Morgen war.

Das Schlafzimmerfenster bot einen Blick auf die Hauptstraße darunter. Beeindruckend war der gewiss nicht. Deprimierende Wohnblocks im sowjetischen Stil – genau wie dieser hier – säumten die Straße auf beiden Seiten und verhinderten, außer mitten am Tag, eine direkte Sonneneinstrahlung. Hin und wieder zuckelte ein Auto vorbei, zumeist klapprige alte Ladas, die einzige Art von Fahrzeug, die man sich leisten konnte, wenn man in diesen endlosen anonymen Wohnblocks lebte. Tunjin spähte nach draußen und ließ den Blick rasch über den grauen, fleckigen Beton gleiten.

Da stand eine Gestalt, reglos, vielleicht hundert Meter die Straße hinunter.

Tunjin zog sich zurück und hoffte, dass man die Bewegung nicht hatte wahrnehmen können. Die Gestalt war lässig gekleidet gewesen – Sweatshirt und weite Hose, kahlrasierter Kopf, Zigarette in der Hand. Aber ganz eindeutig auf Beobachtungsposten.

Bemüht, Ordnung in seine verworrenen Gedanken zu bringen, schüttelte Tunjin heftig den Kopf. Was er jetzt brauchte, war ein klarer Verstand. Konzentration. Was er brauchte, war ein Drink – nein, halt, das war das Letzte, was er jetzt brauchte.

Was er dagegen wirklich brauchte, war ein Weg hier raus.

Er sah an seinen fleckigen Kleidern hinab. In diesem Aufzug käme er nicht weit. Das musste er sorgfältig planen, so sorgfältig, wie es einem schwer verkaterten Mann nur möglich war.

Er ging vom Fenster weg zu dem eingebauten Kleiderschrank an der angrenzenden Wand. Ohne sich viel davon zu versprechen, schob er dessen Tür auf und schaute hinein. Einigermaßen überrascht stellte er fest, dass dort ein paar saubere T-Shirts und zumindest ein Exemplar jener weiten, dehnbaren Hosen hingen, die als Einzige seinem Bauch angemessen waren. Diese Kleidungsstücke bewiesen in seinen Augen nichts anderes, als dass er mehrere Tage lang dasselbe angehabt hatte.

Rasch schälte er sich aus T-Shirt und Hose und warf sie beiläufig in eine Ecke, wo schon mehrere andere lagen. Nach einer kleinen Pause ließ er ihnen seine riesige Unterhose folgen. Auf dem Boden des Kleiderschranks befand sich ein Stapel anscheinend sauberer Unterwäsche.

Er zog eine frische Unterhose an, dann ein neues schwarzes T-Shirt und die schwarze Hose. Beides war vielleicht etwas zu klein und spannte über seinem dicken Leib, aber gegenüber seinem vorherigen Aussehen stellte das, wie er bei einem flüchtigen Blick in den Spiegel konstatierte, eine deutliche Verbesserung dar. Er schlüpfte in sein einziges Paar Stiefel, aus deren Sohlen trockene Dreckklümpchen herausfielen, und schnappte sich den Anorak vom Haken hinter der Schlafzimmertür.

Gut, dachte er, jetzt kann's losgehen. Die Frage war nur, was er tun sollte.

Immer in sicherer Entfernung von den Fenstern ging er langsam durchs Wohnzimmer zur Eingangstür. Behutsam schob er den Riegel zurück und zog leise die Tür auf. Das ist der kritische Augenblick, dachte er. Wenn sie draußen im Treppenhaus jemanden auf Beobachtungsposten hätten, wäre das das Ende. Er hatte jedoch darauf gesetzt, dass sie innerhalb des Gebäudes niemanden postieren würden. Zu auffällig, fand er. Einige seiner wichtigtuerischen Nachbarn hätten jeden Eindringling innerhalb kürzester Zeit zur Rede gestellt.

Das Treppenhaus schien verlassen. Tunjin schaute sich nach der Uhr um. Acht Uhr vierzig. Bis auf die Älteren, die in der Regel erst später aus ihren Wohnungen kamen, waren die meisten seiner Nachbarn wohl zur Arbeit gegangen. Er klinkte die Tür nur ein, ehe er leise ins Treppenhaus trat.

Nichts.

So leise er konnte – für jemand so Massigen wie ihn erstaunlich leise – ging er zu der Treppe, die nach unten führte. Da Tunjins Wohnung im ersten Stock lag, konnte er von diesem Treppenabsatz aus den Eingangsbereich des Wohnblocks einsehen. Es war ein bedrückend wirkender, verdreckter Korridor. Ein paar Fahrräder waren zusammengeschoben, Stöße nicht abgeholter Briefe und Zeitungen lagen herum. Aber zumindest schien er menschenleer zu sein.

Während Tunjin sich Stufe um Stufe nach unten tastete, versuchte er sicherzustellen, dass ein draußen stehender Beobachter ihn dabei nicht sehen konnte. Die Eingangstüren des Wohnblocks hatten zwar große Glasscheiben, aber das Glas war so schmuddelig und das Innere des Eingangsbereichs so düster, dass von außen vermutlich keinerlei Bewegung wahrzunehmen war.

Tunjin arbeitete sich langsam vorwärts und bückte sich im Vorbeigehen, um zwei Gegenstände aus dem Müll zu nehmen, der überall im Eingangsbereich herumlag. Der erste war ein alter Besen mit völlig abgenutzten Borsten und der zweite ein alter Bleistiftstummel. Improvisation war schon immer Tunjins Stärke gewesen.

Schritt für Schritt durchquerte er den Korridor, immer in sicherem Abstand von der Tür. Durch das schmierige Glas erkannte er die kahlrasierte Gestalt, die er von seinem Schlafzimmer aus entdeckt hatte. Weitere Verfolger schien es, soweit er sehen konnte, nicht zu geben, wenngleich außerhalb von Tunjins Blickfeld am anderen Ende der Straße durchaus noch einer stehen konnte. Der gelangweilt wirkende Mann zog an seiner Zigarette und scharrte unruhig mit den Füßen. Tunjin wartete, bis der Mann ihm den Rücken zudrehte und sich im Schutz vor dem Wind die nächste Zigarette anzündete, trat dann rasch vor und klemmte den Besenstiel fest unter die Türklinke, sodass man die Tür von außen nicht mehr öffnen konnte. Dann ging er, um nicht gesehen zu werden, in die Hocke, schloss die Tür mit seinem eigenen Schlüssel zu, drückte den Bleistiftstummel fest in das Schlüsselloch und brach ihn am Ende ab, um sicherzustellen, dass das Schloss vollkommen verstopft war.

Das verursachte ihm leichte Gewissensbisse. Ganz sicher würde er seinen Mitbewohnern im Haus damit Unannehmlichkeiten bereiten, und er hoffte nur, dass nichts Schlimmeres passieren würde – wie so viele der Wohnblocks aus der Sowjetära hatte dieses Gebäude für den Brandfall keinen weiteren Fluchtweg.

Doch da er nicht wusste, wann Muunokhoi der Meinung sein würde, dass er sich nun lange genug in Geduld geübt hatte, oder wann der Mann da draußen sich vor lauter Langeweile dazu hinreißen ließ, etwas Unabgesprochenes zu tun, wollte Tunjin ein bisschen Zeit gewinnen. Natürlich wäre es möglich, die Scheibe in der Tür einzuschlagen, aber das Glas war bestimmt gehärtet und so etwas würde in dieser relativ unbelebten Durchgangsstraße sicher auffallen. Und einen anderen Weg in das Gebäude gab es nicht, sah man einmal von dem ab, auf dem Tunjin es zu verlassen beabsichtigte und der, wie er hoffte, einem Fremden nicht unmittelbar einfallen würde.

Er zog sich von der Tür zurück und fing an, so schnell sein wuchtiger Körper es ihm erlaubte, die Treppe hinaufzusteigen. Die schlimmsten Symptome seines Katers schienen jetzt abgeklungen zu sein, wenngleich er nicht behaupten konnte, dass es ihm besonders gut ging.

Er erreichte seine eigene Etage, dann, inzwischen schwer schnaufend und kurzatmig, die zweite und dritte. Es gab Zeiten, da fand er, dass ein gesünderer Lebensstil durchaus etwas für sich haben könnte.

Schließlich schleppte er sich die letzte Treppe zum vierten Stock hoch. Hier oben gab es keine Wohnungen, nur ein paar

Abstell- und Wirtschaftsräume, von denen die meisten voller Gerümpel waren. Sein Ziel lag auf der entgegengesetzten Seite eines dieser vollgestopften Räume – eine Dachluke mit einer darunter befestigten Ausziehleiter.

Auf dem Weg durch das Gerümpel schob er eine rostende Waschmaschine mit getrennter Schleuder und ein paar zerbrochene Stühle beiseite, bis er unmittelbar unter der Dachluke stand. Im Vorbeigehen hatte er einen alten Schraubenzieher mitgenommen, den jemand auf der Waschmaschine vergessen hatte. Nach einer kurzen Verschnaufpause streckte er sich und zog an der Leiter. Sie war schwergängig und ein bisschen rostig, aber als er fest an ihr zerrte, kam sie schließlich ruckelnd herunter.

Tunjin musterte sie gründlich und schaute dann an seinem massigen Körper hinunter. Eigentlich müsste die Leiter sein Gewicht tragen können, dachte er, war aber froh, dass er sich ihr nicht allzu lange würde anvertrauen müssen. Er holte tief Luft und begann langsam die Sprossen hinaufzusteigen. Der metallene Leiterrahmen ächzte verdächtig, schien aber zu halten.

Er erreichte die Dachluke, zog am Griff und drückte sie nach außen. Einen Moment lang glaubte er, sie würde nicht aufgehen, doch nach einigem Rütteln und Drücken gab sie schließlich nach. Tunjin erklomm die restlichen Leitersprossen und zog sich nach Luft schnappend auf das Dach des Wohnblocks hinauf.

Dort blieb er erst einmal völlig erschöpft liegen. Ihm war übel, und jeder Atemzug tat ihm weh. Für so etwas war er einfach nicht gemacht. Nicht mehr, jedenfalls.

Das helle Sonnenlicht und die frische Luft setzten ihm fast genauso zu wie seine Atemnot und die Nachwirkungen seines Katers. Er rollte sich auf den Rücken und lag, immer noch keuchend, mit geschlossenen Augen da, den Glanz der

Sonne blutrot hinter den geschlossenen Lidern. Zum Glück war die Sonne noch relativ niedrig und die Luft noch kühl, ein leichter Wind fuhr sanft durch sein schweißgetränktes T-Shirt.

Als er schließlich wieder zu Atem gekommen war, drehte er sich auf den Bauch zurück, um die Dachluke hinter sich fest zuzumachen. Er suchte das Flachdach nach irgendetwas ab, womit er sie in der Hoffnung auf einen kleinen Zeitgewinn hätte verkeilen können, fand aber nichts.

Er setzte sich auf und blickte sich um. Das Flachdach war kaum mehr als eine leere graue Asphaltfläche. Eine Reihe identischer Wohnblocks erstreckte sich entlang der Straße, auf der anderen Seite dasselbe Bild.

Tunjin war schon ein paar Mal hier oben gewesen. Das Dach bot einen reizvollen Blick auf die Stadt. In der Ferne konnte er die markantesten Gebäude der Innenstadt sehen – die Hauptpost, das Parlamentsgebäude, den Kulturpalast. Außerdem den rosafarbenen und schwarzen Monolithen des Hotels Dschingis Khan, die ausgedehnten Grünflächen des Nairamdal Parks und das Naadam Stadion. Dahinter kam, im Dunstschleier liegend, das schwarze Gewirr von Fabriken und der lange Silberstreifen der Eisenbahnlinie. Und jenseits von alledem das endlos weite Grün der Steppe und der fernen Berge.

Tunjin war in dieser Stadt aufgewachsen, kannte sie schon sein Leben lang, hatte aber – wenn er ehrlich war – nie weiter über sie nachgedacht. Doch jetzt, genau in diesem Moment, sah sie wirklich wunderschön aus. Allerdings hing das vielleicht damit zusammen, dachte er, dass er sich dieses Anblicks womöglich nicht mehr sehr lange würde erfreuen können.

Langsam rappelte er sich hoch und ging schwankend an den Rand des Daches oberhalb der Hauptstraße. Sein Ziel sollte es sein, möglichst viel Entfernung zwischen sich und Muunokhoi zu legen. Oder, genauer gesagt, sich selbst die Gelegenheit zu geben, Muunokhoi möglichst ein oder zwei Schritte voraus zu sein. Vielleicht konnte er einfach aus der Stadt fliehen – sich in eine andere Stadt aufmachen, vielleicht auch hinunter in die Wüste Gobi. Es musste doch möglich sein, irgendeinen Ort zu finden, an dem Muunokhoi ihn nicht würde aufspüren können.

Und hier hatte er ja nun wirklich keine große Zukunft mehr vor sich. Bei seinem Treffen mit Doripalam war er bewusst provozierend aufgetreten, vermutete aber, dass das Ergebnis so oder so dasselbe sein würde – auf seine gegenwärtige Suspendierung würde die Entlassung folgen. Für das, was passiert war, musste irgendein Kopf rollen, und Tunjin war der einzige Kandidat. Wenn er Glück hatte, würde er vielleicht einen Teil seines Pensionsanspruchs behalten, aber es bestand nicht allzu viel Grund, davon auszugehen, dass er Glück haben würde. Seine Zeit war ohnehin abgelaufen gewesen, das wusste er, ging man von seiner Trinkerei und seinem allgemeinen Gesundheitszustand aus, dessentwegen er das Ganze ja überhaupt begonnen hatte.

Er war am Ende seines Wohnblocks angelangt. Das Dach ging auf dem nächsten Gebäude weiter, mit einem Spalt von etwa einem halben Meter dazwischen. Er spähte nach unten – zwischen den beiden Häusern ging es vier Stockwerke tief hinunter. Typisch russische Bauweise, dachte er. Einen großen Wohnblock zu errichten, wäre zu einfach und zu rationell gewesen. Die Häuser als getrennte Einheiten zu bauen, hatte wahrscheinlich genug zusätzliche Arbeitsplätze geschaffen, um irgendjemandem zum Erreichen seines Produktionsziels zu verhelfen.

Tunjin blieb nichts anderes übrig, als den Spalt zu überspringen. Er war nicht breit und solch ein Satz hätte den meisten Leuten keinerlei Probleme bereitet. Tunjin hatte zwar keine Höhenangst, aber seine Fettleibigkeit machte zusammen mit seinem immer noch leicht benebelten Kopf ein solches Unterfangen zu einer echten Herausforderung. Mit angehaltenem Atem taumelte er, so nah er konnte, an den Rand heran. Dann machte er, krampfhaft bemüht, die Augen offen zu halten, einen Satz.

Drüben fiel er flach aufs Gesicht, wobei seine Finger über den Asphalt schrammten und er in Knien und Brust einen stechenden Schmerz verspürte. Seine Füße ragten zwar noch über den Rand hinaus, aber er schien es hinübergeschafft zu haben.

Mühsam stand Tunjin auf und schaute geradeaus zum letzten Wohnblock. Bevor er den erreichte, hatte er noch zwei weitere derartige Zwischenräume zu überwinden. Und dann würde er vor dem Problem stehen, wie er wieder hinunterkäme. Eine mögliche Lösung hatte er jedoch schon im Hinterkopf.

Steten Schrittes ging er über das Dach weiter bis zum nächsten Wohnblock. Dann setzte er wieder zum Sprung an, diesmal jedoch mit geschlossenen Augen. Wieder landete er unsanft, aber sicher. Vielleicht war er ja fitter, als er dachte. Er drehte sich auf den Rücken und wartete einen Moment, um wieder zu Atem zu kommen. Die Kraftanstrengung lenkte ihn zumindest ein wenig von seinen Sorgen ab.

Tunjin hatte sich wieder umgedreht und fing gerade an, sich hochzurappeln, als er hinter und unter sich Lärm hörte, der nach einem Aufruhr klang. Auf dem Bauch liegend spähte er über den Rand des Daches und versuchte zu erkennen, was unten auf der Straße vor sich ging, ohne dabei selbst gesehen zu werden.

Diese Störung, was immer es auch war, ereignete sich zweifellos vor seinem eigenen Haus. Er hörte Rufen und heftiges Klopfen. Der Mann mit dem kahlrasierten Kopf hatte seinen Posten verlassen und sich in die Mitte der Straße begeben, wohl um zu sehen, was da los war.

Um eine bessere Sicht bemüht, rutschte auch Tunjin vor, allerdings in dem Bewusstsein, dass es bei seinem immer noch gestörten Gleichgewicht unklug wäre, sich allzu weit über den Rand zu beugen. Aber auch so konnte er genug sehen. Ein paar Leute standen vor seinem Wohnblock und schlugen unter lautem Geschrei an die Glastür. Tunjin konnte sie aus dieser Entfernung nicht erkennen, nahm jedoch an, dass sie Mitbewohner aus dem Haus waren, die entdeckt hatten, dass die Eingangstür nicht nur verschlossen, sondern von ihnen verrammelt war.

Bei genauerer Überlegung war sein Versuch, Zeit zu gewinnen, vielleicht doch nicht so schlau gewesen. Die verrammelte Tür hatte den Kahlköpfigen quasi mit der Nase darauf gestoßen, dass etwas nicht stimmte. Wie Tunjin sehen konnte, näherte der Mann sich bereits der Tür und kam mit den ausgesperrten Hausbewohnern ins Gespräch.

Tunjin dachte über seinen nächsten Schritt nach, als er bemerkte, dass der Mann wild in Richtung der Hausbewohner gestikulierte, um ihnen klarzumachen, dass sie aus dem Weg gehen sollten. Dann – vermutlich waren sie inzwischen seiner Anweisung gefolgt – hob der Mann die Hände, und ein Schuss hallte die leere Straße hinunter, unmittelbar gefolgt vom Klirren splitternden Glases.

Einen weiteren Impuls brauchte Tunjin nicht. Während er sich schwankend aufrichtete, verspürte er, vielleicht zum ersten Mal seit Jahren, eine Motivation zum Abnehmen. So schnell sein massiger Körper es ihm erlaubte, lief er auf das nächste Dach zu und schaffte es diesmal wie durch ein Wunder, auf den Beinen zu bleiben, nachdem er über den Spalt gesprungen war.

Tunjin wusste, dass der letzte Wohnblock in der Reihe mit seinem identisch war, und sein ursprünglicher Plan hatte vorgesehen, dass er mithilfe des Schraubenziehers die Dachluke aufhebelte. Im Rückblick fand er, dass etwas mehr Überlegung diesem ganzen Unterfangen durchaus gutgetan hätte. Und die Zeit war jetzt eindeutig nicht auf seiner Seite.

Bei der Dachluke angelangt, holte er den Schraubenzieher heraus, schob dessen Klinge in den Schlitz entlang des Rahmens und drückte ihn nach unten, aber der Rahmen gab kein bisschen nach. Tunjin warf einen Blick auf die rostigen Fensterangeln, dann auf den Schraubenzieher, der sich bereits unter seinem Gewicht bog.

Schließlich riss er ihn heraus und schlug mit der Klinge mitten in die Scheibe. Sie zerbarst sofort. Gerade noch rechtzeitig zog er die Hand zurück, um sich nicht böse zu schneiden. Darauf hob er den Fuß und fing an, fest auf das noch verbliebene Glas zu treten und so den Rand des Rahmens von Scherben zu befreien, bis er fand, dass er gefahrlos hindurchsteigen konnte.

Er spähte in die leere Öffnung hinab. Wie in seinem eigenen Wohnblock gab es eine Leiter, aber diese hier sah ziemlich kaputt aus. Tunjin versuchte, sie abwärts zu schieben, doch sie ließ sich überhaupt nicht bewegen. Schließlich schaute er hinter sich, klammerte sich am Rand der Dachluke fest und schob sich durch das klaffende Loch.

Unten stand ein ramponierter Küchentisch, jetzt nur noch einen halben Meter von seinen baumelnden Füßen entfernt. Tunjin tastete einen Moment umher, bevor er sich in dem Versuch fallen ließ, sicher auf der hölzernen Tischplatte zu landen.

Seine Füße glitten aus, kaum dass sie auf dem Tisch aufgekommen waren, sodass er seitlich wegrutschte, während seine Finger verzweifelt Halt suchten. Kurz darauf prallte er mit dem Bauch schwer auf die Tischplatte und gerade als er dachte, er sei sicher gelandet, hörte er Holz krachen: Eins der Tischbeine brach unter seinem Gewicht zusammen. Darauf kippte der Tisch zur Seite und Tunjin stürzte schwer auf einen Stapel leerer Farbdosen, bevor der Tisch vollends über ihn fiel.

Einen Moment lang herrschte Stille, und Tunjin lag schwer atmend da, überzeugt, dass jeder Knochen in seinem Körper gebrochen war. Er brauchte ein paar Sekunden, um sich darüber klar zu werden, dass dem wohl doch nicht so war und der Sturz lediglich ein paar blaue Flecken zur Folge hatte.

Er richtete sich zum Sitzen auf, schob den Tisch von sich weg und versuchte, sich aus dem umgestoßenen Farbdosenstapel hinauszubugsieren. Einen Moment lang verspürte er Erleichterung. Er war noch am Leben. Und – wenigstens für den Augenblick – entkommen.

Dann wich die Erleichterung einer bodenlosen Angst. Er schluckte heftig, Übelkeit überkam ihn in Wellen, so als kehrten alle Symptome des Katers, die während seiner Flucht über die Dächer verschwunden zu sein schienen, jetzt doppelt so stark zurück.

Die beiden Läufe einer Schrotflinte waren, nur wenige Zentimeter von seinem Gesicht entfernt, auf seine Stirn gerichtet.

Dahinter sagte eine ruhige Stimme: »Ich will nur hoffen, dass Sie das alles wieder in Ordnung bringen.«

7. KAPITEL

»Aber du weißt, was er vorhat. Genau dasselbe wie immer. Dich absägen.«

Doripalam schüttelte den Kopf, am liebsten hätte er die Augen geschlossen. Der Anblick seiner Frau, die im Zimmer auf und ab schritt, verursachte ihm jedes Mal Kopfschmerzen. »Ich glaube nicht, dass es das ist«, sagte er. »Das ist es, glaube ich, wirklich nie gewesen. Und dieses Mal erst recht nicht.« Er hatte ein kleines Glas eisgekühlten Wodka in der Hand, den er einfach nur genießen wollte, aber Solongo schien, wie so oft, anderes im Sinn zu haben.

»Du bist einfach zu gutgläubig, das ist dein Problem. Das war schon immer dein Problem. Du lässt dich von den Leuten herumschikanieren.«

Er wusste, sie meinte es gut. Sie meinte es immer gut. Das war ein Teil des Problems. Natürlich dachte sie dabei auch an ihre eigenen Interessen – wer tat das nicht? Aber tief im Inneren war er davon überzeugt, dass es kein reiner Egoismus war, dass es ihr tatsächlich auch um ihn ging. Andererseits, überlegte er, war er vielleicht wirklich zu gutgläubig.

»Warum sollte er mich absägen wollen? Er hat mir die Stelle ja verschafft.«

»Wenn es nach ihm gegangen wäre, hätte er niemandem die Stelle verschafft. Er hätte sie selbst behalten. Auf Lebenszeit.«

»Aber jetzt hat er sie nicht mehr. Er hat einen viel besseren Posten: Warum sollte er überhaupt ein Interesse an mir haben?«

»Weil du die Stelle hast, die er früher hatte – die er immer noch gerne hätte – und viel bessere Arbeit leistest, als er es je gekonnt hätte.«

Das kam selten vor. Normalerweise widerstrebte es Solongo, etwas Positives über ihren Mann zu sagen, selbst wenn sie ihren Lieblingsfeind, seinen früheren Chef Nergui, kritisierte. Vielleicht war das ein positives Zeichen.

Zaghaft nippte Doripalam an seinem Wodka. »Es schmeichelt mir außerordentlich, dass du so denkst«, sagte er, aufs Äußerste bemüht, nicht sarkastisch zu klingen.

»Das ist doch ganz offensichtlich«, erwiderte sie. »Du bist kein Dummkopf, Doripalam, auch wenn du dich ziemlich oft so verhältst. Du bist sehr kompetent. Nergui wird sich allmählich bedroht fühlen.«

Doripalam konnte sich schon kaum vorstellen, dass Nergui sich durch physische Gewalt bedroht fühlte, um wie viel weniger erst durch die Möglichkeit, von irgendeinem jüngeren Kollegen in den Schatten gestellt zu werden. »Aber selbst wenn das stimmt«, sagte er, »erklärt es noch nicht, was er im Moment vorhat. Warum er so scharf darauf war, diese Untersuchung zu leiten.«

»Bist du sicher, dass er dich nicht als eine Art Opferlamm darbringen wird?«, sagte Solongo. Schließlich setzte sie sich auf die Couch und griff, den Blick weiter auf ihn gerichtet, zu ihrem eigenen Wodkaglas. »Ich meine, ich weiß, dass er sich bisher nur positiv über dich geäußert hat. Aber dieser Fall mit – wie heißt er doch gleich? Der Schwerverbrecher?«

»Muunokhoi.«

»Ja, Muunokhoi. Also, dieser Fall dürfte Nergui alle Munition liefern, die er braucht, wenn er dich loswerden will.«

»Und mich wie ersetzen? Es gibt sonst niemanden, der

diese Stelle ausfüllen könnte. Niemanden, der es überhaupt wollte.«

Sie zuckte die Achseln. »Keine Ahnung. Vielleicht würde Nergui sie wieder selbst an sich reißen. Er ist bestimmt arrogant genug zu glauben, er könnte mühelos beide Aufgaben erledigen.«

»Du bist einfach paranoid«, sagte er.

Aber vielleicht war sie es ja zu Recht. Doripalam schaute sich in dem Wohnzimmer um, in dem sie saßen. Ein nicht eben kleiner Raum in einer Wohnung von passabler Größe und das Ganze in einer der besseren Gegenden der Stadt. Eine große schwarze Ledergarnitur, Teppichböden mit dickem purpurrotem Flor, teure Brücken und ein paar geschmackvolle Ziergegenstände und Gemälde. Alles wirklich gar nicht schlecht. Er war in seinem Leben und seiner Karriere viel weitergekommen, als er es je für möglich gehalten hatte, auch wenn Solongos Vorstellungen noch etwas anders aussahen. Sein Vater, ein Fabrikarbeiter unter dem alten Regime, hätte nicht geglaubt, dass sein Sohn je in einer so feudalen Wohnung leben würde.

Womöglich hatte Solongo recht. Vielleicht würde der Fall Muunokhoi ihn tatsächlich all dessen berauben. Es war während seiner Dienstzeit passiert. Und er hätte wohl aufmerksamer sein müssen. Nach dem Vorfall hatte er unzählige Gerüchte über seinen Mitarbeiter gehört. Tunjins Labilität seit der Trennung von seiner Frau. Seine Aufsässigkeit. Seine Trinkerei. Vor allem seine Trinkerei. Während der Arbeitszeit hatte er sie offensichtlich gut unter Kontrolle gehabt, da Doripalam nie irgendwelche Anzeichen dafür wahrgenommen hatte. Inzwischen stand aber fest, dass Tunjin außerhalb der Arbeitszeit ordentlich trank – dass man ihn regelmäßig in halb komatösem Zustand in der einen oder anderen eher zwielichtigen Bar rund um die Innenstadt antraf. Doripalam vermutete, dass einige von Tunjins Kollegen ihn über die Jahre hinweg gedeckt und nach Hause gebracht hatten,sonst wäre er sicherlich hin und wieder in einer Ausnüchterungszelle gelandet.

Vielleicht war es also wirklich plausibel, dass Doripalams Kopf über dieser Angelegenheit rollen sollte. Er konnte aber immer noch nicht glauben, dass Nergui der Henker sein sollte, der das Beil schwang.

Er lehnte sich in dem schwarzen Ledersessel zurück und nippte an seinem Wodka. »Wie dem auch sei, ich glaube immer noch, dass mehr dahintersteckt. Es geht hier nicht um mich. Es geht irgendwie um Nergui ...«

»Es geht immer nur um Nergui«, sagte Solongo. Sie streckte ihr Bein aus, lächelte ihren Mann an und schüttelte den Kopf. Sie ist wirklich eine bemerkenswert elegante Frau, dachte Doripalam und fragte sich wieder einmal, wieso sie eigentlich mit ihm verheiratet war. Sie war ganz eindeutig eine Nummer zu groß für ihn, nicht nur, was ihre Schönheit, sondern auch was ihre soziale Stellung anging. Ihr Vater war unter dem alten Regime ein hoher Parteifunktionär gewesen – ein Mitglied der kleinen Elite, die unter dem Joch des Kommunismus aufgeblüht war. Doripalam hatte ihn nur ein paar Mal getroffen, bevor er starb, und nie genau gewusst, welche Rolle der alte Mann letztlich gespielt hatte, was an sich wohl schon nichts Gutes ahnen ließ. Ganz bestimmt war sie aber mit einem erheblichen Maß an Reichtum und Macht verbunden gewesen, von dem er das meiste anscheinend sogar in die nachsowjetische Ära hatte hinüberretten können.

Manchmal hatte Doripalam sich auch schon gefragt, ob der alte Mann nicht irgendwann im Laufe seines Arbeitslebens über Nergui gestolpert war. Das könnte eine Erklärung für Solongos Abneigung sein, dachte er.

»Du bist viel zu naiv«, unterbrach sie seine Gedanken.

»Du gehst davon aus, dass jeder so wohlmeinend und altruistisch ist wie du.« Dabei schaute sie ihn mit einem Ausdruck an, der zärtlich hätte sein können, der aber auch seltsam an die Haltung eines kleinen Mädchens gegenüber seinem Lieblingstier oder seiner Lieblingspuppe erinnerte.

»Aber du weißt es besser«, sagte er.

Damit kippte er den letzten Schluck Wodka hinunter, stand auf, um sich noch einen einzugießen, und machte mit der Flasche eine Bewegung in Solongos Richtung. Sie hielt ihr fast noch volles Glas hoch und schüttelte den Kopf. »Und du trinkst zu viel«, sagte sie.

Vielleicht stimmte auch das. Doripalam hatte sehr wohl bemerkt, dass er in den letzten paar Monaten mehr trank, vor allem, seit der Fall Muunokhoi geplatzt war. Es blieb immer noch bei ein paar Gläsern am Abend, aber sie waren mehr und mehr zu einer willkommenen Zuflucht vor den Belastungen des Tages geworden. Er dachte wieder an Tunjin und fragte sich, an welchem Punkt dessen Trinkerei von einer gesellschaftlich anerkannten Art der Entspannung in etwas erheblich Dunkleres und Gefährlicheres gekippt war. Würde Doripalam diesen Punkt erkennen, falls er sich ihm je näherte?

»Was glaubst du denn, was Nergui im Schilde führt?«, fragte er, während er sein Glas erneut füllte und sich neben sie auf die Couch fallen ließ. »Außer dass er mich absägen will. Ich meine, Nergui hat recht. Eine offizielle Untersuchung über den Fall Muunokhoi war längst fällig. Der Minister hat im Parlament schon zu viel an Kritik einstecken müssen. Er muss zeigen, dass etwas unternommen wird.«

»Aber warum muss Nergui sie leiten?«, fragte Solongo. »Er ist bestimmt der Letzte, der daran beteiligt sein sollte.«

»Genau das habe ich auch gesagt«, erwiderte Doripalam zu seiner Rechtfertigung. »Ich dachte, es würde einen Interessenkonflikt geben. Das schien Nergui aber nicht sonderlich zu stören. Er will das Ganze offenbar zum Anlass nehmen, in unserer Abteilung ein für allemal aufzuräumen. Ich habe allerdings nicht die geringste Ahnung, wie er das anstellen will.«

»Hast du denn eine Ahnung, was das alles für dich bedeuten könnte?«

Doripalam nahm einen großen Schluck Wodka. »Ich hoffe einfach, dass Nergui mich besser schützen wird, als es irgendjemand anders überhaupt in den Sinn käme.«

Sie lächelte ihn an, während sie langsam den Kopf schüttelte. »Ich finde es wirklich süß, dass du so gutgläubig bist«, sagte sie. »Ich hoffe nur, dass du recht behältst.«

Während er wartete, blätterte Nergui zum vierten oder fünften Mal das Ringbuch durch, in dem er stichwortartig all seine Gedanken über den Fall Muunokhoi notiert hatte. Den größten Teil des Tages hatte er in diesem engen Büro gesessen und sich durch die verschiedenen Akten hindurchgearbeitet, die für den Fall von Bedeutung waren – die Fallakte selbst, Unterlagen über diverse andere Fälle in der Vergangenheit, die er für potentiell bedeutsam hielt, Tunjins Personalakte, die Personalakten einer Reihe weiterer Polizisten, ja sogar die von Doripalam.

Letztere wurde nicht im Polizeipräsidium, sondern in Anerkennung von Doripalams höherem Dienstgrad im Ministerium selbst aufbewahrt. Streng genommen konnte man nur über Doripalams direkten Vorgesetzten innerhalb der Polizeihierarchie an sie rankommen. Doch Nergui hatte schnell herausgefunden, dass ihm aufgrund seiner Nähe zum Minister kaum eine Tür im Ministerium auf Dauer verschlossen blieb. Dennoch verspürte er ein gewisses Schuldgefühl, weil er in diesem speziellen Fall Nutzen aus seiner inoffiziellen

Befugnis geschlagen hatte. Obwohl er seine Motive für ehrenwert hielt, hatte er alle möglichen Anstrengungen unternommen, um sicherzustellen, dass im Polizeipräsidium keine Spur von der Akte zurückblieb. Nach Feierabend hatte er die Akte in seine Wohnung mitgenommen und dort sicher im Safe verwahrt. Morgen früh würde er sie wieder ins Ministerium bringen, immer noch unschlüssig, ob es nicht doch ein Fehler gewesen war, sie überhaupt dort herauszuholen.

Und jetzt, dreißig Minuten später, saß er in dem freundlich eingerichteten Millie's Café im Center Hotel, trank Kaffee und fragte sich, ob er im Begriff war, einen weiteren Fehler zu begehen.

Er blickte sich um. Noch vor fünf Jahren hätte man sich kaum vorstellen können, dass es in der Stadt einmal solche Lokale geben würde. Für Nerguis Empfinden hatte diese Art von Schick unmittelbar neben der Armut und Entbehrung, die nach wie vor in weiten Teilen des Landes herrschten, immer noch etwas Geschmackloses an sich. Erst vor wenigen Jahren waren Menschen im Winter in der Steppe buchstäblich krepiert – gefangen zwischen den natürlichen Unbilden des rauesten Winters seit Menschengedenken und den von Menschen gemachten Zwängen der neuen freien Marktwirtschaft. Und doch drängten sich jetzt hier gut gekleidete, wohlhabende Leute aus dem In- und Ausland, die zu den dahinplätschernden Klängen amerikanischer Popmusik frisch gepressten Orangensaft und schicke Kaffeekreationen schlürften.

Nergui hatte genug Zeit im Westen verbracht, um an derlei Dinge gewöhnt zu sein, obwohl er nie verstehen konnte, warum die Amerikaner davon überzeugt waren, sie könnten Kaffee kochen. Hier dagegen bekam er seinen geliebten Espresso. Bedächtig nippte er an dem schwarzen Getränk und fuhr fort, das Ringbuch durchzublättern.

Es sagte ihm nichts Neues, was er aber auch nicht erwartet hatte. Er befand sich in dem Stadium – an das er sich aus seiner Zeit als einfacherer Ermittlungsbeamter gut erinnerte –, wo es vor allem darauf ankam, sicherzustellen, dass er die Fakten möglichst gut parat hatte. Seiner Überzeugung nach musste er jederzeit in der Lage sein, alle Details eines Falles abzurufen und neu zusammenzusetzen. Auf diese Weise konnte er jede beliebige neue Information, über die er anschließend stolperte, sofort einordnen. Er hatte ein gutes Gedächtnis, aber fotografisch war es bei Weitem nicht. Dennoch konnte er, wenn er sich anstrengte, Einzelheiten so umfassend in seinem Gedächtnis verankern, dass ihm sofort auffiel, wenn etwas nicht passte. Das war eine nützliche Fähigkeit, vor allem bei komplizierteren Fällen, bei denen entscheidende Details einfach deswegen leicht übersehen werden konnten, weil man annahm, sie wären bereits berücksichtigt worden.

In diesem Fall wusste er allerdings immer noch nicht, woran er eigentlich war, wie weit das überhaupt alles ging. Das unmittelbare Anliegen war natürlich Tunjins Fälschung von Beweismaterial. Daran gab es im Grunde keinen Zweifel, aber für Nergui war keineswegs klar, wie sie überhaupt ans Tageslicht gekommen war. Die gefälschten Dokumente waren nicht besonders gut gemacht, hätten aber wahrscheinlich den Anforderungen der Staatsanwaltschaft genügt, hätte nicht intern jemand angefangen, Fragen zu stellen. Wo diese Fragen zuerst aufgekommen waren, schien jedoch niemand zu wissen.

Mangels einer anderen Marschrichtung hatte Nergui sich durch die Stapel von Personalakten einzelner Polizisten gearbeitet. Die meisten davon, einschließlich Tunjins Akte, erbrachten wenig Unerwartetes. Als er um die Akten von Fällen gebeten hatte, die nicht weiter verfolgt oder fallen gelassen worden waren, hatte man ihm gesagt, davon gebe es so viele, dass Nergui lieber gleich selbst ins Archiv gehen solle. Das hatte er getan und beinahe einen ganzen Nachmittag damit zugebracht, Seite um Seite irrelevanten öden Papierkram zu durchforsten. Irgendwo da drin befand sich vielleicht das Fadenende, mit dessen Hilfe sich alles aufdröseln würde, aber es zu entdecken, würde wochenlange Arbeit bedeuten.

Am Ende war er, da sich kein anderer Weg auftat, zu dem gewaltigen Aktenstapel zurückgekehrt, der sich im Laufe von fast zwei Jahrzehnten im Zusammenhang mit Muunokhoi angesammelt hatte. Hier hatte er es wenigstens mit einer einigermaßen interessanten Materie zu tun. Muunokhoi war der Polizei von Ulan-Bator wohlbekannt, so wie er, allerdings aus anderen Gründen, den meisten Einwohnern des Landes ein Begriff war. Zu Muunokhois schillernder Gestalt passend enthielten die Akten eine merkwürdige Mischung aus förmlicher Falldokumentation und unzähligen Zeitungsausschnitten.

Wann war er Muunokhoi das erste Mal begegnet? Der Name war ihm schon lange bekannt gewesen – fast zwanzig Jahre. Wie jedermann hatte er die Gerüchte gehört. Und immer hatte er Gründe gehabt, Muunokhois Geschäfte näher unter die Lupe zu nehmen. Aber Auge in Auge hatten sie sich schließlich vor zehn Jahren gegenübergestanden.

Muunokhoi war aufs Präsidium gebracht worden, ursprünglich nur als Zeuge in Verbindung mit dem Brand eines Bekleidungslagerhauses im südlichen Bezirk der Stadt – einer gewaltigen Feuersbrunst, die auf die Gebäude in der Umgebung übergriff und drei Tote und die Evakuierung eines benachbarten Wohnblocks zur Folge hatte. Es bestand kaum ein Zweifel, dass es sich um Brandstiftung handelte, und die erste Vermutung ging dahin, dass es ein glatter Fall von Versicherungsbetrug war. Doch der Besitzer des Lagerhauses, ursprünglich der Hauptverdächtige, hatte sich beeilt, mit dem Finger auf Muunokhois Leute zu zeigen. »Wir finden heraus, dass sie minderwertige Versionen unserer Ware – Raubkopien – importieren und zu einem Bruchteil des Preises verkaufen. Aber das genügt ihnen nicht. Sie müssen mein Geschäft vernichten, mein Eigentum zerstören, ja, mein Personal umbringen. Ich weiß, wer sie sind …«

Angesichts der Tatsache, dass das Geschäft des scheinbaren Opfers infolge der neuen Konkurrenzsituation bereits in Schwierigkeiten geraten war, konnte es genauso gut sein, dass der Besitzer selbst dafür gesorgt hatte, dass das Lagerhaus angezündet wurde. Auf jeden Fall hatte Nergui so endlich Gelegenheit, Muunokhoi zur Vernehmung vorzuladen.

Muunokhoi war noch ein junger Mann gewesen – laut den Akten zweiunddreißig Jahre alt, obwohl Nergui das für eine vorsichtige Schätzung hielt. Aber er war bereits auf dem Weg, zur Legende zu werden.

Nergui erinnerte sich noch an seine ersten Eindrücke: ein schlanker, gut aussehender junger Mann, unverkrampft und mit einem Selbstvertrauen ausgestattet, das schon an Arroganz grenzte. Anscheinend unbekümmert, ein Bein über die Armlehne des Metallstuhls geschwungen, hatte er im Vernehmungszimmer gesessen. Das war ein Raum, der einschüchtern sollte, aber irgendwie hatte Muunokhoi es geschafft, ihn zu beherrschen.

»Sie möchten mich sprechen?«, sagte er wie jemand, der sich anschickte, ein Exklusivinterview zu geben.

Nergui hatte sich in dem Stuhl gegenüber von ihm niedergelassen. »Wir möchten, dass Sie eine Zeugenaussage machen, ja.«

»Ich unterstütze Sie mit dem größten Vergnügen. Ich bewundere die Arbeit, die Sie und Ihre Leute leisten.«

»Wir sind Ihnen sehr verbunden«, sagte Nergui. Er hob

den Blick und starrte den jungen Mann an, ohne zu blinzeln. »Das beruht sicher auf Gegenseitigkeit.«

»Bestimmt tut es das. Was soll ich Ihnen denn erzählen?«

Nergui schilderte rasch die Umstände des Falles, so weit er sie preisgeben konnte. Ihm war bewusst, dass es hier wenig Substanzielles gab. Außer den Anschuldigungen des Lagerhausbesitzers hatten sie keine Beweise, die einen Zusammenhang zwischen Muunokhoi und dem Brand herstellten. Selbst wenn Muunokhoi etwas damit zu tun gehabt hatte, war Nergui sich ziemlich sicher, dass dieser das gut kaschiert hatte. Pro forma exerzierten sie alles durch und stellten sicher, dass jeder Stein umgedreht worden war. Und hofften, dass Muunokhois scheinbar makellosem Ruf dabei wenigstens ein kleiner Kratzer zugefügt werden konnte. Vielleicht würden sich eines Tages so viele Kratzer angesammelt haben, dass sie Bedeutung annahmen.

Muunokhoi hatte gelacht, wie Nergui es vorausgesehen hatte. »Dafür haben Sie mich hierhergeschleppt?«

Nergui zuckte die Achseln. »Das ist unser Job. Wir müssen alles in Betracht ziehen.«

Muunokhoi hatte genickt, als meinte er es ernst. »Natürlich. Das verstehe ich. Sie müssen Zeugen abhaken.« Etwas an seinem Ton ließ vermuten, dass das vielleicht ein durchaus vertrauter Gedanke war.

»Wie Sie sagen. Natürlich würden wir Sie gerne abhaken.« Nergui schaute ihn unbewegt an.

Muunokhoi nickte. »Ich kann Ihnen ein Alibi liefern.«

»Ich weiß, dass Sie das können«, sagte Nergui. »Das ist eigentlich gar nicht der Punkt. Ich glaube, niemand würde ernstlich behaupten wollen, dass Sie selbst diese Feuersbrunst entfacht haben. Die Frage ist, ob Sie ein Interesse daran gehabt haben könnten, dass sie entfacht wurde.«

Muunokhoi nickte wieder, seine dünnen Lippen von einem Lächeln umspielt, so als wüsste er nicht genau, wie ernst er das nehmen sollte. »Ich verstehe«, sagte er. »Natürlich muss das eine Überlegung sein. Er war ein Konkurrent.«

Nergui wusste, dass sie einen Punkt erreicht hatten, an dem es höchstwahrscheinlich nicht mehr weitergehen würde. Muunokhoi hatte sich bereits nach allen Seiten hin abgesichert. Selbst wenn er damit zu tun gehabt hätte, wäre es unmöglich, das zu beweisen.

Und so war es ausgegangen. Und so war es bei jedem Fall ausgegangen, in dem Muunokhoi ein potentieller Verdächtiger gewesen war. Er war zu jeder Zeit höflich, charmant, entgegenkommend gewesen und hatte nur dann und wann das erwartete Maß an Verärgerung darüber gezeigt, dass er wieder einmal vorgeladen worden war. Aber in seinen Augen hatte stets ein gewisser Schimmer gelegen, der den Schluss zuließ, dass das Ganze für ihn kaum mehr als ein Spiel war. Ein Spiel, das er mit Leichtigkeit gewann.

Nergui kannte Muunokhois Geschichte in- und auswendig – den Kern der Akten, die er nun, zehn Jahre später, vor sich liegen hatte – und hoffte, irgendeinen Hinweis, irgendeinen Riss in Muunokhois anscheinend undurchdringlichem Panzer zu entdecken. Aber es gab nichts. Ein sehr gutes Examen in Ingenieurwissenschaft. Eine frühe Beamtenlaufbahn im Ministerium für Treibstoff und Energie, wo er die Verwaltung der Gasversorgung aus einheimischen und sowjetischen Quellen unter sich hatte. Ein rascher Aufstieg, der ihm in den frühen Neunzigern, als die UdSSR zerfiel und die Demokratie in der Mongolei Einzug hielt, zu einer Schlüsselfunktion auf mittlerer Ebene verhalf.

Als die Staatskonzerne privatisiert wurden, positionierte sich Muunokhoi als Direktor und Hauptaktionär eines der jüngst privatisierten Gasunternehmen. Das Unternehmen war an russische Investoren verkauft worden, was Muunokhoi und seinen Mitaktionären einen beträchtlichen Gewinn einbrachte. Man konnte sich kaum vorstellen, dass das ohne dubiose Geschäfte über die Bühne gegangen war, aber in diesen Anfangstagen der freien Marktwirtschaft hatte man überall ein Auge zugedrückt. Erst als das Geld schließlich ausging, kam man auf den Gedanken zu fragen, wohin es gegangen sein könnte.

Als die Wirtschaft Mitte der Neunzigerjahre in Schwierigkeiten geriet, hatte Muunokhoi sich bereits in einigen wichtigen Monopolstellungen etabliert. Geld war knapp, aber Muunokhoi war oft der einzige Anbieter – vor allem im Bereich des Energiehandels – und konnte nach Belieben die Preise diktieren. Mit einiger Wahrscheinlichkeit war Muunokhoi während der harten Winter Ende der Neunzigerjahre indirekt für viel Leid und einige Todesfälle verantwortlich gewesen. Schlaflose Nächte hat ihn das wohl nicht gekostet, dachte Nergui.

Gleichzeitig war Muunokhoi eine Persönlichkeit des öffentlichen Lebens, ja fast schon eine Berühmtheit. Er gehörte zur neuen Schickeria der Stadt, ein überaus begehrter Junggeselle, der regelmäßig mit einer attraktiven Frau an seiner Seite fotografiert wurde. Oft tauchte er in den Skandalblättern auf, obwohl sein Lebensstil im Grunde wenig Skandalöses an sich hatte. Jedenfalls nichts, was für die Boulevardblätter von Interesse war. Er hatte eine Reihe von Freundinnen, aber keine ernsthaften Beziehungen. Zu Journalisten war er höflich, und jeder, der mit ihm zu tun hatte, erlebte ihn als freundlichen und umgänglichen Menschen.

Es wurden jedoch auch Behauptungen laut, Muunokhois rechtmäßige Geschäfte seien nur die Spitze eines weniger ehrenwerten Eisbergs. Muunokhoi war zwar ein cleverer Geschäftsmann, aber das Ausmaß seines Reichtums schien

Art und Umfang seiner Geschäftstätigkeit nicht zu entsprechen. Man musste davon ausgehen, dass er neben seiner sichtbaren Handelstätigkeit andere, verdecktere Geschäfte machte. Gerüchte gab es viele – Drogen-, Waffen-, ja sogar Menschenhandel.

Nergui beriet sich endlos mit Steuer- und Zollbeamten, um Gründe für die Diskrepanz zwischen Muunokhois rechtmäßigen Geschäften und seinem offensichtlichen Reichtum zu finden. Doch alles, was er für seine Mühe bekommen hatte, war ein wiederholtes Schulterzucken und eine Menge immer verwirrender werdender Erklärungen gewesen. Ja, es gab Ungereimtheiten, aber die durchgeführten Ermittlungen hatten keine stichhaltigen Beweise für kriminelles Handeln erbracht. »Unmöglich ist es nicht«, sagte einer. »Er ist ein gewiefter Geschäftsmann. Er kennt die Tricks. Leute wie er zahlen sowieso keine Steuern, nicht so richtig, nicht jetzt. Sie sind zu sehr damit beschäftigt, den Wohlstand für uns andere zu mehren. Das macht sie nicht zu Kriminellen.«

Trotzdem legte die Abteilung Schwerkriminalität eine umfangreiche Akte über Muunokhoi an. Vieles davon waren Gerüchte – weitere unbegründete kleine Stiche gegen seinen Leumund. Ein oder zwei Mal dachte Nergui, sie kämen vielleicht näher an ihn heran. Es hatte wiederholt die Andeutung im Raum gestanden, Muunokhois Leute hätten sich Zutritt zu geheimen Waffenlagern verschafft, deren Bestände für die mongolische Armee bestimmt gewesen oder in dem Durcheinander kurz vor Auflösung der UdSSR von der Sowjetarmee abgezweigt worden waren. Polizei und Sicherheitskräfte hatten ein paar Festnahmen gemeldet, an den Grenzübergängen der Mongolei in Richtung Tomsk, Tjumen und Irkutsk Lieferungen sichergestellt und es in einigen Fällen sogar geschafft, die Banden zu unterwandern, die in den düsteren Bergen und Wäldern im Norden operierten. Dabei waren sie auch auf Waffen gestoßen, die gegen Heroin aus Afghanistan getauscht werden sollten.

Das war der Bereich, der Nergui am meisten interessierte. Die Mongolei hatte – vor allem im Vergleich zur ehemaligen Sowjetunion – kein größeres Drogenproblem, aber die Verfügbarkeit und der Missbrauch harter Drogen nahmen zu. Obwohl Alkohol nach wie vor als Hauptdroge galt, waren Heroin, Amphetamine, verschreibungspflichtige Psychopharmaka, Morphin und andere Substanzen stark im Kommen. Der Prozentsatz der wirklich Abhängigen war gering, aber das Problem konnte sich rasch verschärfen, sobald ernst zu nehmende Geschäftsinteressen ins Spiel kämen. Was dem zusätzlich in die Hand spielte, war der verhältnismäßig niedrige Altersdurchschnitt der Bevölkerung – zwei Drittel unter dreißig –, die hohe Arbeitslosigkeit und drückende Armut. Das alles ergab zusammen eine gefährliche Mischung. Die Vorstellung, dass Muunokhoi dabei die Hand im Spiel hatte, war nicht eben beruhigend.

Die Beweise hielten jedoch nie ganz stand. Auf welcher Seite des Gesetzes Muunokhoi und die Dealer auch jeweils stehen mochten, sie befanden sich in derselben Branche – der Lieferung von Gütern und Rohstoffen über nationale Grenzen hinweg. Da überraschte es wenig, dass sie von Zeit zu Zeit denselben Leuten begegneten – ja sogar Geschäfte mit ihnen machten. Es war frustrierend, für Nergui jedoch kaum verwunderlich. Er hatte genug über Muunokhoi erfahren, um zu wissen, dass dem Mann nur selten Fehler unterliefen. Gut bezahlte Gefolgsleute hatten im Wesentlichen dafür zu sorgen, dass die Spuren ihres Chefs verwischt wurden. Es war unwahrscheinlich, dass man ihn fassen würde, solange nicht irgendjemand einen kapitalen Fehler machte.

Schließlich hatte Nergui die Ermittlungen in ihrer Priorität heruntergestuft, wohl wissend, dass bei diesem verdeckten

Vorgehen letztlich nichts Brauchbares herauskommen würde. Er hatte die Akte jedoch nicht ganz geschlossen und seine Leute ermuntert, weiterhin die Ohren aufzusperren. Nergui war nämlich einerseits sicher, dass Muunokhoi an alles gedacht hatte, andererseits kannte er sich gut genug mit der menschlichen Natur aus, um zu wissen, dass irgendjemand – irgendwo, irgendwann, irgendwie – schließlich einen Fehler machen würde. Und Nergui wollte sichergehen, dass er, wenn das endlich passierte, nicht allzu weit weg war.

Sarangarel riss ihn schließlich aus seinen Grübeleien. Sie bahnte sich durch das überfüllte Café einen Weg zu seinem Tisch. Nergui schaute auf die Uhr. Er hatte jedes Zeitgefühl verloren, und sie kam zu spät, wenn auch nur ein paar Minuten. Sie sah umwerfend aus, das musste er zugeben. Selbst wenn er nicht auf sie gewartet hätte, hätte er ihre ungewöhnliche Ausstrahlung inmitten der schwatzenden Menge bemerkt. Es war nicht nur ihr Äußeres – obwohl das sicher schon beeindruckend genug war: markante Gesichtszüge, langes schwarzes Haar, das ihr wallend über den Rücken fiel, ihre eher unkonventionelle Schönheit. Es war auch ihr Verhalten – ruhig, gelassen, aber mit einer sichtbaren Zielstrebigkeit. Sie machte buchstäblich ihren Weg, und es gab wenig, was sie aufhalten konnte.

Genauso meinte Nergui sie in Erinnerung zu haben, obwohl es damals weniger aufgefallen war. Damals war es ihr verstorbener Mann Gansukh gewesen, der vom Weg abkam. Und der Ort, an den er ging, war ganz eindeutig das Gefängnis. Deshalb konnte Nergui ihr Auftauchen in diesem Moment nicht als reinen Zufall werten. Denn Gansukh war, jedenfalls nach Nerguis damaliger Ansicht, der Mann gewesen, der schließlich den Fehler begangen hatte.

8. KAPITEL

»Keine Bewegung!«, sagte die Stimme.

Tunjin hatte nicht die Absicht, sich der Anweisung zu widersetzen. Der Doppellauf der Schrotflinte sank langsam von seiner Stirn zu seiner Brust. Die Gestalt dahinter, die sich nur als Silhouette gegen das Licht von der offenen Tür abzeichnete, beugte sich vor, und Tunjin spürte, wie eine Hand bedächtig seine Taschen abklopfte und dann an seinem Körper hinabwanderte, um zu prüfen, ob er bewaffnet war. Ein professionelles Abtasten war das wohl kaum, aber es kam ihm gründlich genug vor. Schließlich schien die Gestalt zufrieden zu sein, wich wieder zurück und gestikulierte schroff mit der Flinte. »Aufstehen!«

Tunjin rappelte sich langsam hoch, wobei er sich an dem umgekippten Tisch festklammerte. Er stolperte über eine der Farbdosen, die scheppernd irgendwo hinter ihm landete. Das Gesicht des Mannes vor ihm konnte er immer noch nicht erkennen.

Die Gestalt deutete mit der Schrotflinte flüchtig auf die Dachluke. »Netter Auftritt«, sagte er.

Tunjin zuckte die Achseln, während er die blauen Flecken an Rücken und Beinen spürte. »Ich hatte ihn mir etwas anders vorgestellt«, räumte er ein.

Der Mann mit der Waffe trat zur Seite und forderte Tunjin mit einer Geste auf, vor ihm herzugehen. »Sie sind entweder der unfähigste Einbrecher, dem ich je begegnet bin, oder das hier ist etwas völlig anderes.«

»Es ist etwas völlig anderes«, bestätigte Tunjin. Jetzt begann er, sich etwas zu entspannen. Anfangs hatte er gedacht, dieser Mensch sei einer von Muunokhois Leuten, die es irgendwie geschafft hatten, seinen geplanten Fluchtweg vorherzusagen. Dem schien aber nicht so zu sein. Vielleicht war er nur ein Bewohner, der – was durchaus nachzuvollziehen war – wütend auf den Anblick eines über hundert Kilo schweren Mannes reagiert hatte, der unerwartet durch sein Dachfenster gefallen war.

Der Mann nickte, als erklärte das alles. »Runter«, sagte er. »Dort können wir reden.«

Langsam ging Tunjin die Treppe zum dritten Stock hinunter. Dieser Wohnblock war bis hin zur Farbe des billigen Anstrichs an der Wand praktisch identisch mit seinem eigenen. Die Aussicht aus dem Fenster im Treppenhaus war allerdings eine andere; von hier aus konnte man über das Ende der Straße hinaus auf eins der Jurtenlager blicken, die sich an der Peripherie der Stadt zusammendrängten. Tunjin sah die Reihen runder grauer *gers*, aus deren Schornsteinen Qualm aufstieg, der von dem starken Wind fortgetrieben wurde. Dann war da ein Mann, der eine Ziege hütete, und jenseits davon – für Tunjin weitaus interessanter – eine Reihe alter, aber offenbar noch brauchbarer Motorräder.

»Hier lang«, sagte der Mann und winkte Tunjin weiter auf die Tür am Ende der Treppe zu. Die Schrotflinte immer noch fest im Griff, schob er die Tür auf und ließ Tunjin eintreten.

Die Wohnung war von der Größe her ähnlich wie Tunjins, nur wesentlich ordentlicher. Tunjin kam sich vor, als beträte er eine Jurte. Es herrschte die dort übliche Mischung aus farbenfrohen Kommoden, prächtig bestickten Läufern und Wandteppichen. An der gegenüberliegenden Wand standen ein Feldbett sowie zwei Stühle mit harter Lehne. Der Mann forderte Tunjin mit einer Handbewegung auf, sich auf einem davon niederzulassen. Er selbst drehte den anderen um und setzte sich darauf, die Schrotflinte auf die Rückenlehne gestützt und unablässig auf Tunjin gerichtet.

»Nun«, sagte der Mann, »wollen Sie mir nicht verraten, was das alles soll?«

Allmählich kam Tunjin wieder zu Atem und gewann gleichzeitig seine Geistesgegenwart zurück. Er spürte, wie der Holzstuhl unter seinem Gewicht leicht knackte und hoffte, dass er nicht bald für die Zerstörung eines weiteren Möbelstücks verantwortlich war.

Er griff in die Tasche und holte seinen Dienstausweis hervor. »Ich bin Polizist«, sagte er, während er dem Mann mit dem Ausweis vor dem Gesicht herumwedelte. Der Mann ergriff ruhig Tunjins Handgelenk und schaute sich die Karte genau an. Nach einer Weile nickte er, anscheinend zufrieden, und senkte die Schrotflinte ein wenig, ließ sie aber immer noch auf seinen Knien liegen.

Tunjin fiel jetzt auf, dass sein Gegenüber ein relativ alter Mann war – vermutlich Mitte siebzig. Er trug die traditionelle Tracht, den *del* aus dickem braunem Filz, der um seinen zerbrechlich wirkenden Körper geschlungen war, und unten schauten schwere braune Stiefel heraus. Das schüttere weiße Haar aus der Stirn nach hinten gekämmt, sah er Tunjin aus ungetrübten grauen Augen an.

Der alte Mann nickte bedächtig. Schließlich streckte er mit einer unvermittelten Bewegung die Hand aus. »Agypar«, sagte er.

Tunjin brauchte einen Moment, um zu begreifen, dass das der Name des alten Mannes war. Er schüttelte ihm die Hand und sagte, auf sich selbst deutend: »Tunjin.«

»Es ist gut, mehr Polizisten auf Streife zu sehen«, sagte Agypar. »Auf unseren Dächern braucht ihr allerdings nicht zu patrouillieren.«

Tunjin lächelte freundlich. »Das ist eine lange Geschichte«, sagte er. »Ich werde verfolgt.«

»Verfolgt?«, sagte Agypar. »Auf dem Dach?«

»Nein, aber deshalb war ich auf dem Dach. Ich wohne in einem der Wohnblocks weiter unten in der Straße. Dort sind Leute eingedrungen. Deshalb bin ich aufs Dach geflohen.«

Agypar nickte, als wäre das ein vollkommen normales Verhalten. »Diese Eindringlinge«, sagte er, »verfolgen sie Sie, weil Sie Polizist sind?«

Tunjin nickte. »Mehr oder minder, ja«, antwortete er. »Wie gesagt, das ist eine lange Geschichte. Sagen wir einfach, ich habe mir Feinde gemacht.«

»Ich habe einen Schuss gehört«, bemerkte Agypar. »Das waren diese Leute, nicht wahr?«

»Ich glaube ja«, sagte Tunjin. »Um ehrlich zu sein, bin ich nicht extra dort geblieben, um nachzuschauen.«

»Sie werden bald weiterwollen«, sagte Agypar.

»Sehr bald«, bestätigte Tunjin. »Ich weiß nicht, wie viel Zeit mir noch bleibt. Sie werden inzwischen gemerkt haben, dass ich nicht da bin, aber ich weiß nicht, wie lange sie brauchen, um herauszufinden, wohin ich verschwunden bin.«

Agypar nickte. »Und sie werden die Straße beobachten, nehme ich an.«

»Das nehme ich auch an«, stimmte Tunjin ihm zu. Wenn er ganz ehrlich war, hatte er diesen Teil gar nicht zu Ende gedacht, aber Agypar hatte höchstwahrscheinlich recht. Mittlerweile würden sie sicher jemand draußen auf der Straße postiert haben, weil sie herauskriegen wollten, wie Tunjin verschwunden und wo er wohl abgeblieben war. Außerdem, fiel ihm ein, hatten sie vielleicht jemand auf die Rückseite der Wohnblocks gestellt, um ihm den Fluchtweg auch in dieser Richtung abzuschneiden. Alles in allem sahen seine Fluchtchancen allmählich immer schlechter aus. Er nahm an, dass

Agypar vielleicht bereit wäre, ihm sein Gewehr zu leihen, aber viel mehr konnte er zu seinen Gunsten beim besten Willen nicht entdecken.

»Das sind wohl böse Menschen?«, fragte Agypar.

»Das sind sehr böse Menschen«, antwortete Tunjin. »Böser geht es, glaube ich, nicht.«

»Können Sie denn nicht Kontakt mit Ihren Polizeikollegen aufnehmen? Es muss doch möglich sein, Verstärkung anzufordern?« Er klang wie ein Fachmann in polizeilichen Abläufen. Heute sieht jeder Krimis im Fernsehen, dachte Tunjin. Das Problem ist nur, dass das Leben viel komplizierter ist.

Agypar hatte aber nicht ganz unrecht. Tunjin bemerkte mit gelindem Schrecken, dass er fast aufgehört hatte, sich selbst als Polizist zu sehen. Es war, als könnte sich eine dreißigjährige Laufbahn über Nacht in Luft auflösen. Plötzlich war er nur noch Privatmann. Wobei selbst ein Privatmann Anspruch auf die Hilfe der Polizei hatte.

Aber er wusste, dass er sie nicht rufen würde. Ihm wurde nämlich klar – und das war der zweite Schock –, dass er gar nicht glaubte, dass die Polizei ihm helfen konnte. Bestenfalls konnten sie ihn aus seiner gegenwärtigen Notlage befreien und ihm vielleicht, vorausgesetzt, sie glaubten seine Geschichte, irgendeine Art von Schutz gewähren. Aber in Wirklichkeit wusste Tunjin nicht, wem er überhaupt trauen konnte. Muunokhoi hatte trotz Tunjins Bemühungen, seine Spuren zu verwischen, bestimmt sehr schnell herausbekommen, was vor sich ging. Das deutete darauf hin, dass er über Insiderinformationen verfügte. Falls Tunjin jetzt die Polizei rief, konnte man nicht vorhersagen, wer den Anruf annehmen würde.

»Ich glaube nicht, dass das was bringt«, sagte Tunjin.

Agypar betrachtete ihn eine Weile schweigend, dann nickte er. »Hier draußen«, sagte er, »traut keiner von uns der Polizei. Sie hat uns einfachen Leuten zu viele üble Dinge angetan. So was vergisst man nicht.«

»Nein, so was vergisst man nicht«, sagte Tunjin. »Die Zeiten haben sich geändert. Aber nicht unbedingt immer zum Besseren.«

Agypar nickte. »Also«, sagte er schließlich, »Sie müssen hier weg. Dazu werden Sie Hilfe brauchen.«

Tunjin streckte seinen massigen Körper aus und spürte erneut den Stuhl unter sich knacken. Wieder fragte er sich, wie er da überhaupt reingeraten war. Als Doripalam ihn vernommen hatte, hatte er sich bewusst blasiert gegeben, so als wäre es das Normalste von der Welt, dass ein Polizist gegen Ende seiner Laufbahn so etwas versuchte. Aber auch wenn man, wie Tunjin, den Verdacht hatte, dass der eigene Job sowieso nicht mehr zu retten war, war das ein schwachsinniger Schritt gewesen. Nicht nur Selbstmord in Sachen Karriere, sondern vermutlich auch im wörtlichen Sinne.

In dem Bewusstsein, wie rasch die Zeit verflog, hievte Tunjin sich langsam von dem Stuhl hoch. Höchstwahrscheinlich war es schon zu spät. Sein unausgegorener Plan war bereits jetzt zum Scheitern verurteilt. »Ich brauche eindeutig Hilfe«, sagte er. »Fragt sich nur, wo ich sie finde.«

Agypar lächelte und griff an Tunjin vorbei nach einem der bunt bemalten Schränke. Er öffnete eine der unteren Türen und zog eine Umhängetasche aus Segeltuch heraus. »Nehmen Sie das hier«, sagte er.

Tunjin schaute Agypar fragend an, bevor er die Tasche oben aufband und hineinspähte. Er fuhr mit der Hand hinein und zog eine Handfeuerwaffe heraus, blank poliert und anscheinend in gutem Zustand. Darunter auf dem Boden der Tasche lagen kaum sichtbar mehrere Patronen Munition.

Tunjins Blick richtete sich wieder auf Agypar, der leicht

schaukelnd auf seinem Stuhl dasaß und mit sich selbst zufrieden zu sein schien. »Was ist das?«, fragte Tunjin.

»Wonach sieht es denn aus? Machen Sie sich keine Sorgen. Sie ist in gutem Zustand und geladen. Vergessen Sie nicht, sie zu entsichern, wenn Sie sie benutzen wollen.«

»Aber woher –?«

Agypar zuckte die Schultern. »Ich bin ein alter Soldat«, sagte er. »Ein paar Andenken haben wir alle behalten. Das war eins von meinen. Ich habe sie pfleglich behandelt. Man weiß nie, wann man so etwas gebrauchen kann.«

Tunjin machte den Mund auf, um etwas zu sagen, aber ihm fiel nichts Vernünftiges ein. »Danke«, sagte er schließlich.

»Und jetzt«, sagte Agypar, »müssen wir Sie hier rausbringen.«

Es war anzunehmen, dass die Hauptstraße vorne jetzt sorgfältig überwacht wurde und Ähnliches galt für die Rückseite des Hauses. »Gibt es noch einen anderen Weg hier raus?«, fragte Tunjin.

Agypar nickte und sein Blick ließ vermuten, dass er genau diese Frage von Tunjin erwartet hatte. »Es gibt noch einen anderen Weg«, sagte er. »Kommen Sie mit.«

Der alte Mann führte ihn aus dem Zimmer, das Gewehr immer noch fest unter den Arm geklemmt. Während sie drei weitere Treppenfluchten hinuntergingen, spähte Tunjin vorsichtig durch die Treppenhausfenster, um zu sehen, ob es draußen irgendeine Bewegung gab. Das Jurtenlager wies außer der Ziegenherde, die sich bedächtig durch einen Haufen aus Gras und Laub fraß, wenig Anzeichen von Leben auf. Als die beiden Männer das Ende der letzten Treppenflucht erreicht hatten, hielt Tunjin inne, um zu horchen, ob von der Straße her irgendwelche auf Unruhe hindeutenden Geräusche hereindrangen. Er konnte nichts hören, was ihn aber kaum zu beruhigen vermochte. Vielleicht wartete da draußen bereits jemand auf ihn.

Der Eingangsbereich war verlassen. Er war weniger unordentlich und baulich in einem besseren Zustand als der in Tunjins Wohnblock, präsentierte sich aber in derselben Mischung aus hellem Holzfurnier und beigefarben gestrichenen Wänden. Tunjin machte ein paar nervöse Schritte auf die mit Glasscheiben versehene Eingangstür zu, doch Agypar hob die Hand. »Nein, hier entlang«, sagte er.

Er verschwand hinter der Treppe. In die Wand unter den Stufen war eine Tür mit einem Zahlenschloss eingelassen. Nachdem Agypar geschickt eine Ziffernfolge eingegeben hatte, schob er langsam die Tür auf. Dahinter konnte Tunjin eine weitere Treppenflucht ausmachen, die in einen Keller hinabführte.

Der alte Mann griff hinter den Türrahmen und betätigte einen Lichtschalter. Auf halbem Weg die Treppe hinunter hing eine einzelne Birne mit niedriger Wattleistung, aber sie warf genügend Licht. Agypar gab Tunjin mit einer Handbewegung den Vortritt, und nachdem Agypar sorgfältig die Tür hinter ihnen zugezogen hatte, begannen die beiden Männer hinabzusteigen.

»Hier unten stehen die Mülltonnen«, erklärte Agypar. »Ich glaube, der Grundriss dieses Gebäudes unterscheidet sich leicht von dem der anderen.«

Bestimmt war er anders als in Tunjins Wohnblock, der einen Betonboden im Erdgeschoss und keinen Keller hatte. Tunjin erinnerte sich, dass das Gelände bei diesem Wohnblock nach hinten hin abfiel, sodass das Erdgeschoss zwar nach vorne auf dem Niveau der Straße lag, nach hinten hinaus aber Platz für ein Untergeschoss sein musste.

Am Ende der Treppenflucht befand sich eine weitere Tür. Tunjin schob sie langsam auf und spähte in die Dunkelheit dahinter. Wie er erwartet hatte, handelte es sich hierbei um einen Mehrzweckraum – mit zwei Spülbecken, einer Werkbank, der man ansah, dass sie erst vor Kurzem benutzt worden war, einer Ansammlung von Wohnmöbeln und Geräten in unterschiedlich gutem Zustand und, so hatte es den Anschein, dem Torso eines Motorrads. Am anderen Ende des Raums sah er zwei helle Rechtecke, schmierige Fenster, durch die schwaches Tageslicht hereinfiel.

Agypar machte einen Schritt neben Tunjin und wies mit der Hand auf die Tür gegenüber von ihnen. »Die Tür dort«, sagte er. »Sie hat von außen ein Sicherheitsschloss, aber von innen kann man sie öffnen. Der Ausgang geht unmittelbar auf die Jurtensiedlung hinaus, von der Straße oder der Rückseite des Gebäudes ist er allerdings nicht zu sehen.«

Er führte Tunjin durch das spärlich beleuchtete Labyrinth aus Gerümpel auf die Tür zu. »Hier will ich kein Licht anmachen«, erklärte er. »Wir dürfen nicht riskieren, uns vorschnell zu verraten. Wir müssen möglichst viel Zeit gewinnen.« Der alte Mann kostete das Erlebnis sichtlich aus. Tunjin nahm an, dass er seit seinem Ausscheiden aus der Armee einem richtigen Kampfeinsatz nie mehr so nah gewesen war. Er fragte sich, ob Agypar in einem Zivilberuf untergekommen war oder wie viele Soldaten ohne Arbeit und Zukunftsperspektive dagestanden hatte. Zumindest war er im Gegensatz zu vielen anderen nicht auf der Straße gelandet.

Als sie sich den Fenstern näherten, blieb Agypar mit erhobener Hand stehen, um Tunjin am Weitergehen zu hindern. Die Fenster waren schmierig und verstaubt und ganz offensichtlich seit Jahren nicht geputzt worden. Wenn nun außerdem noch der Sonnenschein dazukam, war anzunehmen, dass ihre Bewegungen von draußen nicht zu sehen sein würden.

Agypar deutete auf das weniger verschmutzte Fenster. »Dort«, sagte er, »sehen Sie die Motorräder?« Es waren dieselben, die Tunjin schon durch die Treppenhausfenster entdeckt hatte – eine Reihe älterer, aber anscheinend noch funktionstüchtiger Maschinen. »Das ganz links, das Schwarze. Das ist meins.« Er griff in die Tasche und holte einen einzelnen Zündschlüssel heraus. »Können Sie Motorrad fahren?«

Tunjin schielte auf seinen übergewichtigen Körper hinab. »Früher ja«, sagte er. »Als ich noch jünger war, war ich ein Motorradfanatiker. Fuhr ständig raus in die Steppe. Das habe ich aber schon lange nicht mehr gemacht. Ich vermute, dass man es nicht vergisst, aber ich weiß nicht, ob mein Körper ein genauso gutes Gedächtnis hat wie ich.«

Agypar lächelte. »Ich glaube nicht, dass man es vergisst«, sagte er. »Ich fahre es immer noch. Aber eher selten. Nehmen Sie es also. Es wird gleich beim ersten Mal anspringen. Das tut es immer.«

»Sind Sie sicher? Ich meine, es ist …«

»Sie brauchen Hilfe«, sagte Agypar. »Ich bin in der Lage, sie Ihnen zu geben. Das ist alles. Schlichte Gastfreundschaft. Und ich bin sicher, wenn Sie hierher zurückkommen, bringen Sie auch das Motorrad zurück.«

»Ja, also, selbstverständlich«, sagte Tunjin. »Ich weiß aber nicht, wann das sein wird. Oder ob überhaupt. Ich weiß nicht, wie weit ich kommen werde.«

»Wenn Sie nicht weit kommen«, sagte der alte Mann lachend, »kann ich mein Motorrad ja selbst abholen.«

»Also gut. Danke. Vielen Dank.«

»So«, sagte Agypar, wieder ganz in seinem militärischen Gehabe, »Sie machen jetzt die Tür auf. Sie rennen, so weit Sie können …« Dabei blickte er flüchtig an Tunjins Körper hinunter und räumte stillschweigend ein, dass das wahrscheinlich nicht besonders schnell sein würde. »Nehmen Sie das Motorrad und machen Sie, dass Sie hier fortkommen. Möchten Sie, dass ich Ihnen Deckung gebe?«

»Mir Deckung geben?«

Agypar fuchtelte mit dem Gewehr vor ihm herum. »Ihnen Deckung geben.«

»Nein«, entgegnete Tunjin. »Sie haben mehr als genug für mich getan. Sie sollen nichts unternehmen, was Sie in Gefahr bringt.« Er fragte sich, ob dem alten Mann wirklich klar war, worin er hier womöglich verwickelt war.

Agypar zuckte die Achseln. »Schade«, sagte er. »Im Deckunggeben war ich immer gut.«

»Danke jedenfalls«, sagte Tunjin. »Für alles.« Ihm wurde wieder klar, dass er keine Zeit zu verschwenden hatte. Niemand konnte sagen, wo Muunokhois Leute jetzt waren, wie viel – oder wie wenig – Zeit ihm wohl noch blieb.

»Okay«, sagte er atemlos, und nachdem er den Griff des Sicherheitsschlosses umgedreht hatte, trat er hinaus ins kühle Sonnenlicht.

Das Jurtenlager schien verlassen zu sein, obwohl immer noch Rauch aus dem einen oder anderen der Zelte aufstieg. Gleich links von ihm scharrte eine Hühnerschar leise gackernd im Staub. Irgendwo in der Ferne hörte er Kindergeschrei und das schwache Brummen des Autoverkehrs.

Er wandte den Blick nach rechts in Richtung Hauptstraße, aber dort gab es kein Anzeichen von Leben. Zu seiner Linken hinter den Wohnblocks fiel das Gelände sanft in Brachland ab. Jenseits davon sah er die Überreste einiger nicht mehr genutzter abbruchreifer Industriebauten, deren Dächer sich dem Himmel öffneten.

Tunjin holte tief Luft und fing an, so schnell loszurennen, wie sein massiger Körper es zuließ. Die Motorräder waren vielleicht hundert Meter entfernt, mehr nicht. Den Schlüssel fest in der Hand, stampfte er vorwärts, während sein Atem bereits stoßweise kam.

Als er noch etwa fünfundzwanzig Meter von den Maschinen entfernt war, hörte er hinter sich einen Schrei. Einen Moment lang war er versucht, stehen zu bleiben und sich nach Agypar umzuschauen. Aber dafür wäre noch Zeit genug, wenn er erst einmal bei dem Motorrad angekommen war.

Hinter ihm ertönte ein weiterer Schrei und dann ein Schuss. Er spannte seinen Körper an, bereit für den möglichen Einschlag, aber nichts geschah. Er stapfte weiter. Zehn Meter. Fünf Meter. Der Schweiß floss in Strömen an ihm herunter. Schließlich packte er die Lenkstange des Motorrads und zog die Maschine zu sich heran. Keuchend hievte er das Bein über den Sitz, ließ sich darauf fallen und stieß, nachdem er die Zündung gefunden hatte, den Schlüssel in das Schloss. Er drehte ihn um und die Maschine sprang, genau wie Agypar es vorausgesagt hatte, sofort an.

Endlich blickte Tunjin, die klopfende Maschine unter sich, den Weg zurück, den er gekommen war. Eine Gestalt rannte schreiend und eine Pistole schwingend auf ihn zu. Noch ungefähr fünfzig Meter entfernt.

Tunjin zögerte einen Augenblick, während er sich fragte, ob er zu fliehen versuchen und einen Schuss in den Rücken riskieren oder schnurstracks auf die rufende Gestalt zufahren sollte. In der Absicht, Letzteres zu tun, ließ er schon die Maschine aufheulen, als ein zweiter Gewehrschuss zwischen den Gebäuden widerhallte. Als wäre er überrascht, hielt der Mann inne und fiel dann, sein Knie umklammernd, nach vorne, während sein Rufen sich in Schmerzensschreie verwandelte.

Tunjin schaute über den Mann hinweg auf Agypar, der mit dem Gewehr in der Hand in der Kellertür stand. Tunjin war zu weit entfernt, um sein Gesicht zu sehen, nahm aber an, dass der alte Mann über die Genauigkeit seines Schusses lächelte.

Es war keine Zeit, um über die möglichen Folgen dessen

nachzugrübeln, was er eben gesehen hatte. Er drehte die Lenkergriffe, gab Gas und steuerte das Motorrad – anfangs noch wacklig, da sein schwerer Körper sich erst an das Balancieren auf dem schmalen Sitz gewöhnen musste, dann aber mit wachsendem Selbstvertrauen – quer durch das Brachland, zwischen den Mauern der baufälligen Fabriken hindurch und dann hinaus auf die offene Steppe zu.

Das Motorrad war eine flotte 1950er British Vincent, die von dem alten Mann liebevoll gepflegt worden sein musste. Bevor die Vernunft wieder die Oberhand gewann, genoss er eine kurze Sekunde lang fast das Gefühl von Macht und Geschwindigkeit, während er aus den düsteren Gassen hinaus ins helle Sonnenlicht fuhr. Auf diese Maschine musste er gut aufpassen, dachte er, schließlich gehörte sie Agypar, und er wollte sie ihm wieder heil zurückgeben.

Aber das setzte natürlich voraus, dass er und Agypar am Leben blieben. In Wahrheit verhieß die Zukunft nichts Gutes. Er hatte keine Ahnung, wohin er unterwegs war oder was er tun würde, wenn er erst einmal anhielt. Ihm war ein skrupelloser Gangster auf den Fersen, der vor nichts zurückschreckte. Und als Agypar auf den Mann geschossen hatte, der hinter Tunjin her war, hatte er höchstwahrscheinlich sein eigenes Todesurteil unterzeichnet.

Es war ein Durcheinander. Es war das größte Durcheinander, in das Tunjin, ohnehin nie ein besonders ordentlicher Mensch, je geraten war. Und diesmal sah er wirklich keine Möglichkeit, sich da herauszuziehen.

9. KAPITEL

»Sie waren hier. Vor nicht allzu langer Zeit«, sagte Doripalam. »Schauen Sie, im Gras sind die Abdrücke der Zelte zu sehen.«

Luvsan lehnte sich, während er eine Zigarette rauchte, an die Motorhaube des Daihatsu. »Ich komme mir vor wie der *Lone Ranger*«, sagte er. Luvsan brüstete sich mit seiner Kenntnis der populären westlichen Kultur.

Sein Chef zog eine Augenbraue hoch. »Dann wäre ich wohl Tonto, nehme ich an.«

»Gewiss nicht, Kemo Sabe«, entgegnete Luvsan. »Hier bin ich der Handlanger.«

Doripalam starrte ihn einen Moment an. Es gab Zeiten, da grenzte Luvsans jugendlicher Überschwang an Frechheit. »Und Sie sind der mit den Spurenleserfähigkeiten«, sagte er, während er auf das Satellitennavigationssystem vorne in dem Geländewagen zeigte. »Ich vertraue darauf, dass Sie wissen, wo wir sind.«

»Mehr oder weniger«, sagte Luvsan in einem Ton, der nahelegte, dass er über Fragen geografischer Präzision erhaben war.

»Eher mehr als weniger, hoffe ich«, sagte Doripalam. »Ich weiß nur, dass wir ziemlich weitab vom Schuss sind.«

Das war vermutlich wieder Zeitverschwendung, fand er, aber es bestand die Gefahr, dass ihm allmählich alles außer Kontrolle geriet, und er wollte versuchen, Einfluss darauf zu nehmen, bevor es zu spät war. Es ging nicht nur um den Fall

Muunokhoi und alles, was damit zu tun hatte. Dazu kam Gavaa, der vermisste Jugendliche, ein Fall, der zunächst banal erschienen war, aber dennoch unerwartet heftige Kritik durch die Presse ausgelöst hatte. Und schließlich war da noch der mysteriöse Mord an Gavaas Mutter, auf den sie sich überhaupt keinen Reim machen konnten.

Zum Glück schien die Presse eher an den Details des Mords interessiert zu sein als daran, die Polizei noch mehr mit Dreck zu bewerfen. Jedenfalls im Moment. Doripalam gab sich nicht der Illusion hin, dass das mehr als nur ein Aufschub war. In Wirklichkeit war die Mordstory – Frau mittleren Alters brutal erschlagen in einer Jurte gefunden, Sohn vermisst, Nomadenfamilie anscheinend weitergezogen – im Augenblick ungewöhnlich genug. Sie bedurfte nicht der zusätzlichen Würze gewohnheitsmäßiger Polizeischelte. Sobald aber das Interesse an der Geschichte selbst nachließ, würde die Presse von Neuem anfangen zu fragen, wie die Polizei so etwas habe zulassen können, warum sie nicht mehr zur Aufklärung des Verbrechens tue, ob sie die Sicherheit anderer Bürger garantieren könne und – nun, jeder andere Aufhänger, den sie finden konnte, um die Geschichte ein Stück weiterzuspinnen, wäre willkommen.

Seine Abteilung hatte die letzten paar Tage unablässig gearbeitet – die übliche Plackerei gründlicher Polizeiarbeit, immer in dem Wissen, dass ihnen der Fall, wenn es nicht bald einen Durchbruch gab, ohne Weiteres aus den Händen gleiten könnte. Doripalam hatte alle wichtigen Schritte überwacht – die Postierung einer Sondereinheit in der Nähe des Tatorts, die Aufteilung der routinemäßigen Aufgaben, das Abhalten täglicher Einsatzbesprechungen mit der Kerngruppe, das Fernhalten der Schar von Nachrichten- und Fernsehreportern. Das war alles überschaubar, die übliche, gut einstudierte Routine. Die Art von Tätigkeit, die man erledigen konnte, ohne nachzudenken. Und das war das Problem. Er dachte nicht nach. Jedenfalls nicht direkt über den Mord. Seine Gedanken schweiften immer wieder woanders hin ab, weg von der anstehenden Aufgabe, unausweichlich angezogen von dem Gefühl, dass die wahre Geschichte woanders lag, dass es irgendeine Verbindung gab, die er nicht erfassen konnte.

Doch die routinemäßigen Ermittlungsarbeiten liefen weiter. Die erste Aufgabe hatte darin bestanden, Frau Tuyas verschwundene Familie ausfindig zu machen. Es war immer noch nicht klar, ob deren Aufbruch mit ihrer Ermordung zu tun hatte – wofür die verlassenen *gers* sprachen – oder ob sie bereits weitergezogen waren, als der Mord passierte. So oder so war diese Nomadenfamilie bisher seltsam schwer ausfindig zu machen gewesen.

Eine ganz unkomplizierte Angelegenheit war das Aufspüren von Nomaden nie, vor allem, wenn sie nicht gefunden werden wollten. Mittlerweile hatten aber viele von ihnen Kurzwellenradios dabei, so dass man ihnen über die staatlichen Radiokanäle Botschaften zukommen lassen konnte. Der eine oder andere hatte sogar ein Satellitenhandy, für die meisten jedoch war das zu kostspielig. Die Mehrzahl der Nomaden war inzwischen zum Wählen und für Sozialversicherungsangelegenheiten in einer bestimmten Region gemeldet, und manche kamen regelmäßig in die nächste Stadt, um sich Beihilfen auszahlen zu lassen. Und schließlich verfügten auch die Polizei und andere örtliche Stellen über ihre eigenen Netzwerke innerhalb bestimmter Regionen, mit deren Hilfe sie oft relativ schnell den Standort bestimmter Einzelpersonen oder Gruppen feststellen konnten.

Kontakt mit einem Nomaden aufzunehmen mochte ein langsamer Prozess sein, aber in der Regel führte er zum Erfolg. Von irgendjemandem vor Ort wurde die Nachricht aufgeschnappt und gelangte, auf welchen verschlungenen Pfaden auch immer, am Ende zu dem gewünschten Empfänger.

In diesem Fall hatte die Polizei alle ihr offen stehenden Wege beschritten, um die Nachricht auszusenden. Über die Geschichte war in den Zeitungen sowie in Radio und Fernsehen ausgiebig berichtet worden. Überall war ein Aufruf der Polizei veröffentlicht worden, die Familie möge sie umgehend kontaktieren. Ähnliche Botschaften waren über die Netzwerke von Polizei und Sozialversicherung im Norden des Landes in Umlauf gebracht worden, in der Annahme, dass nach nicht allzu langer Zeit jemand die Gruppe von Hirten erkannt haben würde.

Etliche Tage lang gab es jedoch kaum Reaktionen. Die üblichen vereinzelten Anrufe von Sonderlingen gingen ein, ein paar, die gut gemeint waren, aber keine handfesten Informationen enthielten, und ein oder zwei, die vielversprechend erschienen, bei denen die scheinbare Spur sich jedoch sehr schnell verlor.

Den ersten ernst zu nehmenden Hinweis erhielten sie fünf Tage nachdem die Leiche gefunden worden war. Es war ein Anruf aus einer der Provinz-Polizeidienststellen nördlich der Hauptstadt. Im höher gelegenen Teil des Bulgan-*Aimags* hatte einer der Nomaden einen banalen Diebstahl gemeldet und dabei erwähnt, dass ein paar unbekannte Hirten sich in der Region aufhielten. Die stillschweigende Folgerung daraus lautete, dass diese Neulinge, selbst wenn sie nicht unmittelbar für den Diebstahl verantwortlich waren, dennoch vermutlich nichts Gutes im Schilde führten.

Obwohl der betreffende Polizist den Anschuldigungen skeptisch gegenüberstand, hatte er dem neuen Lager bei Gelegenheit einen Besuch abgestattet und Nachforschungen darüber angestellt, woher die Gruppe gekommen war und wohin sie weiterzog. Es sei schwierig gewesen, hatte er berichtet. Die Gruppe, der ohne Zweifel klar war, was die Einheimischen womöglich über sie erzählten, war über seinen Besuch und seine Fragen offensichtlich nicht erfreut gewesen. Sie hatten offen, aber kühl geantwortet, dass sie auf der Suche nach besserem Weideland vom Süden hierhergezogen waren, aber davon ausgingen, dass sie nur ein paar Tage blieben. Der Polizist hatte überlegt, ob er sie nach ihren offiziellen Ausweispapieren fragen sollte, fand aber keine Rechtfertigung für ein so plumpes Vorgehen. In dem Lager gab es keinen Hinweis auf Diebesgut, und er hatte keinen Grund, die Nomaden irgendeines Verbrechens zu verdächtigen.

Erst später, als er an einem ruhigen Vormittag die verschiedenen vom Polizeipräsidium verschickten Meldungen – von denen es viele gab – noch einmal überflogen hatte, war ihm aufgegangen, dass diese Gruppe Frau Tuyas Familie hätte sein können. Und nach einer langwierigen Serie von Telefonaten quer durch das Polizeinetz der Hauptstadt war diese Information schließlich in der Abteilung Schwerkriminalität gelandet.

Doripalam hatte fast noch im selben Moment beschlossen, selbst mit Luvsan hier heraufzufahren. Allerdings hatte er sich schon bald gefragt, ob sie nicht ihre Zeit verschwendeten. Sie wussten nicht einmal mit Sicherheit, ob Frau Tuyas Familie in der Lage war, ihnen irgendetwas Nützliches zu erzählen. Falls sie sich, nach Plan, schon vor ihrer Ermordung auf den Weg gemacht hatten, war es gut möglich, dass sie gar nichts von ihrem Tod wussten, geschweige denn imstande waren, zu dessen Aufklärung beizutragen. Wenn das zutraf, war Doripalams Funktion mehr oder minder die des einfachen Polizisten, der geschickt wurde, die schlechte Nachricht zu überbringen. Er bezweifelte, dass die Botschaft nur deswegen besser verdaulich war, weil sie von einem höherrangigen Polizeibeamten kam.

Vor allem wussten sie ja nicht einmal, ob es sich dabei überhaupt um Frau Tuyas Familie handelte. Zugegeben, sie stammten nicht aus der Gegend, aber schließlich und endlich waren diese Leute Nomaden. Und die zogen nun mal umher. Die meisten von ihnen bewegten sich in relativ eng umschriebenen Grenzen, aber es war durchaus nicht ungewöhnlich, dass sie ihre Kreise weiter spannten.

Und zu allem Überfluss stellte sich jetzt heraus, dass die Nomaden, als Doripalam und Luvsan in die Gegend kamen, bereits weitergezogen waren.

Während er sich umschaute, fragte sich Doripalam, warum sie diesen Entschluss gefasst hatten. Das hier war ein wunderschöner Ort. Vor ihnen erstreckte sich das saftige Weideland bis hinauf zu den sanften Hügeln, die den Beginn der Bürengiin-Nuruu-Berge bildeten. Im Licht des Vormittags war das Gras von einer außergewöhnlichen Farbe, ein schimmernder smaragdfarbener Flor, beschattet von den wechselnden Mustern der dünnen, flaumigen Wolken. Nicht weit von ihnen konnten sie die glitzernde, gewundene Schnur eines Gebirgsbaches sehen, der sich zu einem schmalen Fluss und dann, ungefähr hundert Meter in die Ebene hinein, zu einem ausgedehnten Teich verbreiterte, bevor er vermutlich unter die Erde verschwand. Über den Bergen in der Ferne lagen dunkle Schatten von Koniferen, die ersten Vorboten der weiten sibirischen Wälder, die sich jenseits der nahe gelegenen Grenze erstreckten.

Doch bei aller Schönheit der Landschaft war klar, dass die Nomadengruppe tatsächlich weitergezogen war. Wie Doripalam bemerkt hatte, konnte man an den etwas dunkleren Stellen und Markierungen erkennen, wo die kreisrunden Jurten aufgebaut worden waren. Ein paar dunkle Flecken zeigten, wo die Öfen gestanden hatten, und einige kurze, stoppelige Stellen im Gras, wo Pferde oder Ziegen angepflockt worden waren. Den Markierungen nach zu urteilen durften die Hirten noch nicht lange weg sein – vielleicht einen Tag, vielleicht zwei.

»Und was jetzt?«, fragte Luvsan, während er sich eine neue Zigarette anzündete. Den Stummel der vorherigen hatte er achtlos ins Gras geschnippt. Doripalam hatte mit einigem Widerwillen dessen Flugbogen und Landung beobachtet.

Er schüttelte den Kopf. »Wir sind von so weit her gekommen«, sagte er. »Wir können jetzt nicht einfach umdrehen.«

Luvsan nickte. »Wir würden dumm dastehen«, sagte er.

Der Inspektor lächelte dünn. »Wir würden unsere Arbeit nicht tun«, sagte er.

»Das auch«, bestätigte Luvsan mit einem weiteren Kopfnicken. »Also wohin fahren wir?«

»Zurück nach Bulgan, schätze ich«, sagte Doripalam, womit er die Provinzhauptstadt meinte. »Vielleicht kann die dortige Polizei uns noch einen Hinweis geben.« Der Vorschlag klang selbst in seinen eigenen Ohren schwach, aber alles erschien ihm besser, als sich so schnell geschlagen zu geben.

Als sie schweigend durch das Weideland zurückfuhren, behielt Luvsan die für ihn typische hohe Geschwindigkeit bei und ließ in Kurven immer wieder die hinteren Räder des Jeeps leicht über den holprigen Untergrund rutschen. Doripalam schloss die Augen und versuchte, sich nicht zu sehr an seinem Sitz festzuklammern. Er hatte sich längst damit abgefunden, dass das neue Fahrzeug irgendwann vor ihrer Rückkehr in die Hauptstadt zu Schrott gefahren würde. Das könnte er vermutlich verkraften, solange er dabei einen gnädigen Tod fand und sich nicht den Folgen stellen musste, dachte er.

Bulgan selbst war ein kleiner Ort – eigentlich gar keine richtige Stadt, aber durch seinen Status als Hauptstadt der Provinz, des *aimag*, aufgewertet. Viel gab es hier nicht zu sehen – nur das Rathaus, das Regierungsgebäude, einige Zweckbauten und Geschäftsgebäude, ein paar Hotels. Im Norden der Stadt lag ein Jurtenlager für Touristen, aber davon abgesehen gab es erstaunlich wenig Exemplare dieser charakteristischen Rundzelte. Eingebettet in die umliegenden Wälder waren zahlreiche Blockhüttensiedlungen, aus denen Verwaltungs- und Geschäftsgebäude im Sowjetstil herausragten.

Obwohl Bulgan noch ein ganzes Stück von der russischen Grenze entfernt war, sah es aus wie eine echte Grenzstadt. Verstärkt wurde der Eindruck dadurch, dass entlang der Hauptstraße und rund um den Marktplatz Reihen angebundener Pferde standen, wie im Wilden Westen. Das hatte Luvsan auf der Hinfahrt wohl an den *Lone Ranger* erinnert. Doripalam musste zugeben, dass die Stadt ohne Weiteres in einen der Hollywood-Western gepasst hätte, die mittlerweile in den frühen Morgenstunden über die Fernsehbildschirme flimmerten.

In Wirklichkeit war Bulgan jedoch alles andere als ein verschlafenes Nest. Es lebte von den Touristen, die auf dem Weg zu den Bergen und dem See des Khövsgöl-Nuur-Nationalparks hier übernachteten. Dadurch war es ein weltoffenerer Ort als die meisten Kleinstädte des Landes. Die Leute waren daran gewöhnt, Reisenden – einheimischen wie ausländischen – zu begegnen und fühlten sich mit dem ständigen Besucherstrom relativ wohl. Der positive Aspekt davon war, dass die örtliche Polizei sich äußerst kompetent und schnell möglicher Probleme annahm. Die Kehrseite war, dass Neuankömmlinge hier kaum bemerkt wurden. Selbst wenn Frau Tuyas Familie durch Bulgan durchgekommen war, konnte es gut sein, dass sie niemandem aufgefallen war.

Dennoch durfte man den Scharfsinn der örtlichen Polizei niemals unterschätzen, fand Doripalam. Obwohl der erste Bericht über die fremden Nomaden von einem Dorfpolizisten in einem der abgelegenen kleinen Orte stammte, war er von der Polizei in Bulgan schnell und effizient in die Hauptstadt weitergeleitet worden. Es konnte durchaus sein, dass sie in der Zwischenzeit weitere Erkenntnisse gewonnen hatte.

Luvsan fuhr in die Stadt hinein, vorbei an der reich mit Bäumen bestandenen Parklandschaft rund um den Achuut Gol, den Fluss, den er schließlich überquerte, bevor er nach links in die Hauptstraße einbog. Er steuerte den Wagen einigermaßen umsichtig, zumindest für seine eigenen, nicht besonders hohen Ansprüche. Die Straße war mitten am Nachmittag ziemlich belebt – überwiegend ältere, traditionell gekleidete Leute, die sich zum Markt begaben oder einfach die Sonne genossen. Als Doripalam und Luvsan sich den Hotels am anderen Ende der Straße näherten, sahen sie zwei Touristengruppen – eine aus dem Westen, eine anscheinend aus Japan –, die sich auf den Weg machten, um das begrenzte Spektrum an städtischen Attraktionen zu besichtigen.

Am Ende der Hauptstraße bog Luvsan nach rechts ab und hielt vor dem Regierungsgebäude, auf dessen Rückseite die örtliche Polizeidirektion untergebracht war. Nachdem er den Motor abgestellt hatte, zündete er sich eine Zigarette an und lehnte sich lässig zurück. »Werden Sie erwartet?«, fragte er.

Doripalam nickte. »Ich habe gestern angerufen, um sie zu warnen, dass wir in ihrem Revier auftauchen.« Nach seinen Erfahrungen war das immer ein kluger Schritt. Egal wie angeblich harmlos und unumstritten die Mission war, kein ortsansässiger Polizeibeamter sah es gern, wenn Vertreter des Polizeipräsidiums ohne Erlaubnis durch sein Revier trampelten. »Ich habe gesagt, ich würde wahrscheinlich auf dem Rückweg vorbeikommen, um sie auf den neuesten Stand zu bringen.«

Luvsan nickte, während er den Rauch sorgfältig durch das halb geöffnete Fenster des Geländewagens blies. »Und die Früchte ihrer Ermittlungen zu ernten.«

»Wie's aussieht, ja. Obwohl völlig unklar ist, ob es überhaupt etwas zu ernten gibt.«

Doripalam sprang aus dem Wagen, ging auf dem Bürgersteig mit großen Schritten an dem Regierungsgebäude vorbei und bog dahinter zum Eingang der Polizeibehörde ab. Er machte sich nicht die Mühe, nachzusehen, ob Luvsan ihm folgte. Er wusste, dass Luvsan so klug war, seinen Chef allein zu offiziellen Besprechungen gehen zu lassen, dass er dem ranghöheren Beamten nicht in die Quere kommen wollte. Wichtiger noch, Luvsan war auch klug genug, in solchen Situationen seine Zeit sinnvoll zu nutzen und seinen nicht unerheblichen Charme dazu einzusetzen, auf anderem Weg möglichst viele Informationen zu bekommen.

Der Inspektor nahm an, dass sein Mitarbeiter sich, während er selbst behaglich bei dem örtlichen Polizeichef saß, zwanglos bei den Polizisten im Großraumbüro eingeschmeichelt hatte, höchstwahrscheinlich mithilfe einer großzügigen Spende von Zigaretten, die er in unbegrenzter Zahl bei sich zu haben schien. Doripalam erkannte allmählich, dass Luvsan ein Polizist mit einigem Potenzial, vielleicht sogar ein möglicher Nachfolger auf seinem eigenen Posten war. Dass er eine jüngere Version seiner selbst darstellte, konnte Doripalam nicht behaupten – zum Teil, weil Luvsan eigentlich gar nicht so viel jünger war, hauptsächlich aber, weil dessen hemdsärmelige, aber pfiffige Gerissenheit Doripalams eher umsichtiger Intelligenz nahezu diametral zuwiderlief. Doripalam war jedoch aufgeschlossen genug, Fähigkeiten zu erkennen, selbst wenn sie eine deutlich andere Form annahmen als bei ihm selbst.

Bevor er die düstere Betoneingangshalle der Polizeibehörde betrat, hielt er kurz inne, um einen Blick die Straße entlang zu werfen. Dort standen zwei oder drei Gebäude, die eher Verwaltungs- und Gewerbezwecken dienten, dann öffnete die Straße sich auf eine Reihe kleinerer Holzbauten – einige Läden und dann Wohnhäuser. Jenseits davon lag die grüne Parklandschaft vor der zunehmenden Dunkelheit der Bäume, leuchtendes Grün in der Nachmittagssonne. Doripalam fiel ein, dass sie noch eine mehrstündige Rückfahrt in die Hauptstadt vor sich hatten. Sie würden ihre Angelegenheiten hier schnell zu Ende bringen müssen, wenn sie wenigstens vor Einbruch der Dunkelheit losfahren wollten.

Er drehte sich um und betrat den Eingangsbereich. Die Ausstattung war ihm vertraut, ein Relikt aus alten Zeiten, mit dem klobigen Tresen, den offiziellen Fahnen und Wahrzeichen, der greifbar unfreundlichen Atmosphäre. Eher dazu gedacht, einzuschüchtern, als ehrliche Bürger dazu zu ermutigen, um offizielle Hilfe nachzusuchen.

Hinter dem Tresen saß ein junger Polizeibeamter, anscheinend damit beschäftigt, ein offizielles Berichtsformular auszufüllen; als Doripalam sich jedoch über den Tresen beugte, stellte er fest, dass darunter ein Stapel Sportzeitschriften steckte. Vermutlich hatte der junge Mann gehört, wie die Tür aufging, und seine Lektüre entsprechend angepasst.

Doripalam hielt ihm seinen Ausweis hin. »Ich möchte zu Ihrem Chef«, sagte er. »Ich habe gestern mit ihm gesprochen und gesagt, ich würde heute Nachmittag vorbeischauen.«

Sobald der junge Polizist sich ein Bild von Doripalams Funktion und Rolle gemacht hatte, nahm er eine aufrechtere Haltung an. »Ich sage ihm Bescheid.« Er nahm den Telefonhörer ab, drückte eine Nebenstellentaste, sprach kurz im

Flüsterton und wandte sich dann wieder Doripalam zu. »Er ist gleich mit einer Besprechung fertig. Es dauert höchstens noch fünf Minuten.«

Doripalam nickte. »Danke. Kann ich irgendwo warten?« Er hatte bereits einen unscheinbaren Warteraum neben dem Haupteingang bemerkt, vermutlich für potentielle Übeltäter und fürs gemeine Volk.

»Sie können sich oben hinsetzen«, sagte der junge Mann. »Gleich vor dem Büro des Chefs gibt es einen kleinen Wartebereich.«

Doripalam lächelte und stieg langsam die von der Mitte der Eingangshalle nach oben führende Treppe hinauf. Tatsächlich gab es oben einen viel angenehmeren Wartebereich, der eindeutig für offizielle Besucher gedacht war, mit einigen Sesseln, einem niedrigen Tisch und sogar – wie Doripalam mit Interesse feststellte – einem Wasserspender nach westlichem Vorbild. Das war etwas, was sie für das Polizeipräsidium bisher noch nicht hatten anschaffen können, obwohl ihm aufgefallen war, dass im Ministerium jede Menge davon herumstanden.

Er machte es sich in einem der Sessel bequem. Von hier aus hatte er, durch das Treppengeländer hindurch, einen Teil der Eingangshalle im Blick. Etwas später sah Doripalam, wie Luvsan schwungvoll zur Eingangstür hereinkam und zum Empfangstresen ging. Dort würden, wie Doripalam vermutete, sehr bald seine Ausweiskarte und Zigaretten zum Vorschein kommen.

»Es tut mir sehr leid, dass ich Sie habe warten lassen«, sagte eine Stimme hinter ihm. »Ich hoffe, Sie sind noch nicht lange da.«

Der örtliche Polizeichef war ein kleiner, gedrungener Mann, obwohl Doripalam vermutete, dass seine Körpermasse eher aus Muskeln als aus Fett bestand. Sein Haar war kurzgeschnitten, und seine wachen Augen bewegten sich rasch auf und ab, während sie Doripalams schlanke Figur taxierten, offensichtlich erstaunt über das jugendliche Alter des ranghöheren Beamten, aber ebenso offensichtlich bemüht, sich das nicht anmerken zu lassen.

»Überhaupt nicht«, erwiderte Doripalam. »Ich bedaure, dass ich Sie nicht genauer wissen lassen konnte, wann ich vermutlich eintreffen würde.«

Sein Gegenüber lächelte. »Ich heiße Tsend.«

»Doripalam. Danke, dass Sie sich Zeit für mich nehmen.«

»Es ist eine seltene Ehre, den Leiter der Abteilung Schwerkriminalität zu treffen.«

Doripalam zuckte die Schultern. »Selten, das hoffe ich. Ehre, da bin ich mir nicht so sicher. Die Leute sind über das, was unsere Anwesenheit mit sich bringt, in der Regel nicht besonders erfreut«, sagte er.

»Aber soweit ich verstanden habe, geht es diesmal nicht um ein Schwerverbrechen in unserem Zuständigkeitsbereich«, sagte Tsend. »Was für uns, womöglich aber auch für Sie, ein Segen ist.« Er winkte Doripalam in sein Büro, wo er ihm einen Platz an einem kleinen Besprechungstisch anbot.

Das Büro war relativ luxuriös. Von seinem schweren Mahagonischreibtisch aus hatte Tsend einen eindrucksvollen Blick auf die Hauptstraße und die Parklandschaft dahinter.

»Ein angenehmer Ort zum Arbeiten«, bemerkte Doripalam.

»Nun, wir brauchen nur selten die Dienste Ihrer Abteilung in Anspruch zu nehmen«, sagte Tsend. »Hier haben wir es meistens mit banalem Zeug zu tun. Vereinzelten Diebstählen, Trunkenheit. Hin und wieder Problemen mit Touristen. Aber nichts Ernstes. Nicht so etwas wie Ihr Fall Tuya.«

»Sie kennen den Fall?«, sagte Doripalam. Während ihres Telefongesprächs am Vortag hatten sie nur kurz darüber gesprochen.

»Ein bisschen. Ich habe darüber in den Zeitungen gelesen. Ein grässlicher Mord, glaube ich.«

»Grässlich und, um ehrlich zu sein, ziemlich rätselhaft. Aus dem wenigen zu schließen, was wir über Frau Tuya wissen, gab es kaum ein offensichtliches Motiv für ihre Ermordung.«

»Ist nicht ihr Sohn verschwunden?«

»Es scheint so«, sagte Doripalam. »Aber auch hier haben wir keine Ahnung, warum er verschwunden sein könnte. Und ob er es überhaupt ist. Wir wissen, dass er seine Mutter schon eine Weile vor ihrem Tod nicht mehr kontaktiert hatte, aber das ist für einen jungen Mann nichts Ungewöhnliches.«

»Aber er hätte doch versucht, Kontakt zu ihrem Umfeld aufzunehmen, nachdem er von ihrem Tod erfahren hatte?«

»Das sollte man annehmen«, sagte Doripalam. »Obwohl man letztlich nicht sicher sein kann. Soweit ich weiß, war ihre Beziehung in den letzten Jahren nicht sehr eng. Es könnte sogar sein, dass er gar nichts von ihrem Tod weiß.«

»Obwohl in den Medien ja umfassend darüber berichtet wurde«, sagte Tsend. »Und Sie haben Aufrufe veröffentlicht, dass er sich melden soll?«

»Selbstverständlich. Aber wer weiß, wo er ist? In diesem Land gibt es immer noch Gegenden, in denen es möglich ist, den Medien zu entgehen.« Doripalams Ton ließ darauf schließen, dass er so etwas durchaus gut fand.

»Und Sie versuchen, ihre verbliebene Familie ausfindig zu machen, wenn ich es richtig sehe?«

Doripalam nickte. »Deswegen sind wir hier. Wie gesagt, wir hatten einen Bericht von einem Ihrer abgelegeneren Polizeiposten über nicht ortsansässige Nomaden, die in der Gegend aufgetaucht waren. Von der Beschreibung her hätte es die Gruppe sein können, die wir suchen.«

»Und war sie es?«

»Ich weiß es nicht. Als wir dort eintrafen, waren sie schon weitergezogen, und es gab keinen offensichtlichen Hinweis darauf, welche Richtung sie eingeschlagen hatten. Ich hatte gehofft, Sie könnten mir da weiterhelfen.«

Tsend zuckte die Schultern. »Das bezweifle ich. Hier draußen bemerken sie Neuankömmlinge tatsächlich, und sei es auch nur, weil sie alle um die besten Weidegründe konkurrieren. Uns wäre aber nur darüber berichtet worden, wenn irgendetwas ein offizielles Vorgehen notwendig gemacht hätte.«

»Was ist mit dieser speziellen Gruppe? Ich habe gehört, dass einer Ihrer Beamten sie aufgesucht hat.«

Tsend schlug einen Schnellhefter auf, der neben einem kleinen Stapel weiterer Akten vor ihm auf dem Schreibtisch lag. »Das ist der Bericht«, sagte er. »Es war nur ein Routinebesuch. Nachdem es eine Flut von Bagatelldiebstählen gegeben hatte, deutete einiges darauf hin, dass diese Gruppe von Neuankömmlingen dafür verantwortlich sein könnte. Die Leute sind immer schnell damit bei der Hand, Fremden die Schuld zu geben, obwohl meiner Erfahrung nach meistens einheimische Jugendliche die Übeltäter sind. Allerdings fand ich, dass wir sie überprüfen sollten.«

»Gefunden haben Sie aber nichts?«

»Dem Bericht zufolge nein. Der Polizeibeamte fuhr wie zufällig vorbei, angeblich um nachzuschauen, ob es ihnen gut ging. Wir haben natürlich auch eine soziale Verantwortung den Menschen gegenüber.« Sein Unterton legte nahe, dass er derartige Überlegungen der Abteilung Schwerkriminalität nicht zutraute.

»Es deutete aber nichts darauf hin, dass irgendetwas nicht stimmte?«

»Eigentlich nicht. Obwohl in dem Bericht anklingt, dass sie sich etwas merkwürdig verhielten. Die meisten Hirtennomaden sind wirklich nur daran interessiert, die besten Weidegründe für ihre Tiere zu finden. Wenn sie es vermeiden können, reisen sie nicht gerne allzu weit, obwohl sie die Natur auch nicht immer kontrollieren können. Nach dem Bericht zu urteilen schienen diese Nomaden aber viel unterwegs gewesen zu sein. Sie hatten einige Tiere – ein paar Ziegen, Pferde –, aber keine große Herde. Und sie schienen nur widerwillig darüber zu sprechen, woher sie gekommen waren und wohin sie weiterziehen wollten.«

»Haben sie es nicht gesagt?« Mit neu aufflammendem Interesse beugte Doripalam sich vor.

Tsend zuckte die Schultern. »Angesichts der Tatsache, dass der Polizist ja angeblich nur nach dem Rechten schauen wollte, mochte er sie nicht allzu sehr bedrängen. Er stellte ihnen jedoch ein paar beiläufige Fragen, und jedes Mal wichen sie ihm aus. So als wären sie nicht erpicht darauf, Auskunft zu geben.«

»Nach ihren Ausweisen hat er nicht gefragt?«

»Auch das fand er nicht angemessen. Es lagen keine Verdachtsmomente vor. Er hatte ein wenig herumgeschnüffelt, um zu sehen, ob irgendeine Verbindung zu den Diebstählen bestand, aber dem war nicht so. Und sein Gesamteindruck war der, dass sie sich eher mit dem Gedanken trugen weiterzuziehen, als hier irgendein Verbrechen zu begehen.«

Doripalam nickte, während er das alles aufnahm. »Wenn es stimmt, dass Frau Tuyas Familie aus irgendeinem Grund geflohen ist – und dessen sind wir uns ja keineswegs sicher –, dann klingt es, als könnte es diese Gruppe sein. Und sie sind immer noch auf der Flucht.«

»Sie glauben, die waren für ihren Tod verantwortlich?«

»Möglich ist es«, sagte Doripalam. »Es kann aber ebenso gut sein, dass sie vor demjenigen fliehen, der die Frau umgebracht hat.«

»Aber das ist ...« Tsend hatte eindeutig so etwas wie »lächerlich« auf der Zunge gehabt, es jedoch als unangemessene Reaktion auf die Vermutung eines höherrangigen Kollegen hinuntergeschluckt. »Ich meine, ist das wahrscheinlich?«

»Möglich ist alles. Das habe ich in dieser Funktion gelernt.« Doripalam erinnerte sich an die merkwürdige Mordserie im vergangenen Jahr, an das komplizierte Geflecht von Motiven, das diesen Taten zugrunde gelegen hatte. »Aber nein, das scheint mir doch zu weit hergeholt.« Er zögerte. »Dennoch müssen wir diese Gruppe unbedingt ausfindig machen. Haben Sie eine Ahnung, wohin sie gegangen sein könnte?«

Tsend schüttelte den Kopf. »Ich habe alle Berichte der letzten paar Tage durchgesehen, nur für den Fall, dass etwas dabei wäre, was für Sie relevant sein könnte. Ich habe zwar nicht gezielt nach Informationen über diese Gruppe gesucht, aber nichts gefunden, was womöglich von Interesse hätte sein können. Und von da, wo sie waren – nun, von da aus hätten sie überall hingehen können. Vielleicht weiter nach Norden in Richtung Berge. Falls sie nach einem Versteck suchten, wäre das das Beste gewesen. Ansonsten kann ich nichts anderes tun, als meine Leute anzuweisen, Augen und Ohren offen zu halten, und zu hoffen, dass wir etwas aufschnappen. An die anderen benachbarten *aimags* werden Sie vermutlich dieselbe Bitte richten?«

»Selbstverständlich«, antwortete Doripalam milde, ohne sich die Verärgerung darüber anmerken zu lassen, dass man ihm erzählte, wie er seine Arbeit zu tun habe. Gewiss wollte

Tsend nur hilfsbereit sein, sagte er sich. »Und sonst gibt es nichts, was Sie mir mitteilen können?«

»Ich glaube nicht. Wie schon erwähnt, ich bin die Akten ziemlich sorgfältig durchgegangen.« Er deutete auf den Stapel auf dem Schreibtisch. »Zögern Sie aber nicht, selbst nachzuschauen, wenn Sie möchten.« Das klang wie eine Herausforderung an Doripalam, der einen Moment lang geneigt war, sie anzunehmen.

»Nein, ich bin sicher, dass Sie sie gründlich durchgesehen haben. Sollte aber irgendetwas zutage treten – etwas, wovon Sie glauben, dass es auch nur im Entferntesten relevant sein könnte –, dann melden Sie sich sofort bei uns, ja?« Er fand, dass er wenigstens versuchen konnte, es Tsend mit seiner Klugschwätzerei gleichzutun.

Tsend lächelte. »Auf der Stelle.«

Er erhob sich, ein klares Zeichen, dass das Gespräch zu Ende war, und führte den Inspektor auf die Tür zu. »Danke, dass Sie sich die Zeit genommen haben«, sagte Doripalam, als sie wieder in den Korridor hinaustraten. »Ich kann mir vorstellen, wie beschäftigt Sie sein müssen.« In dem stillen Gebäude war es schwierig, die Worte nicht ironisch klingen zu lassen, aber Tsend schien nichts bemerkt zu haben.

»Ich bedaure, dass wir Ihnen keine größere Hilfe sein konnten«, sagte Tsend. Er deutete mit einer Handbewegung auf die Treppe. »Entschuldigen Sie mich, aber ich muss jetzt eine andere Besprechung vorbereiten. Sie finden hinaus?«

»Kein Problem.« Doripalam nahm weder diese Besprechung noch die, die angeblich den Beginn ihrer Unterredung verzögert hatte, für bare Münze, war aber froh, Tsends Anwesenheit nicht länger ertragen zu müssen.

Langsam ging er die Treppe hinunter und lächelte schwach beim Anblick von Luvsan, der auf dem Empfangstresen hockte und freundschaftlich mit dem Polizeibeamten dahinter plauderte. Auf Luvsan hatte das Ambiente offenbar keine einschüchternde Wirkung.

Als Doripalam unten an der Treppe ankam, sprang Luvsan auf und winkte dem Polizisten hinter dem Tresen zum Abschied vergnügt zu. Doripalam bemerkte, dass wie zufällig ein halbleeres Zigarettenpäckchen auf dem Tresen liegen geblieben war.

Doripalam strebte dem Ausgang zu. Luvsan trottete, unmelodisch pfeifend, ein paar Meter hinter ihm drein.

Als sie den Geländewagen erreichten, sagte Luvsan: »Und? Erfolgreich gewesen, Herr Inspektor?«

Doripalam schüttelte den Kopf. »Nein. Bereit, alles zu tun, um uns zu helfen, solange es nicht um nützliche Informationen oder konkrete Unterstützung geht.«

Luvsan grinste. »Das kommt dabei raus, wenn man sich mit denen da oben einlässt, wenn ich einmal so sagen darf.«

Doripalam zögerte, bevor er die Autotür öffnete, und schaute Luvsan über die Motorhaube hinweg an. »Wollen Sie mir etwa erzählen, dass Sie etwas Nützlicheres herausgefunden haben?«

Immer noch grinsend, zuckte Luvsan die Schultern. »Kommt eben immer drauf an, wen man kennt, Inspektor.«

10. KAPITEL

»Ich weiß wirklich nicht, wie du dieses Zeug trinken kannst«, sagte Nergui, den Blick auf den schäumenden Cappuccino gerichtet, den sie gerade an die Lippen hob.

»Ich trinke das gern«, sagte Sarangarel nur. Sie nahm einen großen Schluck. Es zeugte von ihrer Eleganz, fand Nergui, dass sie das tun konnte, ohne anschließend einen großen Schaumschnurrbart zu haben. »Es ist ein beruhigendes Getränk.«

»Das nehme ich an.« Nergui schaute hinunter auf seinen starken Espresso. »Beruhigung ist wohl das Letzte, was ich bei einem Getränk suche.«

Sie lächelte. »Ich glaube, du suchst in allen Dingen nach Intensität, Nergui.«

»Ich hatte schon angefangen, mich damit abzufinden, dass du nicht kommst«, sagte er. »Ich hätte sogar verstehen können, warum.«

»Hättest du das?«, sagte sie. Er empfand es als eine aufrichtige Frage. Es war wirklich, als hätte sie es geschafft, diese ganze Zeit hinter sich zu lassen. »Aber nein, entschuldige, ich bin zu spät. Die Arbeit, weißt du. Ein ganz banaler Fall, aber gerade die ziehen sich immer in die Länge. Und man will sie nicht vertagen, weil es sich eigentlich nicht lohnt.«

Nergui nickte. Er konnte sie sich nur schwer am Richtertisch vorstellen. Nicht etwa, weil ihr die Fähigkeiten oder die Ausstrahlung für eine solche Aufgabe gefehlt hätten, sondern nur, weil er sie in einem solchen formalen Rahmen nie erlebt hatte. Die Vorstellung war merkwürdig, dass er, wäre der Fall Muunokhoi nach Plan verlaufen, der Verhandlung wahrscheinlich als Beobachter beigewohnt hätte und ihr so zum ersten Mal in all den Jahren in diesem Kontext begegnet wäre. Wenn es schon eine Überraschung gewesen war, sie in seinem Büro auftauchen zu sehen, um wie viel mehr hätte es ihn erstaunt, festzustellen, dass sie den Prozess eines Mannes wie Muunokhoi leitete. Besonders in Anbetracht ihres Hintergrundes.

Im Laufe ihres vorherigen Gesprächs hatte er sich gefragt, ob ihr Vorsitz in dem Muunokhoi-Prozess wohl einen Interessenkonflikt barg. Abgesehen davon, dass man sie nicht für die Machenschaften ihres verstorbenen Ehemannes zur Rechenschaft ziehen konnte – und es hatte nie auch nur eine Andeutung gegeben, dass sie von seinen Plänen gewusst hatte –, war ihre vermeintliche Verbindung zu Muunokhoi nie festgestellt, geschweige denn bewiesen worden.

Von Neuem überdachte er seine Beweggründe, diesem Treffen zuzustimmen. Natürlich mochte er sie. Er hatte sie immer gemocht, und es hatte sicher einen Moment gegeben, in dem die Sympathie sich zu etwas Tiefergehendem hätte entwickeln können. Ihm war jedoch bewusst, dass es ihm nach so langer Zeit schwerfiel, über eine Beziehung in jeglicher Form nachzudenken, ohne zumindest mit einem halben Auge auf deren potentielle Auswirkungen, die Arten, wie man sie verwenden könnte, zu schielen. Oder umgekehrt, auf die Gefahr, dass sie potentiell gegen ihn verwendet werden könnte. Er beruhigte sich damit, dass das eine rein berufsbedingte Vorsicht war. Wie Sarangarel bemerkt hatte, pflegte er stets einen Schritt voraus zu sein.

Ein Teil von ihm erkannte jedoch, dass diesem Verhalten auch ein Abwehrmechanismus zugrunde lag, etwas, das ihm erlaubte, sich in sein Schneckenhaus zurückzuziehen, das ihn nicht nur einen Schritt voraus sein, sondern auch einen Schritt abseitsstehen ließ. Er konnte nicht genau sagen, wo die berufsbedingte Vorsicht aufhörte und die emotionale Feigheit anfing, aber er war intelligent genug zu wissen, dass es vermutlich besser war, andere nicht zu ihm auf dieses Minenfeld einzuladen.

Doch nur ein oder zwei Tage später hatte sie ihn angerufen. »Jetzt habe ich alles strikt nach Vorschrift gemacht«, sagte sie. »Ich habe die Drohungen gemeldet. Sehr interessiert schienen sie nicht zu sein.«

»Ich glaube, dass du nicht die erste Richterin bist, die Drohungen erhält«, gab Nergui zu bedenken. »Und vermutlich steckt nichts dahinter. Aber zumindest hast du alles zu Protokoll gegeben.«

»Mich abgesichert, meinst du.«

»Natürlich. Das ist eine wesentliche Fähigkeit, wenn du es im öffentlichen Leben zu etwas bringen willst.«

»Höre ich da den Fachmann sprechen?«

»Auf jeden Fall. Ich habe meinerseits aber auch getan, was ich konnte, was allerdings nicht viel ist. Mit dem Zurückverfolgen der Anrufe hatten wir Pech, aber das hatte ich auch nicht anders erwartet, außer wir hätten es mit einem richtigen Amateur zu tun. Dein Telefon wird jetzt abgehört und deine Wohnung überwacht.«

»So viel Aufmerksamkeit könnte einem ja schmeicheln.«

»Du wirst bevorzugt behandelt«, stimmte Nergui ihr zu. »Aber das liegt hauptsächlich daran, dass du der Richterschaft angehörst.«

»Hauptsächlich?« In ihrem Ton lag etwas Frotzelndes.

»Hauptsächlich«, wiederholte er mit einer Stimme, die nichts verriet. »Wir können das nicht ewig beibehalten. Nicht einmal für ein Mitglied der Richterschaft.« Er hielt inne, und sie hatte Zeit, sich zu fragen, ob die Ironie scherzhaft oder spöttisch war. »Sollte aber doch etwas an der Drohung dran sein, dürften wir es bald rauskriegen.«

»Bitte versuch, die Beschwichtigung nicht allzu dick aufzutragen, Nergui, ja?«

Er lachte, endlich. »Ich hab's dir doch gesagt. Meine Rolle ist nicht die des Beschwichtigers, sondern die des Realisten.«

»Ich glaube, das genügt dann erst mal«, sagte sie. Es entstand eine weitere, längere Pause, so als wären ihnen beiden die Wörter ausgegangen. Dann sagte sie: »Ich habe mich gefragt, ob du dir wohl vorstellen könntest, mit mir zu Abend zu essen. Um der alten Zeiten willen. Wir könnten es natürlich auch als offizielles Zusammentreffen zwischen dem Ministerium und der Richterschaft deklarieren, falls es damit einfacher würde.«

»Insofern vielleicht, als ich die Kosten dem Ministerium in Rechnung stellen könnte.« Jetzt lachte er ungezwungener. »Ja, das wäre schön. Um der alten Zeiten willen. Und der Zukunft auch.« Bei den letzten Worten schwang etwas in seiner Stimme mit, das sie nicht deuten konnte.

Sie waren übereingekommen, sich in dem eleganten Millie's zu treffen – vermutlich, weil es für sie beide anonymer, neutraler Boden war. Hierher kam jeder, sogar gelegentlich Nergui. Sie würden Zeit zum Plaudern haben, Zeit, sich wieder miteinander vertraut zu machen. Und wenn, aus welchem Grund auch immer, nichts von beidem funktionierte, wäre es noch früh genug, auszusteigen, bevor sie dazu verpflichtet waren, den weiteren Abend miteinander zu verbringen.

Bis jetzt lief es aber ganz gut. Die Unterhaltung, die sie gerade führten, hätte nicht oberflächlicher sein können, was bei Nergui immer ein gewisses Unbehagen auslöste, aber immerhin unterhielten sie sich.

»Ganz schön was los hier«, sagte sie, während sie sich in dem überfüllten Café umschaute. »Selbst um diese Tageszeit.«

»Ich habe gehört, dass es zurzeit groß in Mode ist«, sagte Nergui. »Da kann ich nicht mitreden. Aber es ist ungefähr der einzige Ort in der ganzen Stadt, wo man einen ordentlichen Espresso bekommt.«

»Du hast dir dekadente westliche Vorlieben zugelegt«, sagte sie.

»Ich hatte schon immer dekadente westliche Vorlieben«, entgegnete Nergui. »Ich habe einfach zu lange im dekadenten Westen gelebt.«

»Na, langsam aber sicher werden wir alle verdorben.« Sie nippte an ihrem geschäumten Kaffee. »Ich werde wohl lernen, damit zu leben.«

»Das wirst du wohl«, sagte er. »Und? Wo sollen wir essen?« Die Frage war ihm entschlüpft, ohne dass er es hätte verhindern können, so als hätte sein Unterbewusstsein beschlossen, ihn auf den Abend festzulegen, bevor sein Bewusstsein auch nur daran denken konnte, das abzuwenden.

Sie zuckte die Schultern. »Das überlasse ich dir«, sagte sie. »Wo ist es angemessen dekadent und westlich?«

»Das westliche Zeug besteht hauptsächlich aus Pizzas«, sagte er. »Dann gibt es noch das Café de France. Sie bieten halbwegs vernünftige französische Gerichte.«

»Das ist mir recht«, sagte sie. »Halbwegs vernünftige französische Gerichte sind wahrscheinlich dekadenter als die beste andere Küche der Welt.«

Sie lehnte sich zurück, den Blick unverwandt auf ihn gerichtet, während er sein Handy benutzte, um einen Tisch zu reservieren. Es war schwer zu sagen, ob Nergui sich für den Abend extra feingemacht hatte. Er trug seinen üblichen dunklen Anzug und als Kontrast dazu das für ihn typische pastellfarbene Hemd mit Krawatte, heute in einem blassen Mauve. Genau so – wenn auch vielleicht etwas weniger selbstbewusst – hatte er sich schon gekleidet, als sie ihn kennenlernte. Damals hatte sie sich gefragt und tat das nach wie vor, was es mit ihm auf sich hatte. Er war, gelinde gesagt, eine sehr auffällige Erscheinung. Sein schicker Anzug und seine charakteristische Aufmachung bildeten einen krassen Gegensatz zu seinen dunklen, finsteren, kriegerartigen Gesichtszügen. Er war nicht gerade eine Persönlichkeit des öffentlichen Lebens, obwohl er von Zeit zu Zeit in den Medien aufgetaucht war, aber selbst in diesem Café spürte sie, dass Leute zu ihm herüberschielten und sich fragten, wer er war, womöglich irgendeine Berühmtheit, die sie nicht so recht wiedererkannten.

»Alles geregelt«, sagte er, nachdem er den Anruf beendet hatte. »Halb acht.« Er schaute auf die Uhr. »Wir haben noch Zeit für einen Drink, falls du genug Kinderkaffee getrunken hast.«

Zum Glück hatten sie Übernachtungsmöglichkeiten im Hotel Bulgan gefunden. Das Hotel selbst war nichts Besonderes, aber die Zimmer waren wenigstens sauber und hatten fließend warmes Wasser. Wie Doripalam aus bitterer Erfahrung wusste, war das durchaus nicht selbstverständlich.

Und das Bulgan lag im Grünen, mit einer schönen Aussicht auf die vereinzelten Holzhäuser vor dem dunklen Saum der Wälder. Doripalam und Luvsan saßen Bier trinkend in der fast menschenleeren Bar und ließen den Blick über die Parklandschaft wandern, wo die niedrig stehende Abendsonne deutliche Muster zwischen die Bäume streute. Es war, wie Doripalam zugeben musste, beinahe angenehm.

»Schön«, sagte Doripalam, »Sie haben mich jetzt lange genug auf die Folter gespannt. Was haben Sie herausfinden können?«

Bevor er sprach, nahm Luvsan erst einmal einen tiefen Zug aus seiner Zigarette. »Ich glaube, es ist auf jeden Fall eine Untersuchung wert. Es klingt, als müssten sie es eigentlich sein.«

»Was klingt, als müsste wer es eigentlich sein?«, fragte Doripalam geduldig. Er wusste, dass Luvsan solche Dinge gerne ausdehnte. Wenigstens hatten sie es heute Abend nicht besonders eilig.

»Unsere Bande. Die, nach denen wir suchen. Es klingt, als könnten sie es gut sein.«

»Was denn?«

»Also ...« Luvsan lehnte sich auf seinem Stuhl zurück und sah aus, als schickte er sich an, eine längere Geschichte daraus zu machen. »Vor ein paar Nächten gab es in einem der kleinen Dörfer fünf oder sechs Kilometer nördlich von hier einen Zwischenfall.«

»Was für einen Zwischenfall?«

»Nichts Besonderes, anscheinend. Eine kleine Gruppe von Hirtennomaden war angekommen; sie hatten ihr Lager aufgeschlagen und ihre Tiere – anscheinend nur ein sehr dürftiger Bestand – auf die Weide gestellt. Allerdings wählten sie eine Fläche, die bereits von den Einheimischen benutzt wurde, sodass ein kleiner Streit ausbrach. Später am Abend – mit anderen Worten, nach ein paar Gläsern Wodka – gingen dann einige der Einheimischen auf einen der Fremden los. Es gab einen kleinen Tumult, der aber nicht lange anhielt. Die Neuankömmlinge zogen sich einfach zurück, sagten, sie würden zusammenpacken und am nächsten Morgen weg sein. Wollten keinen Ärger, so was in die Richtung.«

»Das hat der Leiter der Polizeidirektion alles nicht erwähnt.«

Luvsan warf Doripalam einen Blick zu, in dem die ausgesprochen niedrigen Erwartungen deutlich wurden, die er gegenüber höherrangigen Polizeibeamten, Doripalam höchstwahrscheinlich eingeschlossen, hegte. »Na, ich nehme an, dass er es nicht gewusst hat. Als die Polizei hinkam, war alles vorbei. Unter den Umständen wollte keiner einen Aufstand machen. Deshalb glaube ich nicht, dass überhaupt ein Bericht erstellt wurde. Ich habe es bloß so im Gespräch mit ein paar Polizisten aufgeschnappt. Wie der Zufall es will, hatte einer von ihnen am selben Morgen mit einem Polizisten in einer abgelegenen Dienststelle telefoniert und diese Geschichte mitbekommen.«

»Aber die Nomadengruppe war weitergezogen«, bemerkte Doripalam. »Deshalb wissen wir immer noch nicht, wo sie sind.«

Luvsan schüttelte den Kopf. »Nein, das ist es ja gerade. Ich glaube, ich weiß, wohin sie gezogen sind. Die Polizei kam zu spät dort an, um die Streiterei zu beenden, aber einer der einheimischen Polizisten war durch das Verhalten der Fremden neugierig geworden. Fand, dass sie ein bisschen zu sehr bemüht waren, schnell wegzukommen. Deshalb beschloss er, sie im Auge zu behalten. Ließ sie ein Stück vorausziehen – sie bewegten sich hauptsächlich zu Pferd, nur ein paar von ihnen hatten Motorräder, das war anscheinend der Erkundungstrupp. Jedenfalls merkte der Polizist sich die Richtung, in die sie zogen, und fuhr pflichtbewusst ungefähr eine Stunde später mit dem Jeep hinterher, um nachzusehen. Sie waren nur wenige Kilometer geritten und hatten dann am Waldrand einen geschützten Platz gefunden, wo sie ihr Lager aufschlugen.«

»Aber wann war das – vorgestern Nacht? Seitdem könnten sie doch längst weitergezogen sein.«

Luvsan schüttelte wieder den Kopf. »Anscheinend nicht. Der Polizist hat sie weiterhin beobachtet – er glaubt immer noch, dass sie nichts Gutes im Schilde führen, und will sie im Auge behalten. Jedenfalls ist er heute noch mal hingefahren, und sie sind immer noch da. Es ist ein passabler Platz, meint er – geschützt und weit genug von jedem Dorf entfernt, um nicht bemerkt zu werden und niemand anderem auf die Füße zu treten.«

»Wissen sie denn, dass sie beobachtet werden? Falls sie versuchen, sich möglichst unauffällig zu verhalten, könnte die Neugier eines tollpatschigen Polizisten dazu führen, dass sie nicht lange an dem Ort bleiben.«

Luvsan lächelte. »Ich war so frei, von der Polizeidirektion aus den Polizisten in seinem Außenposten direkt anzurufen, um die Geschichte zu überprüfen. Schien ein ziemlich pfiffiger junger Kerl zu sein. Perlen vor die Säue geworfen, da draußen in der finstersten Provinz. Wie auch immer, er versicherte mir, dass er diskret vorgegangen sei – das Letzte, was er wollte, wäre, sie zu verscheuchen, ehe er eine Handhabe hatte, offiziell gegen sie vorzugehen. Also sagte ich ihm, wir seien an der Angelegenheit interessiert; wir wollten aber nicht, dass die Nomaden die Beschattung bemerkten, bevor wir dort wären, und man solle uns sofort benachrichtigen, wenn es irgendein Zeichen von Aufbruch gäbe.«

Doripalam nickte. »Alles sehr professionell. Wie ich es erwartet hätte. Dennoch besteht die Gefahr, dass sie beschließen, noch in der Nacht weiterzuziehen. Wir sollten heute Abend noch hinfahren.«

Luvsan seufzte leise. »Ich dachte mir, dass Sie das sagen würden«, bemerkte er. »Der Wagen ist abfahrbereit. Ich hatte nur gehofft, wir könnten vorher noch etwas essen.«

In Paris hatte Nergui besser gegessen, aber das Essen im Café de France war, zumindest nach hiesigen Maßstäben, recht gut. Sarangarel schien jedenfalls beeindruckt zu sein.

»Ich wusste gar nicht, dass man hier so etwas essen kann«,

sagte sie, während sie geschickt in das Steak Roquefort schnitt.

»Ich weiß nicht, wie sie es machen«, sagte Nergui. »Oder woher das Essen kommt. Ich habe nie zu fragen gewagt.«

Sie lächelte, unsicher – wie sie es bei Nergui immer schon gewesen war –, ob er das wohl ernst meinte. »Normalerweise gehe ich nicht in solchen Restaurants essen.«

»Nicht einmal als wohlhabende Richterin?«, fragte Nergui. Während er bedächtig in sein blutiges Filetsteak schnitt, beobachtete er, wie ein dünnes Rinnsal von Blut auf das knackige Grün des Salates lief.

Sie schüttelte den Kopf. »Wohlhabend? Nein, aber das ist es gar nicht so sehr. Es bietet sich einfach nicht so oft die Gelegenheit, essen zu gehen. Und Zeit habe ich eigentlich auch nicht.«

»Wie verbringst du denn deine Zeit? Neben der Arbeit?« So konkret hatte Nergui sie bisher noch nicht über ihre persönlichen Lebensumstände befragt.

»Irgendwie habe ich nicht viel Zeit außerhalb der Arbeit«, sagte sie. »Ich glaube, ich nehme sie viel zu ernst.«

»Ich weiß nicht, ob man diese Art von Arbeit zu ernst nehmen kann«, entgegnete Nergui.

»Soweit ich mich erinnere, bist du aber auch nicht der beste Ratgeber in Sachen ausgeglichenes Leben.«

Er lächelte. »Das stimmt. Ich habe viel zu viele Leichen hinterlassen.«

»Bestimmt im wörtlichen wie im übertragenen Sinne«, sagte sie.

Er nickte und dabei fiel ihm auf, dass sie ihm auf seine Frage, wie sie ihre freie Zeit verbringe, keine schlüssige Antwort gegeben hatte. »Bestimmt«, sagte er. »Aber ich weiß nicht, wohin es dich am Ende bringt.«

Sie nippte an dem Wein, der wundersamerweise nicht nur

original französisch, sondern sogar noch ein recht ordentlicher Burgunder war. »Und wohin hat es dich gebracht?«, fragte sie. »Am Ende?«

»Ich hoffe, es ist noch nicht das Ende«, sagte Nergui. Er betrachtete sie jetzt aufmerksam, voller Bewunderung für die Leichtigkeit, mit der sie seinen Fragen ausgewichen war und das Gespräch wieder auf ihn selbst gelenkt hatte. »Ich weiß noch nicht, ob ich den Rest meines Arbeitslebens im Ministerium zubringen möchte. In jedem Fall werde ich mich nicht ewig halten. Wenn der derzeitige Minister an Rückhalt verliert – und das wird er, so ist nun mal die Politik –, gebe ich mich nicht der Illusion hin, dass sein Nachfolger zwangsläufig nach meinen Diensten verlangt.«

»Ich wusste nicht, dass falsche Bescheidenheit zu deinen Lastern gehört.«

»Tut sie auch nicht. Realismus dagegen schon. Aber du hast recht – irgendwo wären meine Dienste schon gefragt.«

»Und worin bestehen deine Dienste mittlerweile?«, fragte sie. »Ich meine, was machst du im Ministerium?«

Nerguis Abwehrmechanismen traten sofort in Kraft. Er hatte es nicht gern, wenn man ihm direkte Fragen über seine Arbeit stellte. Nicht unbedingt, weil er etwas zu verbergen hatte, obwohl es an seiner Funktion durchaus Aspekte gab, die sicher nicht für die Allgemeinheit gedacht waren, sondern weil er den Motiven all derer, die ein gewisses Interesse daran zeigten, immer mit Misstrauen begegnete. Und Misstrauen, erkannte er allmählich, war das Letzte, was er heute Abend verspüren wollte.

»Ich lasse es mir gut gehen«, sagte er schließlich und stellte mit gelindem Schrecken fest, dass diese Behauptung sogar stimmte. Inzwischen begann er tatsächlich, seine Position und alles, was damit zusammenhing, zu genießen – die Herausforderungen und Pflichten genauso wie die Vorrechte der Macht. »Am Anfang habe ich das gar nicht getan. Ich habe es gehasst. Ich meine, im Grunde genommen bin ich ein Frontkämpfer. Ich mache mir gern die Hände schmutzig. Deshalb hätte ich mir nie vorstellen können, ein Büromensch im Hintergrund zu werden.«

»Warum hast du die Stelle dann angenommen?«

»Ich hatte, glaube ich, keine große Wahl. Wenn ein Minister – jedenfalls, wenn dieser Minister – will, dass man die Drecksarbeit für ihn macht, sagt man nicht so leicht nein.«

»Und ist es das, was du machst?«, fragte sie, den Blick auf ihn gerichtet, während sie sich das schwarze Haar zurückstrich. »Seine Drecksarbeit?«

Nergui lächelte, das Gesicht so ausdruckslos wie immer. »Nein«, erwiderte er, »eigentlich nicht. Das sage ich nur so. Ich bin hauptsächlich damit befasst, einige der größer angelegten Sicherheitsüberprüfungen durchzuführen – etwas, was irgendwo zwischen Geheimdienst und Polizei rangiert. Eine Art Koordinationsfunktion, könnte man wohl sagen.«

»Klingt spannend«, sagte sie.

Er zuckte die Schultern. »Ist es aber eigentlich nicht. Das meiste davon ist reiner Schreibkram. Eine Menge Bürokratie. Sicherstellen, dass alles nach Vorschrift erledigt worden ist, ehe Leute wie du es zu sehen bekommen.«

»Was beim Fall Muunokhoi nicht passiert ist, meinst du?«

Seine scharfen blauen Augen blieben starr. »Dazu kann ich nichts sagen«, antwortete er. »Das war nicht mein Fall.«

»Nein«, sagte sie. »Natürlich. Du bist aufgestiegen.« Sie zögerte. »Aber warum habe ich dich dann im Polizeipräsidium angetroffen?«

Er schnitt ein weiteres Stück von dem fast noch rohen

Steak ab und kaute es langsam, den Blutgeschmack genießend. »Wie gesagt, es ist eine Verbindungsfunktion. Ich habe eine Menge Zeit dort verbracht. Und anderswo auch.«

Sie schüttelte den Kopf. »Es tut mir leid«, sagte sie. »Zu viel Berufliches. Du verstehst jetzt, was ich meine, wenn ich sage, dass ich so etwas nicht gewohnt bin. Es ist nicht nur das Essen. Ich bin es nicht gewohnt auszugehen.«

Er nickte und lächelte schwach. »Du hast mir noch nicht erzählt, wie du nun tatsächlich deine Freizeit verbringst.«

Sie legte Messer und Gabel ordentlich auf ihren Teller zurück. »Das Essen ist köstlich. Aber ich glaube, ich muss ein bisschen Platz fürs Dessert lassen. Die Crème brûlée klingt ausgezeichnet.« Sie hielt inne und Nergui, der weiter bedächtig an seinem Steak kaute, unterbrach das Schweigen nicht. »Um ganz ehrlich zu sein«, sagte sie schließlich, »es gibt eigentlich gar nichts, was ich dir erzählen könnte. Ich arbeite. So ist es, wirklich. Ich meine, es ist eine anstrengende Arbeit, wenn auch vielleicht nicht so anstrengend, wie ich sie mache. Aber ich arbeite bis spät abends. Ich gehe nach Hause. Ich lese ein Buch. Manchmal schaue ich auch ein wenig fern. Dann lege ich mich ins Bett, stehe früh auf und gehe wieder zur Arbeit. Das ist alles.«

Es war schwierig, etwas dagegen zu sagen, ohne entweder gönnerhaft oder grob zu klingen. Nergui nickte, während auch er sein Besteck auf den Teller legte. »Das hört sich an, als wäre dein Leben womöglich noch unausgeglichener als meins.« Obwohl er in Wirklichkeit fand, dass ihre Beschreibung der seines eigenen typischen Abends unheimlich ähnlich war.

»Nun«, sagte sie, »es war kein einfaches Leben.«

»Das stimmt«, sagte er. »Obwohl das alles schon lange her ist. Du musst es hinter dir gelassen haben.«

Sie nickte. »Das habe ich. Ich habe es wahrhaftig hinter

mir gelassen. Es kommt mir vor, als wäre das alles einer anderen Person widerfahren. Jemandem, den ich ein paar Mal getroffen und dann aus den Augen verloren habe. Jedenfalls nicht mir.«

»Es war ein anderes Leben«, sagte Nergui. »Jetzt hat sich alles geändert. Du hast dich verändert.«

Das stimmte ganz sicher. Die elegante, selbstbewusste Frau, die ihm gegenübersaß, ließ sich nur schwer mit der verängstigten Gestalt in Verbindung bringen, die er an jenem Abend – vor zehn, elf Jahren – zum ersten Mal gesehen hatte. Allerdings war es unter den Umständen kaum verwunderlich gewesen, dass sie verängstigt war.

Die Festnahme hatten sie in den frühen Morgenstunden durchgeführt, an einem der kältesten Tage jenes bitterkalten Winters. Das Ganze war gut durchdacht gewesen – sie wollten Gansukh überraschen und so verhindern, dass er Beweismaterial vernichtete oder Kontakt mit seinen Komplizen aufnahm.

Auf dem Boden lag dicker, zu härtestem Eis gefrorener Schnee und trotz größter Anstrengungen der Schneeräumkommandos war die Stadt den ganzen Tag über praktisch lahmgelegt gewesen. Gegen zwei Uhr morgens, als die Polizei für ihren Einsatz bereit war, war die Temperatur schließlich weit unter null gesunken. An beiden Enden der schmalen Straße, in der Gansukh wohnte, hatten sie ihre Geländewagen mit Schneeketten postiert, um den Fluchtweg zu blockieren. Die gegen die Unbilden der frostigen Nacht dick eingepackten Polizeivollzugsbeamten hatten sich mit gezogenen Schusswaffen ganz langsam auf der vereisten Straße vorwärtsgearbeitet.

Sie hatten nicht gewusst, als wie gefährlich Gansukh sich erweisen könnte. Achtundvierzig Stunden zuvor war bei der routinemäßigen Zolldurchsuchung eines aus Russland kommenden Lastwagens eine Lieferung harter Drogen anscheinend afghanischen Ursprungs, darunter auch Heroin, sichergestellt worden. Der Fahrer des Lastwagens, der anfangs jegliche Kenntnis über seine Ladung geleugnet hatte, erwies sich als ein bekannter Komplize von Gansukh, ein unbedeutender Geschäftsmann, der einige Monate von Nergui beschattet worden war. Schon bald hatte er Gansukh als Anstifter dieses Unternehmens genannt und dabei das jämmerlich dünne Bündel Dollarscheine gezückt, das ihm im Voraus für die Übernahme dieses Auftrags gezahlt worden war. Bei Ablieferung, sagte er, hätte Gansukh noch einmal dieselbe Summe zu bezahlen. Er nannte ein verlassenes Lagerhaus im südlichen Teil der Stadt als die Stelle, an der er sich am darauffolgenden Abend mit einem anderen namentlich genannten Komplizen von Gansukh treffen sollte. Die Polizei war pünktlich zur vereinbarten Zeit in dem Lagerhaus erschienen und hatte den Komplizen festgenommen, der ohne Aufforderung ebenfalls sofort Gansukh als Zahlmeister nannte.

Von da an musste alles schnell gehen. Es war nur eine Frage der Zeit, bis Gansukh merkte, dass die Operation nicht nach Plan verlaufen war.

Und so kam es, dass sie sich mitten im tiefsten Winter um zwei Uhr morgens langsam diese schmale Straße entlangarbeiteten, bereit, die Festnahme durchzuführen. Nergui hatte halbwegs damit gerechnet, dass Gansukh versuchen würde zu entkommen, dabei jedoch Gansukhs Scharfsinn überschätzt. Als sie durch die eingeschlagene Wohnungstür stürmten, kam Gansukh ihnen im Morgenmantel entgegengetaumelt, rieb sich die Augen und fragte mit schläfriger Stimme, was zum Teufel denn hier los sei. Zehn Sekunden lang stieß er, zu Boden gedrückt und die Hände hinter dem Rücken in Handschellen, einen Fluch nach dem anderen aus.

Das war der Moment, wo Nergui Sarangarel zum ersten Mal sah. Sie hatten sie im Bett zusammengekauert entdeckt, wie ein Kind, das sich vor seinen Alpträumen zu verstecken suchte. Selbst damals war Nergui schon von ihrer Erscheinung beeindruckt gewesen. Es war jedoch unmöglich, dieses Häufchen Elend mit der selbstsicheren Frau in Verbindung zu bringen, die ihm jetzt gegenübersaß. Er hatte sie noch vor Augen, wie sie zusammengesunken auf dem Sofa in der kleinen Wohnung saß, den Kopf in den Händen vergraben, den Blick starr zu Boden gerichtet, unfähig zu begreifen, was da vor sich ging.

Bei der Vernehmung gab Gansukh sehr bald seine Beteiligung an dem Schmuggel zu, beharrte jedoch darauf, dass seine Frau nichts von dem Plan gewusst habe – einer der seltenen Beweise seines Edelmuts, vermutete Nergui. Sarangarel selbst hatte nur Bestürzung geäußert. Sie war nicht an den Geschäftsvorhaben ihres Mannes beteiligt gewesen, hatte keinerlei Verdacht geschöpft, dass er in kriminelle Machenschaften verwickelt war.

Nergui hätte ihr auch ohne die beharrliche Bestätigung ihres Mannes geglaubt. Ihre Wohnung war bescheiden – dezent möbliert, aber ohne irgendwelche Hinweise auf schnellen Wohlstand. Nergui hatte sich anfangs gefragt, ob Gansukh so clever gewesen war, seinen Reichtum woanders zu verstecken, dann aber erkannt, dass er genau das war, was er zu sein schien – ein erfolgloser Geschäftsmann. Sein fehlgeschlagenes Geschäft war einfach nur auf der falschen Seite des Gesetzes.

Dann wurde die Geschichte plötzlich interessanter.

Einerseits hatte Gansukh, was seine eigene Beteiligung betraf, sehr schnell ausgepackt, wohl wissend, dass ihm kaum eine andere Wahl blieb; andererseits bestand er auf der Behauptung, der wahre Anstifter sitze woanders, ein großes Tier, weit genug von den konkreten Transaktionen entfernt, um eine Beteiligung jederzeit abstreiten zu können.

Nergui glaubte das sofort, aber es änderte nicht viel. Mehr Details wollte Gansukh selbst angesichts harter Verhörmethoden und der Androhung einer langen Haftstrafe nicht preisgeben.

»Sie wissen einfach nicht«, sagte Gansukh schließlich, »mit wem Sie es zu tun haben.«

Irgendetwas an der Art, wie er diese Worte aussprach, erregte Nerguis Aufmerksamkeit.

»Muunokhoi«, sagte er ruhig.

Gansukh war bemüht, sich nichts anmerken zu lassen, aber ein plötzliches Aufblitzen der Angst in seinen Augen verriet Nergui alles, was er wissen musste. Er hatte Gansukh in die Untersuchungshaft zurückbringen lassen und eine weitere gründliche Durchsuchung seiner Wohnung sowie einiger anderer, von ihm angemieteter Geschäftsgebäude angeordnet.

In der Zwischenzeit führten er und Tunjin – damals einer von Nerguis Schützlingen – endlose Verhöre mit dem nervösen jungen Mann durch, bei denen sie ihn dazu zu bringen versuchten, eine Verbindung einzuräumen, irgendeinen Beweis zu liefern. Sie boten ihm die Aussicht auf einen Deal zwischen Staatsanwaltschaft und Verteidigung und Zugang zu dem neu eingerichteten staatlichen Zeugenschutzprogramm. Sie redeten und redeten, während Gansukh da saß und schweigend den Boden anstarrte.

Nach mehreren solchen Tagen hatte Nergui endlich den Eindruck weiterzukommen. Im Grunde genommen war Gansukh ein Verlierer. Er war immer ein Verlierer gewesen und jetzt stand er kurz davor, alles zu verlieren. Vielleicht war ihm aber, während er Nergui zuhörte, der Gedanke gekommen, dass er ausnahmsweise auch einmal etwas retten könnte.

In der dritten Verhörnacht ließ er zu fortgeschrittener Stunde den Kopf in die Hände sinken und sagte durch die Finger hindurch: »Gut. Gut, vielleicht kann ich Ihnen noch etwas sagen. Aber ich muss sicher sein, dass …«

»Dass was?« Nergui lehnte sich auf seinem Stuhl zurück und beobachtete den Mann auf der anderen Seite des Tisches.

»Dass es sich lohnt«, antwortete Gansukh. »Sie wissen ja nicht …«

Mit einem Kopfnicken deutete Nergui an, dass er nur zu gut Bescheid wusste. »Was würde es lohnenswert machen?«, fragte er.

»Welchen Vorteil hätte ich davon?«

»Garantien gibt es keine«, sagte Nergui. »Garantien zu geben, steht nicht in meiner Macht. Das Strafmaß zu beeinflussen dagegen schon. Es wird Ihnen auf zweierlei Weise helfen. Erstens bestätigt es, dass Sie in diesem Stück nicht der Hauptdarsteller sind. Und zweitens wird man Ihre Kooperationsbereitschaft berücksichtigen. Da es Ihre erste Straftat ist – wenn auch eine schwere –, kämen Sie mit einer minimalen Strafe davon. Vielleicht sogar auf Bewährung.« Das war Unsinn – unabhängig von der Strafmilderung nahmen die Gerichte Drogenschmuggel ausgesprochen ernst –, aber es war das, was Gansukh hören wollte. Er lächelte. »Und wie sieht es mit meinem Schutz aus?«

»Wir haben jetzt ein Zeugenschutzprogramm, das auf besten Erfahrungen im Westen beruht. Falls Sie ins Gefängnis gehen, bekommen Sie dort umfassenden Schutz. Und falls nicht – oder wenn Sie wieder draußen sind –, können wir für eine Änderung Ihrer Identität, einen Wohnortwechsel oder was immer sonst notwendig ist sorgen.« Das war ebenfalls übertrieben. Nergui war nicht besonders zuversichtlich, dass er einen echten Schutz gegen Muunokhoi mit seinen Möglichkeiten bieten konnte.

Es war, als hätte Gansukh seine Gedanken gelesen. »Ich weiß nicht, was notwendig ist«, sagte er, das Gesicht ganz blass. »Ich glaube aber, das reicht nicht aus.«

»Wir werden alles Menschenmögliche tun.« Nergui hielt inne, auf der Suche nach dem letzten Druckmittel, das Gansukh die Antwort entlocken würde. »Und wenn Sie, wie Sie sagen, so viel Angst vor dieser Person haben, wer garantiert Ihnen dann, dass Sie sicher sind, selbst wenn Sie nichts sagen?«

Gansukh blickte zu ihm auf. »Wie meinen Sie das?«

»Ich meine«, sagte Nergui, »Sie haben das Bild eines sehr gefährlichen Individuums gezeichnet. Eines Menschen, der Ihnen so fürchterliche Angst einjagt, dass Sie nicht einmal den Mund aufmachen. Für diese Person sind Sie eine Gefahr. Sie wissen etwas. Sie könnten beschließen, heute oder morgen oder überhaupt nie etwas zu sagen, aber er kann sich dessen nicht sicher sein.« Er beugte sich vor und starrte Gansukh aus seinen harten blauen Augen an. »Wie sicher sind Sie?«

Gansukh schüttelte den Kopf. Das war offensichtlich ein neuer Gedanke für ihn. »Ich weiß es nicht«, sagte er schließlich, in einem Ton, der kaum mehr als ein Flüstern war.

»Also, wenn Sie nicht aussagen, gehen Sie ins Gefängnis, mit einer langen Strafe, ohne Schutz. Wissen Sie, wie viele Menschen im Lauf des letzten Jahres im Gefängnis eines gewaltsamen Todes gestorben sind?« Nergui wusste es selbst nicht, glaubte aber, dass man wahrscheinlich nicht von ihm verlangen würde, eine genaue Zahl zu nennen. »Wenn Sie uns dagegen sagen, was Sie können, gewähren wir Ihnen umfassenden Schutz und Hilfe – im Gefängnis, falls nötig, und draußen.« In der Schweigepause, die er danach entstehen ließ, konnte er fast die Gedanken lesen, die Gansukh durch den Kopf rasten.

Schließlich hob Gansukh den Blick. »Ich muss darüber nachdenken«, sagte er. »Ich weiß nicht …«

»Es ist schon spät«, sagte Nergui. »Schlafen Sie einmal darüber. Wir können uns morgen früh unterhalten.«

Den Vernommenen eine Weile grübeln zu lassen, war eine allgemein übliche Vorgehensweise. Doch für Nergui war es im Nachhinein der größte Fehler, den er je gemacht hatte.

In aller Herrgottsfrühe wurde er von einem Telefonklingeln geweckt, das ihm in seiner stillen Wohnung unnatürlich schrill vorkam. Es war der diensthabende Polizeibeamte auf der Wache. Es hatte einen Zwischenfall gegeben. Gansukh war tot.

Erhängt an den Gitterstäben vor dem Fenster, ein Bettlaken merkwürdig um den Hals gewunden, war er in seiner Zelle aufgefunden worden. Auf eine solche Weise konnte man unmöglich Selbstmord begehen, auch wenn der Pathologe behauptete, das komme durchaus vor. Nergui bemühte sich nach Kräften, herauszufinden, wie das hatte passieren können. Gansukh hatte nicht unter Suizidbeobachtung gestanden – es hatte nichts für deren Notwendigkeit gesprochen. Seine Zelle war regelmäßig kontrolliert, aber nicht ständig überwacht worden.

Im Nachhinein musste Nergui zugeben, dass Selbstmord eine vorhersehbare Reaktion hatte sein können. Gansukh hatte Angst vor dem gehabt, was ihn erwartete, ob er nun aussagte oder nicht. Diese Art des Todes war vielleicht weit weniger unangenehm als alles, was Muunokhois Leute einem zufügen konnten.

Aber irgendetwas nagte an Nergui. Er konnte nicht guten Gewissens sagen, Gansukh sei nicht selbstmordgefährdet gewesen – wie konnte man so etwas beurteilen? –, aber Nergui hatte ihn nie so eingeschätzt. Und der Zeitpunkt seines Todes, so kurz nachdem er angedeutet hatte, dass er vielleicht bereit wäre zu sprechen, erschien ihm zu passend.

Aber nur er und Tunjin waren anwesend gewesen, als Gansukh gesprochen hatte. Nergui suchte Tunjin auf und fragte ihn, ob er sich mit irgendeinem seiner Kollegen über den Inhalt von Gansukhs Vernehmung unterhalten habe. Tunjin, dem verständlicherweise die Angst vor Nergui im Gesicht geschrieben stand, nickte fast unmerklich. »Es tut mir leid. Mir war nicht klar …« Wie sich herausstellte, hatte er die Verhöraufzeichnungen niedergeschrieben und sich entschlossen, einer Reihe von Kollegen davon zu erzählen. Zu dem Zeitpunkt, als Gansukh starb, wussten höchstwahrscheinlich die meisten der diensthabenden Polizeibeamten, was er gesagt hatte.

Hatte Nergui nun irgendwelche Gründe, diesen Tod mit Argwohn zu betrachten? Nur völlig nebensächliche. Gansukh stand unter großem Druck, er hatte eine sehr lange Gefängnisstrafe vor sich, womöglich drohten ihm Vergeltungsmaßnahmen. Da war Selbstmord durchaus naheliegend. So sah es jedenfalls der Pathologe. Wozu hätte Gansukh denn noch leben sollen?

Nun, dachte Nergui, ein Grund war die Frau, die ihm jetzt gegenübersaß und mit graziösen Bewegungen ihre Crème brûlée aß. Obwohl Gansukh sie zum Zeitpunkt seines Todes vielleicht sowieso schon verloren hatte. Jedenfalls war sie, als Nergui sie in ihrem Hotel aufgesucht hatte, um ihr die Nachricht zu überbringen – nun ja, bestürzt, gewiss, aber vielleicht auch insgeheim erleichtert gewesen. Jetzt würde ihr die weitere ständige Konfrontation mit der Hinterlassenschaft dieses früheren Lebens erspart bleiben – die Gerichtsverhandlung, ihre eigene Rolle als Zeugin, die endlosen Besuchstermine bei Gansukh im Gefängnis, der langsame und schmerzvolle Prozess bis zur unausweichlichen Scheidung. Vielleicht, dachte Nergui, war Gansukhs Selbstmord – wenn es denn einer gewesen war – weniger eigennützig, als es den Anschein gehabt hatte. Vielleicht hatte er diesen letzten Schritt als Beweis für die Liebe zu seiner Frau gemacht.

Und so, wie Nergui sie jetzt sah, hatte sie sich diese Freiheit eindeutig zunutze gemacht. Sie hatte sich ein eigenes Leben, eine eigene Karriere aufgebaut. Ihre Erscheinung war beeindruckend, und man verspürte eine hart erarbeitete, aber überzeugende Souveränität. Und er fragte sich, was genau sie damals verloren hatte, an diesem eiskalten Abend, als er sie zum ersten Mal getroffen hatte.

»Ehrlich gesagt, hatte ich eine etwas schwungvollere Unterhaltung erwartet«, sagte sie. »Aber da ich nur selten ausgehe, sind meine Erwartungen vielleicht unrealistisch.«

Er lachte. »Entschuldige«, erwiderte er. »Ich habe nur nachgedacht.«

Sie zog eine Augenbraue hoch. »Das war kaum zu übersehen. Über was denn?«

Er zuckte die Achseln. »Ich weiß es nicht. Über die Vergangenheit, vermutlich.«

Sie nickte. »Das tue ich nicht. Viel zu gefährlich. Ich denke über die Zukunft nach. Wie zum Beispiel den Rest dieses Abends. Und darüber hinaus.«

Durch ihren Ton für einen Moment verwirrt, machte er den Mund auf, um etwas zu sagen. Im selben Augenblick spürte er, wie sein Handy in der Innentasche seines Jacketts zwei Mal vibrierte. Eine SMS.

»Entschuldige bitte …« Er zog das Handy heraus und hielt es mit bedeutungsvollem Blick hoch. »Ich sollte lieber nachsehen. Es könnte dringend sein.«

Er drückte verschiedene Tasten, bis die SMS auf dem Display erschien. Die Nummer war ihm vertraut, aber er brauchte einen Moment, um sie zuzuordnen. »Anrufen. Dringend«, stand da nur.

Nergui starrte das Handy eine Weile an, bis er die Nachricht begriffen hatte.

»Und?«, sagte Sarangarel, während sie den letzten Löffel ihres Desserts aß. »War es dringend?«

Nergui erwiderte ihren Blick. »Ich glaube schon«, sagte er.

Sie nickte, Belustigung in den dunklen Augen. »Nun denn«, sagte sie. »Was für ein nützliches Gerät.«

Im Laufe des Abends war das Wetter feuchter geworden, und jetzt fielen die ersten Regentröpfchen auf die Windschutzscheibe. Luvsan fluchte und schaltete den Scheibenwischer ein. »Das hat uns gerade noch gefehlt«, bemerkte er.

»Ich gehe davon aus, dass das Ihre famosen Navigationsfähigkeiten nicht beeinträchtigen wird«, sagte Doripalam, auf das GPS-System deutend.

Luvsan zuckte die Schultern. »Der Apparat ist in Ordnung. Ob ich in dieser Dunkelheit aus ihm schlau werde, steht allerdings auf einem anderen Blatt.«

Doripalam lehnte sich zurück, wohl wissend, dass Luvsan in Wirklichkeit Herr der Lage war und jede Sekunde dieser Fahrt durch die Dunkelheit genoss. Sie waren immer noch auf der Hauptstraße, auf der sie Bulgan in nördlicher Richtung verlassen hatten, und fuhren auf die Berge zu. Außer den blasser werdenden Lichtern der Stadt hinter ihnen gab es keine Anzeichen von Leben, sonst war niemand unterwegs. Doripalam betrachtete das Scheinwerferlicht auf der Straße, eine Monotonie mit fast hypnotischer Wirkung.

»Wie weit ist es denn schätzungsweise?«, fragte Doripalam.

»Nicht weit. Ungefähr zwanzig Kilometer. Dort werden

wir den Einheimischen treffen, und er wird uns dahin bringen, wo das Lager ist.«

Der Einheimische war der Polizist auf dem Außenposten. Luvsan hatte ihn vom Hotel aus noch mal angerufen und um seine Hilfe gebeten. Der Mann hatte sich, ohne zu zögern, bereit erklärt, sie zu dem Lagerplatz zu führen, offensichtlich begeistert von der Vorstellung, mit der Abteilung Schwerkriminalität zusammenzuarbeiten. Doripalam dachte unwillkürlich, dass Luvsan die Bedeutung ihrer Mission vielleicht etwas übertrieben dargestellt hatte, aber die nötige Wirkung schien es zu haben.

Luvsan schaltete das Radio ein und drehte am Suchknopf, bis er einen Sender gefunden hatte, der Popmusik westlichen Stils spielte. Im Takt mit der Musik trommelte er während der Fahrt auf das Steuerrad und sang einzelne Refrains mit. Das war lästig, aber immer noch besser als die endlose Stille der Nacht.

Fünfundzwanzig Minuten später sahen sie die wenigen verstreuten Lichter eines kleinen Dorfes – nicht mehr als eine Handvoll Holzhäuser, ein paar öffentliche Gebäude in Plattenbauweise und eine Tankstelle mit einer einzigen Zapfsäule.

»Hier ist es«, sagte Luvsan und hielt an. »Dort.« Er deutete durchs Fenster auf eins der Gebäude aus vorgefertigten Betonteilen mit dem Emblem der Polizei an der Fassade. Noch während er sprach, öffnete sich die Tür der Polizeiwache und eine Gestalt trat winkend hinaus ins helle Licht der Scheinwerfer. Es war ein junger Mann mit dichtem, dunklem Haar. Er hatte Jeans und einen Anorak an.

Luvsan ließ das Fenster herunter. »Yadamsuren?«, fragte er.

»Das bin ich«, sagte der Mann beflissen. »Sind Sie Doripalam?«

Luvsan grinste freundlich und zeigte auf den Beifahrersitz. »Das ist mein Chef. Ich heiße Luvsan.«

»Erfreut, Sie beide kennenzulernen«, sagte Yadamsuren. »Und sehr erfreut, Ihnen behilflich sein zu können.« Voller Enthusiasmus spähte er durch das offene Fenster, während der Regen – der jetzt dichter fiel – ihm von den Haaren in die Stirn lief.

»Springen Sie lieber rein«, sagte Doripalam. »Sie werden ja tropfnass.«

Yadamsuren wirkte beinahe überwältigt von dieser Großzügigkeit. Er zog die hintere Tür auf und kletterte auf den Rücksitz. »Vielen Dank.«

Doripalam drehte sich auf seinem Sitz, um den jungen Polizisten anzuschauen. »Wie weit sind wir von dem Ort entfernt?«

»Nicht weit. Ein paar Kilometer, mehr nicht.«

»Sind die Nomaden immer noch dort?«

Yadamsuren nickte. »Nach Ihrem Anruf habe ich noch einmal nachgesehen.«

»Und Sie sind sicher, dass sie nichts von Ihrer Beschattung gemerkt haben?«

»Ich war sehr vorsichtig. Ich habe das Auto in einiger Entfernung abgestellt und bin hingelaufen. Ich kenne das Gelände sehr gut, sodass ich den Weg auch im Dunkeln mühelos gefunden habe.«

Luvsan spähte finster durch die regennasse Windschutzscheibe. »Ich hoffe, wir müssen nicht allzu weit weg parken«, sagte er.

»Sie können ziemlich nah dranfahren. Bei diesem Wetter werden sie den Motor wahrscheinlich erst hören, wenn wir fast schon da sind.«

»Gut gemacht«, sagte der Inspektor zu dem jungen Mann. »Wir sind Ihnen sehr dankbar.«

Luvsan wandte sich ab, ein schwaches Lächeln auf den Lippen. Er wusste, dass Doripalam dieses Lob ehrlich meinte, sein Chef jedoch zu größerem Überschwang nicht in der Lage war. In diesem Fall schien es allerdings mehr als ausreichend zu sein. Yadamsuren wirkte nahezu überwältigt von Doripalams Worten.

»Ich hoffe, das sind die Leute, die Sie suchen«, sagte Yadamsuren. Das klang, als wollte er seinen guten Willen zeigen und nicht weitere Informationen herauslocken. Luvsan hatte Yadamsuren gegenüber nicht erwähnt, warum sie an diesen Leuten interessiert waren, obwohl der junge Polizist, falls er Zeitung las, die Antwort mit Leichtigkeit selbst hätte finden können.

»Das hoffe ich auch«, sagte Doripalam.

Luvsan ließ den Motor an und fuhr los. »Da entlang?«, fragte er mit einer Handbewegung nach vorne.

Yadamsuren nickte. »Fahren Sie für ein paar Kilometer immer weiter da rauf«, sagte er. »Ich sag Ihnen Bescheid, wenn Sie abbiegen müssen. Das letzte Stück geht über Weideland, das aber auch bei diesem Regen hart genug sein dürfte.«

Sie fuhren weiter durch die Dunkelheit. Für Luvsan, der zwischen den Hin- und Herbewegungen der Scheibenwischer ins helle Scheinwerferlicht spähte, sah die Landschaft überall gleich aus. Es gab nur das schier endlose Band der Straße und rechts und links davon Nadelbäume, erst mehr, dann lichtete sich der Wald.

Yadamsuren dagegen sah aufmerksam durchs Fenster und zählte jede Straßenbiegung und jedes Wäldchen auf, an dem sie vorbeifuhren. »Hier«, sagte er schließlich. »Fahren Sie langsamer. Wir sind fast da.«

Luvsan gehorchte, und während er ihre Geschwindigkeit zu einem Kriechen drosselte, starrte er vor sich, um irgendeinen Orientierungspunkt zu finden.

»Genau hier«, sagte Yadamsuren. »Vor der Baumgruppe. Dort biegen Sie rechts ab und fahren dann langsam an den Bäumen vorbei. Aber ganz sachte. Der Boden ist in Ordnung, aber ein bisschen uneben.«

Yadamsurens Beschreibung erschien ihnen untertrieben, als sie sich langsam hüpfend über das holprige Gelände an den Bäumen vorbeischoben. »Wie weit ist es von hier?«, fragte Doripalam.

»Nur ein paar Hundert Meter«, sagte Yadamsuren. »Wie nah wollen Sie mit dem Jeep heranfahren?«

Doripalam zuckte die Schultern. »Ich glaube, bei dem Wetter können wir auch gleich ganz zu dem Lager fahren. Wir werden sie trotzdem überraschen, sodass ihnen nicht viel Zeit bleiben wird, falls sie etwas zu verstecken haben, und sie werden uns eher ernst nehmen, wenn wir in einem schmutzigen großen Jeep auftauchen.«

»Ich könnte die Sirene anstellen«, schlug Luvsan vor. Der Geländewagen war zwar nicht mit Polizeiabzeichen versehen, aber für den Notfall mit Sirene und Blaulicht ausgerüstet.

»Lieber nicht«, sagte Doripalam. »Wir wollen sie ja nicht zu Tode erschrecken. Wir wissen nicht, wie sie reagieren.«

»Glauben Sie, sie könnten bewaffnet sein?«, fragte Yadamsuren nervös.

»Schon möglich«, sagte Doripalam. »Bei diesen Typen weiß man nie. Angenommen, es sind die Leute, die wir suchen, dann wissen wir nur, dass wir sie als potentielle Zeugen brauchen. Was wir nicht wissen, ist, warum sie sich verstecken oder wovor genau sie davonzulaufen scheinen. Also ist Vorsicht geboten.«

»Das hat mit dieser Frau zu tun, oder?«, fragte Yadamsuren. »Mit diesem Mord?« Folglich hat er die Zeitungen gelesen, dachte Luvsan. Schlaues Bürschchen.

Doripalam nickte. »Das ist ihre Familie. Sie waren zusammen unterwegs. Sie sind jedoch weitergezogen, bevor ihre Leiche gefunden wurde. Warum, wissen wir nicht.«

»Glauben Sie, dass sie die Frau vielleicht umgebracht haben?«

»Könnte sein. Sie könnten aber auch vor dem davonlaufen, der es getan hat. Und vielleicht waren sie schon weg, bevor sie getötet wurde. Wir wissen es nicht. Deshalb können wir auch nicht einschätzen, wie sie vermutlich reagieren werden.«

Inzwischen hatten sie die Kuppe der Anhöhe erreicht und vor ihnen fiel das Gelände wieder ab. Im Licht der Scheinwerfer konnten sie die Spitzen einer Ansammlung von Jurten sehen, aufgeschlagen in einer flachen Senke, an drei Seiten von Bäumen umgeben. Es war ein guter Platz, um sich zu verstecken, wenn das tatsächlich ihre Absicht war. Durch die Bäume wurden die Zelte ebenso verdeckt wie durch die Senke. Von dem sie umgebenden Gelände aus konnte man sie erst sehen, wenn man direkt über ihnen stand.

Doripalam bemerkte, wie die Tür der ihnen am nächsten stehenden Jurte sich einen Spaltbreit öffnete. Jetzt konnten sie ihre Anwesenheit nicht mehr verbergen – die Bewohner des Lagers dürften den Motor gehört und das grelle Licht der Scheinwerfer gesehen haben. Luvsan parkte so, dass die Lichtkegel genau auf das Lager unten gerichtet waren, dann schaltete er den Motor aus.

Fast im selben Moment, noch bevor er dazu kam, ihren nächsten Schritt anzuordnen, spürte Doripalam sein Handy in der Tasche vibrieren. Er fluchte, zog es heraus und schaute auf das Display. Polizeipräsidium.

»Bitte warten Sie einen Augenblick«, sagte er. »Passen Sie auf, was da unten passiert. Wenn Sie etwas Auffälliges bemerken, sollten wir runtergehen.«

Er drückte auf die entsprechende Taste seines Handys und nahm den Anruf an. Nachdem er eine Zeitlang schweigend zugehört hatte, sagte er: »Haben Sie Leute zur Verfügung? Durchsuchen Sie die Wohnung. Minuziös. Alles, was Sie finden können. Alles, was auch nur entfernt von Bedeutung sein könnte. Wir werden vermutlich nicht vor morgen früh zurück sein, aber halten Sie mich bitte auf dem Laufenden.«

Er beendete das Gespräch und wandte sich wieder Luvsan zu. »Es geht um Tunjin«, erklärte er.

»Tunjin? Ich dachte, der wäre vom Dienst suspendiert.«

»Ist er auch«, erwiderte Doripalam, dem auffiel, dass diese Information trotz all ihrer Bemühungen, sie unter Verschluss zu halten, bereits allgemein bekannt war. »Das ist es ja gerade. Vor seinem Haus hat es einen kleinen Aufruhr gegeben. Schüsse. Seine Wohnung sah aus, als wäre sie geplündert worden. Und Tunjin ist verschwunden.«

»Verschwunden? Aber wie …?« Luvsan wollte schon einen Witz darüber machen, wie schwierig es doch sein müsse, hundertfünfzehn Kilo Fett verschwinden zu lassen, doch er vollendete den Satz nicht.

Sie wurden alle überrascht. Von dem Lager unter ihnen war keine sichtbare Bewegung ausgegangen. Doch dann bemerkte Doripalam ganz plötzlich das Aufblitzen von Gewehrfeuer, den Knall eines Schusses und die ohrenbetäubende Explosion, als ihre Windschutzscheibe in zahllose winzige Scherben zersprang, die im Scheinwerferlicht funkelten. Die nächsten Eindrücke waren Geschrei und der Geruch von Blut und Verbrennung und ein Getöse, als bräche die Hölle los.

11. KAPITEL

Den Rücken an die Wand gelehnt, schaute er sich aufmerksam um und wartete, dass irgendetwas passierte. Draußen war die Nacht hereingebrochen, und es wurde immer dunkler.

Er musste sich ausruhen, das wusste er. Diese Geschwindigkeit, diese Intensität konnte er nicht lange beibehalten. Dafür war er einfach nicht gemacht. Und rational war ihm auch klar, dass sie bis jetzt noch keine Ahnung haben konnten, wo er war. Im Moment zumindest war er sicher. Die Frage war nur, wie lange.

Er atmete tief durch, bemüht, sich zu beruhigen und nicht zu sehr darüber nachzudenken, was ihm blühte, wenn sie ihn fanden. Wenigstens etwas Zeit hatte er gewonnen. Jetzt musste er sie nur noch sinnvoll einsetzen. Er musste sich zwingen zu überlegen, was er als Nächstes tun sollte.

Er schaute sich um, versuchte erst einmal, seine Situation zu erfassen. Seine momentane Lage war einfach: Er hatte einen Zufluchtsort gefunden. Solange er hierblieb, war er mit ziemlicher Wahrscheinlichkeit sicher. Das Problem war nur, dass er nicht sehr lange hierbleiben konnte.

Er saß in der Ecke eines Lagerraums, der zu einem verlassenen Laden im südlichen Teil der Stadt gehörte. Es war einer jener Industriebezirke, die mit dem Aufkommen des Kapitalismus wiederbelebt worden waren und in denen Dutzende von Privatbetrieben gleichsam über Nacht aus dem Boden geschossen waren. Als die Produktion in den kommunistischen Unternehmen, diesen großen alten Monolithen, allmählich zum Erliegen kam, hatte der Westen diesen Unternehmern ganz schnell erzählt, genau hier, im dynamischen Spiel des freien Marktes, liege die Zukunft. Lasst tausend selbständige Blumen blühen.

Aber das hatte natürlich nicht lange angehalten. Tunjin hatte Freunde und Verwandte gehabt, deren Leben in diesen schicksalhaften Jahren zusammengebrochen war und die alles, was sie je an Sicherheit und Ersparnissen besessen haben mochten, verloren hatten. Und er erinnerte sich an die entsetzlichen Winter, die mit diesen wirtschaftlich harten Jahren einhergegangen waren, als hätten Natur und Himmel sich mit den niedersten Instinkten des Menschen verschworen.

Der Laden glich einem Trümmerhaufen. Das Schaufenster im vorderen Teil war schon vor langer Zeit eingeschlagen worden und große Glasscherben lagen immer noch auf dem gekachelten Boden verstreut. Der gesamte Lagerbestand war fast augenblicklich geplündert worden, und alles, was jetzt noch übrig war, waren ein paar zerbrochene Regale und Ausstellungsvitrinen mit verblassten gedruckten Kärtchen, die längst veraltete Elektrogeräte anpriesen.

Hinter dem Laden selbst lagen ein paar wenige Räume – ein Wohnbereich mit einem kleinen Schlafwohnzimmer, eine Küche und eine Toilette, und dahinter der kleine Lagerraum, in dem Tunjin gerade saß.

In keinem dieser Zimmer standen irgendwelche Einrichtungsgegenstände, sah man von einer ausrangierten, zerbrochenen Tischlampe und ein paar ramponierten Überresten ehemaliger Jalousien ab. Der Lagerraum beherbergte einige leere Kartons, vereinzelte nicht identifizierbare Elektroteile und sonst fast nichts.

Tunjin war nur deshalb in den Lagerraum gelangt, weil er am weitesten vom vorderen Teil des Ladens und der Welt draußen entfernt war. Und den Laden hatte er hauptsächlich deshalb aufgesucht, weil – nun, weil ihm kein anderer Ort eingefallen war. Seine Motorradfahrt aus der Stadt hinaus war ganz entsetzlich gewesen, da er nicht wusste, wie dicht die Verfolger ihm auf den Fersen waren. Die Schüsse hinter ihm waren zwar verklungen, aber er hatte keine Ahnung, ob Muunokhois Leute nicht noch andere Beobachter oder Verfolger in der Gegend postiert hatten. Er rechnete halbwegs damit, dass jederzeit ein weiterer Schuss ihn oder das Motorrad zur Strecke bringen oder dass irgendein Auto oder Lastwagen auftauchen könnte, um ihm den Weg zu versperren oder ihn seitlich abzudrängen.

Doch nichts dergleichen geschah. Er fuhr immer weiter, vorbei an den zerfallenen Fabriken und Lagerhäusern, dann den Lagern aus mehr oder minder ortsfesten Jurten, von denen die Stadt umgeben war, bis er schließlich die Bebauung hinter sich gelassen hatte und auf die offene Steppe zusteuerte.

Erst an diesem Punkt fühlte er sich in der Lage, anzuhalten und sich umzudrehen. Selbst wenn er nicht verfolgt wurde, war er sich doch seiner möglicherweise tödlichen Unfähigkeit auf dem Motorrad bewusst. In jungen Jahren war er ein ziemlich versierter Motorradfahrer gewesen, hatte er doch als Teenager eine alte russische Maschine gekauft und instand gehalten. Die hatte er jahrelang gefahren, in der Stadt, draußen auf dem Land, auf dem Sozius immer das Mädchen, das er gerade ausführte. Das alles schien sehr lange zurückzuliegen.

Eine Zeitlang hatte er sogar ein Polizeimotorrad gehabt, auf dem er zum Streifendienst ausgebildet worden war. Deshalb hätte er eigentlich wissen müssen, was zu tun war. Es hieß auch, das gehöre zu den Dingen, die man nie vergisst. Was vermutlich stimmte, sonst hätte er es nicht einmal bis hierhin geschafft.

Aber den jungen Mann, der dieses alte sowjetische Motorrad gefahren hatte, als wäre es ein Teil von ihm, gab es längst nicht mehr, an seine Stelle war dieser übergewichtige alte Trottel getreten. Als Tunjin auf Agypars Maschine losgefahren war, hatte allein schon seine Körperfülle ihm Probleme bereitet – er hatte gespürt, wie seine Masse um den Schwerpunkt des Motorrads wabbelte, während er verzweifelt versuchte, das Gleichgewicht zu halten. Nach einiger Zeit hatte er das jedoch in den Griff bekommen und sich um einiges sicherer gefühlt. Dennoch hatte er erkennen müssen, dass seine Reaktionsfähigkeit nicht mehr dieselbe war wie früher und dass der Wagemut und die Furchtlosigkeit, die seinen damaligen Fahrstil ausgezeichnet hatten, längst der Vergangenheit angehörten. Ohne Druck von außen wäre er so langsam gefahren, wie er konnte, bis sein Selbstvertrauen sich wieder eingestellt hätte. Doch das war hier nicht infrage gekommen – er musste sich einfach so schnell wie möglich aus dem Staub machen.

Und irgendwie hatte er es geschafft. Er war draußen in der Steppe und blickte zurück auf das Gewirr der Stadt am Horizont. Nichts deutete darauf hin, dass er verfolgt wurde. Es war ein heller, klarer Tag, nur wenige Wolken sammelten sich in der Ferne. Alles sah schön und friedlich aus.

Aber hier draußen fühlte er sich ungeschützt. Rational betrachtet war er sicher. Falls irgendjemand ihn verfolgte, würde er ihn Kilometer im Voraus sehen können. Der Verfolger ihn allerdings auch. Vielleicht beobachtete ihn ja bereits jemand. Vielleicht hatten sie ihn den ganzen Weg über beobachtet, wussten genau, wo er war, hatten sich aber gar nicht die Mühe gemacht, ihn zu verfolgen. Vielleicht brauchten sie es nicht.

Er schaute zu dem klaren Himmel hinauf. Muunokhoi war ein reicher Mann. Er konnte sich sicher Flugzeuge oder

Hubschrauber leisten. Wenn sie wollten, konnten er oder seine Leute innerhalb von Minuten hier draußen sein. Mit einem Mal empfand er die weite Ödnis der Steppe nicht mehr so sehr als Zufluchtsort.

Dieser Gedanke war es, der ihn in die Stadt zurück- und hierhergeführt hatte. Er hatte das Motorrad gewendet und war auf einer verschlungenen Strecke um die Stadt herum von Westen wieder herein und dann hierhergekommen. Dabei hatte er alles, was er bei der Polizei gelernt hatte, eingesetzt, um mögliche Verfolger abzuschütteln, hatte gewendet, war in beide Richtungen durch schmale Gassen gefahren, zwischen verlassenen Gebäuden oder gleich mitten hindurch, hatte rote Ampeln ignoriert und enge Durchgänge gewählt, sodass eine Verfolgung mit dem Auto völlig unmöglich war. Und schließlich war er hier gelandet.

Für den Augenblick war er also sicher. Aber er wusste, dass dieser Zustand nicht lange andauern konnte. Er würde bald aus der Deckung gehen und sich etwas zu essen und zu trinken besorgen müssen – auf dem Weg hierher hatte er es ein einziges Mal gewagt anzuhalten, um in einem der kleinen neuen Supermärkte Brot, Obst und ein paar Wasserflaschen zu kaufen, aber länger hatte er sich nicht aufhalten wollen. Und ihm war klar, dass er ohnehin schon eine verdächtige Person darstellte, mit seinem Gewicht und seiner ungepflegten Erscheinung. Er würde den Leuten auffallen und früher oder später würde die Kunde auch zu Muunokhoi durchdringen.

Er fragte sich, ob er mit seiner Rückkehr in die Stadt einen Fehler gemacht hatte. Womöglich hätte er einfach weiterfahren, vielleicht ein Flugzeug runter in die Wüste Gobi oder rauf in den Norden nehmen sollen. Sich so weit wie möglich von der Hauptstadt und von Muunokhoi entfernen und versuchen sollen, sich woanders ein neues Leben aufzubauen.

Doch er wusste, dass das unmöglich war. Muunokhoi würde ihn überall aufspüren, egal wie weit er floh.

Welche Möglichkeiten hatte er denn überhaupt? Herzlich wenig, wie es schien. Sich wie ein verängstigtes Kaninchen so lange wie möglich hier versteckt halten, dann herauskommen und die Konsequenzen auf sich nehmen? Keine besonders erfreuliche Aussicht.

Oder er konnte versuchen, selbst die Initiative zu ergreifen. Er konnte wenigstens die wenigen Mittel nutzen, die ihm zur Verfügung standen. Er konnte mit wehenden Fahnen untergehen.

Dass er in diesen Schlamassel geraten war, war sein eigener Fehler, seine eigene Schuld. Es gab jedoch noch einen anderen Faktor, der dazu beigetragen hatte, eine andere Person, die zumindest am Rande beteiligt war. Eine andere Person, die in dieser Sache denselben Tatendrang, dieselbe Motivation hatte wie er.

Er schaute auf die Uhr. Es war fast neun. Die Sonne war untergegangen und die verlassenen Straßen und Gassen lagen im Dunkeln.

Tunjin griff in die Tasche, holte das Handy heraus, das er bisher noch nicht zu benutzen gewagt hatte, und begann sehr bedächtig zu wählen.

Nahezu in einer Bewegung hatte Doripalam den Jeep verlassen, seine Pistole gezogen und sich über das feuchte Gras gerollt, bis er, den Blick nach unten auf das Nomadenlager gerichtet, wieder auf die Füße kam. Rasch zog er sich hinter den Geländewagen zurück und starrte nach vorne.

Da standen sie zu viert in einer Reihe, anscheinend alle mit Gewehren in der Hand. Sie hatten der Reihe nach geschossen, einen Schuss nach dem anderen, an den fernen Hängen hallten die Echos immer noch nach. Wie es schien, hatte jedoch nur eine Kugel ein Ziel gefunden, als sie die Windschutzscheibe des Jeeps zertrümmerte.

Doripalam sah, dass Luvsan seinem Beispiel gefolgt war und sich jetzt gerade zu ihm in Deckung begab.

»Wie geht es Yadamsuren?«

»Ganz gut, glaube ich«, antwortete Luvsan. »Die Kugel hat seine Schulter nur gestreift. Sie blutet ordentlich und muss unbedingt verbunden werden, aber es ist nichts Ernstes. Allerdings können wir von Glück reden. Es hätte jeden von uns treffen können.«

»Eher von Unglück«, widersprach Doripalam. »Ich glaube nicht, dass sie uns überhaupt treffen wollten. Das war nur eine verirrte Kugel.«

»Ach so«, sagte Luvsan. »Wenn ich diese Arschlöcher zu fassen kriege, sorge ich dafür, dass einer meiner Stiefel sich in ihre Zähne verirrt.«

Doripalam zog vorsichtig die Hecktür des Jeeps auf und nahm ein Megaphon heraus, das er an den Mund hob.

»Hier spricht die Polizei. Ich wiederhole, hier spricht die Polizei. Werfen Sie Ihre Waffen weg. Sonst machen wir von unseren Schusswaffen Gebrauch.«

Darauf folgte eine lange Pause. Die vier Gestalten unterhalb von ihnen, kaum mehr als schwarze Schatten im Scheinwerferlicht des Jeeps, verharrten reglos. Dann machte die ganz links stehende Gestalt wie ein Soldat, der aus dem Glied tritt, einen Schritt nach vorne und warf ihr Gewehr auf den Boden. Nach einer weiteren Pause taten die anderen nacheinander dasselbe.

Doripalam warf Luvsan einen flüchtigen Blick zu. »Ich gehe da runter«, sagte er. »Geben Sie mir Deckung. Beim geringsten Anzeichen von Gefahr eröffnen Sie das Feuer.«

Luvsan nickte. Er hatte ein Gewehr mit mittlerer Reichweite aus dem Jeep geholt und sorgfältig quer über das Dach gelegt, das Visier auf die Gestalten unter ihnen gerichtet. »Viel Glück«, sagte er.

Doripalam trat, die Pistole mit beiden Händen vor sich haltend, hinter dem Jeep vor. Es regnete immer noch, und das kalte Wasser rann seine Arme hinab und tropfte schließlich vom Stahl der Waffe.

Die vier Männer standen reglos da. Doripalam blieb stehen und rief: »Hände hoch. Sonst keine Bewegung.«

Die Männer gehorchten schweigend, während sie zusahen, wie er herunterkam. Er ging langsam, betrachtete sie aufmerksam, war auf jede mögliche Bewegung gefasst.

Schließlich erreichte er die Stelle, wo die weggeworfenen Gewehre im durchnässten Gras lagen. Mit behutsamen Bewegungen, den Blick immer noch auf die vier Männer geheftet, trat er die Gewehre weg, damit sie sich außerhalb von deren Reichweite befanden.

»Gut, Sie da«, sagte er zu dem Mann ganz links – dem ersten, der seine Waffe weggeworfen hatte. »Ziehen Sie Ihre Jacke aus – ganz langsam – und werfen Sie sie auf den Boden. Dann drehen Sie Ihre Taschen nach außen. Langsam.« Die vier Männer waren alle in westlichem Stil mit Anorak und Jeans bekleidet.

Der Mann zögerte einen Augenblick, bevor er gehorchte und seinen Anorak ins Gras warf. Dann zog er die Taschen seiner Jeans nach außen – ein Geldbeutel, ein paar Münzen, sonst nichts.

Denselben Vorgang wiederholte Doripalam mit den anderen drei Männern, dann winkte er Luvsan zu sich. Der hielt, während Doripalam sprach, sein Gewehr auf die Männer gerichtet.

»Ich habe einen verletzten Polizeibeamten im Jeep«, sagte er. »Verletzt durch einen von Ihnen. Ich werde Sie deshalb alle festnehmen und wegen Körperverletzung, vielleicht sogar wegen versuchten Mordes anklagen. Was dazu formal notwendig ist, werde ich gleich erledigen. Vielleicht möchte mir aber vorher jemand von Ihnen noch erzählen, was das hier eigentlich alles soll!«

Luvsan warf ihm einen leicht erstaunten Blick zu. Aber es war sonnenklar, dass diese Männer keine ernste Gefahr darstellten. Sie sahen alle vier zu Tode erschrocken aus, und ihr Zittern war nicht nur auf den Regen und die Kälte, sondern auch auf den unentwegten Anblick von Luvsans Schusswaffe zurückzuführen.

Die Männer sahen sich einigermaßen verwirrt an. Schließlich fing der ganz links Stehende an zu sprechen. »Es tut mir leid«, sagte er. »Wir waren sehr dumm. Wir haben nicht erkannt, dass Sie Polizisten sind. Wir hatten Angst. Wir dachten, Sie wären ...« Er verstummte.

Doripalam wartete einen Moment, aber als klar war, dass der Mann nicht die Absicht hatte weiterzureden, sagte er: »Was haben Sie denn geglaubt, wer wir sind?«

Der Mann schaute wie hilfesuchend seine Gefährten an. »Das ist eine lange Geschichte«, antwortete er schließlich. »Sie sagten eben, dass Ihr Begleiter verletzt ist. Können wir etwas für ihn tun?«

Doripalam zögerte, denn er wollte jetzt nicht von etwas anderem abgelenkt werden, musste aber andererseits zugeben, dass Yadamsuren behandelt werden musste. Er schaute Luvsan an. »Er hat recht. Im Wagen ist ein Verbandskasten. Gehen Sie und verbinden Sie Yadamsuren, so gut Sie können. Ich kümmere mich um den Haufen hier.«

Einer der Männer neigte sich vor. »Ich besitze gewisse medizinische Kenntnisse«, sagte er. »Ich bin ausgebildeter Sanitäter. Ich kann Ihnen behilflich sein.«

Für Doripalams Empfinden nahm die Situation surreale Züge an. Er konnte aber kaum glauben, dass diese geduckten Männer irgendeine Art von Bedrohung darstellen sollten. »In Ordnung«, sagte er zu Luvsan. »Nehmen Sie ihn mit.«

Er wandte sich wieder dem Mann auf der linken Seite der Reihe zu. »Wir untersuchen einen Mord«, sagte er. »In einem Nomadenlager unweit der Hauptstadt. Sagt Ihnen das irgendetwas?«

»Meine Schwester«, antwortete der Mann. »Wir haben es vor ein paar Tagen in der Zeitung gelesen. Es war keine Überraschung, aber es war – ein Schock. Ich konnte es einfach nicht glauben.«

»Sie hatten nicht gewusst, dass sie tot war?«

»Nicht mit Sicherheit. Nicht bevor wir den Bericht lasen. Wir dachten, sie wäre vielleicht irgendwie verschont geblieben. Aber wirklich geglaubt haben wir es nicht.«

»Wovor verschont? Worum geht es hier überhaupt?«

»Das ist eine lange Geschichte«, wiederholte der Mann. »Wir kennen gar nicht alle Details.«

Doripalam ärgerte sich allmählich über die rätselhaften Antworten. »In der Untersuchungshaft werden Sie genug Zeit haben, sich darüber Gedanken zu machen«, sagte er. Dann fing er an, nach Vorschrift und im genauen Wortlaut die formale Anklage wegen versuchten Mordes zu formulieren, während die drei Männer ihn fassungslos anstarrten.

»Aber wir sind keine Kriminellen«, sagte einer von ihnen, als der Polizist fertig war.

»Am besten sagen Sie gar nichts mehr, bevor Sie in Untersuchungshaft sind«, riet Doripalam ihnen. »Wir können Ihnen einen Rechtsbeistand besorgen.«

»Wir sind keine Kriminellen«, wiederholte der Mann.

»Sie haben wiederholt auf Vertreter des Gesetzes geschossen, ohne dass es eine Vorwarnung oder Provokation gegeben hätte. Sie haben einen Polizeibeamten verletzt. Sie haben – und das erwähne ich nur nebenbei – ein Polizeifahrzeug beschädigt. Hierbei handelt es sich, was immer Ihre Motive sind, um schwere Verbrechen.«

»Aber wir hatten doch nicht die Absicht ...«

»Die Entscheidung bleibt dem Gericht überlassen. Ich kann nur Fakten sammeln.«

Doripalam seufzte und zog sein Handy aus der Tasche. Er würde Verstärkung von der örtlichen Polizei holen müssen, damit diese Burschen in Bulgan in Untersuchungshaft kamen. Das alles würde dauern, und es regnete unentwegt.

»Wenn Sie bereit sind, mit uns zusammenzuarbeiten, können wir vielleicht einige der Vorschriften umgehen. Und ich könnte mich bereit erklären, die Anklagepunkte noch einmal zu überdenken, solange mein junger Begleiter nichts dagegen einzuwenden hat.« Das war eigentlich nicht der gewohnte Gang des Verfahrens. Aber unaufhörlicher Regen mitten in der Steppe war der strikten Befolgung von Vorschriften eher abträglich.

»Lassen Sie uns hineingehen und reden«, sagte er, mit der Pistole auf die nächstgelegene Jurte deutend.

Die drei Männer gingen langsam hintereinander in das Zelt. Doripalam folgte ihnen, die Pistole immer noch auf Brusthöhe in der Hand, und hielt sie alle genau im Blick. Es mochte sich lohnen, die Vorschriften etwas lockerer auszulegen, aber Leichtfertigkeit war sicher nicht angebracht.

Die Jurte war durchaus behaglich, aber nur sehr spärlich möbliert, so als wären die Männer mit einem Minimum an Hausrat unterwegs. Einer von ihnen bot Doripalam einen der beiden hölzernen Schemel an, während er und seine Gefährten sich auf den Boden hockten. Obwohl das Innere der Jurte von zwei Öllampen nur schwach erleuchtet wurde, war es doch so hell, dass Doripalam die Angst auf den Gesichtern der Männer erkennen konnte. Seine Pistole hielt er lässig, aber weiterhin auf die Männer gerichtet, in der Hand.

»Gut«, sagte er schließlich, »wie lautet die Geschichte?«

»Es ist meine Schwester«, sagte der erste Mann.

»Frau Tuya?«

Der Mann nickte. »Ich heiße Tseren.« Er machte eine Handbewegung. »Damdin ist mein Bruder. Kadyr ist unser Cousin. Ein anderer Cousin, Ravhjik, hilft gerade Ihrem Kollegen.«

Doripalam nickte. »Erzählen Sie mir von Ihrer Schwester«, sagte er.

Tseren zögerte, als wüsste er nicht genau, wo er anfangen sollte. »Vermutlich ist ihr Mann der Ausgangspunkt«, sagte er.

»Der Soldat?«

Tseren nickte. »Khenbish. Der große Kriegsheld«, schnaubte er ironisch. »Ja, er.«

»Sie hatten wohl keine besonders hohe Meinung von ihm?« Doripalam schaute Tseren zweifelnd an und fragte sich, wohin das führen mochte.

»Er war ein schlechter Mensch«, sagte Tseren nur. »In jeder Hinsicht. Die Presseberichte über ihn fand ich amüsant. Der große Kriegsheld.« Er lachte bitter. Dann schaute er flüchtig zu den beiden anderen Männern hinüber, die seinen Blick mit versteinerter Miene erwiderten.

»Wie meinen Sie das?«, fragte Doripalam.

»Wie auch immer. Er war gewalttätig. Er trank zu viel.«

»War er Ihrer Schwester gegenüber gewalttätig?«

Damdin ergriff das Wort, aber Tseren unterbrach ihn. »Ich glaube ja. Sie hat es immer geleugnet, aber ich habe die blauen Flecken an ihrem Körper gesehen. Ich bin sicher, dass er es war.«

Doripalam warf Damdin einen Blick zu, der zu fragen schien, ob er im Begriff war, seinem Bruder zu widersprechen. Damdin zuckte die Schultern. »Ich weiß es nicht«, sagte er. »Ich verurteile Menschen nicht gerne, solange ich keine Beweise habe. Aber wahrscheinlich hat Tseren recht.«

»Du bist zu wohlwollend«, erwiderte Tseren. »Khenbish war ein schlechter Mensch. Er hat unserer Schwester Ärger bereitet. Er hat sich mit üblen Leuten eingelassen.«

»Was für üble Leute?« Doripalam schaute zwischen den drei Männern hin und her. Er hatte den Eindruck, dass Tseren bereitwillig redete, die anderen dagegen fürchteten, zu viel zu sagen.

Tseren warf seinen Gefährten einen Blick zu. »Ich kann keine Namen nennen«, sagte er.

»Es handelt sich um einen Mordfall«, entgegnete Doripalam. »Falls Sie Informationen haben, ist es Ihre Pflicht, sie der Polizei weiterzugeben. Wenn ich glaube, dass Sie Beweise zurückhalten, werden wir doch den offiziellen Weg beschreiten müssen.«

Tseren schüttelte den Kopf. »Ich versuche nicht, Beweise zurückzuhalten. Ich weiß wirklich nicht den Namen von diesen Leuten, habe aber auch nicht den Wunsch, sie kennenzulernen.«

Doripalam beschloss, das erst einmal so hinzunehmen. »Um was für eine Art von Leuten handelt es sich denn dabei?«, fragte er.

Tseren zuckte die Schultern. »Hauptsächlich kleine Ganoven, glaube ich. Organisiertes Verbrechen, wenn auch nicht in großem Maßstab – Schutzgelderpressung, Schmuggel, Raub. Ein paar ziemlich widerwärtige Typen. Ich bin ihnen hin und wieder begegnet, wenn ich meine Schwester besucht habe. Manche von ihnen waren ehemalige Soldaten, wahrscheinlich kannte Khenbish sie von dort.«

Doripalam nickte. Nachdem die UdSSR ihre militärische Unterstützung zurückgenommen hatte, war die mongolische Armee wie die meisten anderen Bereiche der Wirtschaft zusammengebrochen. Viele Soldaten fanden sich auf der Straße wieder, ohne Pension, ohne Ausbildung und mit wenig Perspektiven. Außerdem war allgemein bekannt, dass ein beträchtlicher Teil des militärischen Waffenarsenals mit ihnen zusammen die Armee verlassen hatte.

»Ich glaube aber, dass er in andere Dinge verwickelt war. Geschäfte, in die er während seiner Zeit in Afghanistan hineingezogen wurde …«

»Sie meinen Drogen?«

Tseren zuckte die Schultern. »Also, für seinen eigenen Konsum kam er sicher an welche dran. Hat offen damit angegeben. Ja, ich glaube schon, dass er an irgendeiner Transaktion beteiligt gewesen sein dürfte.«

»Drogenschmuggel?« Das kam Doripalam weit hergeholt vor. Sollte es einem Soldaten, selbst in jener chaotischen postkommunistischen Zeit, möglich gewesen sein, sich am Drogenschmuggel zu beteiligen?

»Genau weiß ich es nicht«, sagte Tseren. »Ich weiß nur, dass er sich offenbar mit ein paar unangenehmen Leuten eingelassen hatte. Ich dachte mit Schrecken an das, was seiner Familie passieren könnte …«

»Sind Sie diesen Leuten je begegnet?«

»Hin und wieder. Wenn ich hinkam, war er manchmal in einer Besprechung; jedenfalls nannte er es so. Um was für eine Art Geschäft es dabei ging, hat er uns allerdings nie verraten. Ich hatte aber den Eindruck, dass die Treffen nicht immer angenehm waren. Wie ich Khenbish kenne, hat er wahrscheinlich den Mund zu voll genommen. Genaues weiß ich nicht, aber ich habe ein paar Mal gedacht, dass er in ernsten Schwierigkeiten steckte.«

»Ist er im Kampfeinsatz gestorben?«

Tseren lachte. »Steht das in den Akten?«

Doripalam schüttelte den Kopf. »Ich habe die Akten selbst

nicht gelesen«, sagte er, »aber das ist das, was ich gehört habe.«

»Er war betrunken«, sagte Tseren, »vielleicht auch mehr als betrunken. Fiel vor einen Lastwagen. Sie haben es vertuscht, aber so war es in Wirklichkeit. Besser hätte es nicht ausgehen können. Die Familie erhielt eine Pension von der Armee – nicht viel, aber immerhin etwas – und war ihn los. Damals zogen sie wieder zu uns hinaus.«

»Aber was hat das mit Frau Tuyas Tod zu tun?«, fragte Doripalam. »Zu dem Zeitpunkt war er doch schon lange tot.«

»Gavaa vergötterte seinen Vater«, erklärte Tseren, womit er scheinbar das Thema wechselte.

»Gavaa? Der Sohn? Der, der vermisst wird?«, sagte Doripalam.

Tseren nickte. »Hielt seinen Vater für großartig. Na ja, vermutlich hat jeder Sohn das Recht, das zu tun, auch wenn nicht jeder Vater es verdient. Sagte, er wolle in dessen Fußstapfen treten.«

»Als Soldat?«

»Ja. Zunächst. Nur war er dafür nicht geschaffen. Aber er betrachtete seinen Vater als den großen Helden. Glaubte, alles, was er getan hatte, sei großartig gewesen.«

»Was haben Sie da gesagt? Er trat in die Fußstapfen …« Zum ersten Mal ließ Doripalam die Waffe sinken und starrte Tseren an.

»Ich weiß nicht genau, was passiert ist, aber seine Mutter glaubte, dass er in der Stadt in schlechte Gesellschaft geraten war …«

»Das denken Mütter immer«, bemerkte Doripalam. »Meine dachte das, als ich zur Polizei ging.«

»Nein, es war mehr als das«, widersprach Tseren. »Sie hat es mir nicht gesagt, aber ich glaube, dass sie ein paar von den Leuten kannte, mit denen er Verbindung aufgenommen hatte. Vermutlich versuchte er, einige der Geschäftspartner seines Vaters zu kontaktieren.«

»Davon hat Frau Tuya nichts gesagt, als sie wegen seines Verschwindens zu uns kam«, sagte Doripalam.

»Nein, wahrscheinlich wollte sie das einfach nicht wahrhaben«, sagte Tseren. »Im Grunde hatte sie auch keine konkreten Beweise – nur Andeutungen, die er bei den wenigen Gelegenheiten fallen gelassen hatte, wo er mit ihr gesprochen hatte.«

»Wie ich gehört habe, kamen sie am Ende nicht mehr besonders gut miteinander aus«, bemerkte Doripalam. »So etwas sagt aber doch sicher jeder Teenager zu seiner Mutter, um sie zu provozieren.«

»Das glaubte sie anfangs auch.« Tseren zögerte. »Und ich habe ihr dasselbe gesagt. Erst nachdem er verschwunden war, dachte sie, dass noch mehr hinter dem gesteckt haben könnte, was er gesagt hatte.«

»Und was hatte er gesagt?«

»Etwas über einen neuen Job. Sie hielt das Übliche dagegen, von wegen, er würde sein Leben mit irgendwelchen Handlangerarbeiten vergeuden, und er fing an, ihr zu erzählen, er hätte etwas richtig Gutes in Aussicht. Etwas, wovon sie nicht einmal träumen könnte.«

»Klingt nicht sehr plausibel«, sagte Doripalam. »Wir haben keine Hinweise darauf, dass er eine neue Stelle bekam. Und seine Mutter hat es nicht erwähnt, als sie mit uns sprach.«

»Ich glaube, niemand von uns hat dem besondere Beachtung geschenkt, nicht einmal als Gavaa verschwand. Wir haben es alle für die Angeberei eines Jugendlichen gehalten. Meine Sorge war eigentlich nur, wie Gavaa in der Stadt überleben würde. Er hatte eine hohe Meinung von sich, aber ich glaube nicht, dass viele andere Leute sie geteilt haben.«

»Gilt das auch für Sie?«

»Das gilt auch für mich. Und ich glaube, sogar für seine Mutter. Er hat sie schlecht behandelt – wusste, dass sie sich mit seinem Vater eigentlich nicht verstanden hatte und dachte, das wäre ihre Schuld gewesen. Er sah seinen Vater eben als Helden, während wir alle ihn für einen versoffenen Raufbold hielten. Aber sie war seine Mutter. Sie liebte ihn. Ich glaube, dass sie deshalb so besorgt war, als er verschwand. Weil sie einfach dachte, er würde nicht klarkommen.«

»Haben Sie sein Verschwinden ernst genommen?«

Tseren zuckte die Schultern. »Zuerst nicht. Ich kann mir auch nicht vorstellen, dass die Polizei es tat. Die Berichterstattung in der Presse war mir ein bisschen peinlich. Größere Sorgen habe ich mir aber erst gemacht, als wir längere Zeit nichts von ihm hörten.«

»Sie hatten erwartet, dass er sich bei Ihnen meldet?«

»Und sei's auch nur, weil er Geld brauchte. Er war immer knapp bei Kasse. Aber dann, als die Männer kamen …«

Doripalam blickte jäh auf und starrte Tseren durch das Dämmerlicht in dem Zelt hindurch an. »Männer?«

»Ich selbst war nicht da. Wir hatten alle zusammen einen Ausflug in die Stadt gemacht und Bayarmaa – Frau Tuya – allein bei den Tieren zurückgelassen.«

»Wann war das?«

»Ich weiß es nicht. Ein paar Wochen vor ihrer Ermordung, nehme ich an.«

»Und Sie sind nicht eingeschritten …«

»Nein. Wir hätten es tun sollen, ich weiß. Aber wir hatten Angst.«

»Wer waren diese Männer?«

»Das wissen wir nicht. Sie kamen anscheinend in einem Geländewagen, zu zweit. Kräftige, bedrohliche Männer. Die Art von Leuten, mit denen Bayarmaas Mann sich umgeben hatte, erzählte sie uns. Sie fragten nach Gavaa. Sagten, er stecke in ernsten Schwierigkeiten. Sie versuchten, den Eindruck zu erwecken, als wollten sie ihm helfen, aber Bayarmaas Gefühl sagte ihr, dass, wenn er in Schwierigkeiten steckte, sie vermutlich der Grund dafür waren.«

»Aber sie wussten nicht, wo er war?«

»Nein, sie versuchten ihn ausfindig zu machen. Sagten, es ginge um eine geschäftliche Angelegenheit, in die er verwickelt gewesen war, aber mehr verrieten sie nicht. Sie waren offensichtlich davon überzeugt, dass er sich hier draußen bei seiner Mutter versteckte.«

»Hat sie ihnen gesagt, dass er das nicht tat?«

»Natürlich. Aber ob sie ihr glaubten, war unklar. So wie sie sprachen, dachten sie sicher, sie stünde zumindest in Kontakt mit ihm.«

»Haben sie sie bedroht?«

»Nicht offen, glaube ich. Sie war eine starke Frau – ich glaube nicht, dass sie Angst vor ihnen hatte. Aber wegen Gavaa machte sie sich Sorgen.«

»Und Sie? Haben Sie sich auch Sorgen gemacht?«

Tseren nickte, zusammengekauert auf einem der kleinen Teppiche, die über den Boden der Jurte verteilt waren. »Ja, ich kannte die Art von Leuten, mit denen Khenbish verkehrt hatte. Wenn es welche von denen waren, dann – ja, dann hatte ich Grund, besorgt zu sein.«

»Und Sie dachten, es könnten solche Leute sein?«

Tseren zuckte die Schultern. »Ich fing an, eins und eins zusammenzuzählen. Erinnerte mich, was Gavaa über seinen neuen, tollen Job gesagt hatte. Ich hielt es für möglich, dass er einige der alten Geschäftspartner seines Vaters kontaktiert hatte und in etwas hineingezogen worden war, das über seinen Horizont ging.«

Doripalam legte seine Waffe ab. »Ich wollte da weg«, fuhr Tseren fort. »Weiterziehen. Ich kenne solche Leute. Ein Nein ist für sie keine Antwort. Wenn sie glaubten, dass Gavaa sich bei uns versteckt hielt, würden sie uns ständig beobachten. Und wenn sie glaubten, wir wüssten, wo er war, würden sie alles Mögliche tun, um diese Information aus uns herauszuholen.«

»Deshalb sind Sie weitergezogen? Ohne Ihre Schwester?« Es war schwierig, diese Frage nicht wie eine Anklage klingen zu lassen.

Tseren schüttelte den Kopf. »Nicht sofort. Ich sagte mir, dass ich allmählich paranoid wurde und es keinen Grund gab, solche Angst zu haben. Als ich dann am nächsten Abend aus dem Zelt kam, sah ich nicht weit entfernt einen Geländewagen stehen. Das waren sie. Sie beobachteten uns. Ich konnte sogar ihr Fernglas sehen. Und was das Schlimmste war, sie versuchten nicht einmal, sich zu verstecken. Wir sollten wissen, dass sie da waren. Sie blieben gar nicht lang. Aber ein oder zwei Tage später waren sie wieder da. Mit ihren Ferngläsern. Und da war mir klar, dass das jetzt immer so weitergehen würde, dass wir wirklich keine andere Wahl hatten, dass wir wirklich aufbrechen mussten.«

»Und das taten Sie?«

»Ja. Wir vier zogen so schnell wir konnten los, um neue Weideplätze zu suchen, irgendwo weit genug weg, wo sie uns nicht so leicht finden würden.«

»Warum nahmen Sie Ihre Schwester nicht mit?«

»Sie wollte nicht mitkommen. Sie dachte, sie würde bald etwas von Gavaa hören, und dann wollte sie unbedingt da sein. Außerdem sollte ein Polizist kommen, um mit ihr zu reden …«

»Das war ich«, sagte Doripalam ruhig.

»Sie dachte, Sie hätten vielleicht Neuigkeiten für sie.«

Doripalam schüttelte den Kopf. »Ich hätte ihr nichts Neues erzählen können.«

Tseren nickte. »Das hatte ich mir schon gedacht. Und es ihr auch gesagt. Aber sie lechzte nach irgendeiner Nachricht.«

Doripalam nickte und dachte daran, wie sehr er Gavaas Verschwinden auf die leichte Schulter genommen hatte. »Und keiner von Ihnen ist bei ihr geblieben?«

Tseren ließ den Kopf sinken und starrte zu Boden. »Wir sagten uns, dass bis zu unserer Rückkehr schon nichts passieren würde. Das war auch ihre Meinung. Und sie meinte, die Polizei würde ja zu ihr herauskommen; da wagten die Männer es bestimmt nicht, ihr etwas anzutun. Aber ich glaube, wir waren einfach nur feige.«

»Und Sie sind nicht zurückgekommen?«

Tseren nickte. »Doch. Wir fanden gutes Weideland für unsere Tiere. Den Rest der Familie – eine Cousine mit ihrem Mann und ihren zwei Söhnen – ließen wir dort und machten uns auf den Rückweg, um Frau Tuya und die restlichen Jurten mitsamt Hausrat zu holen. Doch als wir in Sichtweite des Lagers kamen, sahen wir, dass es von Polizeiautos umringt war.«

Doripalam hob den Blick und starrte Tseren an. »Warum haben Sie sich nicht gemeldet? Warum haben Sie uns nicht gesagt, was Sie wussten?«

»Ich weiß es nicht. Wir hatten eine Heidenangst. Wir wussten ja nicht, was passiert war. Wir dachten – vielleicht hätte Bayarmaa Sie gerufen oder Ihnen, als Sie das erste Mal da waren, von den Männern erzählt. Aber wenn ich ehrlich bin, war uns aufgrund der ganzen Geschäftigkeit bald klar, dass – nun, dass etwas anderes geschehen sein musste. Da haben wir Panik bekommen und uns aus dem Staub gemacht. Seitdem sind wir auf der Flucht.«

Kopfschüttelnd betrachtete Doripalam die drei Männer, die da vor ihm kauerten. Dieser Anblick, fand er, war weit von dem mongolischen Kriegerideal entfernt. »Sie hätten sich melden sollen«, sagte er. »Wir hätten Sie beschützt.«

»Bayarmaa konnten Sie nicht beschützen«, erwiderte Tseren. Es war eher eine sachliche Feststellung als eine Anklage. »Gavaa konnten Sie nicht beschützen.«

Doripalam hörte, wie der Regen dumpf auf das Dach klatschte. »Wir wissen nicht, ob Gavaa irgendetwas passiert ist«, sagte er.

Tseren schüttelte den Kopf. »Ich glaube nicht, dass wir Gavaa wiedersehen werden«, entgegnete er. »Ich glaube, dass er tot ist.«

12. KAPITEL

Nergui hatte es auf wundersame Weise geschafft, die Bürokratie dazu zu bewegen, einen Dienstwagen für die Rückfahrt zu stellen. Ursprünglich war er, ohne irgendwelche konkreten Pläne zu haben, davon ausgegangen, dass sie nach dem Essen im Restaurant noch irgendwohin gehen würden. Vielleicht nur auf einen Schlummertrunk in eine Bar. Für Nachtclubs fand er sie beide doch schon etwas zu alt.

Darüber, wie es anschließend weitergehen könnte, hatte er nicht nachgedacht. Er war sich über die Art dieser Beziehung oder darüber, wohin sie führen könnte, immer noch im Unklaren. Er genoss ihre Gesellschaft, und Sarangarel schien der Abend gefallen zu haben, und sei es auch nur, weil sie so selten ausging. Weiter vorausschauen wollte Nergui lieber nicht. Er konnte sich nicht vorstellen, dass eine Liebesaffäre für einen von ihnen ernsthaft infrage kam, und er selbst haderte immer noch mit seinen eigenen, möglicherweise eher düsteren Motiven für die Wiederbelebung ihrer Beziehung.

Trotzdem war er enttäuscht darüber, dass ihr Beisammensein durch die SMS kürzer geworden war, als er beabsichtigt hatte.

Der große schwarze Dienstwagen hielt vor Sarangarels Wohnblock. Erfreut stellte Nergui fest, dass ein Polizist unauffällig im Schatten postiert war und ihr Schutz gewähren würde, falls die Drohungen sich als ernst gemeint erweisen sollten.

Von Norden her war Regen aufgekommen, der von Windböen durch die schwach erleuchtete Straße getrieben wurde. Das war, wie er bemerkte, eins der vornehmeren Viertel der Stadt, nicht weit von seiner eigenen Wohnung entfernt.

Sie spähte durch das Autofenster hinaus. »Ich werde wohl rennen müssen«, sagte sie. »Mit einem solchen Wetter hatte ich nicht gerechnet.«

»Kalt ist es auch noch«, sagte Nergui. »Es tut mir wirklich leid, dass ich dich schnurstracks nach Hause bringen musste. Ich hatte gehofft, wir hätten noch irgendwo etwas trinken können.«

»Dafür ist vermutlich sowieso nicht das richtige Wetter«, erwiderte sie. »Aber mir tut es auch leid. Ich habe den Abend genossen. Für mich ist das ein seltenes Vergnügen – essen zu gehen, jemand anderes zahlt und es ist nicht einmal ein Geschäftsessen. Und dringende Telefonanrufe sind für jemanden in deiner Position wahrscheinlich ein Berufsrisiko.« Lächelnd hielt sie inne. »Wäre die SMS früher gekommen, hätte ich allerdings vermutet, dass du eine Ausrede suchst, um wegzukommen.«

Er lachte. »Ganz im Gegenteil«, sagte er, »ich habe eine Ausrede gesucht, um nicht wegzukommen. Aber es ist wirklich dringend.«

»Ja, gut. Das bedeutet dann wohl, dass ich auf dem Weg ins Bett bin und du auf dem Weg zurück zur Arbeit.«

»So ungefähr«, bestätigte er.

Sie verabschiedeten sich, sogar mit einem höflichen Wangenkuss auf europäische Art, und dann war sie weg, draußen im Regen, den Mantel wie einen Schirm über den Kopf haltend. Nergui sah ihr zu, wie sie in die Eingangshalle ihres Wohngebäudes lief, den Regen abschüttelte und dann wartend am Aufzug stand.

Der Fahrer drehte sich mit ausdrucksloser Miene um. »Jetzt zurück zum Polizeipräsidium?«

Nergui zögerte. »Nein«, antwortete er. »Fahren Sie mich nach Hause. Ich muss ein paar Anrufe tätigen, aber das kann ich von dort aus erledigen.«

Nerguis Wohnung war nur zehn oder fünfzehn Minuten entfernt. Nachdem er den Fahrer weggeschickt hatte, schlenderte er über den Bürgersteig zur Tür seines Wohnblocks und genoss paradoxerweise, wie der Regen langsam über sein Gesicht rann. Ihm wurde klar, dass er den Moment hinauszögerte, wo er in seine Wohnung zurückkehren und anfangen müsste, sich mit alldem zu beschäftigen. Obwohl er noch nicht einmal wusste, als was es sich letztlich entpuppen würde.

Er schüttelte sich den Regen aus den Haaren, eilte dann in die Eingangshalle des Apartmenthauses und stieg rasch die Stufen zu seiner Wohnung im ersten Stock hinauf.

Die Wohnung war wie immer warm und behaglich, ein Zufluchtsort, den Nergui sich abseits von der Hektik des Arbeitsalltags geschaffen hatte. An einige der Möbelstücke war er durch Beziehungen gekommen, zum Beispiel an die schweren Mahagonimöbel aus Russland und dem Westen. Unverheiratet, kinderlos und auf einem hohen Posten bei der Regierung, konnte er es sich leisten, für solche Dinge Geld auszugeben. Es gab aber auch Zeiten, wo das ein schwacher Ersatz für menschliche Gesellschaft war.

Er goss sich ein kleines Glas Wodka ein, bevor er sich in einem der purpurfarbenen Plüschsessel niederließ. Er zog sein Handy aus der Tasche, drückte ein paar Tasten und las noch ein Mal die SMS, die er zuvor bekommen hatte. Die Nummer war nicht unterdrückt worden, was womöglich ein Fehler war. Nergui hatte keine Ahnung, wie leicht oder schwer es war, Handytelefonate zurückzuverfolgen.

Er zögerte noch einen Moment, dann drückte er die Tastenkombination für den Rückruf. Darauf folgte lange nichts und dann der Klingelton. Es klingelte immer weiter, so dass Nergui schon dachte, niemand würde rangehen. Dann endlich, als er kurz davor war aufzugeben, meldete sich jemand.

»Ja?« Die Stimme war heiser, kaum mehr als ein Flüstern.

»Tunjin?«

Eine Pause. »Sie sind es«, sagte Tunjin schließlich.

»Sind Sie in Ordnung?«, fragte Nergui. Tunjins Stimme war schwach, durch atmosphärische Störungen in der Leitung beeinträchtigt.

»Im Moment ja. Aber sie sind hinter mir her …«

Nergui nickte bedächtig. »Das musste so kommen«, sagte er. »Sie hätten nie da hineingeraten dürfen. Vor allem nicht so, wie Sie es getan haben.« Er verfluchte sich innerlich. Es war sinnlos, Tunjin jetzt Vorwürfe zu machen. Der Polizist hatte in guter Absicht gehandelt, aber etwas Dummes getan. Ihm war einfach nicht klar gewesen, womit er da zu tun hatte.

»Wo sind Sie …? Nein, sagen Sie nichts«, fügte er hinzu. »Ich weiß nicht, wie sicher diese Leitung ist. Sind Sie an einem sicheren Ort?«

»Ich glaube ja«, antwortete Tunjin. »Aber ich weiß nicht, wie lange ich hier noch bleiben kann.«

Nergui lehnte sich in seinem Sessel zurück und überlegte, wie er am besten vorgehen sollte. Seine eigenen Ermittlungen gingen zu langsam voran, er machte zu wenig Fortschritte. Er hatte nicht genug Informationen, um Tunjin zu schützen. Und er wusste immer noch nicht, wer eingeweiht war. Aber wenn sie hinter ihm her waren, war Tunjins Verschnaufpause nicht lang.

»Können Sie an den üblichen Ort kommen?«, fragte Nergui. »Sagen Sie nur ja oder nein.«

Wieder ein hörbares Zögern. »Ja.«

»Können Sie in einer Stunde dort sein? Sagen Sie wieder nur ja oder nein.«

»Ja.«

»Wir treffen uns dort«, sagte Nergui. Er schaute auf die Uhr. Halb elf. »In einer Stunde. Sagen Sie nichts mehr. Legen Sie einfach auf.«

Der Anweisung entsprechend war die Leitung im nächsten Moment tot und Nergui saß noch einen Moment da und lauschte in die Stille. Vielleicht wurde er langsam paranoid. Bei den Telefonapparaten im Polizeipräsidium wäre er sicher misstrauisch, vielleicht sogar bei denen in seinem Büro im Ministerium, obwohl die regelmäßig nach Wanzen abgesucht wurden. Aber was mit einem Handy möglich war, wusste er wirklich nicht. Er hatte gehört, dass Digitaltelefone sicherer waren, wusste aber nicht, was das konkret bedeutete. Und wenn er in dieser ganzen traurigen Angelegenheit eins gelernt hatte, dann dass man die Gegenseite nicht unterschätzen durfte. Sie hatten Tunjins Pläne ziemlich schnell durchschaut, und noch schneller waren sie Tunjin auf die Spur gekommen. Sie wussten zweifelsohne, was Nergui vorhatte, obwohl seine Untersuchung angeblich vertraulich war. Nergui hatte daraus geschlossen, dass er, da sich sowieso nichts würde geheim halten lassen, genauso gut versuchen konnte, sie ein für alle Mal auszuräuchern. Aber dafür waren sie höchstwahrscheinlich zu clever.

Nergui trank den letzten Schluck Wodka. Als Nächstes stellte sich die Frage, ob er sicher zu ihrem festgelegten Treffpunkt kommen konnte. Das Letzte, was er wollte, war, Tunjin in einen Hinterhalt zu locken. Sie hatten diese Stelle jahrelang als Treffpunkt benutzt – das Vermächtnis einer polizeilichen Überwachung, an der sie vor Jahren beide beteiligt gewesen waren. Zwischen ihnen war es fast schon ein stehender Witz, den sie gar nicht mehr aussprechen mussten. Und Tunjin war noch gewiefter als Nergui und würde sicher jeden Verfolger entdeckt haben. Dennoch bestand immer die Gefahr, dass sie irgendwo irgendwie gesehen worden waren.

Nergui goss sich einen zweiten Wodka ein und schlenderte hinüber ans Fenster. Er zog den schweren Gobelinvorhang zur Seite und spähte in die Nacht hinaus. Es regnete immer noch, und die Straße unter ihm sah verlassen aus. Nergui starrte auf den matt glänzenden Teppich, den die Straßenbeleuchtung über den regennassen Asphalt gebreitet hatte, und versuchte, irgendein Anzeichen von Bewegung auszumachen.

Zum Treffpunkt war es nicht sehr weit – nur ein paar Minuten mit dem Auto, zu Fuß ungefähr eine halbe Stunde. Fahren wäre am besten, dachte er. Das Auto wäre zwar auffälliger, würde ihnen aber, wenn etwas schiefging, die sofortige Flucht ermöglichen. In dieser Situation wollte Nergui um jeden Preis vermeiden, verwundbar zu sein. Er wollte Herr der Lage bleiben. Jedenfalls so weit möglich.

Er ging ins Schlafzimmer zu der schweren dunklen Holzkommode neben seinem Bett und zog eine der Schubladen ganz heraus. Dann hockte er sich hin und griff in den dadurch entstandenen leeren Raum. An der Rückseite der Kommode befand sich ein versteckter Waffensafe, den er nach der Entführung des englischen Polizisten im Jahr zuvor hatte einbauen lassen. Bis dahin hatte Nergui nie Waffen in seiner Wohnung gehabt, denn er war der Meinung gewesen, dass das Tragen einer Schusswaffe nur im Dienst angemessen war, zumal sie dort auch sicher aufbewahrt werden konnte. Die Entführung hatte ihn jedoch verunsichert und ihm plötzlich eigene Sicherheitslücken vor Augen geführt. Darauf hatte er die Sicherheit seiner Wohnung erhöht und zum ersten

Mal beschlossen, eine seiner zugelassenen Handfeuerwaffen zu Hause aufzubewahren.

Mit einem Klicken öffnete er den Safe und nahm die Pistole heraus, die kalt und schwer in seiner Hand lag. Er wusste, dass er sie wahrscheinlich nicht benutzen würde. Obwohl er in ihrer Handhabung bestens ausgebildet war, wehrten sich all seine Instinkte gegen den Gebrauch einer Waffe außerhalb eines offiziellen Polizeieinsatzes. Und das hier, fand er, war alles andere als das.

Er ließ die Pistole in die Tasche gleiten, schloss den Safe und setzte die Schublade wieder ein. Dann schaute er sich um, so als könnte jemand ihn beobachten. Die Sicherheitsvorkehrungen, die in seiner Wohnung getroffen worden waren, hätten nicht engmaschiger sein können, und dennoch war es schwer, die Paranoia abzuschütteln. Man wusste einfach nicht, wem man trauen konnte. Er hätte nicht einmal das Risiko eingehen wollen, seine Wohnung auf Abhörgeräte durchsuchen zu lassen, denn vielleicht war ja auch denen nicht zu trauen, die diese Maßnahme durchführten. In seiner dienstlichen Umgebung war er bereit, dieses Risiko auf sich zu nehmen, weil er mit den möglichen Konsequenzen würde umgehen können. Seine Wohnung dagegen musste sicher sein, ein echter Zufluchtsort.

Er schüttelte den Kopf. Das alles zerrte an seinen Nerven. Vielleicht war es Tunjin am Ende auch so ergangen. Vielleicht hatte die Paranoia an ihm genagt, und das hatte ihn diesen lächerlichen Plan aushecken lassen. Wenn dem so war, in welchem Zustand mochte Tunjin sich jetzt wohl befinden?

Nergui schaute wieder auf die Uhr. Kurz nach elf. Vermutlich immer noch etwas zu früh, um sich auf den Weg zu machen, aber das Warten ertrug er auch nur schwer. Er begann, auf und ab zu gehen, dann steuerte er auf die Wohnungstür zu. Nach kurzem Zögern beugte er sich vor, um durch den winzigen Spion hinauszuspähen. Das verzerrte Bild des Korridors zeigte ihm, dass er leer war.

Nergui verharrte einen Moment an der Tür, bevor er sich umdrehte und in die Küche zurückging. Er nahm einen Brotlaib, Obst aus der Schüssel auf dem Tisch und ein paar Wasserflaschen. Viel war es nicht, aber es war alles, was er so schnell auftreiben konnte. Wieder im Flur, holte er einen Leinenrucksack vom Garderobenhaken und packte den Proviant hinein. Nachdem er sich den Mantel angezogen hatte, drehte er den Schlüssel im Schloss der Wohnungstür um, öffnete sie und trat hinaus in den leeren Korridor. Zeit, dem Regen und der Nacht entgegenzutreten, dachte er, und was immer sonst noch warten mochte.

»Ist mit Ihnen bestimmt alles in Ordnung?«, fragte Doripalam, der am Fenster des Geländewagens stand.

Yadamsuren nickte leicht. Zusammengerollt auf dem Rücksitz, sah er blass und recht mitgenommen aus.

»Das kommt davon, wenn man sich mit uns Stadtmenschen einlässt«, sagte Luvsan. »Davon hat man nur Ärger.«

Yadamsuren lächelte schwach. »Danke, dass Sie mich verarztet haben«, sagte er. »Tut höllisch weh, aber es blutet wenigstens nicht mehr.«

»Ich habe nicht viel gemacht«, sagte Luvsan. »Der alte Bursche da drüben, der wusste, was zu tun war. Zehn Mal besser als ich mit meinen Grundkenntnissen in Erster Hilfe.« Er machte eine Handbewegung in die Richtung, in der Ravhjik sich inzwischen wieder zu seinen Cousins gesellt hatte. Es regnete immer noch, aber die vier Männer saßen außerhalb der Jurten im Regen, so als wäre das eine Art Buße.

»Wollen Sie Anklage erheben?«, fragte Doripalam. Auch er stand immer noch im Regen, den Kopf durch das Fenster ins Wageninnere gesteckt, aber er war gut in einen wasserdichten Polizeiregenmantel eingepackt. »Ich finde es vollkommen in Ordnung, wenn Sie das tun möchten. Um die vier zum Reden zu bringen, habe ich ihnen zwar erzählt, dass es möglicherweise keine Anklage gegen sie geben wird, ihnen aber auch klargemacht, dass es letztlich Ihre Entscheidung ist. Normalerweise lassen wir Leute, die auf Polizisten geschossen haben, nicht gerne laufen.« Er hatte Luvsan und Yadamsuren bereits den Inhalt seines Gesprächs mit Tseren skizziert.

»Nach dem zu urteilen, was Sie sagen, waren die Leute ja zu Tode erschrocken«, sagte Yadamsuren. »Ich bin nicht verletzt – jedenfalls nicht schwer. Glaube nicht, dass wir viel erreichen würden, wenn wir sie durch die Mühlen der Justiz ziehen.«

»Würde die Anzahl Ihrer Festnahmen erhöhen«, bemerkte Luvsan. »Das macht sich immer gut.«

»Das sehe ich anders«, sagte Yadamsuren.

Der Inspektor nickte, beeindruckt von der inneren Stärke des jungen Mannes. »Der Meinung bin ich auch. Aber es ist Ihre Entscheidung.«

Yadamsuren nickte. »Mit den Schmerzen kann ich leben«, sagte er lächelnd.

»Wir werden sie auf jeden Fall mitnehmen«, sagte Doripalam. »Ich glaube, sie werden gerne freiwillig mitkommen. Wir brauchen sie als Zeugen – ich möchte nicht, dass sie uns noch einmal entkommen. Außerdem können wir ihnen einen gewissen Schutz gewähren.« Er schaute Yadamsuren an. »Was meinen Sie, wie lange Ihre Leute bis hierher brauchen werden?«

»Zwanzig Minuten, länger nicht.«

Doripalam warf einen Blick auf die Uhr. »Dann müssten sie jede Minute eintreffen. Ich gehe runter und bereite unsere Freunde darauf vor. Vielleicht möchten sie ja Kleider zum Wechseln mitnehmen.«

Über die durchweichte Wiese ging er zu den vier Männern zurück, die immer noch zusammengekauert dasaßen. Über der Gruppe hing eine fast greifbare Mischung aus Trauer und Scham, so, als hätte die Realität vom gewaltsamen Tod ihrer Verwandten sie jetzt erst getroffen. Tseren hob den Blick, als Doripalam näher kam.

»Der Wagen dürfte in ein paar Minuten hier sein«, sagte Doripalam. »Packen Sie Kleider zum Wechseln ein, wenn Sie können. Sonst holen Sie sich noch den Tod. Es wird Sie erleichtern, zu hören, dass mein Kollege so großzügig ist, keine Anklage gegen Sie zu erheben. Wir möchten Sie trotzdem bitten, mit uns zur hiesigen Polizeiwache zu kommen.«

»Wie lange werden Sie uns festhalten?«, fragte Tseren.

Doripalam zuckte die Schultern. »Eigentlich will ich Sie gar nicht festhalten«, erklärte er. »Ich könnte Sie festnehmen und verlangen, dass Sie uns bei den Ermittlungen helfen, aber mir wäre es viel lieber, wenn Sie freiwillig mitkämen. Vielleicht brauchen wir Sie als Zeugen – Sie wissen sicher einiges über Frau Tuyas Tod und womöglich auch über Gavaas Verschwinden. Wichtiger ist aber, dass wir für Ihre Sicherheit sorgen wollen.«

»Glauben Sie, dass Sie das können?«

»Wenn Sie bei uns nicht sicher sind, sind Sie nirgendwo sicher«, entgegnete Doripalam, erkannte aber, dass ihre Frage damit nicht ganz beantwortet war. »Wir wissen nicht, ob tatsächlich jemand hinter Ihnen her ist, aber falls ja, sind Sie bei uns sicherer als hier draußen.«

Tseren nickte und warf den anderen einen flüchtigen Blick zu. »Das klingt vernünftig«, sagte er. »Ich komme sehr gerne mit Ihnen.« Die anderen, die immer noch im Dauerregen hockten, gaben mit einem leichten Nicken ihr Einverständnis.

»Danke.« In einiger Entfernung konnte Doripalam die Lichter eines Jeeps sehen, der über die Ebene näher kam. »Sie holen Sie ab und bringen Sie zur Wache«, sagte er. »Ich habe jetzt andere Dinge zu tun, aber morgen früh schicke ich jemanden herauf, der eine ordentliche Vernehmung mit Ihnen durchführen wird.«

Ein paar Minuten später fuhr der Jeep mit zwei ortsansässigen Polizisten vor, die dieser Einsatz zu später nächtlicher Stunde überrascht zu haben schien. Doripalam hatte dem ranghöheren Beamten am Telefon die Situation kurz erklärt, aber er wusste nicht, wie viel von dieser Erklärung bei den beiden Streifenpolizisten angekommen war. Der Ältere der beiden – ein großer, hagerer Mann mit einem anscheinend permanenten Ausdruck der Verachtung im Gesicht – stieg aus dem Jeep und pflanzte sich vor Doripalam auf.

»Wen nehmen wir mit?«, fragte er.

Doripalam musterte ihn. »Wie wär's erst mal mit ›Herr Inspektor‹?«, sagte er. »Diese vier Männer hier. Sie sind nicht verhaftet, sondern haben sich freiwillig bereit erklärt, mitzukommen, um uns bei unseren Ermittlungen zu helfen. Und mit helfen meine ich wirklich helfen. Ich möchte deshalb, dass sie entsprechend behandelt werden. Kümmern Sie sich um sie. Geben Sie ihnen eine heiße Mahlzeit. Finden Sie einen Platz zum Schlafen für sie. Morgen früh werde ich einen meiner Männer heraufschicken, um sie zu befragen. Und ich erwarte, dass sie dann keinen Grund haben, sich über schlechte Behandlung zu beschweren. Ist das klar?«

»Na klar, Inspektor.« Der Polizeibeamte schaute träge auf ihn herab. Doripalam war der Anblick des einheimischen Streifenpolizisten, der wild entschlossen war, sich nicht von den hohen Tieren aus der Stadt einschüchtern zu lassen, nur allzu vertraut. Das schmälerte jedoch keineswegs die Versuchung, diesem schlaksigen Idioten einen Tritt gegen das Schienbein zu verpassen.

»Gut. Noch eins. Es besteht die Möglichkeit, dass das Leben dieser Männer in Gefahr ist. Ich möchte, dass sie rund um die Uhr unter Beobachtung gehalten werden. Und noch einmal: Ich wäre höchst unzufrieden, wenn ihnen in Ihrer Obhut etwas zustoßen sollte. Und das würden Sie doch nicht wollen, oder?«

»Nein, Inspektor.« Der Polizist drehte sich um und winkte die vier Männer zur hinteren Tür des Geländewagens, sichtlich darauf bedacht, Doripalam keine weitere Beachtung zu schenken, was der mit kaum verhohlener Belustigung quittierte. Doripalams Hauptsorge hatte darin bestanden, dass Yadamsurens Kollegen beschließen könnten, im kleinen informellen Rahmen Rache zu nehmen, sobald sie die vier Männer auf der Wache hatten – und das trotz der erklärten Absicht des jungen Mannes, keine weiteren Maßnahmen ergreifen zu wollen. Die Begegnung mit diesem Burschen hatte Doripalam nicht gerade zuversichtlicher gestimmt, aber er hoffte, dass seine Warnungen entschieden genug gewesen waren, um Repressalien zu verhindern.

Die beiden Streifenbeamten halfen den Männern, hinten in den Geländewagen einzusteigen. Yadamsuren, der zu einer gründlichen Untersuchung ins Krankenhaus von Bulgan gebracht werden sollte, wurde ein Platz vorne zugewiesen.

Bevor er einstieg, drehte der junge Polizist sich noch einmal zu Doripalam um. »Ich bin froh, dass Ihre Fahrt nicht umsonst war«, sagte er. »Dass das die Männer sind, die Sie gesucht haben.«

»Ich auch«, sagte Doripalam aufrichtig. »Und ich bin Ihnen sehr dankbar für Ihre Hilfe. Es war gut, dass Sie diese

Gruppe beobachtet haben. Ich bedaure nur, dass die Nacht ereignisreicher war, als wir erwartet hatten.«

Yadamsuren zuckte die Schultern. »Hätte schlimmer kommen können.«

Das hätte es tatsächlich, dachte Doripalam. Er sah zu, wie Yadamsuren, durch seine Verletzung deutlich beeinträchtigt, mit etwas Mühe in den Jeep kletterte. Dabei fragte er sich wieder, wovor die vier Männer solche Angst hatten, dass sie bereit waren, wild draufloszuschießen, nur weil in der Nacht unerwartet ein Jeep auftauchte? Gab es noch etwas, was sie wussten oder vermuteten? Etwas, was sie ihm bisher nicht verraten hatten?

Er würde dafür sorgen müssen, dass ein erfahrener Vernehmungsbeamter hier heraufgeschickt würde, jemand, der wusste, wie er vorgehen musste, um herauszufinden, ob es noch etwas gab, was bisher nicht gesagt worden war.

Für Doripalam standen jetzt jedoch andere Dinge an. In der ganzen Aufregung um die Schießerei und deren Nachspiel hatte er den Anruf fast vergessen, den er kurz zuvor bekommen hatte. Ein Zwischenfall vor Tunjins Haus. Tunjins Wohnung durchwühlt. Tunjin selbst anscheinend verschwunden. Was zum Teufel hatte das alles zu bedeuten?

Er drehte sich um und ging zu ihrem Geländewagen zurück. Daneben stand Luvsan und arbeitete sich allmählich durch ein weiteres Päckchen Zigaretten.

»Zurück zum Hotel?«, fragte er.

Doripalam schüttelte den Kopf. »Nein. Ich hatte gedacht, wir könnten hierbleiben und unsere vier Freunde befragen. Aber ich muss zurück.«

»Tunjin?«

»Tunjin. Vielleicht steckt etwas dahinter, vielleicht auch nicht. Er war ja schon in seinen besten Zeiten ein Sonderling. Aber in seinem gegenwärtigen ... Zustand ist er mir nicht ganz geheuer. Ich glaube, wir müssen zurück. Können wir überhaupt mit diesem Ding fahren?« Doripalam zeigte auf die kaputte Windschutzscheibe. Luvsan hatte die Glasscherben herausgeschlagen, so dass das Innere des Wagens jetzt Wind und Wetter ausgesetzt war.

»Bleibt uns ja nichts anderes übrig«, antwortete Luvsan. »Selbst wenn wir hier oben blieben, möchte ich bezweifeln, dass wir es repariert bekämen. Es wird kalt sein, aber wenn wir uns warm einpacken, müsste es schon gehen.«

Doripalam nickte und wählte eine Nummer auf seinem Handy. Er wartete einen Moment, bis jemand abhob, dann ließ er sich zu dem Kollegen durchstellen, der ihn vorher angerufen hatte. »Entschuldigen Sie den späten Rückruf. Wir hatten einen kleinen Zwischenfall hier oben, aber jetzt ist alles in Ordnung. Irgendwas Neues von Tunjin?« Er hörte ein Weilchen zu, dann sagte er: »Halten Sie uns auf dem Laufenden. Wir machen uns auf den Rückweg, aber es wird ein paar Stunden dauern, bis wir in der Stadt sind. Wenn in der Zwischenzeit irgendetwas passiert, rufen Sie uns sofort an.«

Er beendete das Gespräch und wandte sich wieder Luvsan zu. »Nichts. Keine Spur von Tunjin. Sie durchsuchen die Wohnung. Ein Riesendurcheinander – allerdings haben sie den Verdacht, dass es das vorher auch schon war. Chaotischer hätte man sich Tunjins häusliches Leben wohl nicht vorstellen können. Dennoch sieht die Wohnung so aus, als wäre sie bereits gründlich durchsucht worden.«

Luvsan machte die Beifahrertür des Geländewagens auf. »Was sollte Tunjin denn Kostbares bei sich aufbewahren?«

Doripalam zuckte die Schultern. »Wer weiß? Überraschen würde mich bei Tunjin gar nichts.«

Sie stiegen ein. Nachdem Luvsan den Wagen gewendet hatte, fuhr er langsam zur Straße zurück und bog dort nach links Richtung Süden ab. »Gab es Anzeichen für einen Kampf?«, fragte er.

»Was?« Luvsan musste ziemlich langsam fahren, aber selbst so blies unentwegt ein kalter Luftschwall ins Wageninnere.

»In Tunjins Wohnung. Irgendwelche Anzeichen für einen Kampf?«, brüllte Luvsan.

»Weiß man nicht«, brüllte Doripalam zurück. »Die ganze Wohnung war auf den Kopf gestellt. Unmöglich zu sagen, ob ein Kampf stattgefunden hat.«

»Wir wissen also nicht, ob Tunjin einen Grund für sein Verschwinden hatte oder ob ihm etwas zugestoßen ist?«

Doripalam schüttelte den Kopf. »Aber wie Sie vor einiger Zeit gewiss schon höflich anmerken wollten, verschwindet jemand wie Tunjin nicht so einfach. Er ist zu schwer, um sich einfach so in Luft aufzulösen.«

13. KAPITEL

In der Tiefgarage fühlte Nergui sich immer unbehaglich, obwohl es hier nicht gefährlicher war als im Rest des Gebäudes. In diesem Block wohnten vor allem Regierungsbeamte und auch ohne die zusätzlichen Sicherheitsvorkehrungen, die Nergui in seiner Wohnung getroffen hatte, war das Haus schon so ausgelegt, dass es einer potentiell gefährdeten Gruppe umfangreichen Schutz bot. Noch größer waren die Befürchtungen in den Anfangstagen der Demokratie gewesen, als man ständig damit rechnen musste, dass sich gleich um die Ecke eine Art Revolution oder vielleicht auch Gegenrevolution zusammenbraute. Inzwischen hatte alles sich beruhigt und die meisten von denen, die hier wohnten, achteten kaum noch auf das vorhandene Sicherheitsbrimborium. Nergui dagegen war nach wie vor dankbar, dass das Gebäude wenigstens einen gewissen Schutz bot.

Trotzdem fühlte er sich in der Tiefgarage noch verwundbarer. Das lag hauptsächlich daran, dass das Licht schummrig war und es überall dunkle Ecken gab, ganz abgesehen von den potentiellen Verstecken zwischen den Autos der Bewohner. Hereinzukommen war nicht so einfach, aber wenn man erst einmal drin war, gab es eine Menge Orte, an denen man sich verstecken konnte.

Und wer wusste, was ihn heute Abend erwartete? Die Hand um den Stahl seiner Pistole gelegt, schlich Nergui über den Betonboden und hielt dabei aufmerksam nach der kleinsten Bewegung Ausschau. Er wusste, dass er paranoid war. Er wusste aber auch, dass gerade diese Paranoia ihm schon einige Male das Leben gerettet hatte.

Sein Mitsubishi-Allradfahrzeug stand ein Stückchen entfernt in der Reihe. Er erreichte es ohne Zwischenfall, schloss auf und warf, nachdem er eingestiegen war, den Leinenrucksack auf den Rücksitz. Dann ließ er den Motor an, stieß rückwärts aus der Parklücke und steuerte auf die Ausfahrt zu. Immer noch nichts Ungewöhnliches zu sehen.

Kurz vor der Ausfahrt ließ er sein Fenster herunter, um die Parkkarte vor dem Monitor hin- und herzuschwenken. Es dauerte einen kurzen Augenblick, bis das schwere Metallgitter, das die Ausfahrt verschloss, sich ganz allmählich hob. Im Vorbeifahren fiel ihm auf, dass die langsame Bewegung des Gitters es einem Fußgänger sehr wohl ermöglichte, in die Tiefgarage einzudringen, sobald ein Auto hinausgefahren war. Das hatte er bisher nicht bemerkt und die Aufdeckung dieser geringfügigen Schwäche im Sicherheitskonzept des Gebäudes verstärkte sein Unbehagen.

Und dieses Unbehagen, stellte er fest, verstärkte sich. Allein die Tatsache, dass er sich so unwohl fühlte, war schon ungewöhnlich – das hatte er zum letzten Mal verspürt, als sie im vergangenen Winter vor der Serie brutaler Morde standen. Damals hatte er, ebenso wie jetzt, den Eindruck gehabt, dass sein Unbewusstes ihm etwas sagte, was sein Bewusstsein noch nicht zu deuten vermochte. Dass da noch etwas anderes im Gange war, das er bis jetzt nicht erkannt hatte.

Nergui war klug und erfahren genug, um die Risiken, die mit dieser nächtlichen Fahrt verbunden waren, realistisch einschätzen zu können. Solange er vorsichtig war, hielten sie sich wahrscheinlich in Grenzen. Dennoch nagte etwas an ihm. Er hatte nach wie vor das Gefühl, dass er – nein, noch nicht den Boden unter den Füßen verloren hatte, das nicht. Das Wasser musste schon sehr tief sein, bevor Nerguis Grenzen erreicht waren. Aber diesen Grenzen war er bestimmt viel näher, als sein Verstand es vielleicht annahm.

Und Nergui hatte gelernt, seinen Instinkten zu vertrauen. Nicht als etwas Übernatürlichem oder Magischem, sondern einfach als Ausdruck seiner jahrelangen Erfahrung. So gering das Risiko auch scheinen mochte, er würde heute Abend auf Nummer sicher gehen.

Er verließ die Tiefgarage, bog nach kurzem Zögern rechts in die Hauptstraße ein und fuhr in der seinem Ziel entgegengesetzten Richtung auf der Straße des Friedens nach Westen aus der Stadt hinaus. Für zwei oder drei Kilometer blieb er auf dieser Straße, zu seiner Rechten den langen Streifen der Eisenbahn, zu seiner Linken den Songino Hairhan, im Volksmund »Zwiebelberg« genannt. Zu dieser Stunde gab es sonst keinen Verkehr und kein Anzeichen dafür, dass jemand ihn verfolgte.

Auf einem längeren geraden Stück kehrte er um und fuhr zurück, vorbei an dichtgedrängten Jurtensiedlungen und dann Industriegebieten, bis er wieder in die Innenstadt kam. Er überholte kein einziges anderes Auto. Zu dieser nächtlichen Zeit war solch eine Fahrt in puncto Sicherheit ein eher zweischneidiges Schwert: Einerseits war es für einen Verfolger schwierig, unentdeckt zu bleiben, andererseits war Nerguis Auto nicht zu übersehen.

Er fuhr wieder die Straße des Friedens hinunter und bog dann nach rechts Richtung Nairamdal Park ab. Hier waren ein paar mehr Leute auf der Straße – Betrunkene, die aus dem Khan-Bräu und der East-West-Bar heraustorkelten, Nachtschwärmer, die zu Fuß unterwegs waren. Links konnte er die ineinander verschachtelten Tempel erkennen, die das Klostermuseum des Choijin-Lamyn bildeten. Und als er daran vorbei war, öffnete sich jenseits der Straße die weite dunkle Fläche des Parks.

Zu seiner Rechten, gegenüber des Parks, befand sich der gedrungene Turm des Bayangol Hotels.

Er fuhr auf den Hotelparkplatz und stellte seinen Wagen unauffällig neben einer Reihe weiterer Autos ab. Nachdem er den Rucksack nach vorne geholt und sich davon überzeugt hatte, dass seine Pistole sicher in seiner Tasche steckte, stieg er rasch aus dem Auto, schloss es zu und ging über die Straße zum Eingang des Parks.

Dort schaute er sich um. Es war niemand zu sehen, und selbst die Hotelhalle wirkte geschlossen und verlassen. Die Parktore waren nachts verriegelt, aber man konnte mühelos darüberklettern. Er fragte sich, wie Tunjin es wohl schaffen würde, den Zaun zu überwinden, wusste aber aus Erfahrung, dass er sich schon seinen eigenen Weg gesucht haben würde.

Nergui entfernte sich vom Zaun und trat ein paar Schritte in den Schatten, während er aufmerksam auf irgendeine Bewegung lauschte. Der Regen hatte längst aufgehört, aber er konnte Wasser von den Bäumen tropfen hören, als ein leichter Wind durch das Laub strich. Das war alles.

Nergui machte sich gemächlich auf den Weg durch den Park, seiner Erinnerung nach in Richtung See. Er hatte eine Taschenlampe dabei, wollte sie aber nur benutzen, wenn es unbedingt nötig war.

Von Tunjin war noch nichts zu sehen. In der nahezu völligen Dunkelheit konnte Nergui lediglich die Umrisse des alten Riesenrads und anderer Karussells im nahe gelegenen Vergnügungspark erkennen.

Den See fand er ohne Mühe, da das schmutzige Wasser einen leicht fluoreszierenden Schein absonderte. Die Bäume im Uferbereich raschelten leise in der leichten Brise. Er warf einen Blick auf das Leuchtziffernblatt seiner Uhr. Fast halb zwölf. Perfekt. Die einzige Frage war jetzt nur, ob Tunjin es zum Treffpunkt schaffen würde.

Die Antwort erfolgte im nächsten Augenblick. Ein größerer dunkler Fleck tauchte plötzlich aus dem Schatten in einiger Entfernung am Ufer des Sees auf. Nergui ging weiter und sagte kaum hörbar: »Ich bin's.« Seinen Namen nannte er nicht, aber er wusste, dass Tunjin – vorausgesetzt, es war Tunjin – seine Stimme erkennen würde. Nerguis Hand glitt in seine Tasche und legte sich fest um den Griff der Pistole. Den Rücken dem See zugewandt, blickte er sich rasch um, damit er nicht Gefahr lief, von hinten überrascht zu werden.

Dass es Tunjin war, wusste er schon nach wenigen Sekunden. Die ungelenken Bewegungen seines kräftigen Körpers waren unverkennbar. Nergui, dem plötzlich klar wurde, dass er die Luft angehalten hatte, entspannte sich etwas. Er hielt aber weiterhin die Waffe umfasst, wohl wissend, dass sie einem möglichen Verfolger in dem Augenblick, wo sie sich zu erkennen gaben, vermutlich am meisten ausgeliefert waren.

»Sie haben es geschafft«, sagte Tunjin, während er näher kam.

»Für mich war es nicht so schwierig«, sagte Nergui. »Wichtiger ist, dass Sie es wohlbehalten geschafft haben. Sind Sie sicher, dass niemand Ihnen gefolgt ist?«

»So gut es geht, ja«, antwortete Tunjin. Er schaute auf seinen schweren Körper hinunter. »Wenn Sie mich so sehen, würden Sie es nicht glauben, aber es gelingt mir tatsächlich ganz gut, Leuten zu entwischen.«

Nergui lächelte, froh, dass wenigstens noch eine Spur von dem alten Tunjin übrig war. Und das größte Wunder war überhaupt, dass Tunjins Atem nicht nach Alkohol roch.

»Und Sie?«, sagte Tunjin. »Sind Sie sicher, dass Ihnen niemand gefolgt ist?«

»Unter anderen Umständen«, entgegnete Nergui, »würde ich Sie jetzt wegen Unverschämtheit disziplinarisch belangen.«

»Das können Sie gar nicht«, betonte Tunjin. »Ich bin bereits vom Dienst suspendiert.«

»Stimmt«, sagte Nergui. »Und es ist auch noch Ihre eigene Schuld.«

»Zum Glück gehören Sie nicht zu den Leuten mit dem Spruch: ›Das habe ich Ihnen doch gleich gesagt‹«, gab Tunjin zurück. »Sonst wären Sie nämlich unerträglich.«

Nergui lachte leise. »Ich bin froh, dass dieser Schlamassel Sie nicht vollkommen entmutigt hat.«

»Ich hatte gar nicht die Zeit, mich entmutigen zu lassen, außer vielleicht von diesem dämlichen Regen. Obwohl ich mich in meinem Versteck nicht gerade wohlgefühlt habe.«

»Wie geht es Ihnen?«, fragte Nergui. »Ich meine, in Wirklichkeit.«

Tunjin zuckte die Schultern. »Was erwarten Sie? Ich bin ein Jahr vor der Pensionierung von der einzigen Arbeit suspendiert worden, die ich je gelernt habe. Ich bin dem gefährlichsten Verbrecher und Psychopathen in dieser Stadt ein Dorn im Auge. Und ich bin auf der Flucht, ohne eindeutige Aussicht auf Rettung. Unter den Umständen gar nicht so schlecht.«

»Wenigstens hat Sie das vom Alkohol weggebracht.«

»Wo hätte ich denn bitte Schnaps herkriegen sollen? Lust darauf hätte ich schon, das kann ich Ihnen sagen.«

»Und was haben Sie jetzt vor?«, fragte Nergui. »Wie kriegen wir Sie aus diesem Schlamassel raus?«

»Ich hatte eigentlich gehofft, Sie könnten mir das vielleicht sagen.«

»Einfach wird es bestimmt nicht«, meinte Nergui. »Die Schwierigkeit besteht darin, dass keiner weiß, wem man trauen kann.«

»Das war ja von Anfang an das Problem«, sagte Tunjin. »Wohin man sich auch wendet, überall hat er Leute. Klar, ich war saudumm, und das Ganze war unausgegoren, aber ich hätte nie gedacht, dass es so durchsickern würde. Niemand wusste davon.«

»Irgendjemand schon«, entgegnete Nergui. »Es sei denn, Sie denunzieren sich selbst.«

»Das wäre wenigstens einfacher gewesen«, sagte Tunjin. »Hätte den Mittelsmann gespart und so. Nein. Wohin man sich auch wendet, überall ist einer. Manchmal bin ich mir nicht einmal bei Ihnen sicher.«

»Um ehrlich zu sein«, sagte Nergui, »ich war mir bei Ihnen ganz und gar nicht sicher, bis Sie diese kleine Nummer hingelegt haben. Und selbst jetzt frage ich mich, ob das nicht eine Art doppelte Irreführung ist.«

»Wenn Sie wüssten, was ich heute durchgemacht habe, hätten Sie nicht den geringsten Zweifel. Und mir ist völlig klar, dass, wenn Sie nicht auf der Seite des Rechts stehen, die ganze Polizei getrost einpacken und nach Hause gehen könnte.«

»Das kann passieren«, sagte Nergui. »Ich komme einfach nicht dahinter, was hier eigentlich gespielt wird.«

»Was ist mit Doripalam?«, fragte Tunjin. »Glauben Sie, der Inspektor ist sauber?«

Nergui zögerte. In jeder anderen Situation würde er nur widerwillig eine Einschätzung über einen ranghöheren Polizeibeamten abgeben, erst recht gegenüber Leuten wie Tunjin. Aber diese Situation war alles andere als normal. »Ich bin mir ziemlich sicher«, antwortete er. »Aber genau da liegt das Problem. Alle meine Instinkte sagen mir, dass er sauber ist. Aber selbst bei ihm kann ich mir nicht völlig sicher sein. Und auf jeden Fall gibt es zu viele andere, denen ich nicht traue. Ich habe angefangen, über ein oder zwei von ihnen ziemlich belastendes Material zusammenzutragen, aber in den meisten Fällen kann man sich eben nicht sicher sein. Wir wissen einfach nicht, wie weit das Ganze geht.«

»Weiter, als Sie es sich vorstellen können«, sagte Tunjin.

»Ich habe überlegt, ob wir Ihnen Polizeischutz gewähren können«, sagte Nergui. »Aber ich sehe keinen Weg.« Er dachte an das, was Sarangarels Mann zehn Jahre zuvor widerfahren war. Sogar damals waren die Tentakel bereits ausgestreckt gewesen. Niemand konnte sagen, wie weit sie inzwischen reichten.

»Darauf verzichte ich gern«, sagte Tunjin. »So wie die Dinge stehen.«

»Vielleicht ist es machbar, über das Ministerium so etwas wie einen sicheren Zufluchtsort zu organisieren«, sagte Nergui. »Aber selbst dort, selbst beim Geheimdienst ...«

»Kann man sich nicht sicher sein?« Das war eher eine Behauptung als eine Frage.

»Bin ich mir nicht sicher«, bestätigte Nergui. »Es wäre Ihr eigenes Risiko.«

Tunjin drehte sich zu ihm um. »Ich bin müde«, sagte er in einem Ton, der vermuten ließ, dass seine Müdigkeit nicht nur körperlicher Natur war. »Lassen Sie uns einen Platz suchen, wo wir uns setzen können.« Schleppenden Schrittes machte er sich auf den Weg durch den stillen Park, hinter sich Nergui, die Sinne hellwach auf mögliche andere Bewegungen ausgerichtet. Vor ihnen lagen die in Flutlicht getauchten Fassaden der buddhistischen Tempel und dahinter die verstreuten Lichter der Stadt. Im Gegensatz dazu wirkte der dunkle Park unwirtlich, ein lebloses Ödland, in dessen Schatten unbekannte Gefahren lauerten.

Sie erreichten den Vergnügungspark. Die Karussells waren alle geschlossen und verriegelt, aber es gab Bänke zum Sitzen. Das Riesenrad erhob sich skelettartig über ihnen, schwarze Knochen vor dem bewölkten Nachthimmel.

Tunjin ließ sich schwer auf eine der Bänke fallen, deren Holz- und Metallteile unter seinem Gewicht krachten. Nergui setzte sich vorsichtig neben ihn.

»Das ist ein Risiko, das ich nicht eingehen möchte«, sagte Tunjin und setzte damit ihr Gespräch fort.

»An Ihrer Stelle würde ich genauso entscheiden«, sagte Nergui. »Hier draußen zu sein und bei aller Gefahr die Augen selbst offen zu halten, ist eins. Ein anderes ist es, sich in die Obhut von jemandem zu begeben, dem man nicht vertraut.«

»Und Sie sagen, Sie würden nicht einmal dem Geheimdienst vertrauen?«

»Ich weiß es nicht. Nein. Nicht unumschränkt.«

»Dann also nicht.«

»Aber was ist die Alternative?«, fragte Nergui. »Sie können nicht ewig auf der Flucht sein.« Er hielt inne. »Es ist unfassbar. Nach all den Jahren. Meine ganze vermeintliche Autorität. Und ich kann nicht einmal einem Polizeibeamten, der in Schwierigkeiten steckt, ausreichend Schutz bieten.«

»Bin ich denn immer noch Polizeibeamter?«, fragte Tunjin. »Ich war mir da gar nicht sicher.«

»Natürlich sind Sie immer noch Polizeibeamter«, antwortete Nergui. »Und was mich betrifft, bleiben Sie es auch, bis Sie in den Ruhestand gehen.«

»Vorausgesetzt, ich lebe so lange.«

»Vorausgesetzt, Sie leben so lange. Und im Moment weiß ich nicht, wie wir das sicherstellen. Sie können ja nicht permanent auf der Flucht sein.«

»Dafür bin ich wohl nicht geschaffen«, stimmte Tunjin mit einem Blick auf seinen übergewichtigen Körper zu.

»Und was machen wir jetzt?«, sagte Nergui. »Ich kann versuchen, ein Versteck für Sie zu finden. Einen Ort, von dem nur wir beide wissen. Ich würde Sie ja mit in meine Wohnung nehmen, aber ich bin mir ziemlich sicher, dass sie zumindest unter einer Art Beobachtung steht. Deswegen hatte ich ja befürchtet, dass mir jemand hierher folgen würde.«

»Wo ich im Moment bin, bin ich am besten aufgehoben«, sagte Tunjin. »Bequem ist es nicht. Aber niemand außer mir weiß, dass ich dort bin. So kann ich wenigstens noch zwei oder drei Tage herausschinden. Nur, ewig kann ich da auch nicht bleiben.«

»Ich habe Ihnen etwas zu essen und Wasser mitgebracht«, sagte Nergui, dem gerade der Leinenrucksack über seiner Schulter wieder eingefallen war. »Viel ist es nicht. Ich habe zusammengerafft, was ich da hatte, aber es wird Sie eine Weile über Wasser halten. Falls wir ein weiteres Treffen vereinbaren, kann ich Ihnen wieder etwas mitbringen.«

»Ich könnte sowieso ein oder zwei Pfund weniger vertragen«, sagte Tunjin lachend.

»Unser Problem löst das allerdings nicht«, sagte Nergui. »Wir schinden lediglich Zeit. Etwas anderes fällt mir nicht ein.«

»So wie ich die Sache sehe«, sagte Tunjin, »gibt es nur einen Weg.«

Nergui betrachtete den Mann, der neben ihm saß. In der Dunkelheit konnte er seinen Gesichtsausdruck nicht erkennen. »Und der wäre?«

»Ich muss zu Ende bringen, was ich begonnen habe«, erklärte Tunjin. »Nur diesmal richtig.«

Ein leichter Wind ließ die Blätter rascheln. Nergui dachte einen Moment lang, er nähme noch ein anderes Geräusch wahr, vielleicht jemanden, der sich bewegte. Er hielt kurz die Luft an, lauschte, konnte aber nichts weiter hören.

»Wie meinen Sie das?«, fragte er schließlich.

»Wie ich es sage.« Tunjin lehnte sich auf der Bank zurück, die gefährlich unter ihnen knackte. »Ich muss zu Ende bringen, was ich angefangen habe, nur darf ich es nicht wieder vermasseln.«

Nergui schüttelte den Kopf. »Ich weiß nicht, was Sie vorhaben«, sagte er. »Aber Sie sind wohl kaum in der Lage, weiteres Beweismaterial zu sammeln. Wahrscheinlich fanden Sie es schon beim letzten Mal nicht ganz so einfach, weshalb Sie ja jetzt in Schwulitäten stecken.«

Tunjin zuckte die Schultern. »Vielleicht war ich beim letzten Mal zu selbstgefällig. Ich dachte, ich hätte alles bedacht, aber das hatte ich offensichtlich nicht. Mir war nicht klar, welche Ausmaße das Ganze hatte.«

»Das war, glaube ich, niemandem von uns wirklich klar«, sagte Nergui. »Ich war erstaunt über das, was Sie zu bewerkstelligen versucht haben, aber was mich noch mehr verblüfft hat, war die Tatsache, dass Sie – mit all Ihren natürlichen Gaben – es nicht geschafft haben, ungeschoren davonzukommen.« Er hielt kurz inne. »Genau genommen hat mich das zutiefst erschreckt. Ich meine, mir war schon lange klar, dass er seine Leute im Polizeiapparat hat. Aber ich wusste auch, wie geschickt Sie vorgegangen waren. Und wenn Sie dabei erwischt worden wären – nicht auszudenken!«

»Das ist ja gerade das Problem«, bemerkte Tunjin. »Ich sage Ihnen, niemand wusste, was ich vorhatte. Einer oder zwei dürften eine Ahnung gehabt haben, und bei den Fälschungen habe ich professionelle Hilfe in Anspruch genommen, aber ich habe mich keinem Menschen anvertraut. Und das gesamte Beweismaterial blieb, weil es so heikel war, sogar innerhalb der Abteilung unter Verschluss. Wenn sie es herausgefunden hatten – nun, dann konnte jeder beteiligt sein.«

»Selbst Doripalam?«, fragte Nergui.

Tunjin zuckte die Schultern. »Das können Sie besser beurteilen als ich«, sagte er. »Aber er war einer der wenigen, die wirklich einen Überblick über das gesamte Beweismaterial hatten. Wenn überhaupt jemand Fehler oder Ungereimtheiten hätte entdecken können – dann war er zwar nicht der Einzige, aber viele gab es nicht.«

»Ich glaube es immer noch nicht«, sagte Nergui. »Ich glaube immer noch, dass er sauber ist.«

Tunjin antwortete nicht. Nach einer Pause sagte er: »Deshalb bin ich jetzt womöglich eher in der Lage, etwas zu tun, als vorher. Jedenfalls wird mich jetzt niemand mehr entlarven. Vielleicht kann ich es also zu Ende bringen.«

Nergui drehte sich um und starrte die graue Silhouette des großen Mannes neben sich an. »Es zu Ende bringen?«, sagte er. »Was genau haben Sie denn vor?«

»Ich weiß nicht. Aber solange er da ist, wird er mein Blut wollen.«

»Das ist Wahnsinn«, sagte Nergui. »Sie wissen, über wen wir hier sprechen. Wir sind nie auch nur in seine Nähe gekommen.«

»Nein«, bestätigte Tunjin bedächtig. »Aber bis jetzt mussten wir alle – sogar ich, zum größten Teil – nach Vorschrift vorgehen. Diese Einschränkung habe ich nicht mehr.«

»Sie sind immer noch Polizeibeamter«, gab Nergui zu bedenken.

»Das sagen Sie. Ich fühle mich allerdings nicht so. Heute Nachmittag habe ich mich auch nicht so gefühlt.« Er zögerte. »Schauen Sie, Nergui, alles, was ich weiß, ist, dass ich nicht einfach hier sitzen bleiben und darauf warten kann, dass er zu mir kommt. Deshalb muss ich zu ihm gehen. Falls ich beschließe, dabei Methoden anzuwenden, die für Sie, sagen wir, inakzeptabel sind, würde ich nicht im Traum daran denken, Ihr Gewissen damit zu belasten und sie Ihnen mitzuteilen.«

»Wenn ich der Meinung wäre, dass Sie sich anschicken,

eine strafbare Handlung zu begehen, könnte ich Sie jetzt festnehmen«, sagte Nergui.

»Ja, tun Sie aber nicht. Und ich werde Ihnen deshalb auch nichts verraten. Aber ich weiß, dass ich nicht viel zu verlieren habe. Wenn ich dran denke, was mir passieren könnte, wenn sie mich schnappen, will ich es lieber schnell hinter mich bringen.«

»Für mich klingt das wie ein frommer Wunsch«, bemerkte Nergui.

»Mehr bleibt mir aber nicht übrig«, sagte Tunjin.

Nergui sah sich ängstlich um. Allmählich fühlte er sich immer verwundbarer, wie sie so reglos mitten in diesem dunklen Park saßen. Es war keine rationale Angst – wenn jemand sie beobachtete, würde der Betreffende warten, bis Nergui gegangen war, und sich dann an Tunjin heranmachen. Aber die unendliche Stille dieses Ortes hatte etwas, was ihm Unbehagen bereitete.

»Wir müssen aus diesem Schlamassel irgendwie herausfinden«, sagte er schließlich.

»Aus meiner Sicht gibt es nicht allzu viele Möglichkeiten«, sagte Tunjin. »Sie machen mit Ihren Ermittlungen weiter, aber was erwarten Sie denn wirklich an Fortschritten?«

»Ich weiß es nicht«, sagte Nergui. »Ein paar. Einige unserer Leute sind bestechlich, von manchen weiß ich, dass sie auf seiner Gehaltsliste stehen. Ich werde sie am Ende kriegen. Ob ich sie aber alle kriege ...«

»Das werden wir nur erfahren, wenn wir ihn zur Strecke bringen.«

Nergui wusste, dass er recht hatte. Zu Anfang dieser Untersuchung hatte er tatsächlich geglaubt, jetzt endlich richtig aufräumen zu können. Er hatte gedacht, Tunjins Vorgehen und dessen Auswirkungen hätten ihm womöglich die Munition geliefert, nach der er all die Jahre gesucht hatte.

Er hätte aber erkennen müssen, dass dies nicht so einfach war, sonst hätte Tunjin die Sache nicht so leicht verpfuscht. Er hätte erkennen müssen, wie tief das Problem verwurzelt war. Nergui konnte ein paar korrupte Polizisten fassen – vielleicht sogar die meisten von ihnen; solange er aber nicht überzeugt war, sie alle ausgemacht zu haben, war das Problem nicht gelöst.

Während Tunjin sich langsam erhob, warf er sich den Leinenrucksack über die Schulter. »Danke für das Essen«, sagte er. »Wir bleiben in Verbindung. Ich möchte das Handy nicht häufiger benutzen als nötig, weil ich nicht weiß, wie leicht es sich zurückverfolgen lässt. Und ich möchte den Akku nicht verbrauchen. Aber wenn ich was von Ihnen will, schicke ich Ihnen einfach eine SMS – nur das eine Wort ›treffen‹ und das bedeutet – bleiben wir bei derselben Zeit – das bedeutet dann: halb zwölf hier.«

»Ich werde nächstes Mal etwas Besseres zum Essen mitbringen«, sagte Nergui. »Falls ich etwas Vorlauf bekomme.«

»Freut mich. Diese Auswahl hier ist nicht besonders berühmt.«

»Tunjin«, sagte Nergui, »ich weiß nicht, was Sie im Sinn haben, aber was immer es ist, viel Glück.«

Tunjin zuckte die Schultern. »Ich weiß es auch nicht«, erwiderte er, »aber vielen Dank jedenfalls.«

Er drehte sich um und trottete langsam in Richtung See zurück. Nergui saß noch da, reglos, den Blick auf Tunjins schweren, bald von der Dunkelheit eingehüllten Körper gerichtet, bereit, beim ersten Anzeichen von Schwierigkeiten seine Pistole zu ziehen. Doch der Klang von Tunjins weichen Fußtritten wurde schwächer, verlor sich im leisen Rauschen des Windes, ohne dass irgendetwas auf einen Zwischenfall hindeutete.

Nergui blieb eine Weile sitzen, lauschte angestrengt und fragte sich, ob Tunjin den Park sicher verlassen hatte. Einen

Moment lang erwog er, ihm zu folgen, wusste aber, dass das Wahnsinn wäre. Er konnte nicht viel tun, um Tunjin zu beschützen, der selbst so gut wie jeder andere für sich sorgen konnte.

Schließlich stand Nergui auf und ging langsam durch den Park zurück, vorbei am viereckigen Block des Staatlichen Jugendtheaters. Er kletterte am Zaun hoch und ließ sich auf der anderen Seite wieder hinabgleiten. Es war fast halb eins. Die Straße lag verlassen da, und selbst im Bayangol Hotel gab es bis auf das schummrige Licht in der Hotelhalle und vereinzelte erleuchtete Zimmerfenster keine Anzeichen von Leben.

Nerguis Auto war da, wo er es abgestellt hatte. Während er es aufschloss und einstieg, ging ihm das Gespräch mit Tunjin noch einmal durch den Kopf. Was war mit Doripalam? Konnte man ihm vertrauen? Nergui war so davon überzeugt, dass Doripalam sauber war. Aber jemand hatte Tunjin verraten. Jemand hatte gemerkt, was vor sich ging, und Tunjin als den dafür verantwortlichen Mann verpfiffen. Und es stand außer Frage, dass die Einzelheiten des Muunokhoi-Falles, eines der heikelsten Fälle, die sie in den letzten Jahren bearbeitet hatten, nur ein paar auserwählten Personen zugänglich gewesen waren – mit Sicherheit keinem von denen, die Nergui bisher als potentiell käuflich identifiziert hatte.

Wer war es dann?

Nergui legte den Rückwärtsgang ein, fuhr langsam aus der Parklücke und verließ den Hotelparkplatz. Als er am Eingang vorbeikam, fiel sein Blick auf zwei Gestalten, beide in langen Regenmänteln und Hüten, die im Schatten außerhalb der Hotelhalle standen.

Diese Gestalten kamen ihm hier unpassend vor, irgendwie fehl am Platz. Sie sahen nicht aus wie Hotelpersonal. Nergui bog in die Straße ein und fuhr hinauf zur Straße des Friedens. Er hoffte, dass Tunjin sicher davongekommen war.

14. KAPITEL

Als sie den Stadtrand erreichten, wurde es schon hell. Nachdem stundenlang Kälte und Lärm durch die offene Windschutzscheibe ins Wageninnere gedrungen waren, war Doripalam froh, dass die Fahrt nun zu Ende ging. Eine Unterhaltung hatte sich, abgesehen von gelegentlichen gebrüllten Satzfetzen, als praktisch unmöglich erwiesen. Am Ende hatte Doripalam einfach die Augen zugemacht, auch wenn an Schlaf nicht zu denken gewesen war, und dem endlosen Getöse von Motor und Wind gelauscht.

»Wohin?«, rief Luvsan. »Zurück zum Polizeipräsidium?«

»Das werden wir wohl müssen«, antwortete Doripalam. »Erst einmal dieses Ding hier in die Werkstatt bringen.«

Auf der Straße des Friedens fuhren sie in die Stadt hinein, vorbei am Hauptbahnhof und der Hauptpost, bevor sie links zum Süchbaataar-Platz abbogen. Der Regen hatte längst aufgehört, und es sah nach einem schönen Tag aus, nur ein paar Wolkenfetzen trieben am kristallklaren Himmel.

Sie stellten den Geländewagen hinter dem Polizeipräsidium ab und Luvsan ging hinein, um die Reparatur der Windschutzscheibe in die Wege zu leiten. Doripalam blieb am Haupteingang stehen und ließ den Blick über den Platz wandern, der leer und still im Schein der Morgensonne lag. Im Moment fühlte er sich überfordert, musste kämpfen, um die Aufgaben in den Griff zu bekommen, die er vor sich hatte. Seinen Job als Polizist, als Kriminalbeamter beherrschte er. Er wusste, worum es dabei ging. Ermittlungen durchführen, versuchen, die Wahrheit herauszufinden. Das war nicht unbedingt einfach, aber wenigstens überschaubar. Aber jetzt, bei dieser Aufgabe, wusste er nie, wo die Prioritäten lagen. Der politische Kram verwirrte ihn – das sich ständig verschiebende Gleichgewicht von Interessen und Ansprüchen. Das, was Nergui blind geschafft hatte.

Und im Augenblick löste ein Problem das andere ab. Das ganze Muunokhoi-Debakel. Die viele öffentliche Aufmerksamkeit rund um Gavaas Verschwinden. Der entsetzliche Mord an dessen Mutter – dem bis jetzt ironischerweise weniger Aufmerksamkeit geschenkt worden war als der anscheinend viel banaleren Abwesenheit ihres Sohnes. Die Möglichkeit, dass sie von jemandem bedroht wurde – aber von wem und warum? Und jetzt zu allem Überfluss auch noch, dass Tunjin vermisst wurde. Es war, als wären auf einmal und ohne ersichtlichen Grund all die schweren Fälle eines ganzen Jahres auf ihn eingestürzt.

Und dann war da Nergui mit seiner angeblichen Untersuchung. Was hatte es damit auf sich? War das ein Versuch, das Fiasko um Muunokhoi dazu zu nutzen, um alles, was es in diesem Dezernat an Bestechlichkeit gab, auszurotten? Doripalam wusste, dass er, wenn er auch nur ein Fünkchen Würde besaß, schon angesichts von Nerguis Intervention seine Kündigung hätte einreichen müssen. Aber er wusste auch – denn er kannte Nergui –, dass wahrscheinlich mehr dahintersteckte, als auf den ersten Blick zu erkennen war.

»Wohin jetzt?«

Luvsan stand mit zwei Plastikbechern voll dampfendem Kaffee hinter ihm. Da wurde Doripalam erst klar, dass er die ganze Nacht auf gewesen war. Noch dazu eine ziemlich stressige Nacht. Eine Welle von Müdigkeit überkam ihn, sodass er plötzlich eine Distanz zu allem spürte, was um ihn herum war.

Er nahm den Kaffee von Luvsan entgegen. »Danke. Sie müssen erschöpft sein. Ich bin es jedenfalls, und Sie sind ja die ganze Zeit gefahren.«

Luvsan nippte an seinem Becher. »Ich bin schon immer mit wenig Schlaf ausgekommen. Eine meiner wenigen Begabungen.«

Doripalam gähnte. »Ich wünschte, ich hätte etwas davon«, sagte er. »Ich glaube, wir sollten uns jetzt Tunjins Wohnung anschauen. Hier gibt es wahrscheinlich keine Neuigkeiten.«

»Anscheinend nicht. Das habe ich schnell mit dem diensthabenden Polizisten abgeklärt. Die Wohnung wurde komplett abgesperrt. Jemand hat mit den Nachbarn gesprochen und mit den Zeugen des Zwischenfalls am Anfang, aber viel Klärung hat das nicht gebracht. Wenn wir dort sind, werden wir wohl die ganze Geschichte erfahren.«

Luvsan hatte ihnen ein anderes Fahrzeug besorgt, einen richtigen Streifenwagen. Unweigerlich schaltete er auf dem Weg durch die Innenstadt das Martinshorn ein, obwohl es immer noch früh am Morgen war und die Straßen weitgehend verlassen dalagen. Doripalam betrachtete ihn halb belustigt, halb missbilligend, sagte aber nichts.

Tunjins Wohnung war nur wenige Minuten entfernt, und sie konnten problemlos vor dem Wohnblock halten. Selbst wenn Doripalam die Hausnummer nicht gewusst hätte, wäre das Gebäude leicht zu erkennen gewesen: Die Glasscheiben in den Flügeln der Eingangstür waren zerbrochen und vorübergehend durch Bretter ersetzt worden.

»Am Telefon haben sie mir erzählt, dass es Schüsse gegeben hat«, erklärte Doripalam. »Sieht aus, als hätten sie sich den Weg frei geschossen.«

An der Tür stand ein uniformierter Polizist, der Doripalam erkannt hatte, bevor der die Dienstmarke zücken konnte. »Oben ist einer von Ihren Leuten, Herr Inspektor«, sagte er.

Doripalam zeigte auf die Türen. »Sind hier die Schüsse abgefeuert worden?«

»Ja. Wie's aussieht, waren die Türen verschlossen oder irgendwie von innen blockiert, worauf die Eindringlinge auf das Glas schossen, um sich Zugang zu verschaffen.«

Doripalam warf Luvsan einen Blick zu. »Die Türen waren verschlossen oder blockiert? Mitten am Tag?«

»Ja, Herr Inspektor. Später Vormittag.«

»Das war aber doch nicht normal? Dass die Türen verschlossen waren, meine ich.«

»Nein, Herr Inspektor. Ich meine, mit der Sicherheit hält man es hier anscheinend nicht so genau. Tagsüber hindert einen nichts am Betreten des Gebäudes.«

Doripalam nickte. »Danke. Wen lassen Sie zur Zeit hinein?«

»Nur Hausbewohner, so lautet die Anordnung. Wir machen uns nicht besonders beliebt, weil wir im Moment nicht einmal Gästen der Hausbewohner Zutritt gewähren.«

»Belassen Sie es dabei. Ich will die Leute von der Presse noch nicht hier drin haben. Denen würde ich sogar zutrauen, mit einem der Hausbewohner ins Geschäft zu kommen, um sich irgendwie Zutritt zu verschaffen.«

»Das habe ich mir auch gedacht, Herr Inspektor. Wir sind streng gewesen.«

»Das höre ich gern. Bleiben Sie dabei.« Wie immer in solchen Situationen stellte Doripalam mit einigem Unbehagen fest, dass die Rolle des Befehle erteilenden Polizisten ihm überhaupt nicht lag. Der junge Polizeibeamte schien das nicht zu bemerken, aber Luvsan sah leicht belustigt aus.

»Kommen Sie«, sagte er. »Gehen wir uns die Wohnung anschauen. Erster Stock.«

Sie stiegen die Treppe aus falschem Marmor hinauf. Eine feine Adresse war das nun wirklich nicht. Der Eingangsbereich unten war voller Müll gewesen, der, im Unterschied zu den verstreuten Glasscherben, vermutlich schon vor dem Zwischenfall dort gelegen hatte. Dem ganzen Gebäude täte ein neuer Anstrich gut, fand Doripalam, während sein Blick über die abgeschabten Wände, die ausgetretenen Bodenfliesen und die angeschlagenen Holzteile wanderte.

Wiederum war es nicht schwierig, Tunjins Wohnung auszumachen. Ein gelangweilt dreinschauender Uniformierter saß auf einem harten Holzstuhl davor, eine zusammengefaltete Zeitung in der Hand. Er blickte fragend auf, als die beiden Männer näher kamen.

»Doripalam.« Er klappte seinen Dienstausweis auf und wedelte dem sitzenden Polizisten damit vor der Nase herum. »Abteilung Schwerkriminalität. Wie ich gehört habe, ist einer meiner Leute da drinnen.«

Der Uniformierte brauchte einen Moment, um das alles zu begreifen. Dann sprang er auf, wobei er die Zeitung unabsichtlich auf dem Boden verteilte. »Ja, Herr Inspektor. Bitte gehen Sie rein.«

Doripalam lächelte und schob die Tür auf. Fast im selben Moment erstarb sein Lächeln. Das lag zum Teil am Geruch. Kein überwältigend unangenehmer Geruch – nur allzu oft hatte Doripalam Grund, Räume zu betreten, in denen Leichen lagen, und so etwas war das hier nicht. Aber trotzdem war es da. Es roch nach Verwesung, nach organischer Substanz, die zu lange in der Frühlingssonne liegengelassen worden war, nach sauer gewordener Milch und Verschimmeltem, unterlegt mit einem starken Geruch von Alkohol.

Was sie hinter der Tür vorfanden, passte zu dem Geruch. Es war klar, dass diese Wohnung, so sehr sie von den Eindringlingen durchwühlt worden sein mochte, schon vorher kein Muster an Ordnung gewesen sein dürfte. Überall standen Teller mit Essensresten, die von Fliegen nur so schwirrten. Mehrere leere oder fast leere Wodkaflaschen lagen herum. Kleider – vermutlich schmutzige – waren über den Fußboden verstreut.

Doch zu alledem war der Raum systematisch auf den Kopf gestellt worden. Schubladen waren aus den Kommoden gezerrt und ausgeleert auf Boden und Sofa geworfen, Bilder von den Wänden gerissen worden. Ein Schrank stand mit weit offenen Türen da, während sein Inhalt scheinbar beiläufig auf dem Boden verstreut worden war.

Und mittendrin ein junger Polizist, ein Klemmbrett in der Hand, offenbar damit beschäftigt, eine Bestandsaufnahme zu machen. Als Doripalam und Luvsan eintraten, blickte er auf. »Guten Morgen«, sagte er. »Tut mir leid, dass es hier nicht gemütlicher ist.«

Doripalam arbeitete sich durch den herumliegenden Abfall vorsichtig zu dem jungen Mann durch. »Guten Morgen, Batzorig. Sie haben also dieses Los gezogen?«

»Sieht so aus«, erwiderte Batzorig. »Weiß allerdings nicht genau, womit ich es verdient habe.«

»Sicher mit etwas ziemlich Schlimmem«, sagte Doripalam. »Und so hat Tunjin also gewohnt?«

»Na ja, nicht ganz so, muss man fairerweise sagen«, bemerkte Batzorig. »Ihn kann man zwar für die Essensreste und den Alkohol verantwortlich machen, aber für das Ausleeren der Schubladen und Schränke wohl nicht.«

»Nein.« Doripalam schaute sich aufmerksam um. »Die Wohnung ist gründlich auf den Kopf gestellt worden. Sie haben also etwas gesucht. Haben wir eine Ahnung, was?«

Batzorig schüttelte den Kopf. »Schwer zu sagen, was in Tunjins Besitz und für sie von Interesse gewesen sein könnte«, antwortete er.

»Außer etwas, was er aus dem Präsidium mitgenommen hatte«, warf Luvsan von hinten ein.

Doripalam drehte sich um. »Was zum Beispiel?«

Luvsan zuckte die Schultern. »Keine Ahnung. Akten, Schreibkram? Was weiß ich?«

»Als ich Tunjin das letzte Mal gesehen habe«, sagte Doripalam, »machte er mir nicht den Eindruck, als hätte er vor, seine Büroarbeit gewissenhaft fortzusetzen.« Er wandte sich wieder Batzorig zu. »Und wir haben keine Ahnung, was mit Tunjin passiert ist?«

»Nicht die geringste«, antwortete Batzorig. »Er ist einfach verschwunden.«

»Mit den Eindringlingen?«

»Davon gehen wir nicht aus.«

»Wie lautet denn die Geschichte?«, sagte Doripalam. »Gehen wir sie kurz zusammen durch.«

»Sie ist sonderbar«, sagte Batzorig. »Aus dem, was wir aufgrund unserer Gespräche mit Nachbarn und Passanten zusammenstückeln konnten, schließen wir, dass es gestern eine Art Zwischenfall gab. Eine der Bewohnerinnen dieses Gebäudes – ich vermute, sie kam vom Markt zurück – stellte fest, dass sie durch den Vordereingang nicht hineinkam. Der ist normalerweise tagsüber nicht zugeschlossen. Sie versuchte, die Tür mit ihrem Schlüssel aufzuschließen, aber sie war blockiert. Die Frau bat einen Passanten um Hilfe, aber der konnte auch nichts tun. Es sah so aus, als hätte jemand die Tür nicht nur zugeschlossen, sondern auch noch einen Besenstiel unter die Türgriffe geklemmt.«

»Damit man sie von außen nicht öffnen konnte?«

»Genau. Jedenfalls sammelte sich allmählich eine kleine Menschentraube. Man machte übereinstimmend Kinder dafür verantwortlich – Sie wissen schon, die Jugend von heute, dieser ganze Kram. Und während diese kleine Gruppe sich draußen vor dem Eingang ereiferte, näherten sich ihr zwei Männer mit Sonnenbrillen, Baseballmützen, Lederjacken – kennen Sie diese Art Uniform?«

Doripalam blickte zu ihm auf. Er kannte die Uniform. Die harten Männer, der gedungene Beistand, überall auf der eher düsteren Seite der Stadt.

»Diese zwei Typen kamen näher, gaben der Menge durch Handzeichen zu verstehen, dass sie zur Seite gehen sollte, zogen dann jeder eine Handfeuerwaffe und schossen das Glas aus den Türen heraus. Danach verlief sich die Menge wahrscheinlich ziemlich schnell.«

»Und niemand dachte daran, uns zu rufen?«, fragte Luvsan von hinten.

»Doch, am Ende schon. Aber wahrscheinlich waren sie alle in einem leichten Schockzustand. Jedenfalls räumten die beiden Männer, soweit wir wissen, die Türen frei und machten sie auf, stürmten die Treppe hoch, traten Tunjins Tür ein und kamen hier in die Wohnung. Was danach passierte, wissen wir nicht genau, weil niemand ihnen so nah kam, dass er es hätte mitbekommen können. Wir sind aber davon ausgegangen, dass sie Tunjin nicht gefunden und die Wohnung ziemlich schnell durchsucht haben – vermutlich in nur wenigen Minuten. Wir haben Zeugen, die gesehen haben, wie die beiden Männer vielleicht fünf Minuten später das Gebäude durch den vorderen Eingang wieder verlassen haben. Da sonst niemand bei ihnen war, vermuten wir, dass sie Tunjin nicht gefunden haben. Dann rannten die Männer zu dem Wohnblock am Ende der Straße. Von dort waren noch einmal Schüsse zu hören, und jemand berichtete vom Geräusch eines davonrasenden Motorrades. Danach nichts mehr. Wie es aussah, hatten die beiden Männer ein Auto irgendwo geparkt, aber anscheinend hat niemand sie fortfahren sehen. Wir haben einen Zeugen hinten am Ende des Blocks, der meint, er hätte vielleicht etwas gesehen.«

»Es könnte also sein, dass Tunjin auf einem Motorrad entkommen ist?«, sagte Luvsan ungläubig. Offenbar tat er sich mit dieser Vorstellung schwer.

»Wer weiß? Bei dem Motorrad könnte es sich auch schlicht um einen Zufall handeln. Auf jeden Fall sieht es so aus, als wäre er – nun, entweder entkommen oder erst gar nicht hier gewesen.«

»Die Schüsse am Ende des Blocks deuten darauf hin, dass sie versucht haben, jemanden aufzuhalten«, bemerkte Doripalam. »Hat sich dort schon jemand umgeschaut?«

Batzorig nickte. »Ja. Dort hinten gibt es ein Stück Brachland. Und ein Jurtenlager – eins von den permanenten. Wir haben einen alten Mann angetroffen …« Er hielt inne, um einen Blick in sein Notizbuch zu werfen. »Agypar, wie es scheint. Wohnt im letzten Gebäude dieser Reihe und war zu der Zeit zufällig im Mehrzweckraum im Keller. Sagte, er habe so etwas wie Gewehrschüsse gehört und hinausgeschaut. Habe zwei Männer gesehen, einer davon anscheinend verletzt. Sei wohl ins Knie geschossen worden.«

»Tunjin?«

Batzorig schüttelte den Kopf. »Mit Sicherheit nicht. Ich glaube, Tunjins Körperbau wäre unverkennbar gewesen. Dieser Mann muss völlig anders ausgesehen haben. War wohl eher einer der beiden Eindringlinge. Der alte Mann meinte, er habe eine Lederjacke getragen, er sei aber zu weit entfernt gewesen, als dass er Genaueres habe erkennen können. Als dem alten Mann klar wurde, dass eine Schießerei im Gang war, hat er sich schnell dünn gemacht.«

»Was ist mit dem Motorrad?«

»Davon wusste er nichts«, antwortete Batzorig. »Sagte, er habe nichts dergleichen gesehen oder gehört. Dort waren ein paar Motorräder angekettet, aber die meisten sahen aus, als wären sie schon eine ganze Weile nicht mehr bewegt worden. Es gab Reifenspuren, von denen sich jedoch nur schwer sagen ließ, wie frisch sie waren.«

»Irgendwelche Anzeichen von Blut?«, fragte Doripalam.

»Auf dem Boden haben wir ein paar Spuren gefunden. Eine Probe davon haben wir ins Labor geschickt, um zu sehen, ob sie mit Tunjins Blutgruppe übereinstimmt.«

»Falls der alte Mann recht hat, klingt es, als hätte eher Tunjin die Verletzung verursacht als umgekehrt.« Besonders überraschen würde mich das nicht, dachte Doripalam. Tunjin hatte zwar viele Schwächen, aber er wusste sich zu helfen.

Doripalam schaute sich im Zimmer um. »Ich nehme an, die Leute von der Spurensicherung sind hier fertig?«

»So gut wie«, sagte Batzorig. »Die einzigen deutlichen Fingerabdrücke, die wir finden konnten, sind die von Tunjin. Es gibt jedoch verwischte Abdrücke, die darauf hindeuten, dass die Eindringlinge Handschuhe trugen. Das ist so ziemlich alles. Keine Anzeichen irgendeines Kampfes – was beim Zustand dieses Zimmers gar nicht so leicht zu beurteilen ist, aber alles spricht dafür, dass Tunjin gar nicht hier war, als sie kamen.«

»In diesem Fall«, sagte Doripalam, »können wir Tunjin einen Gefallen tun und das Zimmer aufräumen lassen. Vermutlich hat er nichts dagegen, wenn jemand den Abwasch für ihn macht.«

»Ich war mir immer noch nicht sicher, ob es nicht eine Ausrede war«, sagte sie. »Wie schon gesagt, mir schien es ein bisschen spät am Abend, um sich telefonisch loseisen zu lassen, aber das hängt natürlich davon ab, von was du glaubtest dich loseisen zu müssen.«

Er stellte seinen Espresso ab und schaute sie an. »Ich glaube, ich versuche erst gar nicht, dir zu folgen«, sagte er. »Ich habe wenig geschlafen und bin heute nicht ganz auf der Höhe.«

Sarangarel lachte. »Na, wenn du wirklich gearbeitet hast, will ich mal nicht allzu gekränkt sein. Aber danke jedenfalls für das Angebot, mit dir zu Mittag zu essen.«

Nergui nickte, überlegte aber gleichzeitig, was ihn eigentlich morgens zu diesem Anruf veranlasst hatte. Zum Teil sicher ein schlechtes Gewissen. Ihren gemeinsamen Abend abzubrechen, hatte ihm wirklich Schuldgefühle bereitet, auch wenn ihm gar nicht ganz klar gewesen war, was er da eigentlich abbrach. Außerdem glaubte er – und das war auch ein entferntes Echo der weniger liebenswerten Seite seines Charakters –, dass da immer noch eine Neugier schwelte, die durch sein mitternächtliches Gespräch mit Tunjin neu entfacht worden war. Sonderbar, fast zu sonderbar, dass diese Geister seiner Vergangenheit jetzt wieder auftauchten.

Dieser Zugriff mitten in der Nacht bei eisiger Kälte. Sarangarel zu Tode erschrocken und verwirrt. Der Anruf am frühen Morgen, dass Gansukh tot war. Das Gefühl nach diesem Anruf, dass eine bereits zum Greifen nahe Beute wie durch einen billigen Zaubertrick plötzlich verschwunden war. Und die Erkenntnis, dass, wenn Gansukhs Tod wirklich kein Unfall gewesen war, Nerguis Abteilung korrupter und tiefer unterwandert war, als er es je für möglich gehalten hatte.

Gansukhs Tod war der Anfang dessen gewesen, was Nergui jetzt als die längste ununterbrochene Phase des Misserfolgs in seiner Laufbahn empfand. Das bedeutete nicht, dass er versagt hatte. Die Abteilung Schwerkriminalität hatte einen Erfolg nach dem anderen verbucht und stand – jedenfalls im Vergleich zu anderen Teilen der Zivilpolizei – in dem beneidenswerten Ruf, ebenso integer wie leistungsfähig zu sein. Nergui war nur deshalb auf den Ministeriumsposten befördert worden, weil er zu den wenigen Polizeibeamten im gehobenen Dienst gehörte, die den Respekt und das Vertrauen aller Teile des politischen Establishments genossen.

Nergui selbst empfand das jedoch alles als Farce. Im Laufe der Zeit fühlte er sich immer mehr wie jemand, der mit einer auf den Rücken gebundenen Hand arbeiten musste. Es war, als hätte er zwar die Erlaubnis zu ermitteln, aber nur, solange gewisse nicht näher bezeichnete Grenzen eingehalten wurden. Gewöhnliche Verbrechen waren Freiwild, das organisierte Verbrechen dagegen war tabu. Und jedes Mal, wenn er nah an die Grenzen herankam, wenn womöglich die Voraussetzungen für einen Prozess gegen Muunokhoi oder einen seiner reichen Spezis gegeben waren, fiel alles irgendwie auseinander. Beweise gingen verloren. Vertrauliche Informationen erschienen plötzlich auf den Titelseiten der Zeitungen. Zeugen verschwanden oder weigerten sich auszusagen. Jedes Mal hatte er irgendwie das Gefühl, auf Treibsand zu stehen.

Für Nergui, der es selbst in den düsteren Zeiten des Kommunismus gewohnt gewesen war, die Spielregeln selbst zu bestimmen, war das ein Schock. Aber er war Pragmatiker. Er konnte nichts anderes tun, als den Kampf aufzunehmen, wann immer möglich Vorstöße zu wagen und zu warten, bis sich ihm eine Gelegenheit bot.

Andere waren da wohl weniger stoisch gewesen. Er war sich nicht ganz sicher, hatte aber den Verdacht, dass Tunjins persönlicher und beruflicher Abstieg mit seinem unbeabsichtigten Fehler bei Gansukhs Vernehmung begonnen hatte. Obwohl der Polizist es nie ausgesprochen hatte, war Nergui davon überzeugt, dass Tunjin sich für Gansukhs Tod verantwortlich gefühlt hatte. Obwohl immer ein sehr fähiger Polizeibeamter, war er danach nicht mehr derselbe gewesen, hatte nicht mehr dieselbe Hingabe und Konzentration an den Tag gelegt wie zuvor. Jahrelang war Nergui nicht sicher gewesen, ob Tunjins Schuldgefühle die des Täters oder des Opfers waren – das heißt, ob Tunjin selbst bereits korrumpiert war. Im Laufe der Zeit hatte er wiederholt Nachforschungen über Tunjin angestellt; obwohl die zunehmende Trinkerei und das zügellose Verhalten dieses Mannes ihn zu einem idealen Erpressungsopfer hätten machen können, hatte man keinerlei stichhaltige, ja nicht einmal Indizienbeweise dafür gefunden, dass er korrupt war. Aber erst durch das jüngste Debakel im Zusammenhang mit Muunokhois Prozess war Nergui endgültig zu der Überzeugung gelangt, dass Tunjin über die Jahre hinweg seine stille Privatfehde geführt hatte. Und jetzt, wo Nergui Tunjin endlich vollkommen vertraute, war es vielleicht zu spät.

Das hatte ihn zum Ausgangspunkt zurückgebracht, zu der Frau, die ganz am Anfang da gewesen war und die, als alles sich zuspitzte, auch noch als vorsitzende Richterin die Hauptverhandlung geleitet hatte. Wer wollte da behaupten, es gebe keine Geister?

Und jetzt saßen sie bei Kaffee und Clubsandwiches im Casablanca Café, unweit von da, wo er Tunjin in der Nacht zuvor getroffen hatte.

Sie trank ihren Caffè Latte aus und lächelte ihn über den Tisch hinweg an. »Das ist wirklich typisch für dich«, sagte sie. »Du führst mich aus, und dann sitzt du da und starrst schlecht gelaunt in die Gegend. Das ist zwar eine Art Gesellschaft, aber besonders schmeichelhaft ist das nicht.«

Er schüttelte den Kopf. »Entschuldige. Mir geht so viel im Kopf herum. Vielleicht sollte ich zu Hause bleiben, bis ich wieder ein besserer Unterhalter bin.«

»Hat es mit deinem Anruf gestern Abend zu tun? Es muss eine lange Nacht für dich gewesen sein.«

Er zuckte die Schultern. »Hab schon Schlimmeres erlebt. Und, ja, zum Teil hat es damit zu tun. Genau genommen geht es um einen ganzen Haufen Dinge.« Er zögerte, unschlüssig, ob er fortfahren sollte. »Aber hauptsächlich um Muunokhoi.«

Sie setzte langsam ihre Tasse ab und starrte ihn an. »Muunokhoi? Was ist denn mit ihm?«

»In Anbetracht deiner beruflichen Funktion«, sagte er, »bin ich mir nicht im Klaren, ob ich darüber reden darf.«

»Ich sehe da kein Problem«, sagte sie, »solange du mich nicht auf irgendeinen Fehler in der Prozessführung aufmerksam machst, denn dafür wäre das hier wirklich nicht das geeignete Forum. Andererseits ist der Prozess vorbei. Falls es zu einer Folgeverhandlung kommt, werde ich nicht mehr dabei sein. Deshalb gibt es da für mich kein Problem.«

Nergui nickte, als dächte er darüber nach. »Es hat gar nichts mit dem Prozess zu tun«, sagte er. »Jedenfalls nicht unmittelbar. Es geht darüber hinaus. Es hat – zum Teil wenigstens – mit Muunokhoi und Gansukh zu tun.«

»Gansukh?« Sie klang nicht überrascht, fast so, als hätte sie darauf gewartet, dass das Thema aufkam. Vielleicht sogar schon lange.

Nergui nahm den letzten Schluck aus seiner Espressotasse. »Vielleicht sollten wir ein Stück gehen«, sagte er.

15. KAPITEL

Nach dem Regen des Vortages kündigte der neue Tag sich hell und kühl an. Tunjin zog seinen Anorak enger um sich und kauerte sich in eine Ecke des trostlosen Raumes.

Die Kälte der Nacht und die Härte des Fußbodens hatten ihn am Schlafen gehindert. Stattdessen hatte er sich mit dem Rücken an der Wand aufgesetzt, den Blick starr auf die leere Türöffnung gerichtet, die Ohren angestrengt auf jegliche Bewegung lauschend.

Jemand hatte Nergui und ihn im Park beobachtet, davon war er überzeugt. Eigentlich überraschte es ihn auch nicht. Er ging davon aus, dass Nerguis Wohnung unter Beobachtung stand und dass diese Leute sich bemühen würden, so viel wie möglich über seine Untersuchung herauszubekommen, obwohl Tunjin wusste, dass Nergui ihnen das denkbar schwermachen würde. Nergui hatte gewiss sein Möglichstes getan, um sicherzustellen, dass er nicht zum Park verfolgt wurde, aber einem einzelnen Auto in den Straßen der Stadt auf der Spur zu bleiben, dürfte zu dieser nächtlichen Stunde nicht sonderlich schwer gewesen sein. Tunjin wusste nicht, welche Mittel Muunokhoi zur Verfügung hatte, aber er wusste, dass sie zahlreich waren.

Deshalb konnten sie von Glück sagen, dass im Park nichts gegen sie unternommen worden war. Anfangs hatten Muunokhois Leute wohl nicht gewusst, dass Nergui zu einem Treffen mit Tunjin fuhr, und ihre vorrangige Aufgabe bestand vermutlich eher darin, Nergui unter Beobachtung zu halten. Falls – oder besser, als – sie Tunjin erkannt hatten, wollten sie wahrscheinlich erst aktiv werden, nachdem die beiden Männer sich getrennt hatten.

Und in diesem Moment war Tunjin ihnen überlegen gewesen. Er hatte auf die Tatsache gesetzt, dass Nerguis Verfolger sich nicht unmittelbar in ihrer Nähe aufhalten würden, da sie ja nicht riskieren wollten, entdeckt zu werden. Nach seinem Abschied von Nergui hatte Tunjin sich überraschend behände und leichtfüßig in das dichte Gebüsch rund um den Kinder-Vergnügungsbereich begeben. Aus diesem Versteck hatte er Nergui beobachtet, wie er wartend dasaß und sich offensichtlich fragte, ob er Tunjin folgen sollte, sich aber dankenswerterweise dagegen entschied – und dann, wie er langsam den Park verließ. Nerguis Zögern hatte sich als hilfreich erwiesen, denn dadurch hatte Tunjin Zeit gewonnen, bevor die Verfolger aus ihrer Deckung heraustreten konnten.

Ein paar Minuten später waren sie aufgetaucht. Zwei Männer in Lederjacken, der eine mit einem Handy, der andere mit etwas, was Tunjin für ein Gewehr hielt. Die beiden Männer waren stehen geblieben und hatten sich umgeschaut, offenbar in der Annahme, Tunjin sei längst weggegangen, und unschlüssig, welche Richtung er wohl eingeschlagen hatte. Tunjin hatte sich ängstlich gefragt, ob die Männer womöglich mit Nachtsicht- oder Infrarotgeräten ausgerüstet waren, aber das schien nicht der Fall zu sein. Tunjins Fähigkeiten wurden oft unterschätzt, wofür er nicht zum ersten Mal ausgesprochen dankbar war.

Eine seiner großen Qualitäten war seine Geduld, und die hatte sich wieder einmal als seine Rettung erwiesen. Flach atmend hatte er sich im Gebüsch verborgen gehalten, während die beiden Männer sich umgeschaut, in das Handy gesprochen und schließlich in die Richtung fortgegangen waren, von der sie glaubten, Tunjin habe sie eingeschlagen.

In dem Moment war er versucht gewesen, sein Versteck zu verlassen, aber ihm war klar, dass das selbstmörderisch sein konnte. Wenn die Männer ihn im Park nicht fanden, würden sie vielleicht zurückkommen. Also war er im Gebüsch geblieben, hatte sorgfältig Ausschau gehalten und sich so wenig wie möglich bewegt. Wie erwartet, waren die Männer, offenbar leicht erregt, nach zehn oder fünfzehn Minuten wieder aufgetaucht. Im Flüsterton miteinander redend, waren sie stehen geblieben, hatten sich umgeschaut und waren dann in die entgegengesetzte Richtung davongegangen. Tunjin, der sich inzwischen auf dem Boden niedergelassen hatte, hatte noch einmal ungefähr dreißig Minuten gewartet, bevor er, einigermaßen sicher, dass sie nicht zurückkommen würden, aus dem Gebüsch getreten war. Er hatte den Park verlassen und war, vor möglichen Verfolgern auf der Hut, leise durch die Straßen der Stadt hierher zurückgekommen.

Diese Erfahrung hatte ihn in seiner Meinung bestätigt, dass er hier nicht mehr lange bleiben konnte. Abgesehen davon, dass es schrecklich unbequem war, wusste er nicht, wie lange dieses Versteck noch sicher sein würde. Früher oder später würde jemand über ihn stolpern – vielleicht ein Polizist auf Streifenfahrt durch diese heruntergekommene Gegend. Und von dem Moment an würde er nicht mehr darauf vertrauen, unentdeckt zu bleiben.

Nein, wie er Nergui am Abend zuvor schon gesagt hatte, gab es nur einen Weg: Er musste aktiv werden, die Initiative ergreifen. Was das genau bedeutete, wusste er immer noch nicht, aber irgendetwas musste er tun. Selbst wenn er damit scheiterte, würde er zumindest den Eindruck haben, dass er die Sache in die Hand nahm, würde sich wenigstens als Herr der Lage fühlen.

Während er sich langsam hochrappelte, fiel sein Blick auf seine fleckigen, schmuddeligen Kleider. Wie lange hatte er schon keinen Drink mehr gehabt? Eine Ewigkeit, so kam es ihm vor. Ob es ihm dadurch besser ging, war schwer zu sagen. Sein Leben war ein so großes Fiasko, dass ihm jede Möglichkeit des Vergessens recht war.

Aber er musste positiv denken. Er öffnete den Leinenrucksack, den Nergui ihm mitgebracht hatte, und nahm einen großen Schluck Wasser aus einer der Flaschen. Dann fing er an, bedächtig auf einem schon leicht altbackenen Brotkanten herumzukauen. Aufgrund der Tatsache, dass er etwas zu essen hatte – selbst etwas so Einfaches –, fühlte er sich allmählich wieder etwas menschlicher. Draußen war es inzwischen hell geworden, das Sonnenlicht begann durch Türen und Fenster hereinzuströmen. Außer einem gelegentlichen Rascheln, vermutlich von Mäusen oder Ratten, war kein Geräusch zu hören.

Gut, dachte er. Ein neuer Tag. Vielleicht sein letzter Tag auf Erden. Aber gewiss, ganz gewiss gab es etwas, was er tun konnte, einen positiven Schritt, den er unternehmen konnte.

Er musste sich nur etwas ausdenken.

Bei Tag wirkte der Park einladender. Sicher, er hatte schon bessere Tage erlebt und sogar in der hellen Frühlingssonne sahen seine Karussells deutlich abgenutzt und heruntergekommen aus. Immerhin konnte man aber erkennen, dass es sich um einen Ort handelte, der den Menschen zum Vergnügen dienen sollte, und nicht um weites, schwarzes Brachland, wie es in der Nacht zuvor den Anschein gehabt hatte.

Sie hatten den Park durch den Eingang gegenüber des Bayangol Hotels betreten und waren langsam zu dem Bereich mit den Karussells hinübergegangen. Minutenlang hatten beide geschwiegen, Nergui, weil er nicht wusste, wo er anfangen sollte, und Sarangarel, weil sie geduldig genug war, zu warten, bis er die richtigen Worte gefunden hatte.

Nergui führte sie zu einer Reihe von Bänken in der Nähe der Karussells, wo sie sich beide niederließen. Er glaubte, dass es nicht die Bank war, auf der er in der Nacht zuvor mit Tunjin gesessen hatte, aber vielleicht nur eine oder zwei weiter.

»Ich weiß nicht genau, wo ich anfangen soll«, sagte Nergui.

»Das habe ich mir gedacht«, sagte sie, »sonst hättest du es ja schon getan.«

»Vermutlich muss ich mit Gansukh beginnen.«

Sie nickte. »Das denke ich auch. Mit alldem habe ich abgeschlossen. Ich führe ein neues Leben. Bin ein anderer Mensch.«

»Das weiß ich, und das Letzte, was ich tun möchte, ist, dich dahin zurückzuzerren …«

»Aber du wirst es tun.«

»Ja, das werde ich wohl«, sagte er. »Ich weiß nicht, ob du dich erinnerst, aber – also, während Gansukhs Vernehmungen habe ich dir Fragen über mögliche Verbindungen zwischen ihm und Muunokhoi gestellt.«

»Daran erinnere ich mich«, sagte sie. »Ich dachte damals, du seist verrückt.«

Er nickte, bevor er zu dem sich gemächlich drehenden Riesenrad aufschaute. Nur ein einziges Mal war er dort oben gewesen, vor langer Zeit, hatte die quälend langsame Aufwärtsbewegung ertragen, um dann zu erleben, wie die Stadt sich in ihrer ganzen Größe Stück für Stück vor ihm entfaltete, das Gefüge der Straßen und Gebäude, die planlos wuchernden Jurtenlager, die weite Ausdehnung der Steppen und Berge jenseits davon. »Ich weiß, dass du das dachtest«, sagte er. »Tust du es immer noch?«

Darauf folgte eine lange Pause. So lang, dass Nergui schließlich davon überzeugt war, dass sie überhaupt nicht antworten würde. Über ihnen setzte das Riesenrad seine stille Drehung fort.

»Nein«, sagte sie schließlich. »Das tue ich nicht mehr.«

Er schaute sie an. »Glaubst du, er hat für Muunokhoi gearbeitet?«

»Ich weiß es.«

Jetzt war es an Nergui, zu verstummen. Auf den Schaukeln und dem Spielplatzkarussell links von ihnen tummelten sich ein paar kleine Kinder. Der Klang ihrer hohen Stimmen drang schwach über den Rasen bis zu ihnen. Hinter den Kindern lag der tiefblaue, in der Mittagssonne glitzernde See. »Woher weißt du das?«, sagte er endlich.

»Ich weiß es«, antwortete sie. »Damit meine ich nicht nur – ach, du weißt schon, weibliche Intuition oder so was. Ich meine Beweise. Jedenfalls so in der Art.«

»Wenn du es wusstest, hättest du es uns sagen müssen. Damit hättest du helfen können, sein Leben zu retten.« Die Worte waren heraus, bevor er sie aufhalten konnte.

Sie lachte. »Meinst du, das wäre ein Anreiz gewesen? Damals war das das Letzte, was ich gewollt hätte. Aber zu dem Zeitpunkt wusste ich es sowieso noch nicht. Ich weiß es jetzt.«

»Woher?«

»Was mich betrifft«, sagte sie, als wechselte sie zu einem anderen Thema, »ich bin nicht mehr dieselbe Person. Ich bin nicht mehr die Person, die Gansukh geheiratet hat. Ich glaube, das wäre ich so oder so nicht, auch wenn – all das nicht passiert wäre. Unsere Ehe hätte keinen Bestand gehabt. Als ihr ihn festnahmt, merkte ich, dass ich nicht überrascht und – abgesehen von den Sorgen über meine eigene Zukunft – gar nicht so besonders traurig war.«

Nergui nickte, während er sich fragte, wohin das alles führen würde.

»Aber die Welt da draußen«, fuhr sie fort, »sieht das natürlich anders. Ich bin immer noch Gansukhs Witwe. Ich habe nicht wieder geheiratet. In den Augen mancher Leute sind wir immer noch ein Paar.« Sie hielt inne. Der leichte Wind zerzauste ihr dunkles Haar, spielte mit den Falten des langen Seidenkleides, das sie trug. »Er hatte einen Cousin unten in der Wüste Gobi, der vor Kurzem gestorben ist. Jemanden, den ich, soweit ich mich erinnern kann, vor Jahren ein oder zwei Mal getroffen habe. Er hat ein paar Habseligkeiten hinterlassen – ursprünglich für Gansukh gedacht. Doch als Gansukh starb, änderte er offenbar sein Testament und hinterließ sie mir. Vor ein paar Monaten bekam ich dann mit der Post ein unerwartetes Päckchen.«

Nergui beobachtete sie jetzt scharf, beeindruckt von der Intensität, mit der sie die Geschichte wiedergab.

»Das Päckchen enthielt eine Ansammlung verschiedener Dinge. Ein paar wertlose Schmuckstücke, die er Gansukh und dann mir zu vermachen beschlossen hatte. Einen geringen Geldbetrag – anscheinend gab es noch andere Verwandte. Und dazu einen Stoß Papiere und Urkunden.«

»Was für Papiere?«

»Soweit ich es beurteilen konnte, waren das Dinge, die Gansukh Jahre zuvor bei seinem Cousin deponiert hatte, vermutlich zur sicheren Aufbewahrung. Erinnerst du dich, dass nicht lange nachdem Gansukh gestorben war, in unsere Wohnung eingebrochen wurde?«

Das war ihm neu. »Eingebrochen? Davon wusste ich nichts. Du hast es sicher gemeldet?«

»Selbstverständlich. Aber das war so etwa zwei oder drei Monate nach Gansukhs Tod. Ich hatte mich gerade wieder gefangen. Statt den Einbruch mit Gansukhs Tod in Verbindung zu bringen – sah ich darin nur einen weiteren Beweis für das Pech, das mich zu verfolgen schien. Deshalb meldete ich ihn auch nur auf der nächstgelegenen Polizeiwache. Sie hielten alle Einzelheiten fest, sagten mir aber, es handele sich vermutlich um einen Gelegenheitsraub. Die Aussicht, die Täter zu fassen, sei nicht besonders groß.«

»Kein Wunder, dass die Öffentlichkeit so viel Vertrauen zu uns Polizisten hat!«, bemerkte Nergui. Innerlich fluchte er jedoch. Von dem Einbruch hatte er nie erfahren. Vermutlich nur ein Versehen – niemand war auf die Idee gekommen, diesen Vorfall mit der Festnahme Wochen zuvor in Verbindung zu bringen. Er wusste aber auch, dass die Kollegen in den kleineren Dienststellen, wann immer sich die Gelegenheit dazu bot, dem arroganten Haufen im Polizeipräsidium nur allzu gerne Informationen vorenthielten. Oder es gab auch hier eine unheilvollere Erklärung.

»Ich nahm es nicht so schrecklich ernst«, fuhr sie fort. »Sie hatten die Wohnung durchwühlt, aber es gab ohnehin sehr wenig, was einen Einbruch gelohnt hätte. Ein bisschen alten Schmuck, ein paar Dollar Bargeld. Viel mehr nicht.«

»Du glaubst aber, dass sie etwas anderes gesucht hatten?«

»Ich weiß es nicht«, antwortete sie. »Was ich aber weiß, ist, dass Gansukh kurz vor seinem Tod – vor seiner Festnahme – einen Stapel offizieller Dokumente in einem versiegelten Päckchen an einen Cousin geschickt hat, den er kaum kannte.«

Nergui nickte. Wenn man etwas verstecken wollte, dann konnte ein unbekannter Cousin, der weit weg wohnte, durchaus ein besserer Tipp sein als jedes herkömmliche Bankschließfach. Vor allem, wenn man es vor jemandem wie Muunokhoi verstecken wollte.

»Ich weiß nicht, warum er das tat«, sagte sie. »Ich glaube, es war so etwas wie eine Versicherung – aber es ist typisch für Gansukh, dass er es nicht bis zu Ende durchdacht hatte.«

»Um was für Papiere handelte es sich denn?«, fragte Nergui.

»Nun, ein entscheidender Beweis sind sie nicht«, sagte sie. »Jedenfalls nicht in dem Sinne, dass sie Gansukhs Geschäfte mit Muunokhoi eindeutig belegten. Darunter sind aber, soweit ich es verstehe, Kopien von Notizen und Unterlagen, die zumindest auf geschäftliche Transaktionen zwischen Gansukhs Unternehmen und Muunokhoi hindeuten.«

»Rechtmäßige Transaktionen?« Nergui streckte die Beine aus und lehnte sich auf der Bank zurück. Heute wurde sein wie immer dunkler Anzug durch hellblaue Socken komplettiert.

»Schwer zu sagen«, antwortete Sarangarel. »In dem Sinne schon, dass die Unterlagen Dinge wie Rechnungskopien, Zahlungsmodalitäten und Ähnliches enthalten, die sich auf anscheinend legale Geschäfte beziehen. Soweit ich sehe, hauptsächlich Import-Export. Allerdings geht es dabei um Waren, mit denen Gansukh meines Wissens nichts zu tun hatte.«

Nergui richtete sich auf und schaute sie an. »Wie meinst du das?«

»Na ja, da gibt es zum Beispiel Rechnungen, die sich auf den Import verschiedener Nahrungsmittel beziehen. In der Branche war Gansukh nie tätig – zu kompliziert, dieses ganze verderbliche Zeug. In dieser Hinsicht war er immer sehr klar – er bevorzugte einigermaßen lagerfähige Waren. Nicht weiter verwunderlich, wenn man bedenkt, was für eine Niete er darin war, sie zu verkaufen.« Sie lächelte.

»Du glaubst also, die Unterlagen waren eine Tarnung für etwas anderes?«

Sie zuckte die Schultern. »So etwas fällt eher in dein Ressort. Aber so, wie es aussieht, ergibt es keinen rechten Sinn. Deshalb glaube ich tatsächlich, dass du recht hast. Vermutlich brauchte er so etwas wie eine Tarnung für die Geldbeträge, die abgeführt wurden, und das war es.«

»Das beweist an sich noch nicht viel«, bemerkte Nergui.

»Im juristischen Sinne nicht, nein«, sagte sie. »Wenn diese Unterlagen mir als Beweis in einem Fall präsentiert würden, in dem ich den Vorsitz habe, wäre ich davon, glaube ich, nicht besonders beeindruckt. Ich habe sie aber sehr sorgfältig durchgesehen und ein paar Nachforschungen angestellt. Es waren verschiedene Firmen beteiligt, die alle entweder Muunokhoi direkt gehörten oder eng mit ihm verflochten waren. Ich bin mir ziemlich sicher, dass er viele von Gansukhs dubiosen Geschäften in Auftrag gegeben hatte.«

Nergui nickte. »Das ist vermutlich mehr, als wir je über Muunokhoi herausgefunden haben, auch wenn es ihn nicht direkt überführt. Ich frage mich, warum er mit Gansukh so nachlässig war.«

»Ich glaube gar nicht, dass er das war. Vermutlich machte er solche Geschäfte mit unzähligen Lieferanten. Diese ganzen Unterlagen waren gut getarnt und wären in den Akten der meisten Unternehmen einfach untergegangen. Man hätte nichts Seltsames daran bemerkt. Ich glaube, Muunokhoi hat im Umgang mit Gansukh denselben Fehler begangen wie alle anderen.«

»Nämlich?«

»Er hat ihn überschätzt. Nach außen hin, dem bloßen Schein nach war Gansukh brillant. Die Leute hielten ihn nur zu bereitwillig für einen Geschäftsmann von Weltklasse, einen großen Unternehmer. Das war er jedoch ganz und gar nicht.«

»Muunokhoi hätte ihn aber doch überprüfen lassen.«

»Selbstverständlich, und das ist wohl auch der Grund dafür, dass Gansukh nur ein paar wenige, ziemlich riskante Aufträge bekam. Vermutlich die Sachen, die sonst niemand übernehmen wollte. Und trotzdem könnte ich wetten, dass Muunokhoi Gansukh für fähiger hielt, als er es in Wirklichkeit war. Ich glaube, Gansukhs Geschäfte mit Muunokhois Firmen fielen nur deswegen auf, weil es nicht viele andere gab. Ich glaube aber auch, dass Gansukh wie immer ein bisschen zu clever sein wollte. Er wusste sicher, dass Muunokhoi einer war, der niemals Spuren hinterließ, und deshalb sammelte er die ganzen maßgeblichen Papiere und versteckte sie – schickte sie an seinen Cousin. Damit hatte er eine Art Versicherungspolice für den Fall, dass die Dinge aus dem Ruder liefen.«

»Was sie ja taten. Warum hat er sie dann nicht eingesetzt?«

Sie zuckte die Schultern. »Vielleicht wollte er es ja. Ich nehme an, sie war als letztes Mittel gedacht, sollte er einmal wirklich in Schwierigkeiten geraten. Das war seine Art, die Verantwortung von sich zu weisen – darin war er immer gut gewesen –, indem er wenigstens einen Beweis dafür hatte, dass er nicht der Drahtzieher hinter alldem war.«

»Das wäre also ein Teil des Geschäfts gewesen, das er uns angeboten hätte?«

»Das nehme ich an. Aber dazu ist er nicht mehr gekommen.«

»Nein.« Nergui ließ den Blick über den sonnenbeschienenen Park wandern. Auf dem Spielplatz tobten Kinder. Ein paar alte Männer, deren traditionelle Gewänder für den warmen Frühlingstag viel zu warm aussahen, saßen rauchend auf einer der Bänke und jeder schien einfach schweigend die Gesellschaft der anderen zu genießen. Das alles schien Welten von derartigen Machenschaften entfernt zu sein.

»Meinst du, dass Muunokhoi von der Existenz dieser Papiere weiß?«

»Er weiß, dass es da irgendetwas gibt.« Sie sprach mit einer ruhigen Gewissheit, die ihn stutzig machte.

»Was meinst du damit?«

Sie antwortete nicht sofort. Stattdessen erhob sie sich langsam, wobei das helle Seidenkleid leicht im Wind flatterte. »Lass uns zum See hinuntergehen«, sagte sie.

Nergui stand auf und folgte ihr wortlos; den Zeitpunkt für die Fortsetzung des Gesprächs wollte er ihr überlassen. Sie schwieg, bis sie den Rand des grauen Wassers erreicht hatten. »Er muss gesäubert werden«, bemerkte sie.

Nergui stellte sich neben sie. Das Wasser kräuselte sich leicht in der Mittagssonne, deren Licht vielfach glitzernd widergespiegelt wurde.

»Du hast nichts von deinem Scharfsinn verloren, stimmt's? Du wusstest, dass da noch etwas war.«

Erst als sie sprach, wurde Nergui klar, dass sie recht hatte. Er hatte gewusst, dass da etwas war. Zum Teil – aber auch nur zum Teil – deshalb war er so erpicht darauf gewesen, sich noch einmal mit ihr zu treffen. Deshalb tauchten diese Geister ständig ungebeten in seinem Kopf auf.

»Vermutlich hast du recht«, sagte er. »Ich wusste tatsächlich, dass da noch etwas ist. Aber ich weiß nicht, was es ist.«

»Ich habe vorhin gelogen«, sagte sie. »Als ich behauptet habe, ich sei jetzt ein anderer Mensch und hätte das alles hinter mir gelassen. Unter bestimmten Gesichtspunkten trifft das natürlich zu. Unter anderen – vermutlich wichtigeren – jedoch ganz und gar nicht. Ich bin noch genau derselbe Mensch, der ich in der Nacht war, als ihr unsere Wohnung gestürmt habt.«

Nergui schwieg. Dazu konnte er kaum etwas sagen, nach all der Zeit, all den Jahren.

»Und das andere«, fuhr sie fort, »was ich mir selbst nicht eingestehen wollte, ist wohl, dass ich Gansukh – trotz allem – geliebt habe. Ich wusste, dass er ein Gauner war, ein kleiner mickriger noch dazu. Und was er getan hatte – nun, damals empfand ich es so, als hätte es mein Leben zerstört. Obwohl am Ende wohl eher das Gegenteil der Fall war. Deshalb habe ich aber mir – und vermutlich allen anderen – lange Zeit einzureden versucht, dass Gansukh mir völlig gleichgültig war.«

Nergui betrachtete sie, wie sie am Ufer des Sees stand. Er fand, dass sie plötzlich viel mehr der Frau ähnelte, die er zehn Jahre zuvor kennengelernt hatte – verletzlich, verwirrt, verloren.

»Das war er aber nicht. Es gab viel Liebenswertes an ihm – er war lebhaft, es machte Spaß, mit ihm zusammen zu sein. Und ich glaube, dass ich ihm wirklich etwas bedeutet habe. Hinter den Dingen, die er getan hat, stand zum Teil das Bemühen, uns beiden ein besseres Leben zu ermöglichen. Deshalb war er mir nicht gleichgültig. Und mir war nicht gleichgültig, dass er tot war.« Sie hielt inne. »Und erst recht nicht, dass er umgebracht wurde.«

»Er hat sich selbst umgebracht«, erwiderte Nergui. »So lautete der Urteilsspruch.«

Sie wandte sich ihm zu. »Das hast du schon damals nicht geglaubt«, sagte sie. »Jetzt glaubst du es bestimmt genauso wenig.«

Nergui zuckte die Achseln. »Ich habe keine Beweise«, bemerkte er. »Aber ... nein, sein Tod kam tatsächlich nur allzu gelegen.« Vor dem Hintergrund dessen, was sie gerade gesagt hatte, fragte er sich, ob seine Worte unangemessen hart geklungen hatten.

»Muunokhoi hat ihn töten lassen«, sagte sie unverblümt. »Und einer deiner Leute ist sein Mörder.«

Nergui nickte. Die Logik war unausweichlich, wie sie es schon immer gewesen war. Wenn es stimmte, dass Muunokhoi für Gansukhs Tod verantwortlich war, dann hatte ihn tatsächlich einer von Nerguis Leuten verraten und ermordet.

»Das hat an mir genagt«, sagte sie. »Jahrelang. Dieses Wissen. Ich dachte, ich hätte es geschafft, es hinter mir zu lassen, aber als ich Muunokhoi dann im Gerichtssaal Auge in Auge gegenüberstand, kam alles wieder hoch – so stark wie eh und je.«

»Es war doch sicher nicht ganz richtig, dass du bei Muunokhois Prozess den Vorsitz hattest?«, sagte Nergui.

»Natürlich war es das nicht. Aber niemand außer mir – nicht einmal Muunokhoi selbst – stellte die Verbindung her. Warum sollten sie auch? Es war lange her. Ich sehe nicht mehr wie früher aus. Ich habe einen anderen Namen.«

»Du hättest dich für befangen erklären müssen.« Das war, wie ihm rasch klar wurde, eine alberne Forderung. Aber als Polizist versuchte man eben, Recht und Gesetz zu achten.

»Natürlich hätte ich das. Aber ich wollte nicht. Ich wollte – keine Rache, aber Gerechtigkeit. Ich wollte dafür sorgen, dass der Gerechtigkeit Genüge getan würde.«

»Wurde es aber nicht.«

»Nein. Das war das Allerschlimmste. So nah dran zu sein und dann zu sehen, wie es einem vor der Nase weggeschnappt wird von, ja was – Unfähigkeit? Da saß ich nun, musste die unparteiische Richterin spielen, Muunokhois Argumente anerkennen, dem armen Vertreter der Staatsanwaltschaft zusetzen, der offensichtlich versuchte, das nicht zu Verteidigende zu verteidigen – tja, und am Ende hatte ich keine andere Wahl. Der Prozess musste eingestellt werden. Du kannst dir nicht vorstellen, wie es mir da ging.«

Nergui nickte. »Ich glaube doch, zumindest in gewisser Hinsicht. Ich habe fast zwei Jahrzehnte lang versucht, diesen Mann vor Gericht zu bringen.«

»Ich sagte mir, dass es dann wohl so sein sollte«, fuhr sie

fort. »Ich hatte mich in eine unmögliche Lage gebracht. Es war verrückt. Ich meine, angesichts der Tatsache, dass es für eine Verbindung zwischen Muunokhoi und Gansukh keine Beweise gab, war im Prinzip nichts Falsches daran, dass ich bei dem Prozess den Vorsitz innehatte. Aber ich glaube sowieso, dass ich diesbezüglich nicht ganz bei Trost bin.«

Etwas an der Art, wie sie die letzten Worte aussprach, erregte Nerguis Aufmerksamkeit »Und was geschah seitdem?«, fragte er. »Nachdem du diese Unterlagen erhalten hattest?«

Es folgte eine lange Pause. Sie starrte über den See, beobachtete die Bewegung der Bäume im Wind. »Durch den Ausgang des Prozesses war ich – ich weiß nicht, irgendwie aus der Fassung gebracht. Ich war so nah dran gewesen und dann – Fehlanzeige. Wieder da, wo wir angefangen hatten, und nichts erreicht. Und dann erhielt ich, nur ein paar Wochen später, dieses Päckchen mit der Post. Es war, als wären all meine stillen Gebete erhört worden. Ich hatte schnell erkannt, dass es sich nicht um überzeugende Beweise handelte, aber mir kam der Gedanke, dass es ein Druckmittel darstellen könnte …«

»Was hast du dann gemacht?«, fragte Nergui ruhig.

»Ich weiß eigentlich nicht, was ich vorhatte«, antwortete Sarangarel. »Ich habe dir ja schon gesagt, dass hier mein Verstand aussetzt. Ich hatte diesen Packen bekommen, wusste aber nichts damit anzufangen. Also schrieb ich einen anonymen Brief an Muunokhoi – sprach ihn einfach als Geschäftsführer eines seiner Unternehmen an – und teilte ihm mit, dass ich über Schriftstücke verfügte, die ihn mit Gansukhs Tod in Verbindung brächten …«

Darauf folgte ein langes Schweigen. Nergui beobachtete, wie ein Vogelschwarm sich in bewundernswertem Einklang von einem der Bäume am anderen Ende des Parks aufschwang. »Bist du sicher, dass er den Brief nicht zu dir hätte zurückverfolgen können?«, fragte er.

»Ich wüsste nicht, wie. Ich hatte ihn auf dem Computer geschrieben und in einem ganz anderen Stadtteil abgeschickt.«

»Warum hast du ihn abgeschickt?«, fragte Nergui. »Ich meine, was glaubtest du damit erreichen zu können?«

»Ich weiß es nicht. Vermutlich habe ich bloß versucht, irgendeine Reaktion zu provozieren. Dafür zu sorgen, dass etwas passiert. Ich wusste nicht, wie ich die Informationen, die ich hatte, nutzen sollte. Ich spielte mit dem Gedanken, die Papiere zur Polizei zu bringen, hatte aber wenig Hoffnung, dass ihr sie ernst nehmen würdet. Viel geben sie ja wirklich nicht her.«

»Vermutlich hast du recht«, sagte Nergui. »Hättest du allerdings mir das Material gebracht, ich hätte es ernst genommen.«

»Das fiel mir erst später ein. Das war einer der Gründe, warum ich eines Tages ins Präsidium kam. Aber ich greife mir selbst vor. Warum ich Muunokhoi den Brief geschickt habe? Weil ich nicht wusste, was ich sonst mit den Unterlagen anfangen sollte. Vermutlich glaubte ich, dass es ihn nervös machen, ihn aus seiner Selbstzufriedenheit reißen würde. Ihm wenigstens bewusst machen würde, dass da draußen jemand war, der *Bescheid wusste.*«

»Ich glaube nicht, dass Muunokhoi durch einen einzigen anonymen Brief nervös zu machen ist«, bemerkte Nergui.

»Na ja, das glaubte ich letztlich auch nicht. Deshalb habe ich ja auch weitergemacht.«

Er schaute sie an. »Weitergemacht?«

»Ich weiß, ich weiß. Aber – nun, insgesamt habe ich drei Briefe verschickt. Mit Fotokopien von einigen der Unterlagen, die mir am verräterischsten erschienen, und dem Hinweis, dass es sich hierbei nur um die Spitze des Eisbergs handle. Dass es bloß eine Frage der Zeit sei, bis alles offengelegt werde ...«

Nergui pfiff leise durch die Zähne. »Und du warst immer noch zuversichtlich, dass er die Briefe nicht zu dir zurückverfolgen könnte.«

»Ich weiß nicht. Ich glaubte es wohl nicht, aber mir wird jetzt allmählich erst klar, wie viel Einfluss er besitzt. Und es kann sein, dass er die Verbindung zwischen mir und Gansukh hergestellt hatte. Ich meine, zwischen Richterin Radnaa und Gansukh.« Sie hielt inne. »Und das könnte ihn wirklich nervös gemacht haben. Vielleicht hat er erkannt, dass er trotz seiner Macht durchaus verletzbar war.« Wieder hielt Sarangarel inne, so als weigerte sie sich, der Logik ihrer eigenen Worte bis zum Ende zu folgen. »Kurz danach habe ich den ersten der Drohanrufe bekommen, von denen ich dir erzählt habe. Es könnte Zufall gewesen sein. Ich kann nicht beweisen, dass es irgendeinen Zusammenhang mit Muunokhoi gab ...«

»Es war Zufall«, sagte Nergui. »Noch einer. Immer noch ein Zufall.« Nach kurzem Zögern fuhr er fort: »Das sähe Muunokhoi ähnlich. Immer einen Schritt voraus.« Er schaute sich um und merkte, dass er sogar an diesem strahlenden Frühlingsmorgen unruhig war und sich fragte, ob jemand sie beobachtete. »Und wenn das stimmt, müssen wir die Sache ernst nehmen. Du brauchst Schutz. Richtigen Personenschutz. Nicht nur einen uniformierten Polizisten vor deiner Wohnung.«

Sie nickte. »Deshalb bin ich ursprünglich zu dir gekommen. Das ganze Gerede von wegen Suche nach der Polizeiwache. Das war alles Unsinn. Ich habe dich gesucht. Wusste nicht, dass du befördert worden warst. Du warst einer der wenigen Menschen, denen ich glaubte, vertrauen zu können.«

Das, fand er, entsprach vielleicht noch mehr der Wahrheit, als sie sich klarmachte. »Warum hast du mir das denn nicht erzählt?«

Sie schüttelte den Kopf. »Ich weiß es nicht. Es war mir peinlich. Ich hatte mich dumm verhalten. Vielleicht sogar mein Richteramt gefährdet.« Sie zögerte. »Und da ich dich ja kannte, war ich wahrscheinlich der Meinung, du würdest es schon selbst herausfinden. Was du ja getan zu haben scheinst.«

»Da bin ich mir nicht so sicher«, erwiderte er. »Aber zusammen sind wir ja letztendlich an diesen Punkt gelangt. Und vielleicht hast du recht mit der Annahme, dass er nervös geworden ist.« Und er dachte an Tunjin, der sich gerade, ständig auf der Flucht vor demselben Muunokhoi, Gott weiß wo aufhielt. Und er dachte an Muunokhoi und seine anscheinend sinnlosen kleinen Rachefeldzüge gegen jene, die erfolglos versucht hatten, ihn vor Gericht zu bringen, wobei er vielleicht mehr riskierte, als ihm bewusst war.

»Wir müssen auf dich aufpassen«, sagte er schließlich. »Wir müssen dich sicher unterbringen. Wo sind die Papiere?«

»Die sind, glaube ich, in Sicherheit«, antwortete sie. »Ich habe sie erst zu meinem Anwalt gebracht und dafür gesorgt, dass alles aufgenommen wurde, und dann habe ich sie in meiner Bank in einem Schließfach deponiert. Auch wenn Muunokhoi irgendwie erfährt, wo sie sind, wird er ohne meine Mithilfe nicht an sie drankommen können.«

Nergui schaute sie an. »Du darfst Muunokhois Einfluss nicht unterschätzen. Mir gefällt der Gedanke gar nicht, dass er dich braucht. Pass auf, jetzt bringen wir dich erst mal ins Polizeipräsidium. Ich werde mit den entsprechenden Leuten im Ministerium reden und versuchen, einen sicheren Unterschlupf für dich zu finden, wo du bleiben kannst.« Seine Befürchtung, dass sie sich nicht darauf würde verlassen können, von der Polizei einen unbestechlichen Beschützer gestellt zu bekommen, behielt er für sich.

Vom See führte Nergui Sarangarel wieder zurück zum Parkeingang gegenüber dem Hotel Bayangol. Er war ausgesprochen unruhig, immer die Möglichkeit im Hinterkopf, dass jemand sie beobachtete. Innerlich verwünschte er sie dafür, das sie sich ihm nicht früher anvertraut hatte, denn ihm wurde erst jetzt klar, wie verwundbar sie in den vergangenen Tagen gewesen war.

Schweigend erreichten sie das Tor und traten rasch hinaus auf die Straße. Nerguis Auto stand auf dem Hotelparkplatz gegenüber. Die Straße selbst war menschenleer. Er schaute sich um, ehe er Sarangarel vor sich her in Richtung Hoteleingang schob, während seine Hände sich bereits um die Schlüssel in seiner Tasche legten.

Das Auto tauchte wie aus dem Nichts auf. Es hatte mit der Nase nach vorne parallel zu Nerguis Auto gestanden, nur ein paar Meter näher an der Parkplatzeinfahrt. Der Motor heulte plötzlich auf, und das Auto machte einen Satz nach vorne, als hätte jemand gerade die Handbremse gelöst. Der vordere Kotflügel streifte Nergui, worauf der über den Parkplatz geschleudert wurde und unsanft auf dem Beton landete. Im selben Moment öffnete sich die hintere Tür, das Auto verlangsamte kurz seine Fahrt, und zwei Hände griffen nach Sarangarel, die das unerwartete Schauspiel starr vor Schreck verfolgte. Völlig geräuschlos wurde sie in den Fond des Wagens gezerrt, die hintere Tür wurde zugeschlagen und unter lautem Reifenquietschen raste das Auto davon.

Nergui lag auf dem Boden, halb bewusstlos, einen quälenden Schmerz im linken Bein, mit einem auf Sparflamme funktionierenden Verstand, aber einem schmerzenden Kopf, der ihm immer wieder sagte, dass es zu spät war, dass alles vorbei war, dass er versagt hatte.

16. KAPITEL

Doripalam war zu Hause, als die Nachricht kam, wäre aber lieber an fast jedem anderen Ort gewesen. Es war ungewöhnlich für ihn, sich einfach einen Tag frei zu nehmen, und er hatte von Anfang an gewusst, dass es ein Fehler war. Aber er hatte kaum eine andere Wahl gehabt.

»Sie können bestimmt einen Tag ohne dich auskommen«, hatte Solongo gesagt. »Du machst doch oft genug Überstunden.«

Einen Moment lang hatte er überlegt, ob er sie auf den Widerspruch in ihrer Haltung hinweisen sollte. Schließlich war es Solongo, die immer behauptete, seine Stelle sei gefährdet und alle um ihn herum warteten nur auf die Gelegenheit, ihn scheitern zu sehen. Es war Solongo, die ihn, ohne das Thema explizit angesprochen zu haben, von der Notwendigkeit überzeugt hatte, zu jeder Tages- und womöglich auch mancher Nachtzeit im Büro zu sein, um seine Unabkömmlichkeit zu demonstrieren.

Aber das galt natürlich nur, wenn sie ihn aus dem Haus haben wollte, um weiter ihren eigenen Interessen nachgehen zu können. Heute brauchte sie ihn aus demselben Grund zu Hause.

Schon als sie ihm zum ersten Mal von ihrer Idee erzählt hatte, war ihm klar gewesen, dass es schrecklich werden würde. Wie sich herausstellte, war es sogar noch schlimmer als erwartet. Und jetzt saß er hier, um vier Uhr nachmittags, schlürfte dünnen Kaffee und lauschte einem Vortrag, der sehr wahrscheinlich der langweiligste war, den er sich je hatte anhören müssen. Nicht einmal die trockensten Vorlesungen an der Universität und der Polizeiakademie hatten ihn auf so etwas vorbereitet. Und, was noch wichtiger war, Solongo erst recht nicht.

Ihre Ausführungen im Vorfeld hatten sich fast interessant angehört. Als Teil ihres ständigen Bemühens um sozialen Aufstieg – oder präziser formuliert, ihres Kampfes gegen den nahezu unausweichlichen sozialen Abstieg, den sie mit Doripalams Berufswahl assoziierte – hatte Solongo das Angebot angenommen, Kuratorin eines der bedeutendsten Museen der Stadt zu werden. Das war, wie Doripalam gerne zugab, eine Ehre, die aber auch gewisse Verpflichtungen mit sich brachte. Eine davon war anscheinend, dass sie im Wechsel mit den anderen Mitgliedern des Kuratoriums dessen zweimonatlich stattfindende Sitzung hin und wieder bei sich zu Hause ausrichten musste.

Doripalam hatte sich Solongo zuliebe gerne bereit erklärt, ihren kulturbeflissenen Freunden sein Haus zur Verfügung zu stellen. Dabei hatte er allerdings nicht bedacht, dass Solongo von ihm erwarten würde, diesem Ereignis beizuwohnen.

Kaum waren am Nachmittag die ersten Gäste eingetroffen, hatte Doripalam erkannt, um welchen Schlag es sich handelte. Das waren genau die Leute, die zwanzig Jahre zuvor hochrangige Parteiapparatschiks gewesen wären und die irgendwie einen nahtlosen Übergang in die neue Ordnung geschafft hatten. Mit diesen Leuten hatte Doripalam nichts gemein. Außer natürlich, dass er in seiner gehobenen Funktion jetzt kurz davor war, einer von ihnen zu werden.

Bei seinem zweiten Glas Wodka befand er sich plötzlich im Gespräch mit Solongo und einem großen Mann mittleren Alters, der anscheinend ein hohes Tier in einem der ehemals staatlichen Energiekonzerne war.

»Solongo hat mir erzählt, dass Sie Polizist sind«, sagte der Mann mit einem Unterton, aus dem herauszuhören war, dass Doripalam jetzt eigentlich draußen auf Streife sein sollte.

»So was in der Art«, erwiderte Doripalam.

»Doripalam ist Leiter der Abteilung Schwerkriminalität«, ergänzte Solongo. Doripalam war sich völlig sicher, dass sie das bereits gesagt hatte, womöglich sogar mehrmals, aber jetzt bereitete es ihm ausnahmsweise kein Unbehagen, dass sie seinen Dienstgrad betonte.

Der Mann nickte bedächtig, bevor er an seinem Wodka nippte. »Gehören Sie zu dem Haufen, der hinter dem Muunokhoi-Debakel steckte?«

Doripalam verkniff sich eine spontane Antwort. »Wir waren an der Festnahme beteiligt, ja. Diese Art von Anklagen fallen in unseren Zuständigkeitsbereich.«

»Er hat nur seine Arbeit getan«, sagte Solongo. Leicht verärgert über ihre unnötige Defensivhaltung, schielte Doripalam zu ihr hinüber. Andererseits war es, den Umständen entsprechend, vermutlich sogar notwendig, sich eher defensiv zu verhalten.

»Es ist ein Skandal«, sagte der Mann. »Das Ganze war politisch motiviert.«

Doripalam zog eine Augenbraue hoch und nahm einen großen Schluck Wodka. »Meinen Sie?«

»Selbstverständlich. Es ist genau dasselbe, was Putin in Russland gemacht hat. Leute wie Muunokhoi kann man nicht beherrschen, also schikaniert man sie.«

»Ich habe niemanden schikaniert«, erwiderte Doripalam, bemüht, seine Verärgerung zu unterdrücken.

»Ich meine ja nicht Sie persönlich«, sagte der Mann, dessen Ton klar erkennen ließ, dass er Doripalam selbst einer ernsthaften Überlegung gar nicht für würdig befand. »Sie sind nur ein Erfüllungsgehilfe. Aber in der Regierung gibt es Kräfte, die Muunokhoi erledigen wollen, da bin ich mir sicher.«

Doripalam zuckte die Schultern. Vielleicht hatte der Mann ja recht, aber sein eigener Eindruck war das nicht. Nach allem, was er gesehen – und von Nergui gehört – hatte, katzbuckelte die Regierung eher vor Geld und Macht, egal wer dahintersteckte. Ja, der Justizminister hatte versucht, aus Muunokhois Festnahme politisches Kapital zu schlagen, aber nur, weil er der Meinung gewesen war, Muunokhois Macht sei im Schwinden begriffen. Doripalam konnte sich gut vorstellen, wie er sich jetzt abstrampelte, um das verlorene Terrain wiedergutzumachen.

»Wenn das der Fall wäre«, sagte Doripalam, »hätten sie damit nicht besonders viel Erfolg.«

»Das ist auch gut so«, sagte der Mann. »Leute wie Muunokhoi sind die Zukunft unseres Landes. Er ist intelligent, anderen immer einen Schritt voraus.« Lächelnd zeigte er mit dem Finger auf Doripalam. »Und wie wir alle wissen, hat er Leute wie Sie in der Tasche.« Dazu rieb der Mann in einer unmissverständlichen Geste Daumen und Zeigefinger aneinander.

Einen Moment lang erwog Doripalam ernsthaft die Konsequenzen, die es nach sich ziehen würde, wenn ein hochrangiger Polizeibeamter einem Prominenten einen Kinnhaken versetzte. Sogar in Anbetracht dieser Konsequenzen war das eine verlockende Vorstellung.

Er machte den Mund auf, um zu antworten, aber Solongo war ihm zuvorgekommen und bugsierte den Mann bereits von ihm weg auf eine andere Gruppe zu. Über die Schulter funkelte sie Doripalam an, er solle bloß kein Wort sagen. Doripalam nickte und lächelte ihr dann zu, denn plötzlich erkannte er, dass sie diesen ganzen Unsinn fast genauso hasste wie er selbst.

Er verspürte eine unerwartete Wärme zwischen ihnen, die auch noch in der Luft lag, als Solongo eine weitere langweilige Unterhaltung begann. Zum ersten Mal war ihm bewusst geworden, wie sehr sie sich seinetwegen ins Zeug legte. Für kurze Zeit war er versucht, ihr Gespräch zu unterbrechen, um sie wissen zu lassen, wie sehr er, wenn schon nicht die Auswirkungen dessen, was sie tat, so doch zumindest die guten Absichten dahinter schätzte.

Doch gerade als er auf sie zugehen wollte, spürte er, dass das Handy in seiner Jackentasche vibrierte. Er zog es heraus, drückte ein paar Tasten und las die Textnachricht, bei der es ihm kalt den Rücken hinunterlief. Als er dann Solongos Gespräch unterbrach, klangen seine Worte ganz anders als die, die er sich eben noch ausgemalt hatte.

»Tut mir leid«, sagte er. »Ich muss gehen. Es ist Nergui. Er hatte einen Unfall.« Ehe sie antworten konnte, hatte er sich schon umgedreht.

Kurz darauf eilte er aus der Wohnung hinaus die Treppe hinunter. Wahrscheinlich würde es eine Weile dauern, dachte er, bis er und Solongo einen solchen Augenblick gemeinsam empfundener Wärme und gegenseitiger Unterstützung von Neuem würden erleben können. Vermutlich würde es ja schon dauern, bis Solongo überhaupt wieder ein Wort mit ihm wechseln würde.

Das Haus war nicht ganz das, was Tunjin erwartet hatte. Es war durchaus beeindruckend, aber er hatte mit etwas – na ja, etwas Grandioserem, Eindrucksvollerem gerechnet. Etwas, was eher Muunokhois Status entsprach. Zugegeben, das hier war nur eins von mehreren Wohnhäusern, die Muunokhoi besaß, aber soweit Tunjin sich aus den Akten erinnern konnte, war es dasjenige, das er am ehesten seinen Hauptwohnsitz nennen würde.

In den Akten hatte auch etwas über die Geschichte dieses Gebäudes gestanden. Wenn Tunjin sich recht erinnerte, hatte es ursprünglich einem der großen Tiere in der Partei gehört, damals, als die kommunistischen Größen noch in solchen Häusern wohnten. Tunjin nahm an, dass es ein Sommerhaus war, eine Datscha, ein paar Kilometer außerhalb der Hitze und Dünste der Innenstadt gelegen, aber immer noch so nah, dass seine Bewohner weiterhin in der Stadt arbeiten konnten.

Es war eine Holzkonstruktion im Stil eines Chalets mit langen schwungvollen Dachlinien, versteckt zwischen den Bäumen gelegen, dazu gedacht, durch den warmen Sommer hindurch kühl und schattig zu sein. Tunjin war in angemessener Entfernung mit dem Vincent-Motorrad um das Haus herum und schließlich auf den sanft ansteigenden, bewaldeten Hügel gefahren, an den es gebaut war. Von hier aus konnte man das Haus und seine Umgebung gut überblicken.

Tunjin hätte gerne ein Fernglas gehabt, um mehr Einzelheiten zu erkennen. Soweit er sehen konnte, gab es keinen Sicherheitsdienst, aber er war trotzdem davon überzeugt, dass Haus und Garten bestens bewacht wurden. Der Garten selbst war nicht besonders groß und bestand hauptsächlich aus einer Rasenfläche, die mit Koniferen bewachsen war. Eine geschwungene Auffahrt führte vom eindrucksvollen Gartentor zum Haus.

Es gab kein Anzeichen von Leben. Ein einzelnes Auto – ein großer schwarzer Mercedes – stand auf einer Seite des Gebäudes, aber Tunjin hatte niemanden hineingehen oder herauskommen sehen. Er wusste nicht einmal mit Sicherheit, dass Muunokhoi sich gegenwärtig hier aufhielt. Den Akten zufolge besaß er noch ein Haus oben im Norden des Landes, in der pittoresken Khövsgöl-Nuur-Region, und eine Wohnung im Stadtzentrum. Tunjin hatte jedoch den Eindruck gehabt, dass das zweite Haus weitgehend als Feriendomizil – oder möglicherweise für geheimere Treffen – genutzt wurde, während die Wohnung Muunokhoi als Schlafplatz diente, wenn er einen seiner langen Arbeitstage in der Stadt hatte. Vielleicht kam er in dieser Nacht nicht hierher zurück, aber normalerweise verbrachte er nur ein oder zwei Nächte pro Woche in der Wohnung.

Und selbst wenn Muunokhoi nicht hier war, konnte man davon ausgehen, dass es Hausangestellte und Sicherheitspersonal gab. Irgendjemand war bestimmt da unten.

Tunjin hatte überzeugt geklungen, als er Nergui gegenüber von der Notwendigkeit gesprochen hatte, Muunokhoi von der Bildfläche verschwinden zu lassen. Und es war keine Frage, dass er im Prinzip recht hatte. Wenn er in Sicherheit sein, seinen Seelenfrieden wiederfinden – nein, Kommando zurück, wenn er leben – wollte, dann hatte er keine andere Wahl.

Aber er hatte nicht die geringste Ahnung, wie er das bewerkstelligen könnte.

Was hatte er in dem Moment im Sinn gehabt? Hatte er vorgehabt, in Muunokhois Haus einzubrechen und womöglich ein paar belastende Dokumente zu stehlen, Beweisstücke, die Muunokhoi zufällig griffbereit auf seinem Esszimmertisch hatte herumliegen lassen? Vermutlich wären seine Erfolgschancen größer, wenn er Muunokhoi einfach auszureden versuchte, ihn umzubringen.

Nein, wie alles, was Tunjin bisher gegen Muunokhoi unternommen hatte, war auch das hier mehr oder minder unausgegoren. Er hatte noch nicht einmal eine Ahnung, was die Zutaten sein könnten, geschweige denn, wie er das alles zusammenbrauen sollte. Er hatte keine Ausrüstung, keine Unterstützung, keine Mittel und – vor allen Dingen – keine

Ideen. Vielleicht sollte er einfach an die Haustür gehen, sich freiwillig stellen und Muunokhoi auffordern, mit ihm zu machen, was er wollte.

Tunjin stieg langsam von dem Motorrad ab und klappte dabei den Ständer aus. Er befand sich fast auf der Kuppe der niedrigen Erhebung, oben zwischen den dicht stehenden Tannen, wo er für Beobachter unterhalb davon unsichtbar zu sein hoffte. Es bestand natürlich das Risiko, dass die Sonne sich in den Chromteilen der Maschine widerspiegeln könnte, aber soweit Tunjin wusste, war das hier öffentliches Gelände, sodass es sicher nichts Ungewöhnliches war, hier oben Spaziergänger und vielleicht sogar hin und wieder einen Motorradfahrer anzutreffen.

Es war wieder ein wunderbarer Frühlingstag, am Himmel nur ein paar Wolkenfetzen. Von der Kuppe des Hügels aus erstreckte sich das Grasland als Flickenteppich aus Smaragdgrün und dunkleren Schatten bis hinunter zu dem Haus und dem Garten und dann weiter bis zur Straße. Jenseits davon setzten die Wiesen sich fort, und außer ein paar Häusern sah man bis zu der in bläulichen Dunst gehüllten Stadt in der Ferne nichts als offene Steppe.

Tunjin ließ sich zu Boden fallen und begann, sich über seine Situation klar zu werden. Er konnte nichts anderes tun als beobachten, in der vagen Hoffnung, dass ihm dabei eine Erleuchtung käme. Sorgfältig studierte er die Lage von Muunokhois Haus, auf das er von schräg oben hinabsah. Der Grundriss schien ziemlich einfach zu sein. Auf der Rückseite des Hauses ging eine zweiflügelige Glastür auf eine gepflasterte Terrasse, die mit Tischen, Stühlen und anderen Gartenmöbeln ausgestattet war. Links davon gab es ein weiteres Fenster, hinter dem Tunjin die Küche vermutete. Darüber im ersten und zweiten Stock befanden sich jeweils mehrere Fenster in einer Reihe, wahrscheinlich Schlafzimmer, und vereinzelte Milchglasfenster, die auf Badezimmer hindeuteten.

Die Frontansicht hatte er ähnlich in Erinnerung. Eine imposante Doppeltür mit einem Vordach aus Kiefernholz. Und dann daneben eine große Fensterfront, mutmaßlich Schlafzimmer und Empfangssalons.

Tunjin stellte mit Erstaunen fest, dass es, abgesehen von etwas, was wie eine konventionelle Alarmanlage aussah, keine offenkundigen Sicherheitsvorkehrungen gab. Er vermutete, dass irgendwo um das Haus herum Überwachungskameras installiert waren, konnte aber von seinem Standort aus nichts dergleichen erkennen. Im Übrigen war er davon ausgegangen, dass ein paar von Muunokhois Sicherheitsleuten auf dem Anwesen postiert sein würden, aber auch davon hatte er bisher nichts entdeckt.

Tunjin mochte über den wahren Charakter von Muunokhois Transaktionen Bescheid wissen, aber für die breite Öffentlichkeit war er einfach ein sehr erfolgreicher Geschäftsmann. Die Leute würden zwar damit rechnen, dass er gewisse Sicherheitsvorkehrungen traf, nicht aber, dass es in seinem Wohnhaus von gedungenen Killern wimmelte. Muunokhoi hatte einen Ruf zu wahren.

Aber das alles half Tunjin jetzt nicht weiter. Er brauchte eine Idee, einen Gedankenblitz, der ihn vorwärtsbrächte. Irgendetwas. Und gleichsam als Antwort auf seine Bitte kam endlich Bewegung in das Panorama, das sich unterhalb von ihm entfaltete.

Tunjin hörte ihn, bevor er ihn entdeckte. Einen Automotor, weit weg, aber in dieser stillen Landschaft nicht zu verkennen. Er hob den Blick und suchte die Szenerie vor sich ab, bis er endlich in mehreren Kilometern Entfernung ein Auto ausmachte, das aus dem Dunst der Stadt in raschem Tempo auf Muunokhois Anwesen zusteuerte.

Er beobachtete, wie das Auto näher kam, überzeugt, dass es an dem Haus vorbeifahren und weiter nach Norden in die Steppe rasen würde. Nach einer Weile konnte er sehen, dass es ein großes, schwarzes Fahrzeug war – eher eine Limousine als ein Geländewagen, vermutlich westlicher Herkunft. Ein Mercedes vielleicht oder ein BMW, auf die Entfernung war das schwer zu sagen. Als das Auto das Haus fast erreicht hatte, verlangsamte es zu Tunjins gelinder Überraschung sein Tempo. Nahezu synchron begannen die schmiedeeisernen Tore am Fuß der Auffahrt, offensichtlich von jemandem im Haus ferngesteuert, sich langsam zu öffnen. Das Auto bog in das Grundstück ein und fuhr, jetzt in viel langsamerem Tempo, die Auffahrt zum Haus hinauf.

Gleichzeitig bemerkte Tunjin, dass zwei Männer – beide mit der üblichen Lederjacke und Sonnenbrille bekleidet, die die Uniform von Muunokhois gedungenen Helfern zu sein schien – aus dem Haus getreten waren. Beide hatten etwas in der Hand. In einem Fall schien es ein Handy zu sein, da der Mann es nah ans Ohr hielt. Im zweiten Fall bemerkte Tunjin das Aufblitzen von Metall im Sonnenlicht. Irgendeine Handfeuerwaffe.

Gebannt sah Tunjin zu, wie das Auto anhielt. Als Fahrer- und Beifahrertür sich öffneten, traten die Männer zur Begrüßung näher. Zwei weitere Männer in derselben Aufmachung wie die ersten stiegen aus und unterhielten sich kurz mit ihren Kollegen. Schließlich machte einer von ihnen den Schlag auf, beugte sich hinein und zog mithilfe seines Kollegen etwas heraus, was Tunjin anfangs für eine Art Bündel hielt – ein Päckchen oder eine Stoffrolle.

Dann erkannte er, dass es ein Körper war – eine Frau. Sie hatte dunkle Haare, und ihr farbenfrohes Seidenkleid flatterte sanft im Wind, als die beiden Männer sie vorsichtig hochhoben und zur Haustür trugen.

Die anderen beiden beobachteten sie einen Augenblick. Dann steckte der Mann mit der Pistole seine Waffe wieder in die Tasche und sagte etwas zu dem anderen, bevor sie ihren Kollegen und der Frau ins Haus folgten.

Tunjin hielt den Blick noch eine Weile auf das Haus gerichtet, versuchte, das alles auf sich wirken zu lassen, und fragte sich, ob noch etwas passieren würde. Doch das Haus war wieder so still wie vorher, die Szenerie unverändert, bis auf die Tatsache, dass jetzt zwei Autos dort unten parkten.

Schließlich ließ Tunjin sich rücklings in das feuchte Gras fallen und sah zu, wie einzelne Wolken über den leeren, blauen Himmel zogen.

Gut, hier war also irgendetwas im Gange. Etwas, das vielleicht nach einer Antwort verlangte, das ein Eingreifen rechtfertigte. Tunjin hatte immer noch keine Idee, was er tun würde. Aber jetzt hatte er wenigstens ausreichend Grund, loszulegen.

»Sie halten nichts von einem ruhigen Leben, stimmt's?«

»Ich kann mich nicht erinnern, dass das zu meiner Stellenbeschreibung gehört …« Er wusste kaum, was er sagte. Bei dieser Flachserei lief er auf Autopilot. Es war, als befände er sich in einem Traum oder erwachte vielleicht gerade daraus, ohne allerdings zu wissen, ob er wach war oder noch schlief.

»Zu Ihrer bestimmt nicht.« Die Stimme wurde laut und leise, sodass er immer noch nicht sagen konnte, ob er sie tatsächlich hörte oder sich nur vorstellte. Seine Träume waren so intensiv. Sarangarel. Das Auto. Die Entführung.

Dann öffnete Nergui unvermittelt die Augen. »Wo ist sie?«

»Wo ist wer?« Der Ton war beschwichtigend, so wie ein Erwachsener ein Kind oder einen geistig Behinderten beruhigen würde.

Nergui setzte sich im Bett auf. »Wo ist sie?«

Es war Doripalam, der mit besorgter Miene neben seinem Bett saß. »Wer? Von wem sprechen Sie?«

Nergui schüttelte den Kopf, bemüht, Klarheit in sein vernebeltes Gehirn zu bringen. »Sie. Sarangarel. Wo ist sie?«

Doripalam starrte ihn an. »Wer ist Sarangarel?«

»Sie – sie ist die Richterin. Richterin Radnaa. Wo ist sie?«

Doripalam schaute Nergui an, als hätte er nach all den Jahren endgültig den Verstand verloren. »Sie sind angefahren worden«, sagte er schließlich. »Gehirnerschütterung. Sie brauchen wirklich Ruhe.«

Nerguis Augen waren jetzt weit aufgerissen. Er begann, zwischen Traum und Realität zu unterscheiden. Er begann zu begreifen, wo er war. »Nein«, sagte er. »Es stimmt. Sie ist gekidnappt worden. Sie ist in Gefahr.« Er hielt inne, ließ die Bedeutung dieser Aussage auf sich wirken. »Nein. Bestimmt. Wirklich in Gefahr. Muunokhoi.« Allein das Aussprechen dieses Namens schien eine Strapaze für ihn zu sein.

Doripalam blinzelte. »Muunokhoi? Wie meinen Sie das?«

Nergui beugte sich vor und zwang sich, klar zu denken; er versuchte, die Tatsachen von dem zu trennen, was immer sonst sein Gehirn vernebelte. »Sie war bei mir. Als das Auto – was immer es tat, als es mich anfuhr. Sie war bei mir. Und sie haben sie in das Auto gezogen. Sie entführt …« Durch die Erklärung erschöpft, brach er ab.

»Wir wissen nicht, was genau passiert ist«, sagte Doripalam. »Wir haben keine Ahnung, wie sich das Ganze zugetragen hat.«

Das ergab für Nergui endlich Sinn, obwohl sein Zustand ihm noch nicht erlaubte, sich über die Konsequenzen klar zu werden. »Ich wurde angegriffen«, sagte er. Und hielt inne, um sich den Hergang bewusst zu machen. »Es war so. Ich hatte mit ihr zu Mittag gegessen. Mit Sarangarel. Richterin Radnaa. Sie ist Richterin …«, fügte er, vielleicht unnötigerweise, hinzu, weil er dachte, Doripalam würde die Geschichte sonst gar nicht verstehen. Dann war da aber noch die Frage – die sein mitgenommenes, schlaftrunkenes Gehirn nicht einmal im Ansatz ermessen konnte –, ob es überhaupt klug war, sich Doripalam gegenüber verständlich zu äußern. »Wir machten einen Spaziergang im Park«, fuhr er fort, »und kamen dann wieder auf den Hotelparkplatz zurück. Ich wollte sie in meinem Auto mitnehmen, weil …« Was sollte er sagen? Welche Version der Wahrheit war für Doripalam angemessen? Wie weit – denn darauf lief es letztlich hinaus – konnte er ihm vertrauen?

Nergui hielt inne, teils, um Atem zu holen, teils, um zu überlegen, wie viel er erzählen sollte. Er war jedoch immer noch verwirrt. Mit der Vorstellung, seinem Nachfolger nicht trauen zu können, kam er gar nicht zurecht. »Wir hatten zusammen zu Mittag gegessen«, wiederholte er schließlich. »Wir gingen zurück zum Hotelparkplatz. Beim Bayangol. Und dann tauchte da plötzlich dieses Auto auf – wie aus dem Nichts. Es hatte dort geparkt. Kam aus der Parklücke herausgeschossen. Direkt auf mich zu. Aber – nein, der Punkt ist der: Die hintere Wagentür ging auf und – sie packten sie …«

»Wen? Sie packten wen?«

Nergui kannte Doripalam als intelligenten Menschen. Jetzt schien er fast vorsätzlich schwer von Begriff zu sein. »Sarangarel«, wiederholte er geduldig. »Richterin Radnaa. Sie haben sie entführt.«

»Sie haben eine Richterin entführt?«

Nergui atmete tief aus, wie ein Läufer, der endlich ins Ziel gekommen ist. »Ja. Genau. Sie haben eine Richterin entführt. Richterin Radnaa.«

Doripalam starrte ihn an. »Sie haben Muunokhoi erwähnt. Was meinten Sie damit?«

Jetzt war es an Nergui, sein Gegenüber anzustarren, während all seine Zweifel sich wieder einstellten. »Ich weiß nicht«, antwortete er. »Was habe ich denn gesagt?«

Doripalam lehnte sich zurück, den Blick auf seinen ehemaligen Chef gerichtet, der von Kissen gestützt in einem Krankenhausbett saß. »Ich glaube, ich erzähle Ihnen lieber mal, was ich weiß. Wie wir Sie gefunden haben.« Er zögerte kurz. »Alles, was wir wissen, ist, dass Sie auf dem Parkplatz des Hotels Bayangol gefunden wurden. Jemand vom Hotelpersonal hat Sie entdeckt. Sie haben am Kopf geblutet und er vermutete – zu Recht, soweit wir es beurteilen können –, dass Sie von einem Auto angefahren wurden. Ein Unfall ...«

»Es war kein Unfall.«

»Nein, das hätte mich auch gewundert. Jedenfalls hat er den Notarzt gerufen. Sie wurden hierhergebracht. Hier hat man Ihren Ministeriumsausweis gefunden und uns kontaktiert.«

»Ich war nicht allein«, beharrte Nergui. »Als ich von dem Auto angefahren wurde.«

»Ja, gut, das verstehe ich allmählich. Bei Ihnen war Richterin ...«

»Radnaa. Sie ist entführt worden.«

»Richterin Radnaa. Wieso kommt der Name mir ...?«

»Sie war die vorsitzende Richterin im Fall Muunokhoi. Dem eingestellten Fall.«

»Glauben Sie deswegen ...?«

»Das ist eine lange Geschichte«, antwortete Nergui. »Aber, ja, ich glaube, dass sie von Muunokhois Leuten entführt wurde.«

Darauf folgte ein langes Schweigen. Schließlich sagte Doripalam: »Sie wissen, was Sie da sagen? Immerhin haben Sie eine Gehirnerschütterung erlitten.«

Nergui saß jetzt kerzengerade im Bett. »Ich weiß genau, was ich sage. Ich weiß nur nicht, ob ich es Ihnen hätte sagen sollen.«

Diesmal dauerte die Gesprächspause noch länger.

»Wie meinen Sie das?«, fragte Doripalam schließlich.

Nergui schüttelte den Kopf. Erst jetzt merkte er, dass ihm der Kopf wehtat, ein dumpfer, betäubender Schmerz, der seinen Verstand immer noch zu umnebeln schien. Seine normalerweise messerscharfen Instinkte schienen abgestumpft, und er hatte das Gefühl, seinem eigenen Urteilsvermögen nicht trauen zu können. »Das ist eine sehr lange Geschichte«, sagte er. »Wie schwer bin ich verletzt?«

»So gut wie gar nicht«, antwortete Doripalam. »Ich habe Sie ja immer für unverwüstlich gehalten, und das ist der Beweis. Es gibt nicht viele Menschen, die sich mit einem Auto anlegen und weitermachen, als sei nichts geschehen.«

»Nicht direkt«, hielt Nergui dagegen. »Ich habe nämlich überhaupt nicht das Gefühl, heil davongekommen zu sein.« Manche Teile seines Körpers – seine Hüfte, ein Arm – taten ihm ziemlich heftig weh.

»Trotzdem«, sagte Doripalam, »ich habe mich bei dem Arzt erkundigt. Sie haben ein paar Prellungen – von denen manche sehr schmerzhaft, aber nicht bedenklich sind. Sie haben einen Schlag gegen den Kopf bekommen, aber die Ultraschallaufnahme zeigt, dass es keine bleibenden Schäden gibt. Aus der Art, wie Sie geredet haben, hätte ich das allerdings nicht schließen können.«

»Nein«, sagte Nergui. »Wann können wir dann gehen?«

»Ich glaube, man würde Sie entlassen, sobald Sie sich dazu bereit fühlen«, antwortete Doripalam.

»Ich fühle mich bereit.« Nergui wand sich mit einiger Mühe quer über das Bett und setzte sich an der Kante auf. Er trug ein Krankenhaushemd. »Wo sind meine Kleider?«

»Ich glaube eigentlich nicht, dass Sie ...«

Nergui blickte zu dem jüngeren Mann auf. Nerguis Gesicht war so unbewegt wie immer, aber in seinen blauen Augen funkelte etwas, das Doripalam nicht deuten konnte. »Hören Sie, Doripalam. Wir haben keine Zeit. Sarangarel wurde von Muunokhois Leuten mitgenommen. Wohin, wissen wir nicht. Wir wissen auch nicht, was mit ihr geschehen könnte, müssen aber das Schlimmste annehmen.«

»Sie wissen aber nicht sicher ...«

»... dass Muunokhoi dahintersteckt. Doch, das weiß ich. Aber ich kann es nicht beweisen. Und wenn Muunokhoi sich erwartungsgemäß verhält, wird er dafür sorgen, dass er weit von dem entfernt ist, was auch immer passiert. Obwohl ...« Er brach ab und starrte Doripalam an, als versuchte er, ein kompliziertes Rätsel zu begreifen.

»Was?«

»Irgendwie sieht das alles Muunokhoi nicht ähnlich. Diese jahrelange Vorsicht. Diese ganze Zeit, in der es uns nie gelungen ist, ihn in die Finger zu bekommen. Und jetzt ...«

Doripalam betrachtete Nergui und fragte sich dabei offenkundig, ob die Gehirnerschütterung doch ernster gewesen war, als er ursprünglich angenommen hatte.

»Jetzt«, fuhr Nergui fort, »scheint er verunsichert, ja, fast in Panik zu sein. Es ist ...« Immer noch auf der Bettkante sitzend, hielt er inne und schaute seinerseits zu Doripalam auf. »Ich muss es wissen«, sagte er. »Ich muss wissen, ob ich Ihnen trauen kann.«

Doripalam wollte etwas entgegnen, brachte aber kein Wort heraus. Schließlich sagte er: »Wovon reden Sie denn?«

»Holen Sie mir meine Kleider«, bat Nergui. »Wir müssen hier raus. Wir müssen miteinander reden.«

17. KAPITEL

Draußen war es nahezu dunkel.

Tsends Bürofenster ging nach Norden und die sinkende Sonne war schon verschwunden, untergegangen hinter den endlosen Wäldern und niedrigen Hügeln, während die letzten purpurnen Sonnenstrahlen aus dem Himmel wichen. Fast konnte er die Bewegung der nächtlichen Schatten sehen, die sich über dem hügeligen Grasland ausbreiteten.

Der Anruf würde bald kommen, das wusste er. Der zweite Anruf, seit der junge Mann aus der Stadt hier gewesen war. Doripalam. So selbstbewusst und arrogant. So herablassend. Und noch viel unerfahrener, als er es sich je hätte vorstellen können.

Tsend stand lächelnd am Fenster und starrte auf die im Dämmerlicht liegende Landschaft hinaus. Schon lustig, dachte er. Ironisch. Von allein hätte er die Verbindung nie hergestellt, nie erkannt, wer die vier Männer waren. Mit kühler Belustigung hatte er die Zeitungsberichte über den verschwundenen Sohn und dann die Ermordung der Mutter gelesen. Und er hatte, allerdings ohne großes Interesse, das offizielle Ersuchen registriert, dem Polizeipräsidium sämtliche in der Gegend auftauchenden Fremden zu melden.

Er hatte das Ersuchen jedoch nicht ernst genommen. Und dessen tiefere Bedeutung für seine eigene Position war ihm sicher nicht bewusst geworden.

Deshalb waren die Männer auch nur dank eines übereifrigen Neulings auf der örtlichen Wache entdeckt worden.

Und – was Tsend noch mehr amüsierte – es war nur Doripalams Gewissenhaftigkeit zu verdanken, dass die vier Männer identifiziert und hierher in die Polizeidirektion nach Bulgan gebracht worden waren. In Tsends Obhut.

Erst in dem Moment hatte Tsend schließlich erfahren, wer die Männer waren. Und wer noch an ihnen interessiert war. Und in welchem Maße dieses Interesse sein Ansehen heben könnte. Zum ersten Mal hatte er die Gelegenheit, sich zu bewähren, zu zeigen, dass er mehr war als noch so ein bestechlicher Hinterwäldler.

Die Frage war nur, was als Nächstes passierte. Bei dem ersten Anruf hatte er lediglich erfahren, dass er auf die Männer aufpassen, für ihre Sicherheit sorgen sollte. Jemand würde aus der Stadt kommen, um sie zu befragen, aber das sei in Ordnung. Das sei alles unter Kontrolle.

Aber wenn das erst einmal erledigt sei, müsse die Sache abgeschlossen, in Ordnung gebracht werden. Tsend solle weitere Anweisungen abwarten.

Er blickte immer noch starr aus dem Fenster, als das Handy in seiner Tasche vibrierte. Er zog es heraus und drückte die Ruftaste. »Ja?« Benutzen Sie nur dieses Gerät, hatten sie gesagt. Nennen Sie nie Ihren Namen.

»Morgen kommt jemand aus der Stadt«, sagte die Stimme. Irgendwie glaubte Tsend sie zu kennen, aber den Gedanken verwarf er sofort wieder. Er wollte es gar nicht wissen. »Seien Sie zuvorkommend zu den Leuten. Sie werden die Männer vernehmen. Sie sollten mit ihnen zusammenarbeiten. Das ist alles unter Kontrolle.«

Daran hatte Tsend nie gezweifelt. »Und dann …?«, hauchte er.

»Dann sollen die Männer freigelassen werden«, sagte die Stimme.

»Ich sollte sie doch in meiner Obhut …«

»Die Männer sollen freigelassen werden«, wiederholte die Stimme, als hätte Tsend gar nichts gesagt. »Sie sollen in ihr Lager zurückgeschickt werden. Sie sollen gesagt bekommen, dass sie sich keine Sorgen zu machen brauchen. Dass sie in Sicherheit sind und unter Ihrem Schutz stehen. Sie werden diese Männer unter Beobachtung halten, bis wir Sie wieder kontaktieren.«

»Und dann ...«

»Dann werden wir uns mit Ihrer Hilfe um diese Angelegenheit kümmern«, sagte die Stimme gelassen. »Wir werden uns um alles kümmern.«

»Das ist unerhört«, sagte sie. »So bin ich noch nie behandelt worden.« Die Worte kamen automatisch. Sie wusste kaum, was sie sagte, da ihr Verstand sich immer noch durch den Nebel eines Dämmerzustands kämpfte. Immerhin erkannte sie bereits die Notwendigkeit, ihren Willen geltend zu machen, zu versuchen, die Situation einigermaßen unter Kontrolle zu bekommen.

Der Mann, der ihr gegenübersaß, nickte nur achselzuckend. Er beobachtete sie scharf, hatte aber offensichtlich nicht die Absicht, eine wie auch immer geartete Unterhaltung mit ihr anzufangen oder ihr irgendeine Antwort zu geben.

»Wie lange beabsichtigen Sie, mich hier festzuhalten?«

Der Mann zuckte wieder die Achseln, diesmal mit einem schwachen Lächeln. Seine unerschütterliche Ruhe war fast das Ärgerlichste an allem.

Sie war noch leicht weggetreten, ihr Mund war trocken und der Kopf tat ihr weh. Sie lag unbequem auf einem dick gepolsterten Sofa, eine Decke züchtig über sie gebreitet, obwohl sie voll bekleidet war. Sie hatte keine Ahnung, wie lange sie bewusstlos gewesen war, aber ihr Magen fühlte sich leer und flau an, als hätte sie tagelang nichts gegessen. Sie richtete sich auf und schaute sich um.

Unter anderen Umständen hätte sie es hier sehr komfortabel gefunden. Es war ein großes Wohnzimmer, dessen Eigentümer offensichtlich über guten Geschmack, aber auch über die Mittel verfügte, ihn zum Ausdruck zu bringen. Die Möbel waren teuer und edel – Mahagoniholz, eine vornehme Polstergarnitur, hier und da ein erlesener Gold- oder Silbertupfer. Am anderen Ende des Raums befand sich etwas, was sie noch nie gesehen hatte – ein großer, flacher Fernseher. Es gab Regale mit Büchern – alle in Leder gebunden und anscheinend ungelesen.

Durch das Fenster hinter dem Fernseher konnte sie eine große Rasenfläche sehen, auf der einzelne, mit anscheinend exotischen Blumen bepflanzte Töpfe standen. Ganz am Ende war der Garten von einem hohen Zaun eingefasst, der auf der anderen Seite von Reihen dichter Tannen gesäumt wurde.

Sie hatte überhaupt keine Ahnung, wo sie war. Kaum war sie in das Auto gezogen worden, hatte man ihr die Augen verbunden, und kurz darauf hatte sie den Einstich einer Spritze im Arm gespürt. Sie hatte sich heftig gegen die Leere gewehrt, die sie zu überkommen begann, hatte versucht, bei Bewusstsein zu bleiben. Ihre letzte Erinnerung war ein kurzer Wortwechsel, dem sie entnommen hatte, dass vorne zwei Männer saßen, und dann erinnerte sie sich an nichts mehr, bis sie in diesem Raum aufgewacht war.

Wie lange war sie bewusstlos gewesen? Sie hatte keine Armbanduhr und kein Gefühl für die Zeit. Allerdings schien die Sonne, deren Licht durch die Fenster hereinfiel, niedrig zu stehen, und etwas an der Art des Lichts deutete darauf hin, dass es eher Morgen als Abend war. War es denn möglich, dass sie über Nacht ohne Bewusstsein gewesen war?

»Können Sie mir nicht wenigstens einen Hinweis geben, was das hier alles soll?«, fragte sie. »Ich meine, ist das ein Scherz?«

Das war eine alberne Frage. Was für eine Art Scherz könnte das wohl sein? Was war das für ein Scherz, bei dem ein Mitglied der Richterschaft entführt und obendrein ein hochrangiger Beamter aus dem Sicherheitsministerium angefahren wurde?

Die letzte Frage ließ ihre Gedanken zu Nergui zurück wandern. Wie es ihm wohl ging? Das Geräusch, mit dem der Wagen seinen Körper getroffen hatte, war schrecklich gewesen – gerade weil es so weich geklungen hatte. Sie hatte Nergui – nur einen Augenblick lang, bevor sie ins Auto gezerrt wurde – rückwärts fallen und mit dem Kopf auf den Betonboden des Hotelparkplatzes aufschlagen sehen. Es konnte gut sein, dass er schwer verletzt oder sogar tot war, obwohl sie diesen Gedanken rasch verdrängte.

Sie richtete den Blick wieder auf den Mann, der sie mit ausdrucksloser Miene musterte. Dann erhob sie sich langsam vom Sofa und ging zu dem rückwärtigen Fenster. Der Mann beobachtete ihre Bewegungen ohne augenscheinliches Interesse.

Hinter dem Haus lag ein gepflegter Garten. In diesem Land der ausgedehnten Steppe und Wüste gab es so etwas nur selten, und Sarangarel konnte nur vermuten, dass der Eigentümer dieses Anwesens eine gewisse Zeit im Westen gelebt haben musste – oder aber in Japan, obwohl der Garten hauptsächlich in europäischem Stil angelegt war. Sie fragte sich, was es wohl kostete, solch einen Garten in der Mongolei zu unterhalten, bei den extrem harten Wintern und heißen Sommern.

Hinten verlief ein hoher, massiver, von großen Koniferen gesäumter Zaun. Jenseits davon konnte sie nichts sehen

– keine Berge oder Wälder, kein Hinweis darauf, wo dieses Haus liegen mochte.

Sie trat vom Fenster weg und blieb, nachdem sie ein paar Schritte durch das Wohnzimmer gegangen war, stehen, um einen Blick auf den mit Glastüren versehenen Bücherschrank an der benachbarten Wand zu werfen. Es waren alles antiquarische Bücher mit Ledereinband, praktisch alle – außer einer kunstvoll verzierten Ausgabe von *Die Geheime Geschichte der Mongolen* – Titel, die sie nicht kannte. Der Inhalt des Bücherschranks wirkte wie jene anonymen Sammlungen, die reichen Männern als Geldanlage oder vielleicht auch nur als Indikator ihres Reichtums dienten. Keins der Bücher sah aus, als wäre es je gelesen worden. Hinweise auf die Persönlichkeit oder gar die Identität des Hausbesitzers gaben sie auch nicht.

Sie wandte sich von dem Bücherschrank ab, als die Tür aufging und eine Gestalt leise eintrat. Obwohl sie keinen Beweis dafür hatte, war sie – aufgrund ihres Gesprächs mit Nergui – davon ausgegangen, dass sie auf Muunokhois Geheiß hierhergebracht worden war. Dementsprechend nahm sie an, dass Muunokhoi auftauchen und Forderungen stellen würde.

Doch wie sie jetzt feststellte, war das naiv gewesen. Muunokhoi hatte sich bisher noch nicht zu erkennen gegeben, und es bestand kein Grund zu der Annahme, dass er jetzt damit anfangen würde. Sie konnte nicht einmal davon ausgehen, dass das hier Muunokhois Haus war – es war viel wahrscheinlicher, dass er sich für das, was er mit ihr vorhatte, einen anonymen Ort ausgesucht hatte, statt sie in sein eigenes Haus bringen zu lassen. Und dieses Haus hatte offenkundig nichts Anonymes an sich.

Jedenfalls war der Mann, der jetzt das Zimmer betrat, nicht Muunokhoi, und wie einer seiner Handlanger sah er auch nicht aus. Er war ein kleiner, relativ junger Mann, vermutlich Anfang dreißig, in einem schicken dunklen Anzug. Sein Haar war kurz geschnitten und er trug eine eckige schwarz umrandete Brille, von der Sarangarel annahm, dass sie eher ein Modebekenntnis als eine bloße Sehhilfe darstellte. In der Hand hielt er ein kleines Silbertablett, auf dem ein Teller mit Brot und kaltem Fleisch, ein Glas und ein Wasserkrug standen.

Er bewegte sich leise durch den Raum und stellte das Tablett vorsichtig auf dem Tisch ab. Dann setzte er sich dem bereits anwesenden Mann gegenüber, der daraufhin nickend den Raum verließ.

Der junge Mann bot Sarangarel mit einer Handbewegung den frei gewordenen Platz an. »Setzen Sie sich zu mir, Frau Radnaa?« Sein Ton ließ erkennen, dass er eine Abfuhr nicht würde gelten lassen.

Sie nickte ihm zu und ging langsam zum Tisch, machte aber keine Anstalten, sich hinzusetzen. »Ich nehme an, Sie werden mir jetzt erzählen, was das alles hier soll?«

Er lächelte. »Bitte setzen Sie sich, Frau Radnaa. Es ist sehr ungemütlich, sich mit Ihnen zu unterhalten, wenn Sie stehen. Falls es Sie beruhigt, ich glaube, dass Sie sogar im Sitzen noch größer sein dürften als ich.«

Sie musterte ihn einen Moment, nickte dann und setzte sich auf den Stuhl. »Also, Herr …«

Er lächelte. »Der Name tut hier, glaube ich, nichts zur Sache«, sagte er.

»Das kommt darauf an«, bemerkte sie, »was Sie vorhaben. Ich möchte eigentlich schon gern wissen, wie mein Entführer heißt.«

»›Entführer‹ ist ein ziemlich starker Ausdruck«, sagte er. »Ich würde mich eher als Ihr Gastgeber betrachten.«

Sie starrte ihn einen Moment lang an. »Na«, sagte sie

schließlich, »da verschlägt's mir aber die Sprache.« Sie hielt inne. »Dann gehört dieses Haus also Ihnen?«

Er zuckte die Schultern. »Ich wohne hier«, antwortete er.

Sie nickte. »Ach so. Es gehört also jemand anderem. Der vermutlich Ihre exzentrische Ansicht teilt, eine Person gegen ihren Willen auf den Rücksitz eines Autos zu zerren, sei keine Entführung.«

Wieder lächelte er. »Sie sind Juristin«, sagte er. »Das wissen Sie sicher am besten. Aber wie immer Sie hierhergekommen sind – Sie sind als unser Gast hier. Man wird Sie nicht schlecht behandeln.« Er deutete auf das Tablett. »Sie müssen hungrig sein.«

Für einen Moment erwog sie, das Essen abzulehnen, merkte jedoch, dass ihr Hunger dafür zu groß war. Sie zog das Tablett zu sich her und nahm eine Scheibe Brot mit Fleisch, bemüht, nicht zu gierig zu erscheinen. Während sie aß, goss der Mann ihr ein Glas Wasser ein.

Nach einer Weile hatten das Essen und das Wasser ihre Übelkeit gelindert. Ihr Verstand war immer noch vernebelt, aber sie hatte das Gefühl, sich wieder besser zu beherrschen. »Gästen steht es normalerweise frei, zu gehen, wann sie wollen«, argumentierte sie. »Ich nehme an, das ist hier nicht der Fall.«

»Im Augenblick nicht, nein«, gab er zu. »Ich hoffe aber, dass wir unser Geschäft relativ schnell über die Bühne bekommen.«

Sie lehnte sich auf ihrem Stuhl zurück und schaute ihn an. »Und dieses Geschäft wäre?«

Er zögerte einen Moment, als suchte er nach den geeigneten Worten. »Wir sind davon überzeugt«, sagte er, »dass Sie im Besitz von Material sind – von Dokumenten, die von Rechts wegen uns gehören.«

»Das glaube ich nicht«, erwiderte sie. »Obwohl es natürlich schwer zu sagen ist, wenn ich nicht weiß, wer Sie sind.«

»Es hat nicht viel Sinn, Spielchen zu spielen, Frau Radnaa«, sagte der Mann ruhig. »Wir wissen mehr, als Sie sich vorstellen können.«

»Ich bin sicher, dass Sie mehr wissen, als ich mir auch nur im Entferntesten vorstellen kann«, sagte sie. »Mir ist aber völlig unklar, wohin uns das führt. Ich spiele keine Spielchen. Ich weiß wirklich nicht, wovon Sie reden.«

Den Blick auf Sarangarel geheftet, beugte der Mann sich über den Tisch. »Ich habe es Ihnen schon gesagt. Wir wissen Bescheid. Wir wissen über Ihren Mann Bescheid. Wir wissen, dass Sie vor Kurzem – völlig unerwartet – ein Vermächtnis von Ihrem Mann erhalten haben.«

Falls diese Mitteilung Sarangarel überraschte, ließ sie es sich nicht anmerken. Sie lächelte schwach. »Sie sind sehr gut informiert«, sagte sie. »Dennoch verstehe ich nicht, warum diese Information für irgendjemanden außer mir von Interesse sein sollte.«

Der Mann starrte sie einen Augenblick an, als wäre es nun – ganz entgegen seinen Erwartungen – er selbst, der durch ihre Worte überrascht worden war. »Wir wissen über Ihren Mann Bescheid«, wiederholte er.

»Was wissen Sie über meinen Mann?«, fragte sie. »Wissen Sie, dass er Geschäftsmann war? Kein besonders erfolgreicher, wie ich zugeben muss.« Sie schaute sich um, als sähe sie den Raum zum ersten Mal. »Viel weniger erfolgreich als Sie, falls Ihnen wirklich dieses Anwesen gehört. Und was wissen Sie sonst noch? Wissen Sie, dass er, angeblich wegen Schmuggels, festgenommen, aber nie vor Gericht gestellt wurde? Wissen Sie, dass er in Polizeigewahrsam starb?« Sie hielt kurz inne. »Ich weiß nicht, was es sonst noch Wissenswertes für Sie geben könnte. Ich kann Ihnen seine Schuhgröße und vermutlich noch einige intimere Dinge über ihn verraten, aber auch darin sind Sie mir wahrscheinlich um einiges voraus.«

Der Mann senkte den Blick auf den Tisch, als wären Sarangarels Versuche, ihn in Verlegenheit zu bringen, von Erfolg gekrönt.

»Aber«, fuhr sie fort, »das ist alles allgemein bekannt. Vielleicht haben Sie gedacht, mir als Mitglied der Richterschaft würde das Schwierigkeiten bereiten, aber nein, mir ist es gelungen, diese Geschichte weit hinter mir zu lassen. Und deshalb habe ich auch überhaupt keine Ahnung, wovon Sie sprechen.«

Der Mann antwortete nicht sofort, und anfangs schien es, als hätte er überhaupt nichts zu antworten. Wenn es zutraf, dass er in Muunokhois Auftrag handelte, stand er jetzt tatsächlich vor einer Art Dilemma. Er hatte offensichtlich gehofft, sie so weit einzuschüchtern, dass sie ihm auf der Stelle die Papiere aushändigte. Alles, was er stattdessen geschafft hatte, war, zu bestätigen, dass in den Papieren etwas Wichtiges stand – oder er das wenigstens glaubte. Und wenn er noch irgendetwas sagte, würde er zumindest diese Tatsache untermauern und vielleicht Gefahr laufen, noch mehr zu enthüllen. Selbst Nachfragen zu ihrem Mann würden letztlich nur bestätigen, dass er tatsächlich irgendwie mit Muunokhoi in Verbindung stand.

Schließlich erwiderte der Mann Sarangarels Blick, ohne dass seine dunklen Augen etwas verrieten. »Alles, was ich Ihnen sagen kann, Frau Radnaa, ist, dass wir – im Augenblick jedenfalls – nicht die Absicht haben, Ihnen etwas anzutun. Sie können aber erst freigelassen werden, wenn Sie uns das geben, was wir suchen.«

»In diesem Fall«, erwiderte sie, wobei sie sich auffällig

umsah, »bin ich froh, dass Sie mir ein so komfortables Gefängnis bieten.«

Schon damals hatte Tunjin keine Ahnung, wie es passierte. Aber so erging es ihm eben immer wieder.

Er war die ganze Nacht auf dem Hügel geblieben, anfangs mit der vagen Vorstellung, dass er versuchen könnte, im Schutz der Dunkelheit in das Haus einzubrechen. Allerdings gab er sich nicht der Illusion hin, die Sicherheitsvorkehrungen wären nachts weniger streng; außerdem hatte er immer noch keine Ahnung, wie er sich Zutritt verschaffen könnte. Am Ende hatte er sich in eine alte Decke gehüllt, die er in der Motorradtasche gefunden hatte, und sich auf den Boden gelegt, um ein wenig auszuruhen. Er hatte nicht erwartet, dass er schlafen könnte, war dann aber, auf dem weichen Gras gebettet und von den Mühen der vergangenen Tage erschöpft, sehr schnell weggedämmert.

Als er wach wurde, ging über den Hügeln im Osten bereits die Sonne auf. Es versprach wieder ein schöner Frühlingstag zu werden. Er fror und hatte Hunger, bekam aber allmählich ein Gefühl dafür, was es bedeutete, nüchtern zu sein. Es war Jahre her, seit er sich zum letzten Mal gleich nach dem Aufwachen so munter gefühlt hatte. Er rappelte sich auf und kramte die letzten Reste von Nerguis Brot und Wasser hervor. Kauend ging Tunjin ein Stück den Hügel hinunter, bemüht, eine gute Sicht auf das Haus zu bekommen; er wollte dessen Grundriss, mögliche Sicherheitsvorkehrungen und alles andere, was ihm bei seiner bevorstehenden – aber bis jetzt nicht einmal ihm selbst bekannten – Aktion behilflich sein könnte, so gründlich wie möglich erkunden.

Er bewegte sich langsam, den Blick auf das Anwesen unterhalb von ihm geheftet. Vor ihm fiel der Hügel sanft ab, danach wurde es immer steiler, je weiter er nach unten auf den hohen, nackten Zaun zulief, der das Haus umgab. Der Wind kräuselte sanft das Gras, das glänzend grün in der Frühjahrssonne lag, und in einiger Entfernung vor den Bäumen flatterte ein Schwarm Schmetterlinge in den Schatten.

Vielleicht waren es die Schmetterlinge, die Tunjin ablenkten, obwohl er gedacht hatte, er würde nur das Haus im Blick haben. Er trat auf … ja was? Einen losen Stein, ein rutschigeres Stück Wiese? Er wusste es nicht. Klar war nur, dass ihm plötzlich die Füße wegglitten und sein beträchtliches Gewicht ihn zunächst langsam, dann mit wachsender Geschwindigkeit den Hügel hinunterpurzeln ließ. Im nächsten Moment rollte er buchstäblich durchs taufeuchte Gras, während er mit rudernden Armen Halt zu finden versuchte. Tunjin sah, wie die Dunkelheit der Bäume mit dem klaren Blau des Himmels und dem blendenden Sonnenschein blitzartig abwechselte, während er, inzwischen völlig unkontrolliert, auf den Holzzaun zusteuerte.

Als er den steileren Teil des Hügels erreichte, löste sein schwerer Körper sich kurz vom Boden und Tunjin schlug unsanft auf, bevor er, schneller und schneller, weiterrollte und sich dabei trotz des weichen Untergrunds Prellungen und Kratzer zuzog.

Das Ende kam plötzlich und schonungslos, als Tunjins Körper auf den braunen Holzzaun aufschlug. Nach Luft ringend, lag er keuchend auf dem Rücken und rechnete damit, dass sein Herz jeden Moment aufgeben und ihn von dem quälenden Schmerz befreien würde, der seine Gliedmaßen durchfuhr.

Er brauchte einige Minuten, bis ihm klar war, dass er trotz des Schmerzes nicht ernstlich verletzt zu sein schien. Über ihm zogen am Himmel weiße Wolken dahin. Er konnte seine Gliedmaßen bewegen. Als er die Arme ausstreckte, taten ihm zwar die Prellungen weh, aber er stellte dankbar fest, dass nichts gebrochen zu sein schien.

An den Holzzaun gedrückt, brachte er immer noch nicht die Energie auf, sich zu bewegen. Er war mit lautem Krachen gegen den Zaun geprallt. So viel zu seinem Plan, sich heranzuschleichen.

Schließlich setzte er sich auf und blickte hinter sich. Oben auf der Kuppe des Hügels sah er die Sonne auf dem Vincent-Motorrad funkeln. Konnte er denn gar nichts richtig machen? Nicht einmal sein Transportmittel hatte er ordentlich versteckt.

Doch dann bemerkte er, dass sein Sturz doch etwas bewirkt hatte. Durch den Aufprall von Tunjins Gewicht auf dem Holz waren mehrere Latten zerbrochen und hatten eine klaffende Lücke hinterlassen. Der Zaun war, wie Tunjin jetzt feststellte, weniger massiv, als es den Anschein hatte. Im Sitzen beugte er sich unter leichtem Keuchen vor und zog behutsam an dem Holz.

Die erste Latte löste sich ohne Probleme, und Tunjin warf sie ins Gras. Durch die Lücke konnte er dunkles Gestrüpp, dichte Bäume und dann wieder Gras sehen. Er kniete sich hin und machte sich weiter an den Latten zu schaffen. Zwei wurden entfernt und ins Gras geworfen, dann noch einmal drei. Nach kurzer Zeit hatte Tunjin eine Öffnung geschaffen, die so groß war, dass sogar er sich hindurchzwängen konnte.

Er kniete zögernd vor dem Loch und fragte sich, welche Art von Sicherheitsvorkehrungen jenseits davon liegen mochten. Das herauszufinden, war unmöglich. Wahrscheinlich gab es irgendwelche Kameras, vielleicht sogar eine Alarmanlage. Was sollte er tun? Er konnte kehrtmachen und wieder nach oben klettern – wobei die Aussicht, den Hügel zu erklimmen, wahrlich nicht besonders reizvoll war – oder hier weitermachen.

Mit einiger Mühe quetschte er sich durch das enge Loch. Auf der anderen Seite fand er sich in schattigem Gebüsch wieder, über dem dichte Nadelbäume aufragten. Hier kam die Sonne kaum hin, so viel Schatten spendeten die Bäume und der Zaun selbst. Durch das Gestrüpp konnte er eine Rasenfläche und ein Netz von Wegen sehen.

Immer noch durch die Prellungen am ganzen Körper beeinträchtigt, stand er langsam auf. Der Garten lag still da, wenn man vom Säuseln des Windes in den Bäumen absah.

Tunjin schob sich vorwärts, während die dichten Nadelbäume mit ihren Zweigen sein Gesicht streiften. Jenseits des Rasens konnte er das Haus sehen. Er hatte noch immer nicht den Hauch eines Plans, hatte keine Ahnung, was er als Nächstes tun sollte.

Obwohl eine Alarmanlage weder zu sehen noch zu hören war, konnte es durchaus sein, dass im Haus gellende Sirenen ertönten.

Als Tunjin schließlich auf den hellen, sonnigen Weg hinaustrat, verspürte er eine unerklärliche Erleichterung. Er blieb dort stehen und dachte über seinen nächsten Schritt nach.

Doch fast im selben Moment wurde ihm die Entscheidung abgenommen. Als er sich aufrichtete, hörte er eine Stimme hinter sich.

»Also, das ist wirklich ein zweischneidiges Schwert. Du bist fett genug, um den Zaun zu durchbrechen. Aber finden tut man dich dafür umso leichter.«

Tunjin drehte sich langsam um. Auf dem Weg hinter ihm stand ein Mann, scheinbar wie aus dem Nichts aufgetaucht. Eigentlich sah Tunjin aber nur den glänzenden schwarzen Lauf einer Pistole, die direkt auf seine Brust zielte.

18. KAPITEL

Früher an diesem Tag, im strahlenden Licht der Nachmittagssonne, hatte es hier sicher von Menschen gewimmelt, Einheimischen wie Touristen, die auf der Suche nach Spiritualität hier gewesen waren oder einfach die unvergleichliche Aussicht genossen hatten. Jetzt dagegen, als der Tag sich dem Ende zuneigte, hatte das Gelände sich geleert und bot eine ideale Kulisse für das unangenehme Gespräch zwischen Nergui und Doripalam.

»Sind Sie in Ordnung?«, erkundigte sich Doripalam besorgt, während sie den steilen Fußweg zwischen Jurten und Holzhütten hinaufstiegen.

Nergui nickte, obwohl die ehrliche Antwort ein Nein gewesen wäre. Er war keineswegs in Ordnung, weder körperlich noch geistig. Vielleicht nicht einmal spirituell, dachte er, in welchem Falle sie zumindest den richtigen Ort gewählt hätten.

»Früher war ich oft hier«, sagte Nergui, als sie oben angekommen waren und er den Blick schweifen ließ. Er atmete schwer, seine Gliedmaßen schmerzten immer noch von den Schnitten und Prellungen. »Aber schon seit einer Weile nicht mehr. Vielleicht zu lange nicht mehr.«

Nergui war kein religiöser Mensch. Jedenfalls nicht in einem Sinne, den eine herkömmliche Religion akzeptieren würde. Er hatte jedoch immer gefunden, dass ihm das Kloster Gandan mit seinen verzierten Tempeln eine Art Nahrung bot, etwas, was man vermutlich als spirituelles Erlebnis beschreiben konnte. Vielleicht war es dessen Geschichte. Vielleicht war es auch die Art, wie dieser Glaube, diese Rituale es geschafft hatten, die Zeiten der Unterdrückung zu überdauern. Vielleicht waren es aber auch nur die Rituale selbst, die Sehenswürdigkeiten, die Geräusche, die sonore Musik, alles Dinge, die an etwas gemahnten, was über das rein Menschliche hinausging.

Auch jetzt, wo die beiden Männer zwischen den einzelnen Gebäuden hindurchschlenderten, konnten sie außer den aufgescheuchten Tauben das Klappern der glänzenden Gebetsmühlen und aus dem Inneren der Tempel ganz leise den monotonen Singsang der Mönche hören. Unter dem strahlenden Blau des Himmels kam es Nergui so vor, als wären sie irgendwie mit einer Welt verbunden, die eine größere Bedeutung besaß als alles, was in den dunstigen Schatten der sich unter ihnen ausbreitenden Stadt zu finden war.

Die Beziehung zwischen den beiden Männern selbst verbesserte das allerdings nicht. Während sie langsam den Hügel hinaufgestiegen waren, hatten sie kaum gesprochen. Doripalam hatte auf einer ordnungsgemäßen Entlassung aus dem Krankenhaus bestanden, was Nergui widerstrebend akzeptiert hatte. Dann hatten sie auf den diensthabenden Arzt warten und anschließend noch einige Zeit darauf verwenden müssen, ihn dazu zu überreden, Nergui zu entlassen. Anfangs hatte er sich gesträubt: Er räumte zwar ein, dass Nergui nichts Ernstliches fehlte, hatte aber den Eindruck, dass er noch etwas Ruhe brauchte. Erst als immer deutlicher wurde, dass Nergui von Ruhe nichts wissen wollte, willigte der Arzt schließlich in seine Entlassung ein.

Oben auf der Kuppe des Hügels hielten sie an, den Tempel im Rücken, und schauten hinunter auf die riesige Stadtlandschaft.

»So«, sagte Doripalam schließlich, »werden Sie mir jetzt verraten, worum es bei alldem überhaupt geht?«

»Ich weiß nicht, ob ich Ihnen verraten kann, worum es bei *alldem* geht«, antwortete Nergui, den Blick immer noch auf die Straßen und Gebäude unter ihnen gerichtet.

»Wissen Sie denn jetzt, ob Sie es sollten?«, erkundigte sich Doripalam. »Angesichts der Tatsache, dass ich mich normalerweise nicht in Ihren erhabenen Kreisen bewege, sind diese Dinge für mich schwer zu verstehen.«

Nergui drehte sich zu dem jüngeren Mann um, bevor er in lautes Gelächter ausbrach. »Glauben Sie, das ist es, worum es hier geht?«, sagte er. »Mein übersteigertes Geltungsbedürfnis?«

Doripalam zuckte die Schultern. »Wie schon gesagt, für mich ist es schwer zu beurteilen.«

Nergui wandte dem Anblick der Stadt den Rücken zu. »Doripalam. Ich möchte über Muunokhoi reden.«

»Ich weiß alles über Muunokhoi«, gab Doripalam zurück. »Er hätte mich fast meine Stelle gekostet.«

Wieder lachte Nergui. »Und Sie werfen mir ein übersteigertes Geltungsbedürfnis vor?«

»Die Worte legen Sie mir in den Mund«, betonte Doripalam. »Ich habe das nicht gesagt.«

Nergui lächelte. »Aber wie viel wissen Sie wirklich über Muunokhoi? Was wissen Sie von der Geschichte?«

»Ich weiß, dass Sie hinter ihm her waren. Dass Sie lange hinter ihm her waren.«

»Dann war das also so offensichtlich?«, sagte Nergui. »Tja, war es wohl. Fast zwei Jahrzehnte lang war ich hinter ihm her. Wahrscheinlich nicht besonders klug von mir. Aber immerhin ist er einer der größten Ganoven, die unser Land je hervorgebracht hat.«

»Sind Sie sich da wirklich sicher?«, fragte Doripalam,

»Wir haben ihm nie etwas nachweisen können. Auch Sie nicht. Er ist einer unserer angesehensten Bürger. Sie geben ja selbst zu, dass es nicht besonders klug von Ihnen war.«

Nergui sah zu, wie ein Taubenschwarm in sanften Kurven durch die Luft flog, angezogen von den Brotkrümeln, die die Touristen mitten im Tempel hatten fallen lassen. »Natürlich gibt es dazu eine Vorgeschichte. Klar gibt es die. Und für Tunjin ebenfalls.«

»Tunjin? Was wissen Sie über Tunjin?« Doripalam sah ihn scharf an.

»Das ist eine lange Geschichte. Aber auch hier gibt es eine Vorgeschichte. Tunjin war genau so lange hinter Muunokhoi her wie ich.«

»Hat er deshalb dieses dumme Ding gedreht?«

»Den Versuch, Beweise gegen Muunokhoi zu fälschen? Ja klar. Er würde bald in Pension gehen und wollte nicht mehr ewig zuwarten. Da fand er, es wäre einen Versuch wert.«

»So hat er es mir auch erklärt«, sagte Doripalam. »Ich habe ihn für verrückt gehalten.«

»Das war er wahrscheinlich auch«, sagte Nergui mit einem schwachen Lächeln. »Oder wenigstens nicht ganz bei klarem Verstand.«

»Aber Sie sind sicher, dass es stimmt? Sie wissen genau, dass es Beweismaterial gegen Muunokhoi gibt?«

Nergui betrachtete den jüngeren Mann aufmerksam. »Das haben Sie mich jetzt schon mehrmals gefragt. Haben Sie Gründe, daran zu zweifeln?«

»Ich bin durch Ihre Schule gegangen. Sie würden von mir erwarten, dass ich Ihre Aussage gründlich hinterfrage. Er ist einer unserer angeseheneren Bürger.«

»Und hohes Ansehen geht nie mit Kriminalität einher?«

Doripalam lachte. »Das müssten Sie eigentlich wissen. Sie sind doch derjenige, der mit Politikern verkehrt.«

»Das gefällt mir schon besser«, sagte Nergui. »Endlich klingen Sie wieder ansatzweise so wie der Doripalam, den ich kenne. Sie wissen ...« Er brach ab.

»Was?«

»Ich habe sogar gedacht, Sie könnten es gewesen sein. Nur für einen Moment. Ich habe wirklich gedacht, selbst Sie hätten einer von ihnen gewesen sein können.«

»Einer von wem?«

Nergui zögerte, ehe er bedächtig fortfuhr. »Dass wir Muunokhoi nie etwas nachweisen konnten, liegt daran, dass er Leute – wie viele, weiß ich nicht – in unseren Reihen hat.«

Doripalam starrte ihn an. »Sie sind heute schon der Zweite, der angedeutet hat, ich stünde auf Muunokhois Gehaltsliste. Dem Ersten hätte ich fast einen Kinnhaken verpasst.«

Nergui zuckte die Schultern. »Er scheint alles zu wissen. Warum, glauben Sie, ist Tunjins Plan gescheitert? Nicht, weil er unausgegoren war. Ich billige Tunjins Vorgehen nicht, muss aber zugeben, dass er sich gut geschlagen hat. Seine Fälschungen waren einfach, aber für diesen Zweck gut genug. Er hat es genau richtig getroffen. Es hätte funktionieren müssen. Hat es aber nicht. Und der Grund dafür ist, dass Muunokhoi herausfand, was da vor sich ging. Fast unmittelbar.«

»Und Sie glauben wirklich, dass ich ...?«

Nergui schüttelte den Kopf. »Nein. Nein, natürlich nicht. Gar nicht. Aber wir haben es hier mit jemandem – vielleicht auch mehreren Personen – zu tun, der Zugang zu den sensibelsten Informationen hat. Als ich mit meiner Untersuchung anfing ...«

»Ach, das war es, worum es bei der Untersuchung ging. Nicht nur darum, den Augiasstall auszumisten. Sie wollten wissen, woher Muunokhoi wusste, was Tunjin vorhatte.« Er hielt inne. »Heißt das, Sie wussten von Tunjins Plan?«

Nergui nickte. »In Anbetracht dessen, was ich eben gesagt habe, kann ich Ihnen diese Frage wohl nicht allzu übel nehmen. Nein, ich wusste nichts davon. Wenn ich es gewusst hätte, hätte ich es unterbunden. Aber als das Ganze dann aufgeflogen war, wurde mir schlagartig klar, dass Muunokhoi davon erfahren hatte.«

»Also überredeten Sie den Minister, Sie mit der Leitung der Untersuchung zu betrauen, um herauszufinden, auf welchem Weg?«

»›Überredet‹ ist vielleicht etwas zu stark. Ja, das habe ich getan.«

Doripalam schwieg einen Moment, während er den Blick über die Stadt schweifen ließ. Inzwischen zogen am Himmel ein paar Schäfchenwolken langsam auf das satte Grün der Steppe zu. »Und mich haben Sie auch im Visier gehabt?«

Nergui zuckte die Schultern. »Ich habe jeden im Visier gehabt. Sie eingeschlossen.«

»Und nichts gefunden, hoffe ich?«

»Selbst wenn Sie tatsächlich für Muunokhoi gearbeitet hätten, hätte ich nichts gefunden. Aber nein, ich habe nichts gefunden.«

»Warum glauben Sie dann, dass ich es nicht tue? Für Muunokhoi arbeiten, meine ich.«

Nergui zuckte mit den Schultern. »Ich bin Polizist«, antwortete er. »Ich traue meinen Instinkten. Sie nicht?«

»Vermutlich nicht genug«, sagte Doripalam. »Also gut, Sie vertrauen mir und angesichts dessen sollte ich mich vermutlich geschmeichelt fühlen, aber das ist nicht ganz das Gefühl, das ich im Moment verspüre. Wohin führt uns das alles? Worum geht es hier überhaupt?«

»Es führt uns in ein unglaubliches Durcheinander«, antwortete Nergui. »Wir haben immer noch nichts gegen Muunokhoi in der Hand. Sarangarel – Richterin Radnaa – wurde entführt. Tunjin ist verschwunden. Und wir haben keine Ahnung, wie das alles zusammenpasst.«

»Und Frau Tuya wurde brutal ermordet«, ergänzte Doripalam. »Und ihre Familie hat schreckliche Angst.«

Nergui hatte mit dem Blick einen Güterzug verfolgt, der langsam durch das Stadtzentrum fuhr. Jetzt wandte er sich wieder Doripalam zu. »Wie meinen Sie das?«, fragte er. »Was hat das mit Muunokhoi zu tun?«

»Ich weiß es nicht. Womöglich gar nichts. Aber während Sie sprachen, habe ich im Kopf irgendwie die Verbindung hergestellt. Vielleicht traue ich jetzt endlich meinen Instinkten. Wie auch immer, Sie erinnern sich an die Geschichte. Gavaa war in die Stadt gezogen. Gab damit an, er hätte einen Wahnsinnsjob gefunden, aber niemand wusste Genaueres. Dann verschwand er. Und schließlich fanden wir die Leiche seiner Mutter ...«

»Und Sie glauben, dass es da irgendeine Verbindung zu Muunokhoi geben könnte?« Sie hatten sich jetzt dem Tempel wieder zugewandt, um von dort zwischen den Holzhütten und Jurten hindurch den steilen Fußweg hinabzusteigen. Orangefarben gewandete Mönche kamen aus dem Tempel und gingen langsam im Gänsemarsch vor ihnen her. Ihre klappernden Gebetsmühlen funkelten in der frühen Abendsonne.

Doripalam zuckte die Schultern. »Die Verbindung ist mir eben erst gekommen. Ich sah plötzlich den verstümmelten Leichnam der Mutter vor mir.« Er hielt inne. »Ich habe alle Geschichten gehört, die über Muunokhoi und das, wozu er fähig ist, kursieren. Diese vier völlig verängstigten Männer oben in den Bergen ...«

Nergui nickte. »Haben Sie irgendetwas aus ihnen herausbekommen?«

»Ich habe jemanden hingeschickt, aber anscheinend haben sie nichts mehr gesagt. Kein Wort. Nichts, was sie nicht schon gesagt hätten.«

Nergui nickte. »Es könnte damit zu tun haben, wen Sie geschickt hatten.«

Doripalam drehte sich zu ihm um. »Hat Ihre Untersuchung irgendeinen Hinweis darauf erbracht, wem wir trauen können? Oder besser, wem nicht?«

»Nein. Ich habe ein oder zwei rangniedere Polizeibeamte ermittelt, von denen ich ziemlich sicher bin, dass sie die Hand aufhalten, aber selbst da ist es schwierig, stichhaltige Beweise zu finden. Im gehobenen Dienst jedoch – Fehlanzeige. Und mit dem Raten will ich gar nicht anfangen.«

Doripalam blieb stehen. Sie blickten hinüber zum Nairamdal Park, wo Nergui sich mitten in der Nacht mit Tunjin getroffen hatte. »Glauben Sie wirklich, dass es so schlimm ist?«, fragte Doripalam. »Glauben Sie, dass wir tatsächlich so tief infiltriert sind?«

»Dessen bin ich mir sicher«, antwortete Nergui. »Muunokhoi macht, was er will.« Er zögerte. »Aber da ist noch etwas anderes im Gange. Vor Tunjins gescheitertem Versuch waren wir noch nie so nah an Muunokhoi dran, noch nie so kurz davor, ihn dranzukriegen. Und Muunokhoi brauchte sich bei alldem nie die Finger schmutzig zu machen. Aber jetzt ...«

»Was?«

»Jetzt ist Tunjin verschwunden, auf der Flucht vor Muunokhoi ...«

»Woher wissen Sie, dass er auf der Flucht ist?« Doripalam schaute sein Gegenüber scharf an und stellte fest, dass Nergui ihm in seinem Denken wie immer mehrere Schritte voraus war.

»Er hat mich angerufen«, sagte Nergui. »Dann haben wir uns getroffen. Dort im Park.« Er zeigte hinüber auf die ausgedehnte Grünfläche und die blaue Scheibe des Sees in der Ferne. »Vorgestern Nacht.«

»Und warum haben Sie das nicht gesagt? Warum haben Sie nichts unternommen?«

Nergui erwiderte Doripalams Blick. »Was hätte ich tun sollen? Ich wusste nicht – und weiß immer noch nicht –, wem ich trauen kann. Ich konnte Tunjin nicht einmal Polizeischutz anbieten. Vergessen Sie das nicht.«

»Ist er denn in Sicherheit?«

»Für den Augenblick. Tunjin ist nämlich, allem Anschein zum Trotz, kein Dummkopf. Er weiß sich durchaus zu helfen.«

»Das hoffe ich«, sagte Doripalam. »Mit Muunokhoi ist nicht gut Kirschen essen.«

Inzwischen waren sie weitergegangen, und als sie das Ende des Fußweges erreichten, bogen sie nach links in die Straße des Friedens ein. »Aber warum geschieht das? Warum geht Muunokhoi jetzt das Risiko ein, sich in die Karten schauen zu lassen? Warum macht er sich die Mühe, Tunjin zu verfolgen? Warum hat er Sarangarel entführt?«

»Sie wissen nicht sicher, dass er es war«, entgegnete Doripalam. »Ich meine, Sie wissen nicht sicher, dass Muunokhoi dahintersteckt.«

»Ich weiß es«, sagte Nergui. Seine Stimme verriet wie immer absolute Autorität. »Und ich glaube, Sie haben recht. Damit, dass er auch hinter der Ermordung von Frau Tuya steckt. Und höchstwahrscheinlich hinter dem Verschwinden ihres Sohnes. Aber warum passieren diese Dinge? Das sieht Muunokhoi nicht ähnlich. Das entspricht nicht seiner Vorgehensweise.«

»Vielleicht ist es nicht Muunokhoi«, merkte Doripalam an. »Vielleicht ist es – keine Ahnung – vielleicht jemand aus seiner Organisation. Ein unsicherer Kantonist. Einer, der die Dinge selbst in die Hand nimmt.«

»Das glaube ich nicht«, entgegnete Nergui. »Auch das wäre nicht Muunokhois Art. Ein Mal könnte es passieren – vielleicht ein übereifriger Lakai. Aber nicht zwei Mal.« Er hielt inne. »Irgendetwas ist hier faul. Wir müssen Sarangarel finden. Schnell.«

»Das wird nicht einfach werden«, gab Doripalam zu bedenken. »Selbst wenn wir davon ausgehen, dass Sie recht haben und Muunokhoi dahintersteckt ...« Er hob die Hand, um die Einwände des Älteren abzuwehren. »Ich bin ja vollkommen Ihrer Meinung. Aber wir haben keine Beweise. Muunokhoi ist ein bedeutender Mann. Wir können ihn nicht einfach festnehmen. Wir können nicht einmal eine Hausdurchsuchung bei ihm durchführen, solange wir nicht triftigere Gründe haben als das, was bisher vorliegt.«

»Es gibt Dinge, die wir tun können ...«

»Ich weiß, und ich habe sie bereits in die Wege geleitet, während Sie über Ihre Entlassung aus dem Krankenhaus verhandelten. Ich habe die Überwachung von Muunokhois Häusern und Geschäftsgebäuden angeordnet. Muunokhoi selbst steht unter Beobachtung. Und natürlich habe ich alles Nötige für die Suche nach Frau Radnaa veranlasst. Die Entführung einer Richterin wäre auch dann ein schweres Vergehen, wenn sie nicht mit Ihnen befreundet wäre.«

Mit einem Kopfnicken nahm Nergui den leisen Vorwurf an. »Natürlich«, sagte er. »Sie beherrschen Ihren Job.«

»Aber Sie sind beunruhigt.«

»Ich bin beunruhigt. Wenn Sie all das in die Wege geleitet haben, wird Muunokhoi bereits wissen, dass wir hinter ihm her sind.«

Doripalam zuckte die Schultern. »Das ließ sich nicht vermeiden«, erklärte er, »falls Ihre Vermutungen über die Unterwanderung bei der Polizei richtig sind.«

»Vielleicht wäre das gar nicht mal so schlecht. Irgendetwas ist hier im Gange. Muunokhoi wird den Druck verspüren.«

»Vielleicht«, räumte Doripalam ein, »aber verlassen sollten wir uns darauf lieber nicht.«

Sie kamen an dem ältesten Kaufhaus der Stadt vorbei, einem siebenstöckigen Gebäude, vor dem sich Touristen und Einheimische tummelten.

Nergui blieb stehen und schaute Doripalam an, als wäre ihm gerade etwas eingefallen. »Was ist mit Frau Tuyas Familie passiert?«

Doripalam erwiderte seinen Blick. »Wie meinen Sie das?«

»Sie haben von den vier Männern gesprochen. Oben in den Bergen. Die Angst hatten, verfolgt zu werden. Was ist mit ihnen passiert?«

»Sie ...« Doripalam brach ab, denn ihm war genau der Gedanke gekommen, den Nergui vermutlich schon gedacht hatte. »Ich habe sie der örtlichen Polizei überlassen und angewiesen, sie unter Beobachtung zu halten. Ihnen, wenn nötig, Schutz zu gewähren. Dachte aber eigentlich nicht ...«

»Dass sie ihn brauchen würden?«

Doripalam zögerte. »Nein. Sie hatten zwar offensichtlich Angst. Ich konnte aber nicht erkennen, warum jemand sie hätte verfolgen wollen. Nicht einmal angesichts der Ermordung von Frau Tuya. Sie hatten nichts, was für irgendjemanden von Interesse ...«

»Wir wissen nur von nichts«, unterbrach ihn Nergui. »Wir wissen gar nichts.«

»Und wenn Sie recht haben«, sagte Doripalam, »könnte ich sie, indem ich ihnen Polizeischutz anbot, zum Tode verurteilt haben.«

Nergui schüttelte den Kopf. »Auch das wissen wir nicht«, sagte er. »Aber wir dürfen nichts als selbstverständlich betrachten.« Einen Moment lang stand er schweigend da und schaute den Menschen zu, die scheinbar unbekümmert durch die Straße bummelten. »Wir können niemandem trauen.«

Doripalam nickte, holte sein Handy heraus und ging die gespeicherten Nummern durch. Bei der Durchwahl von Tsend, dem Polizeichef von Bulgan, klickte er auf die Ruftaste, wurde jedoch zu einer Sekretärin umgeleitet.

»Tut mir leid«, sagte sie. »Er ist den ganzen Tag in Besprechungen. Ich kann eine Nachricht notieren.«

»Sagen Sie ihm, Doripalam von der Abteilung Schwerkriminalität hat angerufen. Er soll mich dringend zurückrufen.« Obwohl sein Ton gebieterischer war als für Doripalam üblich, erwartete er den Rückruf von Tsend nicht so bald.

Er beendete das Gespräch, sah Nergui an und zuckte die Schultern. »Ich weiß nicht, wie weit ich auf offiziellem Weg komme«, bemerkte er. »Tsend war nicht besonders kooperativ, als ich dort oben war. Ich hielt es für den normalen Zynismus gegenüber Besuchern aus der Hauptstadt, aber wer weiß?« Wieder begann er, die gespeicherten Nummern durchzugehen. »Es gibt noch einen anderen Weg, den ich probieren kann.«

Er wählte die Nummer des Polizei-Außenpostens, wo Yadamsuren arbeitete, und wurde nach wenigen Sekunden tatsächlich verbunden.

»Hier ist Doripalam«, sagte er. »Abteilung Schwerkriminalität. Sie erinnern sich?«

»So schnell werde ich Sie nicht vergessen«, antwortete Yadamsuren. »Meine Schulter tut immer noch weh.«

»Ich habe versucht, zur Polizeidirektion in Bulgan durchzukommen«, sagte Doripalam, »aber niemanden gefunden, der mir hätte Auskunft geben können. Ich wollte nur wissen, was mit unseren vier Nomaden passiert ist. Sie sind immer noch da oben, nehme ich an?«

Am anderen Ende der Leitung folgte ein langes Schweigen, sodass Doripalam schon dachte, die Verbindung wäre unterbrochen worden.

»Ich weiß es nicht genau«, sagte Yadamsuren schließlich. »Seit das alles passiert ist, hatte ich eigentlich keinen Kontakt mehr.«

Etwas in der Stimme des jungen Mannes machte Doripalam unruhig. »Was ist mit ihren Jurten?«, fragte er. »Sind Sie dort noch einmal gewesen?«

Wieder entstand eine Pause, diesmal weniger lang, aber irgendwie bedeutungsschwerer als die erste. »Nein«, sagte Yadamsuren. »Hier habe ich sie nicht mehr gesehen. Ihre Jurten sind immer noch da ...« Ein Zögern. »Ein paar Polizisten aus Bulgan sind hier rausgekommen«, fuhr er fort, »und haben die Zelte durchsucht.«

»Durchsucht?«, wiederholte Doripalam und hob den Blick zu Nergui. »Wonach?« Seiner Ansicht nach hatte er sehr klar zum Ausdruck gebracht, dass dies ein Fall der Abteilung Schwerkriminalität war. Die örtliche Polizei hatte lediglich die Instruktion, Schutz zu gewähren, nicht, sich in irgendeiner Form an den Ermittlungen zu beteiligen.

»Ich weiß es nicht«, sagte Yadamsuren. »Ich bekam keinerlei Erklärung. Dafür gab es ja eigentlich auch keinen Grund. Ich ging ja davon aus, dass Ihre Leute dahintersteckten.«

»Was haben sie denn gesagt?«

»Na ja, nicht viel. Sie haben gesagt, ich sollte ein Auge auf die Jurten haben, bis sie abgebaut würden. Und jemanden finden, der sich – vorübergehend – um die Tiere kümmerte.«

»Bis die Nomaden zurückkehrten, meinen Sie?«

»Tja, das war nicht ganz klar. Ich hatte es so verstanden, dass die Polizei die Zelte in Sicherheit bringen wollte. Ich nahm an, dass die Nomaden irgendwie unter Schutz standen.«

»Das tun sie«, bestätigte Doripalam, der es sinnlos fand, Yadamsurens Interesse noch mehr zu wecken. Es gab keinen Grund, den jungen Mann selbst zu verdächtigen, aber jede Information konnte potentiell zu denen gelangen, die vielleicht weniger vertrauenswürdig waren. »Es scheint nur ein bisschen Verwirrung zu herrschen, das ist alles. Deshalb wollte ich nachfragen, was los ist. Vielen Dank für Ihre Hilfe.«

Damit beendete er das Gespräch. Nergui, der anscheinend das Wesentliche des Gesprächs verfolgt hatte, beobachtete ihn scharf.

»Ich glaube, jetzt ist eine Fahrt in die Berge fällig«, sagte Nergui.

Doripalam nickte. »Ich werde hinfahren«, sagte er. »Sie müssen hierbleiben. Für den Fall, dass es in dem Entführungsfall irgendeine neue Entwicklung gibt.«

Nergui zuckte die Schultern. »Hier kann ich nichts anderes tun, als mir Sorgen zu machen. Da werde ich doch lieber aktiv.« Er hielt inne, den prüfenden Blick immer noch auf Doripalam gerichtet, der sich einen Moment lang fragte, ob Nergui ihm wirklich traute oder ob er ihm eigentlich nicht gestatten wollte, allein loszufahren. Andererseits wusste er, dass Nergui, der ewige Pragmatiker, recht hatte. Hier konnten sie im Moment wenig tun, außer sicherzustellen, dass die übliche Ermittlungsarbeit ihren Lauf nahm.

»Und wenn Sie recht haben«, fuhr Nergui fort und zeigte damit wieder einmal auf verblüffende Weise, dass er anscheinend Doripalams Gedankengänge vorwegzunehmen vermochte, »wenn es eine Verbindung zwischen Muunokhoi und dem Mord an Frau Tuya gibt, haben wir vielleicht einen weiteren Faden, an dem wir vorsichtig ziehen können. Hoffen wir, dass der Knoten sich an irgendeiner Stelle zu lösen beginnt, bevor es zu spät ist.«

19. KAPITEL

»Es ist doch immer wieder schön«, sagte die Stimme, »einen unerwarteten Besucher begrüßen zu dürfen.«

Unter diesen Umständen war der Ton noch erstaunlich locker. Schließlich musste sogar Tunjin zugeben, dass er im Moment keinen besonders gewinnenden Anblick bot. Sein ohnehin schon watschelnder übergewichtiger Körper steckte in einem T-Shirt und einer Hose, denen man ziemlich deutlich die Auswirkungen der kurzen Phase seines Vagabundenlebens ansah. Sein stets fettiges Haar lag als eine verfilzte Matte auf seinem Kopf. Und zu allem Überfluss war er mit Gras und Schrammen von seinem Sturz hügelabwärts bedeckt.

Von dem Mann, den er da vor sich hatte, hätte er auch eine weniger entspannte Reaktion erwarten können. Andererseits musste er zur Kenntnis nehmen, dass dieser Mann eine Waffe in der Hand hielt, mit der er genau auf Tunjins Herz zielte. Vielleicht konnte er es sich leisten, locker zu sein.

Tunjin warf einen Blick auf das hinter ihm im Zaun entstandene Loch und überlegte dabei, wie er wohl seine Anwesenheit erklären könnte. »Äh, tut mir leid«, stammelte er, »ich bin ausgerutscht.« Besonders passend klang es nicht.

Der Mann trug einen schlichten dunklen Anzug mit hellblauer Krawatte. Er war Mongole, hatte darüber hinaus aber keine besonders ausgeprägten Gesichtszüge. Seine Haare waren angeklatscht und er trug eine verspiegelte Sonnenbrille, die Tunjin ein beunruhigendes konvexes Spiegelbild seines eigenen unordentlichen Zustands lieferte. Unnötigerweise fiel Tunjin auf, dass die gewölbten Spiegel seine bereits fettleibige Silhouette nicht gerade vorteilhaft zur Geltung brachten.

Der Mann überhörte Tunjins Angebot einer Erklärung, was nicht weiter verwunderlich war, und gab ihm stattdessen mit dem Lauf seiner Pistole ein Zeichen. Das Haus lag vor ihnen, eine der Hintertüren stand im Schein der Frühlingssonne offen. Tunjin zögerte, unschlüssig, ob er eintreten sollte.

»Gehen Sie weiter«, sagte der Mann.

Tunjin nickte; ihm fiel auf, dass die Stimme des Mannes nicht mehr ganz so freundlich klang. Damit hatte er gerechnet.

Während er dem Pfad bis zur Tür folgte, warf er verstohlene Blicke auf den gepflegten Garten. Der Rasen war perfekt getrimmt, die Koniferen ordentlich geschnitten. Besonders natürlich sah das nicht aus, fand er. Eher so, als hätte jemand das Ganze aus Wachs oder Stein gemeißelt. Sogar die Farben kamen ihm zu grell vor.

»Da rein«, herrschte ihn der Mann an. Sein Ton war jetzt eindeutig weniger freundlich, beinahe aggressiv. Tunjin gehorchte und trat durch die Tür in das düstere Innere.

Er wusste nicht genau, wo er herauskommen würde. Vielleicht im Flur oder in der Küche. Stattdessen fand er sich in einem nichtssagenden leeren Raum wieder, ursprünglich wohl als Spülküche oder Toilette gedacht. Tunjin blieb stehen, die Schritte des Mannes mit der Pistole dicht hinter sich.

»Umdrehen«, sagte der Mann.

Tunjin drehte sich um, wobei er die Gelegenheit nutzte, sich in dem Raum umzuschauen. Es gab nur wenig zu sehen. Der Raum war grau gestrichen, der Fußboden mit schweren Steinfliesen ausgelegt. Ein Fenster gab es nicht, Licht fiel nur durch die Tür, durch die sie gerade gekommen waren. Am anderen Ende des Raumes gab es eine zweite Tür, die aus massivem Holz und verschlossen, vielleicht sogar verriegelt zu sein schien. Möbel gab es ebenso wenig wie Dekorationsgegenstände an den Wänden. Selbst für eine Eingangshalle sah der Raum merkwürdig kahl und ungemütlich aus.

Der Mann griff hinter sich und drückte auf den Lichtschalter. Tunjin blickte nach oben. Dort hing eine einzige nackte Glühbirne, deren grelles Licht die Kahlheit des Raums betonte. Mit einem dünnen Lächeln griff der Mann noch einmal hinter sich und zog die Tür zu. Sie war ein Duplikat der Tür, die ins Haus führte – genauso solide, genauso massiv. Nachdem sie mit einem dumpfen Knall zugeschlagen war, drehte der Mann sorgfältig einen großen Schlüssel im Schlüsselloch um. Immer noch lächelnd ließ er den Schlüssel in seine Hosentasche gleiten.

»So«, sagte er, »jetzt sind wir sicher.« Er lächelte nach wie vor, aber es war ein maskenhaftes Lächeln, ohne jede Herzlichkeit.

Langsam ging er vorwärts, die Waffe immer auf Tunjins Brust gerichtet. Erst jetzt – als hätte er bisher seinen eigenen Augen hartnäckig misstraut – wurde Tunjin klar, wie ernst seine Lage war. Er saß in der Klemme. Und zwar tief. Und da war er ganz aus freien Stücken hineingeraten – um nicht zu sagen, gefallen.

Hinter ihnen ging die Sonne unter und tauchte den Himmel im Westen in ein tiefes Purpurrot. Blut, dachte Nergui. Es sieht wirklich wie Blut aus. Es war, als ergösse sich ein Strom von Blut über die Stadt. Als wäre das Chaos wirklich eingetreten. Als wäre jede Kontrolle dahin.

»Ich werde alt«, sagte er zu Doripalam, der neben ihm saß. »Ich werde melodramatisch. Sentimental.«

Doripalam lachte. Er saß, ganz auf den Verkehr konzentriert, leicht vorgebeugt da und fragte sich, ob sie nicht besser noch einen Polizeibeamten mitgenommen hätten, jemanden, der wenigstens das Fahren hätte übernehmen können. Luvsan zum Beispiel. Er liebte solche Fahrten. Er liebte das Brummen des Motors, wenn er einen dieser neuen Geländewagen hinauf in die Steppe fuhr. Doch Nergui hatte darauf bestanden, diese Fahrt mit ihm allein zu machen.

»Ich freue mich auf den Tag, an dem Sie sentimental sind«, bemerkte Doripalam, bevor er in Schweigen verfiel, denn er überlegte, ob er ansprechen sollte, dass es Nergui, um nur ein Beispiel zu nennen, lieber gewesen war, diese Fahrt in die Berge zu machen, als in der Stadt zu bleiben und auf Nachrichten von Sarangarel zu warten. Es war eine vernünftige Entscheidung gewesen – natürlich, denn in der Stadt konnte Nergui nicht viel tun –, und dennoch eine, die nur wenige Männer unter diesen Umständen getroffen hätten. Vielleicht sollte er diesen Gedanken aber besser für sich behalten. »Melodramatisch«, fuhr er fort, »vielleicht schon, das käme eher hin. Aber das waren Sie schon immer. Das hat nichts mit dem Älterwerden zu tun.«

Nergui gab ein knurrendes Geräusch von sich, von dem jedoch nicht klar war, ob es Zustimmung bedeutete. »Es ist«, begann er nach längerem Schweigen, »als hätten wir vor langer Zeit die Kontrolle verloren, es aber nicht gemerkt. Als wäre uns alles aus der Hand geglitten und als fuchtelten wir jetzt wild herum, um wenigstens irgendetwas zu fassen zu kriegen …«

»Ja, melodramatisch«, sagte Doripalam und nickte zustimmend. Die leere Straße dehnte sich vor ihnen aus. In der Ferne konnte er die Berge sehen, ein dunkler Streifen vor dem durchscheinenden Blassrosa des Abendhimmels. »Das ist eindeutig das richtige Wort.« Der Motor des Geländewagens brummte unter ihnen, als wollte er den zahllosen Schlaglöchern in der Straße eine Stimme verleihen. »Es ist aber doch merkwürdig, oder?«, fuhr Doripalam fort, die Hände fest um das Lenkrad gelegt. »Gut, falls Sie recht haben, sind die Dinge schon seit langem außer Kontrolle. Oder zumindest hatten wir nicht annähernd so viel Kontrolle, wie wir dachten. Aber vielleicht war das gar nicht so schlimm ...«

Nergui schnaubte – ein Geräusch, das es irgendwie schaffte, äußerst beredt seine Empörung zum Ausdruck zu bringen. »Wie können Sie das sagen?«, entrüstete er sich, während er durch das Beifahrerfenster wie hypnotisiert auf die vorbeifliegende Landschaft starrte. »Sehen Sie, warum ich Sie verdächtigt habe?«

Doripalam seufzte. »Sie verstehen meinen Standpunkt sehr wohl«, sagte er, »auch wenn Sie ihn jetzt bewusst falsch interpretieren. Falls Muunokhoi die Polizei tatsächlich in dem Ausmaß unterwandert hat, wie Sie andeuten ...«

Nergui drehte den Kopf langsam zu Doripalam. »Das steht außer Frage«, erklärte er. »Muunokhoi hatte – hat – die Polizei in dem Ausmaß unterwandert, wie ich andeute. Wenn nicht noch stärker.«

»Was ich sagen will«, erwiderte Doripalam, »ist, selbst wenn das stimmt – Entschuldigung, ja, ich weiß natürlich, dass es stimmt –, aber selbst wenn es so ist, wollte Muunokhoi vielleicht einfach seine eigenen Interessen schützen. Er mag unsere Arbeit damit eingeschränkt haben – oder zumindest dafür gesorgt haben, dass wir seine nicht allzu sehr einschränkten –, aber ihm war nicht daran gelegen, unsere Arbeit grundsätzlich zu stören. Wir konnten sehr wohl andere Schwerverbrechen aufklären ...«

»Solange sie nicht von Muunokhoi begangen wurden«, bemerkte Nergui.

»Ich versuche nicht, das zu entschuldigen oder zu rechtfertigen«, sagte Doripalam. »Ich stehe nicht – und das werde ich so lange wiederholen, bis ich absolut sicher bin, dass Sie mir glauben – ich stehe nicht auf Muunokhois Gehaltsliste. Ich sage nur, dass – nun, dass alles in einem bestimmten Rahmen verlief. Dass alles erklärbar war. Dass es sogar – das sollte ich eigentlich nicht sagen – überschaubar hätte sein können.« Er hielt inne, den Blick immer noch auf die Biegungen der Straße gerichtet. »Aber jetzt hat die Lage sich geändert.«

Nergui schaute mit einem bedächtigen Kopfnicken zu ihm hinüber. Er lächelte schwach. »Sie haben recht«, sagte er. »Natürlich haben Sie recht. Sie haben immer recht.«

»Ich dachte, das wäre Ihr Vorrecht«, entgegnete Doripalam, der sich einen Hauch von Süffisanz in der Stimme nur schwer verkneifen konnte. Es war seltsam, dass selbst jetzt, nach all der Zeit und trotz seines eigenen höheren Ranges, ihre Beziehung nach wie vor die zwischen Meister und Schüler war.

Nergui lächelte. »Zur Zeit nicht«, sagte er. »Zur Zeit überhaupt nicht. Ich glaube, ich habe schon lange nicht mehr recht gehabt. Jedenfalls in dieser Angelegenheit nicht. Aber, ja, in diesem Fall haben Sie sicher recht. Die Lage hat sich geändert. Ich weiß nur nicht, warum.«

Doripalam umklammerte das Lenkrad. »Das ist der springende Punkt, stimmt's?«, sagte er. »Wie auch immer die Situation vorher war, sie war klar austariert. Wir hatten die Möglichkeit, entsprechend zu reagieren. Wir konnten damit umgehen.«

»Und jetzt wissen wir nicht, was vor sich geht«, nahm Nergui den Faden auf. »Wir haben einen brutalen Mord, vielleicht auch mehr als einen. Wir haben es mit Entführung zu tun – bestimmt eine Person, vielleicht mehr. Wir wissen nichts von Gavaa. Inzwischen wissen wir nicht einmal mehr, wo Tunjin steckt.« Er hielt inne. »Kann sein, dass sie ihn eingeholt haben«, sagte er schließlich.

Tunjin hatte im Grunde damit gerechnet. Trotzdem wurde er davon überrascht, als der Schlag kam. Der Mann machte plötzlich eine unerwartete, ruckartige Bewegung und fuhr ihm mit dem Pistolenlauf quer übers Gesicht.

Auf seiner Haut fühlte der metallene Lauf sich kalt und hart an. Weniger vom Schmerz als von der Plötzlichkeit der Aktion überrascht, schnappte Tunjin nach Luft. Der Schmerz stellte sich erst allmählich ein, dann aber umso stechender und quälender. Tunjin taumelte rückwärts, bemüht, nicht zu schreien, und dann riss ihn sein beachtliches Gewicht von den Füßen und er fiel zu Boden.

Er strampelte und wälzte sich auf dem kalten Steinboden herum wie eine Schildkröte, die auf ihren Panzer gefallen ist. Der Mann machte einen Schritt auf ihn zu, während das grelle Licht der nackten Glühbirne auf den verspiegelten Gläsern seiner Sonnenbrille glänzte. Er holte mit dem Fuß aus und trat kräftig nach Tunjins Rippen. Tunjin drehte sich weg, worauf der Tritt, in seiner Wucht abgemildert, zwischen seinen Schulterblättern landete. Der Mann holte erneut aus und diesmal versetzte er Tunjin, den er rückwärts an die Wand gedrängt hatte, einen schmerzhaften Tritt in die Magengrube.

Auf den nächsten Tritt gefasst, kauerte Tunjin sich zusammen und schnappte nach Luft. Doch der Mann hielt inne, den Pistolenlauf ununterbrochen auf Tunjin gerichtet. »Also«, sagte er, »vielleicht werden Sie mir ja jetzt die Wahrheit sagen. Ich muss zugeben, dass wir nach Ihrem unerwarteten Verschwinden nicht damit gerechnet hatten, Sie so bald wiederzusehen.«

Tunjin drehte sich, immer noch dicht an die Wand gepresst, zu dem Mann um und starrte ihn an. Er musste unwillkürlich daran denken, dass Muunokhoi ein paar Fähigkeiten besaß, die fast übermenschlich waren. Er hatte es geschafft – durch wer weiß welche Insiderinformationen –, Tunjins unausgegorenen Versuch zu durchschauen, ihm etwas anzuhängen. Und jetzt, wo Tunjin sich der falschen Hoffnung hingegeben hatte, Muunokhoi wenigstens einmal zu überrumpeln, hatte dieser Handlanger ihn beinahe auf Anhieb erkannt. Wie war das möglich? Falls die Erklärung nicht im Bereich des Übernatürlichen lag, konnte er nur vermuten, dass sein Konterfei – der Polizist, der es gewagt hatte, Muunokhoi mit Gefängnis zu drohen – zur Abschreckung in Muunokhois Büros aushing. Der Gedanke war nicht eben tröstlich.

»Sie sehen überrascht aus«, sagte der Mann, gleichsam ein Echo von Tunjins eigenen Gedanken. »Das sollten Sie nicht sein. Wir haben ein sehr gutes Gedächtnis in dieser Organisation. Und ein gutes Kommunikationsnetz. Es ist zuvorkommend von Ihnen, dass Sie sich so bereitwillig zur Verfügung gestellt haben, aber es hätte ohnehin nicht mehr lange gedauert, bis wir Sie erwischt hätten.«

Der Mann lächelte, ein Lächeln, das durch die Leere seines verspiegelten Blickes noch furchterregender wirkte. »Obwohl ich zugeben muss, dass ich nicht verstehe, warum Sie beschlossen haben, hierherzukommen. Sie kommen uns eindeutig mehr entgegen, als wir gedacht hatten.«

Tunjin schwieg, während er die über ihm aufragende Gestalt des Mannes anstarrte. Selbst wenn er gewollt hätte, hätte er wohl keine schlüssige Erklärung dafür liefern können. Wie so vieles in seinem Leben war ihm diese Idee zunächst durchaus gut erschienen.

Die Frage war jetzt nur, was mit ihm passieren würde. Er konnte nicht davon ausgehen, dass Muunokhois Leute ihm einen schlichten, sauberen Tod vergönnten. Die hatten bestimmt noch anderes mit ihm vor.

Auch diesmal gab der Mann mit fast telepathischer Genauigkeit Tunjins Gedanken wieder: »Also, was werden wir mit Ihnen machen? Das ist nicht weiter kompliziert. Sie wissen, was Sie getan haben. Sie wissen, was wahrscheinlich mit Ihnen passieren wird.« Er hielt inne, das Lächeln ebenso unbewegt wie der Pistolenlauf. »Ich für mein Teil bin neugierig darauf, was Sie bewogen hat, hierherzukommen. Ich weiß nicht, ob ich Sie wegen Ihres Mutes bewundern oder wegen Ihrer Dummheit verachten soll. Womöglich beides, nehme ich mal an.«

Gegen diese Einschätzung, die ja weitgehend seiner eigenen entsprach, konnte er nicht viel einwenden. Jedenfalls waren seine Lage oder sein Zustand kaum dazu angetan, eine irgendwie bedeutsame Antwort zu geben. Ein Teil von ihm hoffte, dass er, wenn er nur stillhielt – wenn er dieses eine Mal einfach die Klappe hielt –, vielleicht doch noch aus alldem heil herauskommen könnte.

»Sie scheinen nicht viel zu sagen zu haben«, bemerkte der Mann. »Vielleicht sollte ich Sie ein bisschen ermuntern.« Er machte einen Schritt auf Tunjin zu und zielte erneut mit dem Fuß auf ihn. In die Ecke des Raums gedrückt, schlang Tunjin die Arme um seinen Körper und wartete auf den Tritt.

Und dennoch überraschte ihn dessen Heftigkeit. Gerade noch rechtzeitig rollte er zur Seite, sodass die ganze Wucht des Tritts ihn am Arm traf. Der Aufprall war qualvoll. Es fühlte sich an, als wäre sein Arm gebrochen. Zum Glück hatte der Tritt ihn nicht an empfindlicheren Körperteilen getroffen, obwohl das im Moment nur ein schwacher Trost zu sein schien.

»Fühlen Sie sich ermuntert?«, fragte der Mann. »Werden Sie jetzt vielleicht etwas gesprächiger?«

In Wirklichkeit hatte Tunjin genau das gegenteilige Bedürfnis, von dem er allerdings vermutete, dass es keine willkommene Reaktion wäre. Er japste, versuchte, irgendeine Antwort zu brummen, ein paar Worte, die vielleicht wenigstens vorübergehend weitere Gewalt verhinderten.

»Entschuldigen Sie«, sagte der Mann. »Ich kann Ihnen nicht recht folgen. Vielleicht brauchen Sie einen etwas stärkeren Impuls.«

Er wich ein Stück zurück und holte zu einem weiteren Tritt aus. Tunjin wand sich unbeholfen, gepeinigt von dem Schmerz in seinem Arm, der zu den Prellungen von den ersten beiden Fußtritten und seinem Sturz den Hügel abwärts hinzukam. Ihm wurde klar, dass das einfach so weitergehen würde. Schlag auf Schlag. Tritt um Tritt. Schmerz würde auf Schmerz folgen, bis er es nicht mehr aushielt. Mit etwas Glück würde sich Bewusstlosigkeit einstellen, aber er nahm an, dass der Mann das so lange wie möglich hinauszögern würde. Um sich dann auf eine neue, fantasievollere Form der Folter zu verlegen.

Später erinnerte er sich, dass er den Mann hatte ausholen sehen. Und dass sich sein eigener Körper, auf den nächsten Tritt gefasst, angespannt hatte. Und er erinnerte sich, dass er sich plötzlich irgendwie gedreht hatte, eine rein instinktive, geschickte Bewegung seines massigen Körpers, dem man so viel Gewandtheit gar nicht zugetraut hätte.

Tunjin kam es so vor, als hätte ihn seine Ausgebufftheit – all die Instinkte, die ihn dreißig Jahre harte Polizeiarbeit hatten überleben lassen – im Stich gelassen. Und dann stellten sich all diese Instinkte, all die unbewussten Fertigkeiten, genauso unerwartet wieder ein.

Seine Bewegung kam für den Mann offensichtlich überraschend. Tunjin drehte sich einmal um die eigene Achse, ohne sich um die quälenden Schmerzen zu kümmern, die seinen Körper durchzuckten, hakte einen Fuß hinter dem Standbein seines Peinigers ein und brachte den Mann so aus dem Gleichgewicht. Völlig überrumpelt, taumelte der rückwärts. Tunjin nutzte seinen momentanen Vorteil, trat mit dem anderen Fuß nach ihm und traf ihn oben am Schenkel. Beim zweiten Tritt, den er mit noch mehr Kraft ausführte, zielte er auf die Leistengegend des Mannes.

Die Wirkung war besser, als er je zu hoffen gewagt hätte. Mit rudernden Armen taumelte der Mann rückwärts, seine Pistole landete mit lautem Geklapper in der gegenüberliegenden Ecke des Raums. Verzweifelt versuchte er, den Sturz abzuwenden, rutschte jedoch auf den glatten Steinplatten aus und fiel schließlich zu Boden, wo sein Kopf mit einem fürchterlichen dumpfen Geräusch aufschlug.

Dann trat Stille ein. Tunjin schnappte nach Luft und wartete, dass sein Peiniger aufstand, um seinen Angriff fortzusetzen, womöglich mit noch größerer Wucht. Doch nichts geschah. Der Mann lag, anscheinend ohne Bewusstsein, reglos da.

Tunjin setzte sich auf und überlegte, was er als Nächstes tun sollte. Während sein schmerzender Atem immer noch stoßweise ging, begab er sich mühsam in den Vierfüßlerstand.

Aus dem schräg liegenden Kopf des Mannes sickerte Blut. Der Fleck breitete sich, purpurfarben wie der Frühlingssonnenuntergang über der Steppe, langsam auf den grauen Platten aus, ein scharfer Kontrast zum harten Stein.

20. KAPITEL

Es ist wie eine andere Welt, dachte Nergui. Wie ein fremder Planet.

Fernab der Stadt hatte er immer dieses Gefühl. Er war ein städtisches Geschöpf, ein Geschöpf des einundzwanzigsten Jahrhunderts. Trotz all ihrer Fehler und Unzulänglichkeiten war die Hauptstadt ein Teil der modernen Welt, ein Teil von alldem, was er mit dem Westen assoziierte.

Nergui war unter seinen Landsleuten wahrscheinlich kein typischer Vertreter. Genaugenommen war er wohl eher die Ausnahme hier. Er war im Westen weit herumgekommen. Hatte in den USA gelebt. Und in Europa. Er war imstande, alles, was seine Landsleute als selbstverständlich betrachteten, mit etwas anderem zu vergleichen.

Nicht unbedingt etwas Besserem. Er war kein Fürsprecher des Westens. Er erkannte dessen Mängel und räumte sie auch gerne ein. Für ihn war der Westen gottlos, ungläubig, mit einer Leere im Herzen. Die dort herrschende Zivilisation empfand er als entwurzelt – was angesichts der Nomadenkultur seiner Heimat eine gewisse Ironie darstellte. Hier hatte trotz der Entbehrungen und der Unterdrückung in der kommunistischen Ära etwas Spirituelles überlebt, ein Gefühl der Verbundenheit mit dem Land, der Vergangenheit, der Gemeinschaft und der Familie.

Hier draußen, in diesen ländlichen Gegenden, war es allerdings schwierig, das zu spüren. Sie waren kilometerweit durch leere Grassteppe gefahren, leicht gewellte Ebenen, die jedes Gefühl für Entfernung zunichtemachten, so als könnte diese Landschaft einfach ewig weitergehen. An diesem klaren Frühlingsabend sahen sie keine anderen Fahrzeuge, kein weiteres Anzeichen von Leben. Vor ihnen lag der dunkle Schatten der Berge, die sich scharf gegen den kristallklaren Himmel absetzten. Davor war die schwarze Schraffur der Wälder sichtbar, wenn auch die Umrisse der Bäume aus dieser Entfernung nicht zu erkennen waren.

Endlich sahen sie vor sich die kleine Ansammlung verschwommener Lichter, die auf Bulgan schließen ließ. Aus der Ferne sah die Stadt aus wie ein einsames Leuchtfeuer inmitten des schwächer werdenden Lichts, ein einzelner Hinweis darauf, dass menschliches Leben sich noch nicht ganz aus diesem Landstrich zurückgezogen hatte.

Es vergingen noch einmal ungefähr vierzig Minuten, bis sie die Ausläufer der Stadt erreicht hatten. Je weiter sie kamen, desto dichter war der Wald um sie herum geworden, und sie hatten weit verstreut die ersten Blockhäuser und anderen Gebäude gesehen.

»Wo ist die Stelle, die wir suchen?«, fragte Nergui.

Doripalam wandte sich um. »Das Lager. Nur ein paar Kilometer nördlich von Bulgan. Ich hoffe, dass ich es wiederfinde.«

»Vorausgesetzt, die Jurten sind noch da.«

»Yadamsuren sagte, gestern wären die Zelte noch da gewesen. Er hat seine Anweisungen befolgt und sich ihnen nicht genähert, aber aus der Ferne ein Auge darauf geworfen.«

»Sehr gewissenhaft von ihm«, bemerkte Nergui.

»Er ist ein guter Polizist«, sagte Doripalam. »Von solchen wie ihm könnten wir welche in unserer Abteilung gebrauchen. Hier oben ist er am falschen Platz, sein Talent glatt vergeudet. Vielleicht noch schlimmer als das.«

Doripalam hatte erwogen, es ein weiteres Mal bei Tsend zu versuchen, um zu sehen, ob er noch irgendetwas über den Verbleib von Frau Tuyas Familie herausfinden konnte. Doch trotz der mutmaßlichen Dringlichkeit der Nachricht, die Doripalam hinterlassen hatte, hatte Tsend bis jetzt nicht zurückgerufen. Unter den gegebenen Umständen mussten sie behutsam vorgehen. Falls Tsend sich verdächtig verhielt, hatte es wenig Sinn, ihn eigens von ihrer bevorstehenden Ankunft zu unterrichten.

»Sie sollten ihm ein Angebot machen«, sagte Nergui. »Schauen, ob Sie ihn in die große, böse Stadt locken können.«

»Ich weiß nicht, ob er Lust dazu hätte.«

Nergui schaute zum Fenster des Geländewagens hinaus. Sie durchfuhren gerade das Zentrum von Bulgan. Obwohl es die Hauptstadt des *aimag* war, sah es hier am Abend wie in einer Geisterstadt aus. Die Straßen waren weitgehend menschenleer, abgesehen von einzelnen Grüppchen gelangweilt wirkender Teenager, die ziellos über den zentralen Platz schlenderten. Es gab einige parkende Autos, aber wenig Verkehr. »Ich an seiner Stelle«, sagte Nergui, »würde gleich morgen fahren.«

»Bei allem Respekt«, erwiderte Doripalam, »ich weiß nicht, ob Ihre Ansichten da maßgeblich sind.«

Als die Stadt hinter ihnen lag, verlangsamte Doripalam das Tempo, um besser nach der Abzweigung zu dem kleinen Jurtenlager Ausschau halten zu können. Es war jetzt dunkel und im vorüberziehenden Lichtkegel der Scheinwerfer sah die von Bäumen gesäumte Straße überall ziemlich ähnlich aus.

Anfangs dachte er, er hätte sie verpasst. Als er aber schon glaubte, zu weit gefahren zu sein, entdeckte er schließlich den Fahrweg, der von der Schotterstraße abbog und zu den Bäumen hinaufführte.

Sofort bremste er ab. »Da ist es.«

»Ich bin beeindruckt«, sagte Nergui. »Für mich sieht der Wald hier genauso aus wie auf den letzten vier oder fünf Kilometern. Wo ist denn das Lager?«

»Jenseits der Anhöhe in einer Art Senke. Die Zelte sind gut versteckt. Von der Straße aus kann man überhaupt nichts sehen. Man findet sie nur, wenn man nach ihnen sucht.«

»Oder wenn jemand einem sagt, dass sie da sind«, ergänzte Nergui.

Doripalam nickte grimmig. »Genau das beunruhigt mich«, erklärte er.

Nachdem die beiden Männer aus dem Geländewagen ausgestiegen waren, standen sie einen Augenblick lang da und atmeten die klare Waldluft ein. Es war ein warmer Tag gewesen und die Abendluft war immer noch mild und vom Duft der Kiefern erfüllt. Abgesehen davon, dass die Bäume hin und wieder raschelten, herrschte vollkommene Stille.

Doripalam knipste seine Taschenlampe an und leuchtete den Pfad hinauf. »Hier entlang«, sagte er. »Es ist nicht weit.«

Während er langsam die Anhöhe hinaufstieg, dachte er an seinen letzten Besuch hier oben – an den strömenden Regen, den unerwarteten Schuss, die Angst in den Augen der vier Männer. In der angenehmen abendlichen Wärme konnte er kaum glauben, dass das derselbe Ort war.

Sie kamen auf der Kuppe an und starrten hinunter in die Senke. Es gab keine anderen Lichter außer dem flackernden Strahl der Taschenlampe, und einen Moment lang dachte Doripalam, die Jurten seien weg. Dann richtete er den Strahl etwas weiter nach hinten und entdeckte den grauen Umriss des vordersten Zeltes.

»Da sind sie«, sagte er. »Immer noch da.«

Nergui trat neben ihn und nickte. »Aber kein Lebenszeichen«, stellte er fest.

»Ich hoffe nur, dabei bleibt's«, bemerkte Doripalam.

»Kein Anzeichen von Leben. Immer noch besser als die Boten des Todes.«

Nergui warf einen flüchtigen Blick auf das, was er von Doripalams Gesicht sehen konnte. »Sie werden philosophisch«, sagte er. »Vielleicht machen Sie diese Arbeit schon zu lang.«

Kommentarlos begann Doripalam langsam in die Senke hinabzusteigen und sich der am nächsten stehenden Jurte zu nähern. Vorsichtig leuchtete er die Wand des Zeltes ab. Die beiden anderen Jurten standen dahinter, genauso still und dunkel wie die erste.

Doripalam streckte die Hand aus, um die verzierte Holztür zu öffnen. Sie war nicht verschlossen und schwang auf seine Berührung hin problemlos auf. Jenseits der Tür herrschte vollkommene Dunkelheit. Als Doripalam vortrat und mit seiner Lampe ins Innere leuchtete, musste er daran denken, wie er mit Luvsan Frau Tuyas Jurte durchsucht hatte.

Es war sofort klar, dass das Zelt leer war. Im Inneren roch es leicht muffig mit einem Hauch von saurer Milch – möglicherweise hatte jemand ein bisschen *airag* verschüttet. Das war aber auch das Unangenehmste. Doripalam leuchtete mit der Taschenlampe den ganzen Raum aus.

»Wie es aussieht, haben sie hier eine ziemlich gründliche Durchsuchung vorgenommen«, bemerkte er. Sämtliche Schranktüren standen offen, Kleider und persönliche Gegenstände waren über den Boden verteilt. Das Bett hatte man vorgezogen und die Decken heruntergerissen. Schubladen lagen umgestülpt auf dem Fußboden. Verschiedene Gefäße – Krüge, Dosen, Flaschen –, in denen getrocknete Lebensmittel aufbewahrt worden waren, hatte man ausgeleert, ohne sich um den Inhalt zu kümmern.

»Es waren Polizisten«, sagte Nergui. »Profis. Was halten Sie davon?«

»Die Frage ist«, antwortete Doripalam, »ob sie gefunden haben, was sie suchten.«

»Falls ja«, sagte Nergui, »haben sie es sicher nicht so schnell gefunden. Lassen Sie uns einen Blick in die anderen Jurten werfen.«

Sie traten wieder in die Nacht hinaus. Der Himmel über ihnen war klar und mit Sternen übersät. Über dem Horizont ging ein gelber Mond auf, riesiggroß und aufgebläht. Sie gingen um das vordere Zelt herum zu den zwei anderen, die sie systematisch unter die Lupe nahmen. Alle Jurten waren im selben Zustand, offensichtlich das Ergebnis einer gründlichen Durchsuchung.

»Sie haben sich nicht die Mühe gemacht, die Jurten wieder aufzuräumen«, sagte Nergui. »Haben sie einfach so zurückgelassen.«

»Eine schwere Verletzung ihrer Pflichten«, bemerkte Doripalam mit einem grimmigen Lächeln. »Aber wichtiger ...«

»Das deutet darauf hin, dass sie kaum mit einer baldigen Rückkehr der Nomaden gerechnet haben.«

»Was ist denn dann mit ihnen passiert?«

»Jetzt wäre vielleicht wirklich ein Gespräch mit Ihrem Freund Tsend vonnöten«, fand Nergui. »Wenigstens hören wir dann, was für eine Geschichte er sich einfallen lässt.«

Doripalam nickte und holte sein Handy heraus. Er wählte die Nummer der Polizeidirektion in Bulgan. Nach mehrmaligem Klingeln hob jemand ab, eindeutig ein diensthabender Polizist der Nachtschicht.

»Ich muss Ihren Chef sprechen«, sagte Doripalam. »Ja, ich weiß, wie viel Uhr es ist. Mir war nicht klar, dass die Polizei hier oben nur zu bestimmten Geschäftszeiten arbeitet. Nein, es ist dringend. Hier ist Doripalam, Leiter der Abteilung Schwerkriminalität in Ulan-Bator. Ich bin hier oben in Ihrem Gebiet. Heute Nachmittag habe ich Ihrem Chef eine Nachricht hinterlassen, aber er hat sich nicht zu einem Rückruf bequemt. Ich stehe im Augenblick vor den Zelten der Nomaden und muss ihn sprechen. Auf der Stelle. Was? Nein, mir ist egal, was für Befehle Sie haben. Neben mir steht Nergui, ein Vertreter der Staatssicherheit, und ich glaube, keiner von uns wäre sehr erfreut, wenn wir nicht innerhalb der nächsten, na, sagen wir, zwei Minuten einen Rückruf bekämen. Ja, tun Sie das.«

Er beendete das Gespräch und schaute Nergui an. »Tsend wird umgehend zurückrufen.«

Nergui zog eine Augenbraue hoch. »Hoffen wir's. Wir Typen aus dem Ministerium mögen es nicht, wenn man uns warten lässt.«

Im selben Moment klingelte, gleichsam als Reaktion auf diesen süffisanten Kommentar, das Handy. Mit einem schwachen Lächeln drückte Doripalam die Ruftaste. »Sehr gut, dass Sie zurückrufen«, sagte er. »Nein, das würde mir nicht im Traum einfallen. Aber ich glaube, Sie könnten sehr wohl die unsere vergeuden.« Im Laufe des Gesprächs wurde seine Stimme immer lauter, offensichtlich um sich über das hinwegzusetzen, was Tsend am anderen Ende der Leitung sagte. »Nein – offen gesagt, mir ist völlig gleichgültig, wie Sie über mein Verhalten denken. Sie können sich beschweren, bei wem Sie wollen. Ich bin sicher, dass mein Kollege vom Ministerium Ihre Beschwerde nur allzu gerne beschleunigen wird. In der Zwischenzeit wüsste ich gerne, warum meine Anweisungen nicht befolgt worden sind.«

Es folgte ein Moment der Stille, der eindeutig auch Tsend am anderen Ende der Leitung mit einschloss.

»Ich habe Ihnen vier Männer in Gewahrsam gegeben«, fuhr Doripalam fort. »Potentielle wichtige Zeugen in einem Mordfall. Die Polizeischutz brauchten, um den ich Sie gebeten hatte. Im Übrigen habe ich unmissverständlich klargemacht, dass es sich hierbei um einen Fall von Schwerkriminalität handelt, der nicht in Ihren lokalen Zuständigkeitsbereich fällt.« Er hielt inne, um zu sehen, ob Tsend sich dazu äußerte, aber das Schweigen am anderen Ende der Leitung setzte sich fort. »Ich stehe jetzt im Lager der Männer. Und stelle fest, dass ihre Zelte gründlich durchsucht worden sind, anscheinend von Ihren Leuten. Ich wüsste sehr gern, warum. Und wo die Männer jetzt sind.«

Wieder keine Antwort. Doripalam fragte sich schon fast, ob Tsend aufgelegt hatte, obwohl er den Atem des anderen Mannes zu hören glaubte. Er hörte selbst auf zu reden, entschlossen, keine weiteren Stichwörter zu liefern.

Als Tsend schließlich zu sprechen begann, klang er fast atemlos. »Die Männer sind gegangen«, sagte er. »Wir konnten sie nicht festhalten. Sie waren nicht inhaftiert, das hatten Sie ja so angeordnet. Wir konnten sie nicht gegen ihren Willen festhalten.«

»Und warum sollten sie so plötzlich verschwinden wollen?«, fragte Doripalam. »Sie brauchten dringend Schutz.«

»Ich weiß es nicht.« Wieder folgte eine lange Pause. »Wir hatten eine Wohnmöglichkeit für sie organisiert. Einen sicheren Unterschlupf. Ich war im Begriff gewesen, Sie wegen weiterer Anweisungen zu kontaktieren …« In Tsends Ton schwang ein leiser Vorwurf mit, den Doripalam zumindest teilweise als gerechtfertigt betrachtete. Er hatte die Sache nicht so weiterverfolgt, wie er es hätte tun sollen. Seitdem hatten die Dinge sich überschlagen, aber das war keine Entschuldigung. »Doch dann verschwanden sie über Nacht. Ich weiß nicht, warum. Deshalb habe ich meine Leute zu ihrem Lager hinausgeschickt. Um zu sehen, ob die Zelte abgebaut waren. Und ob es irgendeinen Hinweis auf ihren Verbleib gab.« Erneut war ein leichtes Zögern zu spüren, bevor Tsend, nun selbstbewusster, fortfuhr: »Ich dachte, ich sollte vielleicht erst alle Fakten zusammentragen lassen, ehe ich Sie über die Situation unterrichte.«

Das klang durchaus plausibel, wenn man von der Annahme ausging, dass die vier Männer aus freien Stücken verschwunden waren. Es wäre nicht weiter verwunderlich gewesen, wenn dieser Polizeichef aus der Provinz sich seiner Sache erst hätte ganz sicher sein wollen, bevor er darüber Bericht erstattete. Vielleicht hatte es deswegen so lange gedauert, bis er Doripalam zurückrief. Auf der anderen Seite erklärte das noch nicht, warum die Männer so plötzlich hatten aufbrechen wollen.

»Sie haben also keine Ahnung, warum sie gegangen sind? Oder wohin?«

»Nicht die Mindeste«, antwortete Tsend. »Allerdings war mir anfangs die Bedeutung dieser Leute gar nicht klar. Das fiel ja in die Zuständigkeit der Abteilung Schwerkriminalität.« Doripalam fand, dass der Polizeichef von Bulgan, nachdem er sich bisher in dem Telefonat ganz gut geschlagen hatte, inzwischen viel selbstsicherer klang. Es konnte sogar sein, dass Tsends Rolle in der ganzen Angelegenheit völlig harmlos war. Falls die Nomaden sich von der Polizei bedroht gefühlt hatten – oder schlimmer noch, wenn ihnen sogar etwas zugestoßen war –, konnten die Schuldigen sich ebenso gut auf niedrigeren Rängen befinden. Und vielleicht war das alles auch nur eine Art Paranoia, noch so ein von Muunokhoi inspirierter Geist.

»Ganz richtig«, räumte Doripalam ein. »Aber diese Leute sind wichtige Zeugen – inzwischen vielleicht noch wichtiger, als wir ursprünglich dachten. Wir müssen sie unbedingt finden. Ich möchte, dass Sie alle zur Verfügung stehenden Kräfte darauf verwenden.«

Tsends Widerstreben äußerte sich nur in einem ganz kurzen Zögern, bevor er sagte: »Ja, natürlich. Meine Männer sind schon dabei. Ich werde es aber als Priorität behandeln.«

»Dafür wäre ich Ihnen sehr dankbar«, sagte Doripalam, sehr darum bemüht, keine Spur von Ironie durchklingen zu lassen. »Tut mir leid, dass ich Ihren Feierabend gestört habe.«

»Kein Problem. Wie gesagt, der Abteilung Schwerkriminalität bin ich immer gern behilflich.« Tsend gab sich weniger Mühe, seinen Ton zu mäßigen. »Gute Nacht.«

Den Blick auf das stumme Handy geheftet, stand Doripalam einen Moment da. Er schaute Nergui durch die Dunkelheit an und fasste das Wesentliche des Telefongesprächs zusammen.

Nergui zuckte die Schultern. »Wie Sie sagen, klingt es durchaus überzeugend. Allerdings erklärt es nicht, warum die Männer plötzlich entschieden haben, auf den Polizeischutz zu verzichten.«

»Wir müssen davon ausgehen, dass sie sich nicht sicher fühlten.«

»Entweder das«, sagte Nergui, »oder sie haben eine entsprechende Erfahrung gemacht.«

Doripalam nickte finster. »Hoffen wir, dass dem nicht so ist«, bemerkte er. »Hoffen wir, dass sie aus freien Stücken gegangen sind.«

Nergui trat ein paar Schritte nach vorne in die dichter werdende Dunkelheit. »Glauben Sie, dass wir in den Jurten noch irgendetwas finden?«

»Vermutlich nicht«, sagte Doripalam. »Wenn es etwas gäbe, hätten die Kollegen hier es sicher entdeckt. Sie haben alles ziemlich gründlich durchkämmt.«

»Trotzdem«, erwiderte Nergui, »ich möchte die Suche nach unseren Freunden nicht allein der hiesigen Polizei überlassen.«

»Wir haben keine große Wahl«, sagte Doripalam. »Allein werden wir hier wohl kaum etwas erreichen können.«

Als hörte er ihm gar nicht zu, schaltete Nergui seine Taschenlampe an und begann, langsam um die Jurten herumzugehen, den Blick auf den Boden gerichtet, als suchte er nach einem weggeworfenen Gegenstand. Durch die Bäume war der Mond höher gestiegen und warf ein blasses Licht über die Steppe.

»Nergui«, sagte Doripalam. »Ich glaube nicht ...«

Nergui hob die Hand, als wollte er Doripalam zum Schweigen bringen. Er war kaum mehr als eine Silhouette vor dem fahleren, mit Sternen übersäten Himmel, während der Schein der Taschenlampe in seiner Hand tanzte. Als er hinter den Jurten verschwand, verlor Doripalam ihn für einen Moment aus den Augen. Dann tauchte er unerwartet wieder auf, den Lichtstrahl direkt auf Doripalam gerichtet. »Irgendetwas«, sagte er mit einer Stimme, die kaum mehr als ein Flüstern war, »irgendetwas stimmt hier nicht.«

»Wie meinen Sie das?«, fragte Doripalam.

»Falls die hiesige Polizei wirklich nach diesen Leuten sucht«, sagte Nergui, »würden sie diesen Ort hier unter Beobachtung halten. Wenn die Männer tatsächlich verschwunden sind, besteht doch eine gute Chance, dass sie zurückkommen, und sei es nur, um ihre Habseligkeiten zu holen.«

»Vielleicht auch nicht. Es gibt viele Möglichkeiten. Wenn sie so verängstigt sind, wie wir glauben, wagen sie es vermutlich nicht, noch einmal hierherzukommen, egal was sie hier zurückgelassen haben.« Doripalam hielt inne. »Natürlich ist es auch möglich, dass sie nicht einfach verschwunden sind. Dass sie gar nicht in der Lage sind, überhaupt noch einmal irgendwohin zurückzukommen. Außerdem gehen Sie davon aus, dass Tsend die Wahrheit gesagt hat, als er behauptete, sie hätten mit der Suche begonnen.«

»Da haben Sie natürlich recht«, sagte Nergui. »Ich glaube aber, dass dann zumindest das Lager überwacht werden müsste. Es wäre völlig sinnlos, seine Leute herzuschicken, um es zu durchsuchen, es dann aber einfach so zurückzulassen.«

»Es sei denn, sie wussten, dass die Männer nicht mehr zurückkehren würden.«

»Natürlich, aber selbst wenn wir annehmen, dass Tsend in diese Angelegenheit verwickelt ist – immer unter der Voraussetzung, dass nicht die gesamte Polizei korrupt ist –, wird er pro forma alles durchexerzieren wollen, und sei es nur, damit es für Sie überzeugend aussieht.«

Doripalam nickte, obwohl ihm nicht ganz klar war, wie das alles zusammenpasste. »Woher wissen Sie denn überhaupt, dass das Lager hier nicht beobachtet wird?«, fragte er und schaute sich dabei mit leichtem Unbehagen um.

»Stimmt«, erwiderte Nergui. »Aber wenn der Beobachter zwei Männer gesehen hat, die hier herumlungern, hätte er dann nicht inzwischen Verstärkung herbeigerufen? Und dann wäre jetzt entweder Verstärkung unterwegs oder er wüsste – wenn er Tsend am Apparat gehabt hätte –, wer wir sind und käme aus der Deckung, um sich vorzustellen.« Doripalam konnte soeben Nerguis dunkles Gesicht im Mondlicht sehen. Er schien zu lächeln. Wie so oft bei Nergui fragte sich Doripalam, wie ernst er das alles nehmen sollte und gleichzeitig, wohin das alles führen könnte.

»Ich weiß es nicht«, gab Doripalam zu. »Im Gegensatz zu Ihnen glaube ich nicht so recht, dass die Menschen vernünftig denken.«

»Die Sache ist die«, fuhr Nergui fort. »Ich weiß, dass das Lager beobachtet wurde. Bis vor nicht allzu langer Zeit.«

Doripalam sah Nergui scharf an. »Was wollen Sie damit sagen?«

»Es tut mir leid«, antwortete Nergui. »Ich habe erst einmal für mich versucht, eine Antwort auf die Frage zu finden.«

»Welche Frage?«

Nergui ging langsam wieder um die Jurten herum und gab Doripalam ein Zeichen, ihm in den dunklen Schatten der Bäume zu folgen.

»Die Frage, wer das ist und wie er hierhergekommen ist.«

In einem etwas melodramatischen Gestus leuchtete er mit der Taschenlampe in die Dunkelheit. Jede weitere Melodramatik war jedoch überflüssig. Im hohen Gras, den Kopf merkwürdig zum Himmel gedreht, mit ausdruckslosen Augen, die im spärlichen Mondlicht glitzerten, lag ein Toter. Und nicht irgendein Toter, sondern ein toter Polizist, dessen Uniform von seinem eigenen, erst vor Kurzem vergossenen Blut durchtränkt war.

Sarangarel starrte aus dem Fenster. Nur wenige Minuten zuvor hatte sie draußen im Garten Bewegung wahrgenommen, deren Bedeutung ihr jedoch verborgen geblieben war. Irgendjemand – einer vom Personal, einer der Schlägertypen, vermutete sie – war mit erstaunter Miene über den makellosen Rasen gerannt. Sie hatte gesehen, dass er im Laufen eine Waffe gezogen hatte, und daraus geschlossen, dass dieses Intermezzo, was immer es bedeutete, nicht geplant gewesen war.

Leider hatte sie ihn danach aus den Augen verloren. Er war noch einmal kurz am Fenster vorbeigerannt, einen Ausdruck der Entschiedenheit im Gesicht, die Augen hinter einer verspiegelten Sonnenbrille verborgen, die für einen Moment den grellen Schein der Abendsonne einfing. Dann war er verschwunden, und ihr blieb die Frage, was da passiert war und was es für ihre augenblickliche Lage zu bedeuten hatte.

Von der sie nicht genau wusste, wie sie eigentlich aussah. Klar war immerhin, dass der kleine Mann, der sie befragt hatte, mit ihren Antworten nicht zufrieden gewesen war. Ganz offensichtlich hatte sie ihm nicht gegeben, was er erwartet hatte. Diese Leute, wer immer sie sein mochten, glaubten offenbar, dass sie etwas hatte, irgendeine Information. Und vielleicht traf das auch zu. Vielleicht wusste sie etwas, ohne zu wissen, dass sie es wusste.

Etwas in Zusammenhang mit den Papieren, die sie bekommen hatte, und mit ihrem Mann, so viel war sicher. Was sollte auch sonst an ihrem Leben interessant sein? Obwohl sie zur Richterschaft gehörte und dort ein höheres Amt bekleidete, war offenkundig, dass sie all das nicht einfach hinter sich lassen konnte. Sie hatte geglaubt, sich in jemand anderes verwandelt zu haben. Sie hatte gedacht, es sei möglich, sich selbst neu zu erschaffen, alles zu vergessen, was früher passiert war. Aber das war natürlich nicht möglich. Unter all dem Neuen war sie immer noch die Frau, die damals diese Ehe eingegangen war, die mit den Folgen gelebt hatte. Und sie war – was sie als das eigentlich Zermürbende empfand – die Frau, die sich auch jetzt noch damit auseinanderzusetzen hatte.

Sie stand noch eine Weile da, starrte hinaus in den stillen leeren Garten und schaute dem Spiel der untergehenden Sonne auf den Baumspitzen zu, bei dem Purpurrot auf glänzendes Blattgrün traf. Dann wandte sie sich wieder dem luxuriös eingerichteten Zimmer hinter sich zu. Ihr ursprünglicher Wächter war zurückgekommen und saß genauso da wie zuvor, reglos, anscheinend nicht an ihr interessiert. Mit ausdruckslosem Blick stierte er ins Leere.

»Wie lange dauert das hier noch?«, fragte sie.

Er drehte den Kopf zu ihr um, als sähe er sie zum ersten Mal, antwortete aber nicht.

»Das ist lächerlich«, sagte sie. »Es ist vollkommen klar, dass ich keine Ihrer Fragen beantworten kann. Und ebenso klar ist, dass Sie mich hier nicht ewig festhalten können.« Über ihre eigene Aussage stutzig geworden, hielt sie inne. Sie konnten sie so lange festhalten, wie sie wollten. Es kam nur darauf an, was sie mit ihr vorhatten. »Es wäre viel einfacher, wenn Sie mich jetzt gehen ließen. Hier liegt doch offensichtlich irgendein Missverständnis vor. Das verstehe ich selbstverständlich. Ich weiß, wie solche Dinge passieren. Das Einfachste wäre, Sie ließen mich jetzt gehen. Brächten mich zurück.« Sie plapperte munter drauflos, fand sie selbst, und war doch hart am Rande der Verzweiflung.

Der Mann schwieg, starrte sie aber weiter an, als spräche sie eine fremde Sprache. Vielleicht tat sie das. Dieser Mann sah wie ein Mongole aus, aber vielleicht war er gar keiner. Womöglich war er auch taub. Oder vielleicht ...

Sie schüttelte den Kopf. Das war lächerlich. Das waren reine Psychospiele, die sie da mit ihr trieben. Sie spielten mit ihr. Ließen sie warten. In einem Raum mit diesem Mann, der unfähig schien, in irgendeiner Weise auf sie zu reagieren. Sie hofften, dass sie am Ende klein beigeben und es ihnen erzählen würde. Und höchstwahrscheinlich hatten sie recht. Nur zu gerne würde sie jetzt gleich reden. Wenn sie nur wüsste, was sie wollten.

Sie wollte es gerade noch einmal mit ihrem Bewacher versuchen – nicht, weil sie irgendeine Antwort erwartete, sondern weil sie sich mit irgendetwas beschäftigen musste –, als die Tür des Wohnzimmers aufging. Sie rechnete damit, dass es wieder der kleine Mann von vorher war, doch stattdessen sah sie sich zwei Männern gegenüber, beide in dunklen Anzügen und mit ähnlichen verspiegelten Sonnenbrillen, wie der Mann draußen eine getragen hatte. Das war offensichtlich eine Art Uniform in diesem Haushalt. Es war möglich, dass einer dieser Männer die Gestalt war, die sie durchs Fenster gesehen hatte, aber sie hielt es für eher unwahrscheinlich. Obwohl sie alle ähnlich aussahen – Mongolen mit angeklatschten dunklen Haaren und identischen dunklen Anzügen –, war sie sich ziemlich sicher, dass keiner dieser Männer die Person von vorher war.

Die beiden Männer standen einen Moment lang schweigend im Türrahmen und musterten sie. Dann forderte einer von ihnen sie mit einer Handbewegung auf, ihnen zu folgen. »Hier lang«, sagte er in ruhigem, aber bestimmtem Ton.

Sie zögerte einen Augenblick, während sie sich fragte, wohin das alles wohl führen mochte. Der Mann am Tisch hatte keine Regung gezeigt, die Anwesenheit der beiden Gestalten an der Tür kaum registriert.

»Ich weiß nicht, ob ich ...«, sagte sie, und dann hatte sie vergessen, wie sie den Satz hatte beenden wollen.

Dazu bestand aber auch gar keine Notwendigkeit mehr. Einer der Männer ging auf sie zu und packte sie grob am Arm. Er zerrte sie hinüber zur Tür. Sie machte den Mund auf, um zu protestieren, doch als sie seinen Gesichtsausdruck sah, besann sie sich eines Besseren.

Gewaltsam wurde sie aus dem Raum und in die Diele gezogen. Sie hatte kaum die Größe der Diele registriert, als sie schon durch eine andere Tür gestoßen wurde.

Jenseits dieser Tür herrschte zunächst nur Dunkelheit. Ihre Augen gewöhnten sich aber rasch an die Finsternis, und dann stellte sie fest, dass am Ende eines kurzen Treppenabsatzes eine Reihe von Steinstufen in eine noch tiefere Dunkelheit hinabführte. Der Mann zu ihrer Linken zog an ihrem Arm und zerrte sie vorwärts, geradewegs auf die Treppe zu. Sie versuchte zu protestieren, aber die Worte blieben ihr in der trockenen Kehle stecken. Und dann wurde sie die Stufen hinuntergezogen, wobei ihre Stöckelschuhe an die harten steinernen Setzstufen stießen und sie zum Taumeln brachten. Einmal wäre sie fast hingefallen, wurde aber von den beiden Männern wieder hochgezogen.

Innerhalb von Sekunden waren sie am unteren Ende der Treppe angelangt. Im selben Moment wurde der Raum von gleißendem Licht erfüllt. Sie blinzelte, einen Moment lang unfähig, überhaupt etwas zu sehen, dann normalisierte sich ihr Sehvermögen allmählich wieder.

Sie nahm an, dass sie sich in einer Art Keller befanden. Im Gegensatz zu dem gut ausgestatteten Wohnzimmer, in dem sie sich bis dahin aufgehalten hatte, war es ein kahler Raum mit blankem Steinfußboden und unverputztem Mauerwerk. Abgesehen von ein paar funktionalen Metallstühlen und einer Reihe von Bänken entlang der Wand gab es keine Möbel und auch sonst keine Anzeichen dafür, dass der Raum bewohnt wurde. Die einzige Tür war die oben an der Treppe, durch die sie hereingekommen waren, Fenster gab es überhaupt keine.

Die Männer warteten einen Augenblick, dann schubste einer von ihnen sie plötzlich und unerwartet, worauf sie stolperte und hinfiel. Dabei schrammte sie sich auf dem harten Steinfußboden ein Knie auf, zerfetzte sich die Strumpfhose und spürte, wie ihr Seidenkleid ein Stückchen aufriss. Sie war ungünstig auf der Seite gelandet, für einen Moment blieb ihr die Luft weg.

Dann rollte sie sich, trotz dieser misslichen Lage noch von Kampfgeist erfüllt, auf die andere Seite und begann in einem plötzlichen Ausbruch der Wut, die sich in ihr angestaut hatte, seit sie in das Auto gezerrt worden war, den beiden Männern Schimpfwörter an den Kopf zu werfen.

Deren einzige Reaktion bestand darin, dass sie auf dem

Absatz kehrtmachten und die Treppe wieder hinaufstiegen. Sie rappelte sich hoch, um ihnen zu folgen, aber es war zu spät. Sie hatten die oberste Treppenstufe erreicht und schoben gerade die Tür auf. Als letzten Akt griff einer der Männer nach dem Lichtschalter und knipste das Licht aus, was den Raum in tiefe Finsternis stürzte. Mit einem Kopf so leer wie die Dunkelheit um sie herum stand Sarangarel da und wagte nicht, sich zu bewegen. Von irgendwo oben hörte sie das Klicken eines Schlüssels, der sich im Schlüsselloch drehte.

Tunjin lag nach wie vor am Boden und war kaum imstande, wieder zu Atem zu kommen. Der Mann mit der verspiegelten Sonnenbrille, der ihn hierhergebracht hatte, bewegte sich nicht. Tunjin konnte sehen, wie ihm das Blut aus dem Schädel rann, und fand, dass es aussah, als würde er sich womöglich nie mehr bewegen.

Schließlich zog Tunjin sich auf die Knie hoch und betrachtete die auf dem Steinfußboden hingestreckte Gestalt. Auf jedes Anzeichen einer plötzlichen Bewegung oder Reaktion gefasst, griff er vorsichtig nach dem Handgelenk des Mannes, der reglos dalag, während Tunjin versuchte, seinen Puls zu fühlen.

Er hatte keinen. Mit absoluter Sicherheit konnte man es nicht sagen – die Bedingungen waren nicht gerade ideal für eine medizinische Untersuchung –, aber nach Tunjins Überzeugung war der Mann tot. Worüber Tunjin unter den gegebenen Umständen nur mit Mühe Bedauern empfinden konnte.

Was bedeutete das aber nun für ihn? Wusste irgendjemand sonst, dass er hier war? Hatte der Mann auf Befehl gehandelt? Hatte er mit anderen in diesem Haus besprochen, auf wen er gestoßen war? Das erschien Tunjin wahrscheinlich. Wie hätte der Mann sonst wissen können, wer er war? Vielleicht hatte Tunjin aber auch einfach nur Pech gehabt und war auf jemanden getroffen, der ihn zufällig wiedererkannt hatte. Plausibler fand er allerdings die Möglichkeit, dass er auf einem Videoüberwachungsmonitor entdeckt und einer allgemeinen Erkennungsmaßnahme unterzogen worden war.

Aber selbst wenn das der Fall war, hatte Tunjin es zumindest geschafft, etwas Zeit zu gewinnen. Selbst wenn auch andere wussten, dass er hier war, waren sie jetzt vermutlich der Meinung, er sei in sicherer Verwahrung. Die Wahrheit würden sie erst erfahren, wenn der Mann, der ihn erwischt hatte, vermisst würde. Was, so musste Tunjin zugeben, womöglich nicht sehr lange dauern würde.

Er kroch zur Wand hinüber und zog sich langsam hoch. Wie so oft wünschte er, er wäre sportlicher oder zumindest weniger korpulent. Aber so, wie die Dinge standen, würde er in absehbarer Zeit seine leibliche Hülle so oder so verlassen, sodass es sinnlos war, sich darüber noch allzu sehr zu grämen. Wenn er hier je rauskommen sollte, dachte er sich, würde er eine Abmagerungskur machen. Er würde mit dem Trinken aufhören. All das. Wie oft hatte er solche Versprechungen schon gemacht?

Er sah sich in dem kahlen, leeren Raum um. Wie sollte er vorgehen? Er konnte sich wieder nach draußen begeben, was ihm irgendwie sicherer vorkam. Aber war es das wirklich? Sie hatten ihn im Garten schnell aufgespürt. Und, wichtiger noch, was konnte er draußen erreichen?

Falls er weiter ins Haus vordrang – nun, da war die Chance groß, dass sie ihn schnell bemerkten, was auf den Außenbereich allerdings auch zutraf. Und er hätte zumindest die Möglichkeit herauszufinden, was hier vor sich ging, vielleicht sogar zu erfahren, wer die Frau war, die vor seinen Augen in das Gebäude gebracht worden war.

Das klang ziemlich mager, selbst in den Ohren des stets optimistischen Tunjin. Aber jetzt war er nun mal hier, und einer von Muunokhois Schlägertypen lag tot zu seinen Füßen. Er konnte nichts anderes tun als vorwärtsgehen, wo immer ihn das hinführen würde.

Zumindest halbwegs überzeugt, trat er mit pochendem Herzen an die Tür, die ins Haus führte, und begann den Griff herunterzudrücken.

»Er ist tot«, sagte Doripalam und ließ das Handgelenk fallen, in dem er einen Pulsschlag zu fühlen versucht hatte.

Nergui nickte. »Danke, dass Sie so beharrlich waren«, sagte er. »Allerdings bekräftigt das nur, was ich schon vermutet hatte.«

Doripalam zuckte die Schultern. »Ich bin eben sehr gewissenhaft. Und falls das etwas nützt: Er ist noch nicht lange tot. Eine gewisse Körperwärme ist noch vorhanden. Der Abend ist auch nicht sehr kalt, aber – na, wer weiß? Vielleicht zwei oder drei Stunden.«

»Unsere Gerichtsmediziner wären nicht genauer gewesen«, sagte Nergui anerkennend. »Seit Kurzem, jedenfalls.«

»Seit Kurzem«, bestätigte Doripalam. Er erhob sich aus der Hocke und richtete den Blick auf die sie umgebenden Bäume, deren dunkle Schatten nur gegen das fahle Mondlicht zu erkennen waren. »Und er wurde erschossen. Was bedeutet, dass er aus einiger Entfernung getötet worden sein könnte.«

»Und das wiederum bedeutet«, griff Nergui den Gedanken auf, »dass auch wir Zielscheiben sein könnten.«

»Ich bin immer gerne vorsichtig.« Mit diesen Worten knipste Doripalam seine Taschenlampe aus.

Nergui folgte seinem Beispiel. »Ich vermute, Sie haben recht«, sagte er, »obwohl ich mich immer noch ziemlich unbehaglich fühle. Die Vorstellung, von einem Heckenschützen beobachtet zu werden, ist nicht gerade verlockend.«

Doripalam nickte. Es ist einfach lächerlich, dachte er. Da läuft ein Killer hier draußen herum. Wir wissen nicht, wer er ist oder warum er getötet hat. Alles, was wir bisher wissen, ist, dass sein Opfer ein Polizist ist. Wir sollten von hier verschwinden und bei Tageslicht wiederkommen. Auf der anderen Seite ist das die einzige Spur, die wir haben.

Seine Überlegungen wurden unvermittelt durch den ohrenbetäubenden Lärm eines Schusses unterbrochen. Nergui ließ sich auf der Stelle fallen, sodass Doripalam zunächst dachte, die Kugel hätte ihn erwischt, bis er sah, wie Nergui herumrollte und sich gegen einen Baum warf. Im selben Moment fiel ihm der silbrige Schimmer einer Waffe in Nerguis Hand auf. Nicht zum ersten Mal beschäftigte Doripalam die Frage, wie ein Mann, der zwanzig Jahre älter war als er, sich so schnell bewegen konnte. Erst dann kam ihm der Gedanke, sich auch fallen zu lassen, und während er nach seiner Pistole griff, fragte er sich, was zum Teufel eigentlich los war.

Flach ausgestreckt drückte er sich in das kalte, feuchte Gras und schaute sich fieberhaft nach ihrem Angreifer um, doch es gab keinerlei Anzeichen von Bewegung. Doripalam blickte zu Nergui hinüber.

Und dann hörten sie die Stimme dünn und zittrig in der kalten Nachtluft rufen. »Bitte bewegen Sie sich nicht«, sagte sie. »Halten Sie bitte still.« Es folgte eine Pause, in der die beiden Männer das nervöse Einatmen fast hören konnten. »Ich möchte Sie nicht auch noch töten müssen.«

21. KAPITEL

Minutenlang stand sie in der Dunkelheit und fragte sich, was jetzt wohl passieren würde. Es herrschte völlige Finsternis, und nachdem das leise Klicken des sich im Schloss drehenden Schlüssels verklungen war, hörte sie überhaupt kein Geräusch mehr.

Sie wagte nicht, sich zu bewegen. Soweit sie sich erinnerte, standen in dem Raum keine Möbel, sodass es letztlich nicht gefährlich war, sich durch die Dunkelheit bis an eine Wand vorzutasten. Viel Sinn hatte das aber auch nicht. Sie seufzte und ließ sich unter stechenden Schmerzen in ihrem verletzten Knie langsam auf den kalten Steinfußboden sinken.

Jetzt wurde ihr bewusst, dass ihr – von Anfang an nur halbherziger – Optimismus jeder Grundlage entbehrt hatte. Nachdem diese Männer sie auf der Suche nach irgendeiner geheimnisvollen Information erst einmal hierhergebracht hatten, würden sie sie auf keinen Fall einfach so wieder gehen lassen. Was hatte sie sich vorgestellt? Dass sie vielleicht zugeben würden, einen Fehler gemacht zu haben, und sie selbst das Ganze als Missverständnis abtun würde?

Nein. Nachdem sie diesen Weg einmal eingeschlagen hatten, gab es für sie kein Zurück mehr. Und ihr selbst blieb nichts anderes übrig, als den ganzen Weg mit ihnen zu gehen. Wohin auch immer.

Schließlich streckte sie sich auf dem kalten Steinboden aus und merkte, wie Verzweiflung sie überkam. Es gibt keinen Ausweg, dachte sie. Wo immer das alles hinführen mochte, dort wollte sie nicht hin. Von ihr aus konnte diese Dunkelheit für immer anhalten.

Was sie natürlich nicht tat. Sie hatte diesen Gedanken noch nicht zu Ende gedacht, da erstrahlte das Licht plötzlich wieder und blendete sie mit seinem unvermittelten Glanz. Reglos lag sie da. Was hatte sie wohl als Nächstes zu erwarten?

»Frau Radnaa«, sagte die Stimme. »Oder besser, Richterin Radnaa.«

Ins Licht blinzelnd fragte sie sich, wer da sprach; ihr war, als hätte sie diese Stimme schon einmal gehört.

»Tut mir leid«, sagte die Stimme. »Wenn es nach mir gegangen wäre, hätte es nicht so weit kommen müssen.«

Sie blinzelte immer noch, denn sie konnte nach wie vor nichts sehen; unschlüssig, ob sie dem, was sie erwartete, überhaupt begegnen wollte, probierte sie es allerdings auch nur mit halbem Herzen. Das Licht kam ihr zu hell vor, fast, als hätte es ihr für immer das Sehvermögen genommen.

»Aber hier sind wir beide nun«, sagte die Stimme. »Jetzt bleibt uns nichts anderes übrig, als damit zu leben.«

Während sie die Hände vors Gesicht schlug und versuchte, durch die Finger zu schauen, fiel ihr auf, dass der Sprecher, wer immer es sein mochte, sie als eine Art Komplizin betrachtete – als trüge sie einen Teil der Verantwortung dafür, dass sie hier gefangen war.

Als sie sich schließlich die Augen rieb, wurde ihre Sicht allmählich wieder klar. Sie nahm die nichtssagende Leere des Raums, das nackte Mauerwerk, den Steinfußboden wahr. Und dann, drüben am anderen Ende des Raums, einen Holzstuhl. Und darauf eine Gestalt.

Sie glaubte, den Mann wiederzuerkennen. Irgendwo hatte sie ihn schon einmal gesehen. Doch ihr Verstand funktionierte nicht richtig, war kaum in der Lage, irgendeine Information zu verarbeiten.

»Guten Tag, Frau Radnaa«, sagte die Stimme. »Ich bedaure, dass ich Sie nicht schon früher begrüßen konnte.«

Der Mann saß völlig entspannt auf dem harten Holzstuhl. Er trug ein teuer aussehendes gestreiftes Hemd mit aufgeknöpftem Kragen und dazu blaue Jeans. Sein Kopf war kahlgeschoren, an seinem linken Ohrläppchen baumelte ein Ohrring. Und er lächelte.

Sarangarel setzte sich auf, denn ihr war mit einem Mal bewusst geworden, wie unwürdig sie, auf dem harten Steinboden ausgestreckt, dalag. Ein ziemlicher Unterschied zu ihrer letzten Begegnung. »Sie sind es also?«, sagte sie und merkte im selben Moment, wie lächerlich ihre Worte klangen, die jetzt in dem leeren Raum widerhallten.

»Selbstverständlich«, antwortete Muunokhoi. »Aber daran haben Sie doch nie wirklich gezweifelt, oder?«

»Vermutlich nicht«, gab sie zu. Und fuhr nach kurzem Zögern fort: »Obwohl ich keine Ahnung habe, was Sie von mir wollen.« Wankend stand sie auf, bemüht, keine Anzeichen von Schwäche zu zeigen, was ihr jedoch nur mäßig gelang.

Die Gliedmaßen entspannt von sich gestreckt, nickte er. »Ich kann mir vorstellen, dass es schwierig ist, über diese Dinge zu sprechen.« Er hielt kurz inne. »Entschuldigen Sie«, sagte er dann. »Ich bin nicht gerade ein Gentleman. Sie werden sich setzen wollen.« Er deutete neben sich. Dort stand plötzlich, ein paar Schritte von ihm entfernt, ein zweiter Holzstuhl. »Bitte.«

Erst jetzt schoss ihr die Frage durch den Kopf, woher diese Stühle, von Muunokhoi selbst ganz zu schweigen, gekommen waren. Immer noch halb benommen von dem gleißenden Licht schaute sie sich um. Der Raum war so nackt und leer wie zuvor. Außer der Tür oben an der Treppe, durch die sie hereingebracht worden war, gab es keinen deutlich sichtbaren zweiten Eingang. Muunokhoi war anscheinend wie aus dem Nichts aufgetaucht.

Doch das alles war reine Schau, nur dazu gedacht, sie zu verunsichern. Im Grunde war es völlig egal, woher Muunokhoi gekommen war. Er war kein Gespenst. Er war ein echter, lebendiger Mensch, der von irgendwoher gekommen war. Es gab noch einen anderen Weg hier herein, einen verborgenen Eingang.

Sie wunderte sich, wie schwer es ihr fiel, ihre eigene Schlussfolgerung zu akzeptieren.

»So kann ich nicht mit Ihnen reden«, fuhr Muunokhoi fort. »Ich bitte Sie, Frau Radnaa, nehmen Sie doch Platz.«

Immer noch nicht ganz sicher auf den Beinen, taumelte Sarangarel vorwärts. Sie hatte kurz überlegt, ob es ihr einen psychologischen Vorteil brächte, wenn sie stehen bliebe. Doch ihr wurde schnell klar, dass das keine ernsthafte Alternative war: Sie konnte ja kaum aufrecht stehen.

Also machte sie noch drei Schritte und ließ sich auf den harten Holzstuhl fallen, bevor sie den Blick zu Muunokhoi hob. »Gut«, sagte sie, bemüht, nicht eingeschüchtert zu klingen. »Reden Sie jetzt mit mir. Erklären Sie mir, was das hier alles soll.«

Muunokhoi zuckte nachdenklich die Schultern, so als wüsste er nicht recht, wie er anfangen sollte. »Das ist eine lange Geschichte«, sagte er dann.

»Daran habe ich keinen Zweifel«, erwiderte Sarangarel, die allen Mut zusammennahm. »Aber von Ihnen hätte ich Besseres erwartet, Muunokhoi. Ich bin doch nicht hierhergebracht worden, um mir Märchen anzuhören.«

Er lächelte schwach. »Da haben Sie recht«, sagte er. »Ich sollte Ihnen nicht mit Geschichten kommen, die mit ›Es war einmal‹ beginnen. Aber wir Mongolen sind nun einmal Märchenerzähler.«

»Im Gerichtssaal höre ich jede Menge mongolischer Lügengeschichten«, sagte sie. »Ich weiß nicht, ob ich Ihre hören will.«

Er nickte, als dächte er ernsthaft über diese Bemerkung nach. »Ich möchte Sie nicht langweilen«, sagte er. »Aber meine Geschichte ist interessant. Vor allem für Sie, könnte ich mir vorstellen.«

Des Gesprächs bereits überdrüssig, zuckte sie nur die Schultern; zudem spürte sie plötzlich ihr verletztes Knie und einen dumpfen Schmerz im ganzen Körper. »Legen Sie los«, sagte sie. »Das ist ja offensichtlich Ihre Absicht.«

Darauf bedachte er sie mit einem Blick, aus dem das Lächeln verschwunden war, und zögerte, als wäre er sich plötzlich nicht mehr sicher, ob er ihr diese Geschichte wirklich erzählen wollte. Dann sagte er: »Gut. Genießen Sie meine Erzählkunst. ›Es war einmal‹, stimmt nicht ganz, aber es begann vor fünfzehn Jahren ...«

Sie nickte, entschlossen, ihm keine Gelegenheit zu melodramatischen Ausschmückungen zu geben. »Wann sonst?«

Jetzt wieder ein Lächeln auf den Lippen, zuckte er mit den Schultern. »Sie sind mir eindeutig voraus«, sagte er. »Vielleicht sollte ich Sie bitten, die Geschichte zu erzählen. Aber nein, Sie behaupten ja, nicht alle Einzelheiten zu kennen. Das ist der springende Punkt. Fünfzehn Jahre sind schließlich auch eine lange Zeit.«

»Im Moment«, bemerkte sie spitz, »erscheinen mir fünf Minuten schon wie eine lange Zeit. Wenn Sie mir etwas zu sagen haben, kommen Sie bitte auf den Punkt.«

Seine dunklen Pupillen funkelten im gleißenden Kellerlicht, als er den Blick auf Sarangarel richtete. »Ich hatte nicht vor, Ihre Geduld auf die Probe zu stellen. Aber ich muss vor fünfzehn Jahren beginnen. Damals waren Sie, glaube ich, verheiratet?«

Sie starrte ihn an, unwillig, in irgendeiner Weise auf seine Frage zu reagieren. Er wusste ganz genau, dass sie damals verheiratet gewesen war, und auch, mit wem, genauso wie er vermutlich ebenfalls wusste, dass sie jetzt nicht verheiratet war.

Dennoch nickte Muunokhoi, als hätte sie auf seine Frage geantwortet. »Ihr Gatte hat für mich gearbeitet, was Sie vermutlich schon geahnt haben.« Er hielt kurz inne. »Er gehörte allerdings nicht zu meinen fähigsten Mitarbeitern. Aber das überrascht Sie, wie ich annehme, auch nicht.« Wieder machte er eine Pause, als erwartete er irgendeine Reaktion. Das ist ein Mann, dachte sich Sarangarel, der es gewohnt ist, ein dankbares Publikum vor sich zu haben.

»Ihr Gatte war in vielerlei Hinsicht ein Dummkopf, Frau Radnaa. Ich will Ihnen nur ein paar Punkte aufzählen.« Er lächelte dünn, während er sie scharf beobachtete. Alles Inszenierung, dachte sie. Jedes Wort, jede Geste. Das war genauso wenig der wahre Muunokhoi wie die schweigende Gestalt, die ihr im Gerichtssaal gegenübergesessen hatte. Seine Augen funkelten, starrten sie an, ohne zu blinzeln, aber dahinter war nichts, keine Spur von Leben oder Persönlichkeit.

»Manche würden sagen«, fuhr er fort, »dass der erste Fehler Ihres Mannes darin bestand, mein Angebot einer Zusammenarbeit überhaupt anzunehmen. Allerdings wusste er nicht, dass das Angebot von mir kam, ebenso wenig wie ich – jedenfalls am Anfang – wusste, dass man es ihm gemacht hatte. Es war lediglich das Angebot, für eine meiner Firmen gewisse Importgeschäfte abzuwickeln. Die Bedingungen waren großzügig, wie ich sie mit meinen Zulieferfirmen immer aushandele. Ich glaube, Loyalität zu kaufen, lohnt sich immer, nicht wahr?« Lächelnd wartete er einen Moment, als rechnete er tatsächlich mit einer Antwort von ihr. »Wie Sie sich vorstellen können, hatte ich zu diesem Zeitpunkt keinen persönlichen Eindruck von Ihrem Mann. Er war uns von einem gemeinsamen Bekannten empfohlen worden, von dem wir erfuhren, dass er bereits erfolgreich ein Import-Export-Geschäft betrieb.«

Jetzt war es an Sarangarel, ein dünnes Lächeln aufzusetzen. »Ich hoffe, Ihre Quellen sind heute besser informiert.« Sie zögerte kurz, unschlüssig, wie weit sie das treiben sollte. »Vielleicht aber auch nicht, angesichts der Tatsache, dass Sie mich in der Hoffnung hierhergebracht haben, irgendwelche Informationen von mir zu bekommen.«

Muunokhoi ignorierte ihre Bemerkung. »Natürlich haben Sie recht. Wir waren irregeführt worden. Obwohl ich davon überzeugt bin, dass Ihr Mann es stets verstanden hat, Erfolg vorzutäuschen.«

»Eine seiner wenigen Begabungen«, sagte sie. »Eine fatale, wie sich herausstellte.«

»Wir hatten schnell heraus, dass das Geschäft Ihres Mannes durchaus nicht so florierte, wie er uns vielleicht glauben machen wollte. Das bereitete uns keine übermäßigen Sorgen, solange er in der Lage war, unseren Vertrag zu erfüllen – was anfangs kein Problem zu sein schien. Nach einem ersten Versuch boten wir ihm weitere Geschäfte an, die er zu unserer Zufriedenheit erledigte, sodass er ein ständiger Zulieferer wurde. Ja, mehr als das, er stellte uns manchen seiner eigenen Geschäftspartner vor – namentlich Khenbish, dem Soldaten, der uns nützliche – äh – Auslandsbeziehungen anbot. Anfangs waren wir mit Ihrem Mann hochzufrieden. Seine Kontakte eröffneten uns ein paar nützliche Geschäftsfelder. Einträgliche Bereiche.«

»Ich bin Khenbish nie begegnet«, sagte Sarangarel. »Soweit ich weiß, hatte er in Afghanistan gedient.« Den Blick aufmerksam auf Muunokhoi gerichtet, hielt sie inne und versuchte, in seinem Gesicht zu lesen. Seine Miene verriet jedoch nichts.

Sie erinnerte sich an diese Phase in ihrer Ehe, kurz vor Gansukhs Verhaftung und Tod. Gansukh hatte geglaubt, die Dinge würden sich endlich vorteilhaft für ihn entwickeln. Es bestand Aussicht auf fortlaufende Aufträge, es kam Geld herein. Zum ersten Mal erlaubte das Geschäft ihnen mehr als nur ein Leben von der Hand in den Mund. Er erzählte ihr wenig über die Art dieser neuen Kontakte, und sie hatte nicht allzu genau nachfragen wollen. Geglaubt hatte sie kein Wort davon. Gansukh war schon immer ein Traumtänzer gewesen. Sie wusste, dass er damals ganz gut Geld verdient hatte, war aber davon ausgegangen, dass das Ganze wie seine früheren Pläne im Sande verlaufen würde.

Selbst jetzt wusste sie nicht ganz genau, wovon Muunokhoi sprach, konnte sich aber ohne Weiteres die Art dieser illegalen Importe vorstellen, die am besten von einem verzichtbaren Dritten durchgeführt wurden. Vermutlich hatten sie im Gegensatz zu dem, was Muunokhoi jetzt behauptete, Gansukh gerade deswegen ausgesucht, weil sein Geschäft zu kämpfen hatte. Er hätte alles für diese Leute getan, und er war genau der kleine Fisch, den man augenblicklich fallen lassen konnte, wenn irgendetwas schiefging. Was bekanntlich geschehen war.

Als läse er ihre Gedanken, fuhr Muunokhoi fort: »Doch dann zeigte Ihr Mann allmählich, wie dumm er sein konnte. Zuerst entdeckten wir, dass er neben unseren Lieferungen noch weitere, ähnliche Geschäfte abwickelte. An sich nicht unbedingt ein Problem. Wir verlangen nicht von unseren Zulieferern, dass sie ausschließlich für uns arbeiten – das wäre unrealistisch –, erwarten allerdings, dass sie Diskretion und Sorgfalt walten lassen. Wir müssen unsere Interessen schützen. Und uns wurde bald klar, dass Ihr Mann weniger diskret und sorgfältig war, als wir es uns gewünscht hätten.« Er machte eine Pause. »Also fingen wir an, etwas besser auf ihn aufzupassen. Und entdeckten dabei, dass seine Dummheit wirklich beachtlich war. Er handelte nicht nur mit anderen Waren neben unseren, sondern ersetzte, wie es schien, gelegentlich unsere Produkte durch minderwertigere.« Hier hielt er wieder inne, als wollte er Sarangarel Gelegenheit geben, dieses Verhalten in seiner ganzen Unerhörtheit zu ermessen. »Mit anderen Worten«, fuhr er fort, »es kam vor, dass unsere Kunden schlechtere Ware bekamen, als sie erwartet hatten, während Ihr Mann vermutlich unsere Produkte an seine eigene Kundschaft verkaufte. Nicht gut für unsere geschäftliche Reputation.«

Sarangarel fand Muunokhois Weitschweifigkeit allmählich ermüdend. »Worüber reden wir hier eigentlich?«, fragte sie. »Über Drogen?«

Muunokhoi lächelte sie an. »Wir befriedigen einen vielfältigen Bedarf an Importgütern«, erklärte er und klang dabei, als machte er eine Aussage vor einem Regierungsausschuss.

»Warum haben Sie nicht zu dem Zeitpunkt etwas gegen Gansukh unternommen?«, fragte Sarangarel. »Ich bin sicher, dass Sie über Mittel verfügen, mit Leuten fertig zu werden, die Ihre strengen geschäftlichen Auflagen nicht erfüllen.«

Er nickte. »Wir hätten Maßnahmen ergriffen. Eine gewisse Disziplin muss im Geschäftsleben sein. Dank der Dummheit Ihres Mannes wurde das jedoch überflüssig.«

»Er wurde verhaftet«, sagte sie. Sie zögerte, denn ihr schoss ein anderer Gedanke durch den Kopf. »Haben Sie dahintergesteckt?« Schließlich hatte Muunokhoi es ja nicht nötig, selbst brutale Methoden anzuwenden, dachte sie. Ein leises Wort in den richtigen Kreisen dürfte vermutlich genügt haben.

»Ich betreibe ein sehr gut funktionierendes Geschäft, Frau Radnaa. Ich verfüge über gute Kontakte. Ich lege strenge geschäftliche Maßstäbe an. Wenn irgendjemand – einer unserer Zulieferer – sich unbotmäßig verhielte, würde ich sicherlich erwägen, die entsprechende Behörde darauf aufmerksam zu machen. Was jedoch in diesem Fall gar nicht notwendig war. Ihr Mann war nicht nur unehrlich. Er war auch noch inkompetent.«

Sarangarel fragte sich, ob Muunokhoi wohl glaubte, mit diesen abschätzigen Äußerungen über Gansukh Eindruck auf sie machen zu können. Falls ja, wusste er ebenso wenig über sie wie über ihre Ehe.

»Es gibt bestimmte geschäftliche Vorgehensweisen, die sich über die Jahre als die wirkungsvollsten und sichersten Methoden herausgeschält haben, unser Geschäft zu betreiben. Wir haben Ihren Mann gebeten, sich an diese Vorgehensweisen zu halten. Er hat sich dagegen entschieden. Er wurde festgenommen. So erübrigte sich eine Maßnahme unsererseits.«

Das zu glauben fiel ihr nicht schwer. Gansukh hatte es verstanden, sich viele Leute zum Feind zu machen, aber niemanden so sehr wie sich selbst.

»Entschuldigen Sie«, sagte Sarangarel, »aber ich verstehe immer noch nicht, warum Sie mir das erzählen. Das ist alles schon sehr lange her. Ich wusste nichts davon. Ich weiß immer noch nichts davon.«

»Das verstehe ich«, antwortete er. »Aber damit fing die Dummheit Ihres Mannes erst an. Wie schon gesagt, wir erwarten eine gewisse Diskretion von unseren Zulieferfirmen, vor allem, wenn etwas schiefgeht. Das ist einer der Gründe, warum wir sie so gut bezahlen. Wir organisieren die Dinge sehr sorgfältig, damit das Wesen unserer Geschäftsbeziehungen nicht allzu deutlich wird.«

Da hätte ich drauf wetten können, dachte sie und bemerkte: »Sie meinen, damit niemand Sie mit den armen Schweinen in Verbindung bringen kann, die die Drecksarbeit für Sie machen.«

»Ich würde es nicht so formulieren«, entgegnete Muunokhoi. »Aber es ist eine passable Zusammenfassung.«

»Haben Sie denn keine Verträge? Irgendwelche schriftlichen Vereinbarungen?«

Er nickte. »Doch, nur geben die Verträge – beziehungsweise die beteiligten Firmen – die Art des durchgeführten Geschäfts nicht immer so genau wieder.«

Sarangarel fragte sich, woher Muunokhoi diesen westlichen Geschäftsjargon hatte. War das heute die Sprache der Gangster? Verbargen sie die Realität ihrer verbrecherischen Umtriebe unter dem Mantel bedeutungslosen Geschwätzes? Ein weiterer Triumph des westlichen Kapitalismus. »Und wie stellen Sie sicher, dass Ihre – Zulieferer sich an Ihre wahren Bedingungen halten?«, fragte sie und verachtete sich selbst dafür, dass sie jetzt auch diese verhüllende Sprache benutzte.

Er zuckte die Schultern. »Die meisten unserer Verträge sind mündlich geschlossen«, erklärte er. »Das spielt überhaupt keine Rolle. Unseren Zulieferern – wie auch unseren Kunden – ist vollkommen klar, was sie erwartet, wenn sie sich nicht an unsere Bedingungen halten. Es ist eine Sache der Ehre.«

Fast hätte sie laut aufgelacht. Glaubte Muunokhoi das alles wirklich? Hatte er sich so im Labyrinth seiner Geschäfte verirrt, dass er nicht mehr erkannte, worin er tatsächlich verstrickt war? Schon möglich, dachte sie. Und das Ganze unterschied sich wohl nicht von jeder anderen Geschäftstätigkeit – allenfalls im Ausmaß. Die Leute in den Vorstandsetagen blendeten die Realität nur zu gerne aus. »Und ich nehme an, Gansukh war nicht so ehrenhaft?«, sagte sie. Zum ersten

Mal verspürte sie fast so etwas wie Bewunderung für ihren verstorbenen Mann.

»So könnte man sagen. Ich glaube, er hatte versucht, eine Art Versicherung abzuschließen. Er wusste, dass er ein gefährliches Spiel spielte, aber leider packte ihn die Gier.«

Ganz schön dreist von Muunokhoi, anderen Vorträge über die Gefahren der Gier zu halten, das musste sie ihm lassen.

»Er versuchte, sich abzusichern. Dazu hatte er einige der Gespräche, die er – telefonisch oder unter vier Augen – mit meinen Leuten geführt hatte, aufgenommen. Vermutlich keine gute Qualität, aber gut genug, um potentiell belastendes Material darzustellen. Und dann war da noch Khenbish. Zu ihm bauten wir eine engere Beziehung auf als zu Ihrem Mann, da er meinen Firmen ein paar lukrative Möglichkeiten im Ausland verschaffen konnte. Unsere Beziehung war etwas – formeller. Wir hatten – jedenfalls am Anfang – nicht gemerkt, dass Khenbish auch eng mit Ihrem Mann zusammenarbeitete und in einige von dessen kleinen Gaunereien verwickelt war. Ein Jammer. Khenbish hätte sehr erfolgreich mit uns arbeiten können, ohne in solch üble Machenschaften hineingezogen zu werden, wenn er nur ein ehrliches Spiel gespielt hätte.«

In ihrem beruflichen Alltag wunderte Sarangarel sich immer wieder aufs Neue über die feinen Abstufungen krimineller Moral. Unter anderen Umständen hätte sie sich über Muunokhois Verachtung für jene, die es als Verbrecher nicht so weit gebracht hatten wie er selbst, königlich amüsiert.

»Wir hatten nicht – jedenfalls nicht sofort – bemerkt, dass Khenbish Ihrem Mann von einigen dieser Vereinbarungen erzählt hatte. Wir wissen nicht genau, was verraten wurde, haben aber Grund zu der Annahme, dass Ihr Mann zumindest von einem Teil des Materials Kopien anfertigte.«

Zu ihrer eigenen Überraschung musste sie an dieser Stelle tatsächlich laut lachen. Muunokhoi zeigte zum ersten Mal eine Reaktion, indem er verwundert seine ausdruckslosen Augen aufriss. »Was finden Sie daran so lustig?«, wollte er wissen.

»Sie haben sich große Mühe gegeben, mir vor Augen zu führen, wie dumm mein verstorbener Mann war – für mich, wie ich Ihnen sagen muss, keine Neuigkeit. Nun scheint mir aber, dass er vermutlich doch schlauer war, als Sie ihm zugebilligt haben.«

Muunokhoi nickte. »Ein gewisses Maß an – Cleverness war durchaus vorhanden, das gebe ich zu. Er war ein anderes Kaliber als die, mit denen wir sonst zu tun hatten.«

»Wie auch immer«, fuhr sie fort, bemüht, eine Art psychologischen Vorteil zu nutzen, auch wenn ihr immer noch nicht klar war, wohin diese Diskussion führen würde, »woher wissen Sie, dass er versuchte, sich so etwas wie – eine Versicherung zu verschaffen? Hat er – Forderungen gestellt?« Dieses schönfärberische Gerede war auf bestürzende Weise ansteckend.

»Dazu hatte er keine Chance«, antwortete Muunokhoi.

»Deshalb haben Sie ihn umbringen lassen«, sagte sie nur, gespannt auf seine Reaktion.

Er warf die Hände in die Luft und lachte. »Frau Radnaa, ich bin kein Mörder. Ich kann nicht leugnen, dass der Selbstmord Ihres Mannes mir insofern gelegen kam, als er ein Risiko ausschaltete. Aber ich brauchte nicht selbst aktiv zu werden. Ich musste mich nirgendwo hinbegeben.«

Auf der Suche nach einer Gefühlsregung, irgendeiner Offenbarung in seiner Miene, starrte sie ihn an, fand jedoch nichts.

»Was glauben Sie denn nun, warum er dieses Material hatte?«, wiederholte sie.

Muunokhoi zuckte die Schultern. »Ein paar Dinge haben wir von Khenbish erfahren, der um einiges kooperativer wurde, als er merkte, dass wir von seinen Geschäften mit Ihrem Mann wussten.«

»Das kann ich mir denken«, sagte sie. »Ich hoffe, Sie haben im Gegenzug gut für ihn gesorgt.«

»Betrüblicherweise hatten wir dazu keine Gelegenheit mehr.«

»Ihn haben Sie auch getötet.«

»Frau Radnaa, Sie haben wirklich eine schlechte Meinung von mir, nicht wahr?«

»Sie machen sich gar keinen Begriff!«, antwortete Sarangarel.

»Er war Soldat. Er ist im Kampf gestorben. Oder zumindest im Dienst.«

»Sie haben wirklich kein Glück, Muunokhoi. Überall um Sie herum sterben die Leute.«

Er lächelte eiskalt. »Dann sollte es Sie beunruhigen, dass Sie jetzt hier bei mir sind, Frau Radnaa. Umso mehr, als ich glaube, dass ein Teil der Versicherungsunterlagen Ihres Mannes sich in Ihrem Besitz befindet.«

»Sie glauben, ich hätte Unterlagen, die Sie belasten könnten?«

»Ich weiß nicht, was der Inhalt dieser Unterlagen ist«, erklärte Muunokhoi, »glaube aber, dass Ihr Mann einen gewissen Schutz darin sah.«

»Und deshalb hat er sie einem Cousin am anderen Ende der Mongolei zur Aufbewahrung geschickt?«, sagte sie. »Falls ja, war das ein weiterer kluger Schachzug. Auch da war er Ihnen also einen Schritt voraus.« Sie erinnerte sich an den Einbruch in ihre Wohnung kurz nach Gansukhs Tod, als ihre Welt noch ein völliges Durcheinander war. Sie hatte nur wenige Dinge von Wert besessen, und außer einem kleinen

Bargeldbetrag war nichts gestohlen worden. Die Wohnung war jedoch ein einziges Chaos gewesen, wahrscheinlich – so die Vermutung der Polizei –, weil die Einbrecher noch irgendetwas anderes gesucht hatten, das zu stehlen sich gelohnt hätte. Heute war sie allerdings sicher, dass Muunokhois Leute dahintergesteckt hatten, auf der Jagd nach diesen geheimnisvollen Unterlagen.

Muunokhoi nickte. »Klüger als wir dachten, gewiss. Schade, dass er nie dazu kam, sich diese Intelligenz zunutze zu machen. Schade auch – für ihn selbst, wohlgemerkt –, dass er nie die Gelegenheit hatte, die Versicherungspolice einzusetzen, die er so sorgfältig vorbereitet hatte.«

»Die Polizei glaubte, dass er im Begriff war, sich auf einen Handel einzulassen«, bemerkte sie. »Unmittelbar vor seinem Tod. Für einen Selbstmord schien das ein merkwürdiger Zeitpunkt zu sein.«

»Wer vermag schon die Wege eines verwirrten Geistes zu ergründen?«, sagte Muunokhoi scheinheilig.

»Im Augenblick fällt es mir jedenfalls sehr schwer«, sagte sie und beugte sich vor. Ihr war immer noch unheimlich, hier in diesem kahlen Raum mit einem äußerst gefährlichen Menschen eingesperrt zu sein, aber irgendwie hatte sie es, zumindest für den Moment, geschafft, ihre Angst zu verdrängen. Der einzige Weg hier heraus war der der Argumentation: Sie musste Muunokhoi irgendwie davon überzeugen, dass es nicht in seinem Interesse lag, ihr etwas anzutun. Die Aussicht auf Erfolg ging gegen null, aber eine andere Alternative sah sie nicht. Niemand sonst wusste, wo sie war. Höchstwahrscheinlich wusste niemand außer Nergui, dass sie entführt worden war, und sie hatte keine Ahnung, wie es Nergui mittlerweile erging. Falls ihm nichts Ernstes zugestoßen war, würde er vermutlich von selbst dahinterkommen, dass Muunokhoi hinter ihrer Entführung steckte. Aber sie war sich sehr wohl darüber im Klaren, dass auch er nicht so schnell an einen Hausdurchsuchungsbefehl für Muunokhois Anwesen herankäme. In der Zwischenzeit sah sie für sich selbst keine andere Möglichkeit, als weiter nachzubohren in der Hoffnung, dass sich ihre Freilassung irgendwie rechtfertigen ließe.

»Was ich nicht verstehe«, fuhr sie fort, »ist, was Sie eigentlich so beunruhigt. Selbst wenn es Gansukh gelungen ist, ein paar potentiell belastende Papiere zusammenzuschustern, und selbst wenn er sich als schlauer erwies, als Sie angenommen hatten, sollten Sie seine Fähigkeiten nicht überschätzen – die Bedrohung war doch vorbei, nachdem er ... nach seinem Tod.«

Muunokhoi nickte, als eröffnete sie ihm etwas ganz Neues. »Wir hielten das für wahrscheinlich«, sagte er. »Aber sicher waren wir uns nicht. Wenn Ihr Mann wirklich schlau war, hatte er noch irgendeinen Trumpf in der Hinterhand für den Fall, dass er bedroht würde. Jemand, der mit dem belastenden Material herausrückte, wenn er selbst dazu nicht mehr in der Lage war. Andernfalls – und ich spreche wohlgemerkt nur von dem, was im fiebrigen Kopf Ihres Mannes vor sich gegangen sein könnte – hätten die Unterlagen für ihn selbst gefährlich werden können.«

»Warum ist das Material dann nach seinem Tod nicht aufgetaucht?«, fragte Sarangarel. Das kam ihr alles weit hergeholt vor. Sie konnte sich nicht vorstellen, dass Gansukh den Scharfsinn und die Energie besessen hatte, etwas so Raffiniertes in die Wege zu leiten.

Muunokhoi zuckte die Schultern. »Ich nehme mal an, der Plan Ihres Mann war am Ende doch nicht ganz so ausgereift. Er machte sich zwar Sorgen, dass wir ihm etwas antun könnten, ging aber nicht davon aus, dass man ihn verhaften würde. Das hat ihn vermutlich völlig überrascht.«

Das klang durchaus einleuchtend. Die Geschichte von Gansukhs Leben. Selbst wenn er den Weitblick besessen hätte, sich diese vermeintliche Versicherung zu beschaffen, war es nicht weiter verwunderlich, dass seine Pläne fehlschlugen. »Und da waren die Unterlagen bereits weg.«

»Ich nehme an, die hat er bei der erstbesten Gelegenheit weggeschafft, damit bloß kein Beweis gegen ihn vorläge, falls wir misstrauisch würden. Hat sie vermutlich einfach seinem Cousin geschickt – vielleicht ohne große Erklärungen – und dazugeschrieben, er würde bald kommen und das Material sichten. Dazu hatte er jedoch keine Gelegenheit mehr. Auch nicht dazu, jemanden zu finden, der bereit wäre, die Unterlagen der Polizei vorzulegen, falls ihm etwas zustieße.«

»Ich verstehe, warum das keine attraktive Aufgabe ist«, bemerkte sie.

»Haben Sie sie deshalb abgelehnt?«, fragte Muunokhoi.

Sie schaute zu ihm auf. »Glauben Sie, er hätte mich gefragt?«

»Wem hätte er sonst trauen können?«

»Vermutlich niemandem«, sagte Sarangarel. »Aber mir hätte er auch nicht getraut. Nicht bei so etwas. Er hat mir nie von seinen – Geschäften erzählt. Er wusste, was ich davon hielt.«

»Aber Sie haben gerne ein Auge zugedrückt und von den Erlösen gelebt?«, sagte Muunokhoi mit einem Hauch von Belustigung.

»Ich habe mein eigenes Geld verdient«, erwiderte sie. »Nicht viel damals, aber Gansukh schaffte auch keine großen Summen heran. Es klingt albern, aber ich liebte Gansukh. Ich habe seine Geschäfte nicht gebilligt und ihm das auch gesagt, aber besonderen Nutzen habe ich daraus nicht gezogen.« Sarangarel wusste nicht, warum sie das Bedürfnis hatte, sich vor Muunokhoi zu rechtfertigen, außer vielleicht aus der Erkenntnis heraus, dass selbst unter Berücksichtigung ihres jugendlichen Mangels an Urteilsvermögen ein Körnchen Wahrheit in seiner Bemerkung steckte. »Ich wäre aber die Letzte gewesen, die er mit so etwas betraut hätte.«

»Dann hatte er vielleicht Probleme, jemanden zu finden«, sagte Muunokhoi. »Und deshalb blieb das Material ungenutzt.«

»Ist Ihnen je der Gedanke gekommen, dass Khenbish übertrieben hat, um sich bei Ihnen einzuschmeicheln? Dass er Gansukh damit vielleicht eine auswischen wollte?«

»Ich bin sogar sicher, dass er das getan hat«, antwortete Muunokhoi. »Aber ebenso sicher bin ich, dass die Unterlagen existierten. Und dass sie immer noch existieren.«

»Ich sehe immer noch nicht, wie ich Ihnen helfen kann oder warum Sie es für notwendig erachtet haben, mich gegen meinen Willen hierherzubringen. Gut, ich habe Material erhalten, das Gansukh gehörte und das er aus irgendeinem Grund bei seinem Cousin deponiert hatte. Ein Teil dieses Materials hat ohne Zweifel mit seinen Geschäften zu tun. Ich bin jedoch alles durchgegangen und habe nichts gesehen, was Sie belasten könnte. Im Übrigen bin ich davon überzeugt, dass Sie Mittel und Wege gefunden hätten, an die Unterlagen heranzukommen, wenn Sie nur gewollt hätten.« Sie hielt inne, während ihr Verstand fieberhaft arbeitete. »Überhaupt muss jemand Sie darüber informiert haben, dass sie mir zugegangen waren.« Erstaunt über ihre eigene Naivität, schüttelte sie den Kopf. Sie hatte sich für besonders schlau gehalten, als sie die Unterlagen ihrem Anwalt gezeigt hatte, denn sie war immer darauf bedacht gewesen, alles, was mit Gansukh zu tun hatte, so korrekt und transparent wie möglich zu behandeln, um ihre eigene berufliche Stellung nicht zu gefährden.

»Es war wichtig, Sie sehr genau im Auge zu behalten, Frau Radnaa. Selbst nach dieser ganzen Zeit. Nur für den Fall.«

Es sah also so aus, als hätte Nergui recht gehabt. Muunokhoi hatte tatsächlich alles unterwandert. Wohin man auch schaute, überall waren seine Leute, die Informationen weitergaben. Kein Wunder, dass Gansukh niemandem die Unterlagen hatte anvertrauen können.

Sie zuckte die Schultern. »So ganz in Ordnung erscheint es mir nicht, dass wir beide für die Dienste meines Anwalts gezahlt haben. Ich muss eine Rückerstattung verlangen. Aber dann ist das alles hier ja wirklich unnötig. Wenn mein Anwalt auf Ihrer Gehaltsliste steht, müssen sich die Papiere – oder Kopien davon – ja bereits in Ihrem Besitz befinden.«

Muunokhoi nickte. »Und Sie haben auch recht damit, dass die Unterlagen nichts Belastendes enthalten. Nichts Wesentliches, jedenfalls. Ein oder zwei Sachen, die mich unter Umständen geschäftlich etwas in Verlegenheit bringen könnten – oder damals hätten bringen können. Aber nichts Größeres.«

»Und warum bin ich dann hier?«, fragte Sarangarel. Vielleicht war diese ganze Situation gar nicht so rational zu erklären, wie sie gedacht hatte. Vielleicht war Muunokhoi gar nicht nur hinter den Papieren her. Vielleicht gab es da noch etwas anderes. Zum ersten Mal begann sie sich über seinen Gemütszustand Gedanken zu machen. Sie hatte ihn als berechnenden Geschäftsmann betrachtet – keine attraktive Erscheinung, aber für vernünftige Verhandlungen durchaus zu haben. Dessen war sie sich nun nicht mehr so sicher.

»Ich glaube, Sie wissen mehr, als Sie sagen, Frau Radnaa. Ich glaube, Sie wussten, dass Sie beobachtet wurden. Ich glaube, dass Sie in diesen Unterlagen noch etwas gefunden haben, was Sie nicht bei Ihrem Anwalt hinterlegt haben.«

»Warum sollte ich das tun?«, fragte sie. »Ich will mit dieser ganzen Sache nichts zu tun haben. Abgesehen von allem anderen habe ich meine eigene berufliche Position zu wahren. Das war ja auch der Hauptgrund, weshalb ich Gansukhs Material bei meinem Anwalt hinterlegt habe: Niemand sollte mich beschuldigen können, irgendetwas zu verbergen. Wenn ich in diesen Unterlagen etwas Wichtiges gefunden hätte, hätte ich es der Polizei übergeben.«

Mit einem dünnen Lächeln lehnte Muunokhoi sich auf seinem Stuhl zurück. »Ah, Frau Radnaa, hätten Sie das wirklich getan? Hätten Sie der Polizei dieses Material wirklich anvertraut? Sie sind doch eine intelligente Frau, und ich glaube, Sie hätten erkannt, dass es gefährlich sein könnte, solche Dinge aus der Hand zu geben. Selbst wenn es sich um die Polizei handelt.«

Sie starrte ihn an, erstaunt über die Seelenruhe, mit der er Nerguis schlimmste Vermutungen bestätigte.

Wieder war es, als läse er ihre Gedanken. »Und, was ebenfalls interessant ist, Frau Radnaa, wir wissen, wer bei Ihnen war, als wir Sie – auflasen. Einer meiner Männer erkannte sein Gesicht wieder, konnte aber keinen Namen damit verbinden. Als er mir davon berichtete, war mein erster Gedanke: Welch faszinierende Gesellschaft für Sie! Nerguis und meine gemeinsame Vergangenheit reicht weit zurück. Er gehört zu den höherrangigen Polizeibeamten, denen Sie sicher trauen konnten.«

»Nergui ist ein Freund«, sagte sie. »Auch unsere gemeinsame Vergangenheit ist schon alt, wie Sie sich ohne Zweifel erinnern werden.«

Er nickte, jetzt mit einem breiten Lächeln im Gesicht. »Es ist immer gut, eine alte Freundschaft neu zu beleben. Aber halten Sie mich nicht für einen Trottel, Frau Radnaa.«

Jetzt wurde Sarangarel allmählich so wütend, dass der in ihr aufsteigende Zorn ihre nagende Angst in den Hintergrund drängte. »Ich weiß nicht, wofür ich Sie halten soll«, sagte sie. »Ich habe den Verdacht, dass Sie verrückt sind. Sie betreiben eine über zehn Jahre alte – ja, was eigentlich genau? Eine Vendetta? Weil es meinem Mann trotz Ihrer ganzen Rücksichtslosigkeit gelungen ist, Ihnen eine größere Blamage zuzufügen, als Sie sich eingestehen wollen? Ist es das? Ausnahmsweise war Ihnen einmal jemand einen Schritt voraus, und Sie haben es nicht geschafft, alle notwendigen Maßnahmen zu ergreifen?«

Ihr war bewusst, dass ihr Temperament mit ihr durchging, dass sie dabei war, die womöglich letzte Chance zu verspielen, sich hier herauszureden. Doch die Worte purzelten einfach aus ihrem Mund, während sie darum kämpfte, ihre absurde Situation wenigstens zu verstehen. »Ich weiß nicht, was Gansukh getan hat«, fuhr sie fort, »und nach dieser ganzen Zeit ist mir das auch ziemlich egal. Vielleicht war er dieses eine Mal schlau. Vielleicht hatte er wirklich etwas gegen Sie in der Hand. In den mir zugegangenen Unterlagen habe ich allerdings keine Spur davon gefunden.« Sie hielt inne, während sie tief Luft holte und versuchte, ihre Fassung wiederzuerlangen. »Sie jagen Gespenstern nach, Muunokhoi. Ich glaube, dass Sie eines Tages im Gefängnis landen werden. Aber nicht wegen etwas, was Gansukh vielleicht gegen Sie in der Hand gehabt haben könnte, sondern einfach, weil Sie am Ende sind. Sie sind nicht mehr der Mann, der Sie einmal waren. Und eines Tages wird irgendjemand Sie irgendwie einholen.«

Muunokhoi schien ihre Tirade nicht sonderlich zu beeindrucken. »Ihr Freund Nergui hat mich zwanzig Jahre lang gejagt und ist nie an mich herangekommen. Ich glaube nicht, dass er mich jetzt kriegen wird.« Er hielt inne, während das leere Lächeln sich wieder auf seinem blassen Gesicht breitmachte. »Aber wir vergeuden wirklich Zeit, Frau Radnaa.

Ich sehe ein, dass Sie in Ihrer augenblicklichen Lage jede Menge Zeit zu verschwenden haben. Für mich gilt das jedoch nicht. Ich möchte wissen, was sonst noch in den Unterlagen war, die Sie erhalten haben.«

Sie starrte ihn an, unfähig, ernsthaft auf etwas einzugehen, was nicht viel mehr als eine fixe Idee zu sein schien. »Ich habe Ihnen gesagt, dass nichts anderes dabei war. Alles wurde meinem Anwalt übergeben – und, wie es scheint, unverzüglich an Sie weitergeleitet.«

»Und ich habe Ihnen gesagt, Frau Radnaa, Sie sollen mich nicht für einen Trottel halten. Sie sind eine intelligente Frau. Sie hätten Ihrem Anwalt nicht getraut. Der Polizei auch nicht. Sie wären die Unterlagen auf andere Weise losgeworden. Falls Sie sie Nergui ausgehändigt haben, werde ich Vorkehrungen zu ihrer Wiederbeschaffung treffen müssen.«

»Wiederbeschaffung?«

Sein Lächeln wurde noch breiter, was die Leere seiner Augen unterstrich. »Aha, verstehe. Sie machen sich Sorgen, dass Nergui etwas zustoßen könnte. Durchaus verständlich, wenn man bedenkt, was Sie über meine Moral geäußert haben. Sie werden Nergui aber in keine größere Gefahr bringen, wenn Sie zugeben, dass er jetzt das betreffende Material hat. Sie werden lediglich die Dinge vereinfachen.«

»Verstehen Sie denn nicht?«, sagte sie. »Ich habe Ihnen nichts zu sagen. Ich habe Nergui nichts ausgehändigt.«

Bedächtig schüttelte er den Kopf. »Es wäre alles so viel einfacher, wenn Sie sich kooperativ zeigten. Aber das scheint schwierig für Sie zu sein. Sie haben mich beschuldigt, eine Vendetta zu führen. Mir scheint es aber eher so, dass Sie es sind – und Nergui über die Jahre –, die die Vendetta geführt haben. Nergui hat seine Gründe, warum er mich hinter Gittern sehen will – nicht zuletzt, wie ich glaube, weil ich für ihn all das symbolisiere, was er in seiner beruflichen Laufbahn nicht erreicht hat. Er ist ein achtbarer Mann, und ich zweifle nicht daran, dass ihm das Wohl unserer Nation am Herzen liegt, aber er ist ein Mann der Vergangenheit. Er war nicht imstande, die Welle der Verwestlichung aufzuhalten, und sieht nun Tag für Tag, wie unser Land sich diese korrupte, dekadente Art immer mehr zu eigen macht. Das ist eine Tragödie, zweifelsohne, aber nicht meine.« Er zögerte, als forderte er sie zum Widerspruch auf. »Was Ihre Motive angeht, Frau Radnaa, nun – das weiß ich nicht. Eine Mischung, schätze ich. Zum einen halten Sie mich für schuldig am Tod Ihres Mannes.«

»Wenn Sie glauben …«

»Und zum anderen«, fuhr er fort, ohne sie zu beachten, »ist es für Sie gewiss eine Sache der Berufsehre. Sie fungierten als vorsitzende Richterin bei einem Fall, der offen gesagt ein Fiasko war. Nicht durch Ihre Schuld, wohlgemerkt. Aber es muss äußerst frustrierend für Sie gewesen sein, einen angeblichen Kriminellen wie mich einfach laufen lassen zu müssen.«

»Sie verstehen aber auch wirklich gar nichts!«, sagte sie, während von Neuem Wut über die Anmaßung dieses Mannes in ihr aufstieg. »Sie haben keine Ahnung von meinen Gefühlen für Gansukh – dass dieses Kapitel für mich vorbei ist. Und anscheinend begreifen Sie nicht einmal, dass meine Rolle als Richterin darin besteht, eine faire Verhandlung zu gewährleisten und nicht etwa, einer alten, gar nicht existierenden Vendetta nachzuhängen.«

»Selbst wenn ein so großer Interessenkonflikt wie dieser im Raum steht? Glauben Sie mir, wenn die Staatsanwaltschaft nicht so einen Riesenmist gebaut hätte, hätte ich für eine peinlich genaue Überprüfung Ihrer Position in diesem Prozess gesorgt.« Das Lächeln in seinem Gesicht wirkte jetzt wie aufgemalt.

»Was für eine Position? Was für ein Konflikt? Ich habe Ihnen gesagt, ich wusste nicht einmal, dass Gansukh für Sie arbeitete. Können Sie das nicht begreifen? Sie selbst oder das, was Sie vielleicht getan haben, ist mir egal. Es interessiert mich nicht.«

Noch während des Sprechens wurde ihr bewusst, dass sie nicht die Wahrheit sagte. Irgendwo tief in ihrem Inneren war immer noch eine Obsession vergraben. Deshalb hatte sie sich auch nach dem Prozess so irrational verhalten. Deshalb hatte sie Muunokhoi in dem Bestreben, irgendeine Reaktion hervorzurufen, die anonymen Briefe geschickt, ohne zu bedenken, dass er zu diesem Zeitpunkt vielleicht schon von der Existenz des Vermächtnisses erfahren hatte. Und ohne zu bedenken, dass alles, was sie tat, eine Paranoia förderte, die sich über mehr als ein Jahrzehnt aufgebaut hatte.

Aber genau darauf war sie aus gewesen. Auf diese Konfrontation. Diese Gelegenheit, den Mann, der Gansukh getötet und ihr Leben ins Chaos gestürzt hatte, auf Augenhöhe herauszufordern. Eine Chance, nach all den Jahren zu einer Art Auflösung, einem Abschluss zu kommen. So etwas wie einer Beendigung dieses Teils ihres Lebens.

Und hier war sie nun. Zu einem Abschluss würde jedoch nur Muunokhoi kommen. Ihre Schritte hatten sie ihm lediglich direkt in die Hände getrieben und ihm ermöglicht, endlich das letzte offene Problem zu lösen, das ihn bei seinem anscheinend unaufhaltsamen Aufstieg noch behindert hatte.

Dennoch zeigte er keine Reaktion. Sein Mund verzog sich zu etwas, was man als Lächeln hätte deuten können, wären da nicht seine Augen gewesen. Die waren so leer wie immer, als hätte jemand sie jeden Ausdrucks, jeden Gefühls beraubt.

»Dann tut es mir leid«, sagte er schließlich. »Ihre Kooperation hätte die Dinge viel unkomplizierter gemacht. Für mich. Für Sie. Und für Nergui.« Er zuckte die Schultern. »Aber so sei es nun. Ich kann meine Zeit nicht weiter damit verschwenden, mit Ihnen zu reden. Ich überlasse Sie jetzt Ihren Gedanken. Vielleicht überlegen Sie es sich ja noch anders. Falls ja, fürchte ich allerdings, dass es dann zu spät sein wird.«

Langsam, als hätte ihr Gespräch ihn ermüdet, stand er auf. Sarangarel fragte sich, ob er auf ebenso mysteriöse Weise verschwinden würde, wie er gekommen war – diese bühnenreife Vorstellung würde er sicher genießen –, doch stattdessen ging er einfach an ihr vorbei quer durch den Raum auf die Treppe zu.

Ihr schoss die Frage durch den Kopf, ob sie irgendetwas unternehmen konnte. Vielleicht versuchen, einen der Stühle als Waffe zu verwenden. Aber dann erkannte sie, dass beide Stühle fest in dem Betonfußboden verschraubt waren. Vermutlich hatte Muunokhoi diesen trostlosen Ort nicht zum ersten Mal zu einem solchen Zweck verwendet.

Andere Waffen waren nicht greifbar, und im Übrigen war Muunokhoi schon an der Treppe angelangt. Sie erwog, hinter ihm herzurennen, aber es war zu spät, denn er nahm bereits die ersten Stufen. Auf halber Höhe blieb er stehen, drehte sich um und blickte auf sie herab. »Denken Sie darüber nach«, sagte er. »Ich weiß nicht, wie lange ich Sie hier unten lassen werde. Oder was ich tue, wenn ich zurückkomme. Jedenfalls haben Sie keine Möglichkeit mehr, Nergui zu helfen. Es könnte sogar für Sie zu spät sein. Aber kooperieren können Sie vielleicht immer noch.«

Es klang wie eine Einladung, und sie überlegte, ob sie noch Zeit gewinnen könnte, indem sie sich kooperationsbereit zeigte, auch wenn sie ihm gar nichts zu sagen hatte. Sie wollte gerade anheben, da drehte Muunokhoi sich wieder um, und als hätte jemand auf ein Signal reagiert, öffnete sich die schwere Tür, um ihn hinauszulassen.

Das Zuschlagen der Tür hinter ihm hatte eine schreckliche Endgültigkeit. Ich habe es vermasselt, dachte sie. Sie war klug und redegewandt. Sie hätte in der Lage sein müssen, sich irgendwie da herauszureden oder wenigstens ein bisschen Zeit zu gewinnen. Vielleicht hatte Muunokhoi tatsächlich den Verstand verloren, aber damit hätte sie fertig werden müssen. Stattdessen hatte sie bloß versucht, rational zu argumentieren, und sich, als das nichts fruchtete, von ihm aus der Fassung bringen lassen.

Und sie war noch immer in diesem gesichtslosen Raum, ohne die geringste Ahnung, wie lange sie hierbleiben und was sie am Ende dieser Zeit erwarten würde. Zum ersten Mal gestattete sie sich, der Realität ihrer Lage ins Auge zu sehen. Muunokhoi würde niemals zulassen, dass sie diesen Raum lebend verließ. Sie würde sterben. Die Frage war nur, wann und wie. Nach allem, was sie von Muunokhoi gehört und gesehen hatte, konnte sie nicht davon ausgehen, dass sie eines schnellen oder barmherzigen Todes sterben würde.

Dazu kam aber noch etwas anderes – etwas, das sie, wie sie feststellte, fast ebenso ängstigte wie ihr bevorstehender Tod. Irgendwo da draußen lauerten Muunokhoi und seine Leute auf Nergui. Die Art, wie Muunokhoi gesprochen hatte, ließ sie hoffen, dass Nergui den Unfall zumindest überlebt hatte, wenn es auch durchaus möglich war, dass er verletzt irgendwo lag, ein hilfloses potentielles Opfer. Wo immer er war, es sah nicht gut um ihn aus.

22. KAPITEL

Doripalam lag so reglos, wie er konnte, auf der kalten Erde, hielt die Luft an und versuchte, in der Finsternis um sie herum irgendeine Bewegung auszumachen.

Obwohl er seinen Begleiter in der Dunkelheit nicht mehr sehen konnte, wusste er, dass Nergui ein paar Meter links von ihm mit gezogener Waffe ungefähr genauso dalag wie er.

Nachdem die zittrige Stimme verstummt war, hatte Doripalam nichts mehr gehört. Weder Schritte noch eine Bewegung, nichts, was die Anwesenheit eines Menschen verraten hätte. Das einzige Geräusch war das leise Säuseln des Windes in den Tannen. Der Mond stand jetzt höher, knapp über den Baumwipfeln, und goss fahles silbernes Licht über Waldland und Steppe aus. Doch Doripalam sah nichts anderes als ein filigranes Geflecht aus Grau und Schatten, in dem die Silhouetten der Jurten die einzigen massiven Formen darstellten. In dieser nahezu vollständigen Finsternis konnte er alle möglichen Geister beschwören, aber er hatte keine Ahnung, wo der Heckenschütze sich befinden könnte.

Er warf einen Blick zu der Stelle hinüber, wo er Nergui vermutete, doch die grasbewachsene Fläche zwischen den Bäumen schien leer zu sein. Nergui musste bereits seine Position verändert, sich dabei jedoch leiser bewegt haben als der Wind. Doripalam schaute sich um und versuchte, Nergui irgendwo zwischen den Bäumen auszumachen, konnte ihn aber immer noch nicht entdecken.

Er wälzte sich herum und drückte sich mit dem Rücken an einen Baum, so dass der Heckenschütze ihn nicht von hinten erwischen konnte. Nach wie vor konnte er nichts sehen oder hören.

Und dann nahm er plötzlich eine Bewegung wahr, kaum mehr als ein huschender Schatten vor den Bäumen, eine kurze Verdunkelung vor dem Schimmer des Mondlichts. Jetzt zog auch er seine Pistole und wartete mit angehaltenem Atem, den Blick auf diese Stelle gerichtet. War das der Heckenschütze, oder war es Nergui, der um die Jurten herumstrich?

Die Stille hielt an, bis aus der Nähe der Lichtung, wo er die Bewegung wahrgenommen hatte, ein Geräusch kam. Es war kaum mehr als ein leises Rascheln, vermutlich nur ein Tier, das sich seinen Weg zwischen den Bäumen und durchs Unterholz bahnte, aber Doripalam wartete angespannt auf irgendwelche weiteren Lebenszeichen.

Dann vernahm er viel deutlichere Geräusche. Zuerst dumpfe Schritte durch das Gras, darauf ein Klappern, als wäre etwas zu Boden gefallen, und zum Schluss einen jähen schrillen Schrei, der sofort erstickt wurde.

Nachdem Doripalam aufgestanden war, drückte er sich hinter den Baum, spähte in die Dunkelheit und versuchte auszumachen, was da vor sich ging. Jetzt gab es eindeutig Bewegung, eine Zusammenballung von Schatten unter den vom Mondlicht schwach beleuchteten Bäumen, plötzlich flüsternde Stimmen, und dann war die Bewegung vorbei.

Doripalam hob seine Pistole, bereit zu schießen, sobald ein mögliches Ziel deutlich sichtbar wäre.

»Damit halten Sie sich, glaube ich, besser zurück«, hörte er Nerguis Stimme sagen. »Es brächte Sie in Erklärungsnöte, wenn Sie mich versehentlich träfen. Ihre Taschenlampe können Sie aber wieder anknipsen.«

Doripalam tastete in seiner Tasche nach der Lampe, die er ausgemacht hatte, kaum dass der Schuss gefallen war. Er hielt sie in die Richtung von Nerguis Stimme und ließ plötzlich helles Licht in das Waldstück fallen.

Nergui lag auf dem Boden, den Arm fest um den Hals eines jungen Mannes gelegt, und zielte mit seiner Pistole auf dessen Kopf. Der junge Mann selbst wirkte völlig verängstigt, seine Augen blinzelten hektisch, während er versuchte, die Situation zu erfassen. Seine eigene Waffe lag mehrere Meter entfernt im Gras, vermutlich da, wo er sie fallen gelassen hatte, als Nergui sich auf ihn geworfen hatte.

»Wenn Sie Ihre Handschellen dabeihätten, wäre das ganz hilfreich«, sagte Nergui. »Ich würde mich nämlich lieber im Stehen mit diesem Individuum unterhalten.«

Nachdem Doripalam sich wieder gefangen hatte, zog er die Handschellen aus der Tasche und ging in die Hocke, um sie dem jungen Mann anzulegen. Der machte keinen Versuch, sich zu wehren. Ein Blick in sein verängstigtes Gesicht sagte Doripalam, dass der junge Mann auch dann gefügig gewesen wäre, wenn er keine Handschellen um die Gelenke und keine Waffe an der Schläfe gehabt hätte.

Doripalam zerrte den jungen Mann hoch und schubste ihn an die Zeltwand der am nächsten stehenden Jurte. Rasch durchsuchte er seine Taschen nach weiteren Waffen, fand jedoch nichts. Hinter ihm rappelte Nergui sich langsam hoch und wischte sich den Tau von den Kleidern. »Dieser Anzug wird in die Reinigung müssen«, sagte er. »Ein weiterer Anklagepunkt gegen diesen jungen Mann.«

»Zusammen mit dem Mord an einem Polizisten, meinen Sie?«, sagte Doripalam, der dem Mann immer noch die Waffe in den Rücken hielt.

»Zusammen damit, ja«, antwortete Nergui mit merkwürdig gleichgültiger Miene. Doripalam warf ihm einen flüchtigen Blick zu. Unter normalen Umständen wog kaum ein Verbrechen schwerer als der Mord an einem Polizeibeamten im Dienst.

Doripalam drehte den jungen Mann zu sich um. Er sollte jetzt mit den Formalitäten beginnen und den Mann wegen des Verdachts des Mordes an dem Polizisten, den sie im Wald gefunden hatten, verhaften. Ganz zu schweigen, dachte er, von dem versuchten Mord an ihm selbst und Nergui.

Die Taschenlampe ins Gesicht des jungen Mannes gerichtet, hob er an zu sprechen, brach jedoch sofort wieder ab. Langsam drehte er sich zu Nergui. »Wir sind uns schon begegnet«, erklärte er. »Sie waren einer der vier Männer, die wir beim ersten Mal hier angetroffen haben. Einer von Tserens Cousins.« Er zögerte, versuchte sich an den Namen zu erinnern.

»Kadyr«, stotterte der Mann. »Ja.« Er hielt inne, als suchte er nach den richtigen Worten. »Es tut mir leid«, sagte er schließlich.

»Tut Ihnen leid?« Doripalam starrte ihn an. »Sie – oder einer Ihrer Verwandten – haben damals einen Kollegen von mir angeschossen. Heute Nacht haben Sie einen anderen Polizeibeamten tödlich verletzt. Und mir reicht es offen gestanden auch, von Ihnen aufs Geratewohl unter Beschuss genommen zu werden.«

»Es tut mir leid«, wiederholte Kadyr. »Es ist nicht ...« Er zögerte. »Es ist nicht so, wie es aussieht.«

»Wie soll es denn sonst sein?«, fragte Doripalam. »Ein Polizist ist tot. Ein anderer verletzt.«

»Ich weiß«, stammelte Kadyr, »aber ...« Jetzt wusste er offensichtlich nicht mehr weiter und sah aus, als versuchte er, irgendeine zusammenhängende Antwort zu geben, bei der ihm jedoch die Sprache versagte.

Doripalam wollte schon reagieren, aber Nergui schaltete

sich von hinten ein und sprach mit seiner gewohnten, ruhigen Autorität. »Er hat recht«, erklärte er. »Es ist nicht, wie es aussieht. Aber das wissen wir schon. Ich glaube, Sie können Ihre Waffe wegstecken, Doripalam. Kadyr wird nirgendwo hingehen, jedenfalls nicht, solange wir hier sind. Es gibt sonst niemanden, dem er trauen kann. Nicht mehr.«

Doripalam drehte sich zu dem älteren Mann um und versuchte – wie so oft – herauszufinden, was genau ihm durch den Kopf ging.

»Wir sollten zum Wagen zurückgehen«, sagte Nergui. »Bald werden noch andere hier auftauchen. Wir müssen so schnell wie möglich weg von hier.«

»Andere? Sie meinen …«

»Mehr Polizisten. Mehr von Tsends Leuten.«

»Aber …«

»Und wenn sie uns hier finden, werden wir, glaube ich, die Erfahrung machen, dass die hiesige Polizei wenig Achtung vor den Eindringlingen aus der Hauptstadt hat, selbst wenn sie so hochrangig sind wie wir. Machen wir uns auf die Socken. Wir haben eine Menge zu besprechen mit – wie war doch gleich Ihr Name? – mit Kadyr.«

Da war etwas an der Art, wie Nergui diesen Satz aussprach. Er weiß etwas, dachte Doripalam. Es ist immer dasselbe. Er ist mir ein, zwei Schritte voraus, findet die Lösung für etwas, was ich gerade erst zu begreifen beginne. Es war klar, dass Kadyr, aus welchem Grund auch immer, genauso dachte. Er starrte Nergui entsetzt an, seine Angst war eindeutig noch größer als zuvor.

Er packte Kadyrs Arm und fing an, den jungen Mann Richtung Auto zu ziehen. Der Mond, der jetzt hoch über ihnen stand, warf sein kaltes Licht auf den Pfad, was die Schatten und die Löcher im Boden besonders scharf hervorhob. Nergui fing an, schneller zu gehen, fast zu rennen, als hätte er plötzlich eine Veränderung wahrgenommen. »Kommen Sie schon!«, sagte er noch einmal.

Und dann hörte es auch Doripalam, der einige Schritte hinter ihm lief: Das Geräusch eines Automotors, der noch weit weg war, sich aber rasch näherte. Obwohl Nergui so drängte, blieb Doripalam einen Moment stehen und versuchte, das Fahrzeug zu orten. Schließlich sah er es, zwei gedämpfte Lichter, die über die hügelige Steppe näher kamen. Das Auto war schlecht zu sehen, teils wegen der Entfernung, teils aber auch, weil trotz der Dunkelheit nur seine Standlichter eingeschaltet waren. Der Fahrer hatte offensichtlich gehofft, den Zeitpunkt ihrer Entdeckung so weit wie möglich hinauszuschieben, wohl wissend, dass das Fernlicht kilometerweit durch die weite Landschaft reichen würde.

Während Doripalam hinter Nergui und Kadyr herrannte, versuchte er auszurechnen, wie weit das Fahrzeug noch entfernt sein mochte. Zwei, drei Kilometer wahrscheinlich. Und sie selbst würden bis zu ihrem Geländewagen vier oder fünf Minuten brauchen, selbst wenn sie rannten. Aber auch dann gäbe es noch keine Garantie, dass sie schnell losfahren könnten, ging man einmal davon aus, dass die Neuankömmlinge so gefährlich waren, wie Nergui vermutete.

Mittlerweile zog Nergui Kadyr förmlich hinter sich her. Es war, als hätte der junge Mann aufgegeben, als wäre seine ganze Energie aus ihm gewichen. Doripalam beeilte sich, um seinem ehemaligen Chef zu Hilfe zu kommen, aber selbst mit Kadyrs Gewicht im Schlepptau bewegte er sich zu schnell. Doripalam hielt sich für einigermaßen fit, geriet aber bereits außer Atem und konnte mit dieser Geschwindigkeit kaum mithalten. Ihre Hast hatte etwas Irrationales, fast Abergläubisches an sich, so als glaubte Nergui, dass alles gut würde, wenn sie nur ihr Auto erreichten.

Und vielleicht wäre es auch so gewesen. Das würden sie

jedoch nie herausfinden, denn just als ihr eigener am Straßenrand geparkter Geländewagen in Sicht kam, tauchten die gedämpften Lichter des zweiten Fahrzeugs vor ihnen auf. Nergui blieb wankend stehen, mit einer Hand immer noch den jungen Mann umklammernd, als könnte der sonst davon schweben. Ziemlich außer Atem, tat Doripalam es ihm gleich.

Der Fahrer des näher kommenden Fahrzeugs – auch ein Geländewagen, dachte Doripalam – stieg in die Bremsen und ließ sein Gefährt so herumschleudern, dass es quer zur Straße zum Stehen kam. Er blendete auf, sodass Doripalam in dem grellen Licht einen Moment lang gar nichts sehen konnte. Er holte endlich Nergui und Kadyr ein. Letzterer sah inzwischen so aus, als dämmerte er nur noch dahin, den leeren Blick in das blendende Licht gerichtet.

Allmählich konnte Doripalam zwei Gestalten ausmachen, die aus dem Fahrzeug stiegen. Als die Erste in den Lichtkegel trat, atmete Doripalam erleichtert auf, denn er erkannte, dass Nergui mit seinen Vermutungen ausnahmsweise einmal falsch gelegen hatte. Es hätte überhaupt keinen Zweifel geben dürfen, dachte er, angesichts der unübertroffenen Methode, ein Auto zum Stehen zu bringen.

»Luvsan«, rief er, »danke …«

Und dann brach er ab. Die zweite Gestalt war vorgetreten, und plötzlich, als hätte eine Kamera scharf gestellt, wurde das ganze Bild vor Doripalams innerem Auge klar. Nergui starrte ins Licht, als hätte er es schon die ganze Zeit gewusst.

Eine beeindruckende Waffe fest in der Hand, grinste Luvsan sie an. Nicht aus Polizeibeständen, fiel Doripalam auf, der gedanklich immer noch Zusammenhänge herzustellen versuchte. Hinter ihm stand mit einem Sturmgewehr Tsend, der örtliche Polizeichef.

»Guten Abend, die Herren.« Luvsan nickte bedächtig erst Doripalam und dann Nergui zu. »Obwohl ich glaube, dass wir unter diesen Umständen auf die hierarchischen Konventionen verzichten können.«

»Ich befinde mich in illustrer Gesellschaft«, sagte Tsend von hinten. »Aber Aufforderungen aus dem Polizeipräsidium bin ich ja schon immer gerne nachgekommen.« Immer noch lächelnd schielte er auf Luvsan. »Wie Ihr Kollege hier Ihnen sicher nur zu gerne bestätigen wird.«

»Und ich hoffe«, ergänzte Luvsan, »dass es Ihnen ebenso leichtfallen wird, unseren Aufforderungen nachzukommen.« Er machte eine Geste mit seiner Pistole. »Es wäre äußerst respektlos von mir, das hier für einen hochrangigen Polizeibeamten oder gar …«, er verbeugte sich leicht vor Nergui, »… einen Ministerialbeamten zu verwenden.«

»Hier entlang, meine Herren«, sagte Tsend. »Wir haben einen Termin, den wir nicht verpassen dürfen.«

Tunjin hatte schon die Hand auf der Türklinke, als er innehielt und wieder zu dem Mann auf dem Boden zurückging. Jetzt bestand kein Zweifel mehr daran, dass er tot war, denn sein aufgeschlagener Kopf lag in einer rasch dunkler werdenden Blutlache. Tunjin hatte als Polizist viele Leichen gesehen, war bis dahin aber nie selbst für deren Ableben verantwortlich gewesen. Das war ein seltsames Gefühl. Er wusste, dass er sich nichts vorzuwerfen hatte – sein Verhalten war legitime Selbstverteidigung und der Tod des Mannes ein Unfall gewesen. Zudem war dieser Tod nach allem, was er über Muunokhois Schläger wusste, wahrscheinlich kein großer Verlust für die Gesellschaft.

Dennoch bebte Tunjin, als er sich über die Leiche beugte, vor – ja was? Schuld? Abscheu? Beides, dachte er, zusammen mit einem völlig verständlichen Schauder der Angst.

Er musste davon ausgehen, dass Leute, die Muunokhois Schergen töteten, ihre Tat nicht lange überlebten. Andererseits konnte er sich in Anbetracht seiner misslichen Lage insgesamt auch nicht vorstellen, dass das hier seine Lebenserwartung wesentlich verkürzt haben sollte. Er dachte kurz darüber nach, ob er die Leiche irgendwie verschwinden lassen könnte, kam aber zu dem Schluss, dass das nicht möglich war. In diesem Raum gab es kein Versteck dafür. Vielleicht könnte er sie nach draußen schleppen, in der Hoffnung, sie dort zwischen den Bäumen verstecken und so wenigstens ihre Entdeckung hinauszögern zu können, aber die Gefahr, auf den Monitoren der Überwachungskameras zu erscheinen, überwog mögliche Vorteile.

Tunjin blickte sich um und sah die Pistole des Mannes in einer Ecke des Raums liegen. Der Gedanke daran war es gewesen, der ihn an der Tür hatte zögern lassen. Ihm war plötzlich aufgefallen, dass sich seine eigene Waffe, die er von Agypar bekommen hatte, nicht mehr in seiner Tasche befand. Er konnte sich nicht erinnern, ob er sie oben auf dem Hügel bei Agypars Motorrad hatte liegen lassen oder ob sie ihm aus der Tasche gefallen war, während er den Abhang herunterpurzelte. So oder so war er gerade im Begriff gewesen, Muunokhois Haus unbewaffnet zu betreten. Sicher nicht der schlaueste Schachzug, aber typisch für seine bisherige Vorgehensweise.

Er hob die Pistole auf, wog sie leicht in der Hand und prüfte, ob sie geladen war. Von jetzt an musste er mit Bedacht vorgehen. Jeden Schritt genau überlegen. Nicht in seiner üblichen Art drauflosstolpern.

Allerdings überdauerte diese Entschlossenheit den Moment, in dem er behutsam die Tür zum Wohnbereich öffnete, nur für kurze Zeit. Vorsichtig spähte er hinaus und sah, dass die Tür auf einen langen Korridor hinausging, dessen aufwändige Tapeten und Teppiche in krassem Gegensatz zu dem nackten Raum standen, aus dem er gerade kam. Er trat hinaus, ließ die Tür hinter sich zugehen und hörte noch, wie sie mit einem deutlichen Klicken zufiel. Im selben Augenblick wurde ihm bewusst, dass sie ins Schloss gefallen war. Behutsam versuchte er, die Tür zu öffnen, erkannte aber rasch, dass er dazu einen Schlüssel gebraucht hätte. Na großartig! Der einzige ihm bekannte Fluchtweg, und er hatte es soeben fertiggebracht, ihn zu verriegeln! Das erleichterte ihm die Qual der Wahl.

Langsam und mit dem Gefühl, vollkommen exponiert zu sein, machte er sich auf den Weg den Korridor entlang. Der war zu beiden Seiten von Türen gesäumt, aber sie zu erkunden, fand Tunjin in diesem Stadium zu riskant – er hatte keine Ahnung, wer oder was sich dahinter befand. Als Erstes musste er sich einen Überblick über die Raumaufteilung des Hauses verschaffen.

Am Ende verbreiterte sich der Korridor zu einem größeren offenen Raum. Tunjin spähte vorsichtig um die Ecke, wo der dicke Teppichbelag einem blank polierten hellen Holzfußboden wich: eine Eingangshalle mit einer Tür, wenige Meter von ihm entfernt, die er für den Haupteingang des Hauses hielt. Rechts führte eine eindrucksvolle Treppe zu den oberen Stockwerken hinauf.

Aus einer halb offenen Tür auf der anderen Seite der Eingangshalle konnte Tunjin Stimmen hören. Er trat noch ein oder zwei Schritte vor, um einen Blick ins Innere dieses Raums zu erhaschen, und dann erstarrte er. Im Profil sah er eine Gestalt, die er sofort erkannte.

Muunokhoi. Daran bestand kein Zweifel. Die kleine, gedrungene Figur. Der kahlgeschorene Kopf. Und, obwohl das Gesicht von ihm abgewandt war, die dunklen, leeren Augen, die Tunjin genau vor sich sah. Er machte einen Schritt rückwärts und betete, dass diese Augen sich nicht zu ihm umwandten.

Also war Muunokhoi hier. Und vermutlich hatte seine Anwesenheit irgendwie mit der Frau zu tun, die früher am Tag, von Tunjin unbemerkt beobachtet, in das Haus geführt worden war.

Tunjin trat wieder einen Schritt vor, mied aber die Blickachse zwischen seinem Standort und der Tür und hoffte inständig, dass niemand aus dem Raum herauskam. Er versuchte zu hören, worüber dort wohl diskutiert wurde, konnte aber keine konkreten Wörter verstehen. Muunokhois gebieterische Töne klangen jedenfalls ganz und gar nicht zufrieden.

Tunjin blickte hinab auf die Waffe in seiner Hand. Es wäre ganz einfach, dachte er. Er konnte einfach dort hineinspazieren und Muunokhoi wortlos niederschießen. Eine Sekunde später würde er selbst von Muunokhois Schergen erschossen werden, aber das wäre es wert. Tunjin war ein Mann ohne Zukunft. Er konnte wenigstens dafür sorgen, dass Selbiges auch auf Muunokhoi zutraf. Wenige Menschen – vielleicht nur Nergui und eine Handvoll andere – würden den Wert dessen erkennen, was er getan hätte, aber dem Land und den Menschen hier würde es ungleich besser gehen. Und trotzdem, was auch immer die potentiellen Verdienste einer solchen Tat sein mochten, die Aussicht, einen kaltblütigen Mord zu begehen, gefiel niemandem, am wenigsten einem, der sich trotz all seiner persönlichen kleinen Sünden ein Leben lang der Aufrechterhaltung von Recht und Gesetz verschrieben hatte.

Doch bevor er weiter darüber nachdenken konnte, hörte Tunjin ein anderes Geräusch, bei dem ihm für einen Moment das Herz stehen blieb. Es war das Geräusch eines Schlüssels, der sich im Schloss der massiven Eingangstür drehte. Tunjin hatte sich so sehr auf das Gespräch konzentriert, dass er den Motorenlärm eines ankommenden Autos nicht mitbekommen hatte, obwohl der laufende Motor jetzt allzu deutlich zu hören war.

Rasch zog er sich in den Korridor zurück. Als er den Schlüssel im Schloss hörte, schaute er sich verzweifelt nach irgendeinem Versteck um.

Es blieben nur die verschiedenen Türen entlang des Korridors. Die meisten davon sahen aus, als lägen dahinter separate Empfangszimmer, in denen alle Arten von Gefahren lauern könnten. Nur eine Tür am anderen Ende des Korridors, unmittelbar neben der, durch die er gekommen war, sah anders aus. Wie die Tür daneben hatte sie ein massives Schloss, was darauf hindeutete, dass sie nach draußen führte. Im Gegensatz zu dem Schloss in der benachbarten Tür steckte in diesem jedoch noch ein Schlüssel.

Lange zögern durfte er nicht, denn die Haustür ging bereits auf. Mit einer Beweglichkeit, die seine massige Gestalt Lügen strafte, machte Tunjin zwei, drei Sätze rückwärts. Zügig drehte er den Schlüssel um, öffnete die Tür, trat ein und zog die Tür so weit hinter sich zu, dass noch ein kleiner Spalt offen blieb, durch den er hinausspähen konnte. Er schielte hinter sich, um sicherzugehen, dass er nicht gleich in die nächste Gefahrensituation geraten war.

Es sah einigermaßen sicher aus. Er schien sich am Eingang zu einer Art Keller zu befinden. Von dem Absatz, auf dem er stand, führte eine Treppe weiter nach unten. Das einzige Licht in dem Keller beleuchtete nur einen Bereich, der sich vom Fuß der Treppe aus wenige Meter in den Raum erstreckte. Dennoch konnte Tunjin mit großer Wahrscheinlichkeit annehmen, dass dort unten niemand war, da es auf sein Eintreten hin keinerlei Reaktion gegeben hatte.

Vorerst in Sicherheit, drückte er ein Auge an den schmalen Spalt, den er zwischen Tür und Rahmen gelassen hatte, und spähte hinaus zu der Gruppe, die in die Eingangshalle trat. Für einen Moment verschlug es ihm den Atem, und er konnte kaum glauben, was er da sah. Die ersten beiden Männer waren ihm nicht bekannt: Vorne ging ein junger Mann, der verängstigt wirkte – durchaus eine nachvollziehbare Reaktion bei jemandem, der Muunokhois Haus betrat, vor allem, dachte Tunjin, wenn es kein ganz freiwilliger Besuch war. Ihm folgte ein kräftig gebauter Mann mittleren Alters, der Tunjin auf den zweiten Blick irgendwie bekannt vorkam, obwohl ihm nicht einfiel, wo er ihm schon begegnet sein könnte.

Der Rest der Gruppe war es aber, der Tunjin den Atem verschlagen hatte. Da war Nergui, das dunkle Gesicht so ungerührt wie immer. Dicht hinter ihm ging Doripalam, ausnahmsweise auch mit unergründlicher Miene. Und als Letzter folgte den beiden hochrangigen Polizeibeamten der angebliche Senkrechtstarter Luvsan, der Mann, den alle Welt für Doripalams Schützling hielt.

War es das jetzt also? War Muunokhois Einfluss viel weiter vorgedrungen, als irgendjemand zu glauben gewagt hatte? Wenn sogar Nergui auf seiner Gehaltsliste stand, dann gab es wirklich keine Hoffnung mehr. Es war gleichgültig, ob Tunjin oder irgendein anderer Polizist lebte oder starb, ob er seine Pflicht tat oder nicht. Was immer passierte, Muunokhoi hatte es unter Kontrolle.

Da überkam Tunjin die Verzweiflung. Ihm wurde klar, dass er, was sein eigenes Leben, seine eigene Zukunft betraf, längst aufgegeben hatte. Von dem Moment an, als sein unausgegorener Plan gegen Muunokhoi gescheitert war, hatte er gewusst, dass das Todesurteil gesprochen und er im Grunde bereits tot war. Er konnte fliehen. Er konnte versuchen zurückzuschlagen. Und vielleicht hätte er damit irgendwo und irgendwie auch einen gewissen Erfolg, aber es war schwer vorstellbar, dass das Ganze anders als mit seiner Ermordung enden sollte.

Doch der winzige Hoffnungsschimmer, der ihn all das hatte durchstehen lassen, bestand darin, dass es ihm vielleicht gelingen könnte, Muunokhoi mitzunehmen. Gewiss, wenn Muunokhoi von der Bildfläche verschwunden wäre, würden mit der Zeit andere kommen, um seinen Platz einzunehmen. Aber es gab niemanden – noch nicht, nicht in diesem Land – wie ihn. Niemand sonst besaß diese Macht, dieses Netzwerk, diesen Wohlstand, diesen Einfluss – und, was noch wichtiger war, diese Rücksichtslosigkeit. Es würde Prätendenten geben, aber es würde lange dauern, bis irgendjemand den Thron mit derselben Machtfülle innehaben würde.

Und dann, als er die Gruppe im Gänsemarsch über den Korridor gehen sah, kam die Hoffnung für kurze Zeit zurück. Muunokhois Schergen zielten mit ihren Pistolen auf den Rücken von Nergui, Doripalam und dem jungen Mann. Die drei waren nicht Muunokhois Gäste. Sie waren seine Gefangenen. Einen Moment lang fühlte Tunjin sich sogar fast erleichtert. Diese hochrangigen Polizeibeamten – diese wenigen Männer, von deren Integrität er überzeugt gewesen war – hatten sich nicht kaufen lassen. Es gab doch noch ein bisschen Vernunft auf der Welt.

Diese Erleichterung war jedoch nur von kurzer Dauer. Nergui und Doripalam mochten zwar unbestechlich sein, waren aber auf irgendeine Weise Muunokhoi in die Hände gefallen. Und wozu der fähig war, darüber gab Tunjin sich keinen Illusionen hin. Wenn Muunokhoi sie schon hierhergebracht hatte, würde er ihnen nicht gestatten, wieder zu gehen. Allerdings war Tunjin, als die Gruppe vorbeizog, etwas noch Schlimmeres aufgefallen: Nicht alle Polizisten waren Gefangene. Luvsan war einer der bewaffneten Männer gewesen.

Nichts davon sprach jedoch, wie er fand, gegen den einfachen Entschluss, den er vorhin im Korridor getroffen hatte. Hier stand er, unentdeckt mitten in Muunokhois Haus, eine geladene Pistole in der Tasche. Eine solche Gelegenheit würde sich nie wieder bieten. Er brauchte nichts anderes zu tun, als sich geschickt und leise hier hinauszuschleichen und dafür zu sorgen, dass er handelte, bevor irgendjemand ihn daran hindern konnte. Er konnte Muunokhoi niederschießen und dann – nun, dann die Chance ergreifen, alle anderen zu töten, bevor ihm schließlich Einhalt geboten würde. Wenn all diese Leute auf Muunokhois Gehaltsliste standen, waren sie, jedenfalls in Tunjins Augen, legitime Zielscheiben. Bedenken müsste er keine haben – nicht einmal wegen Luvsan.

Er spähte wieder hinaus in den Korridor. Die Gruppe war in das Zimmer verschwunden, in dem Muunokhoi gewartet hatte. Tunjin konnte ihre Stimmen hören – hauptsächlich die von Muunokhoi, mutmaßte er, obwohl er sich nicht ganz sicher war.

Er ergriff die Gelegenheit, streckte die Hand aus und zog den Schlüssel außen ab, damit er nicht versehentlich in dem Keller eingeschlossen wurde. Dann trat er zurück und ließ die Tür leise zufallen, während er sein weiteres Vorgehen durchdachte. Er musste schnell handeln, solange alle noch in diesem Zimmer zusammen waren. Wenn er zuließ, dass sie sich trennten, oder wenn einer von Muunokhois Schlägern zufällig über die Leiche stolperte, wäre sein Vorhaben gescheitert.

Er richtete sich auf und holte tief Luft. Es war schon lange her, seit er zum letzten Mal etwas Alkoholisches getrunken hatte. Es hatte eine Zeit gegeben – die, wie er mit Erschrecken feststellte, noch gar nicht so weit zurücklag –, da wäre ihm so etwas unerreichbar erschienen, der Höhepunkt seiner Bestrebungen. Jetzt kam ihm das völlig nebensächlich vor. Nicht dass das Verlangen nach Alkohol verschwunden wäre. Im Gegenteil, gerade jetzt hätte er fast alles für einen Drink gegeben.

Er streckte die Hand aus, um die Tür aufzumachen. Da blieb ihm zum zweiten Mal beinahe das Herz stehen, denn hinter sich hörte er deutlich einen Schritt auf dem Betonboden des Kellers. Er wirbelte herum, während er sich selbst dafür verfluchte, dass er nicht richtig nachgeschaut hatte, ob der Keller leer war.

In dem Moment sagte eine Stimme, leiser als er es erwartet hätte: »Nun sind Sie also gekommen? Endlich.«

23. KAPITEL

»Das hat wirklich lang gedauert«, sagte Muunokhoi. »Ich hatte angenommen, dass selbst Ihre Hartnäckigkeit Grenzen hätte.«

Nergui zuckte die Schultern. »Ich betrachte die Dinge langfristig«, sagte er. »Und ich gebe nur selten auf.«

Muunokhoi nickte, auf den Lippen ein Lächeln, die Augen dagegen so ausdruckslos wie immer. »Wie Sie meinen. Obwohl Ihre Ermittlungen sich immer als fruchtlos erwiesen haben. Ich habe schon einmal daran gedacht, offiziell Beschwerde einzureichen, aber ich sehe ein, dass Sie und Ihre Kollegen ...«, dabei deutete er mit dem Kopf in Doripalams Richtung, »Ihre Arbeit zu verrichten haben.«

»Wir tun unser Bestes«, sagte Nergui. Nur für einen Moment ließ er seinen Blick auf Luvsan ruhen, um ihn dann wieder auf Muunokhoi zu richten. »Also«, fuhr er fort, »vielleicht erzählen Sie uns jetzt mal, was das hier alles soll.«

»Ich glaube, das wissen Sie ganz genau, Nergui«, erwiderte Muunokhoi ruhig.

Nergui nickte, als dächte er ernsthaft über diese Aussage nach. Er schaute sich in dem vornehmen Empfangssalon um. Das Ganze wirkte wie eine skurrile Party. Er und Doripalam waren auf einem breiten, zu dick gepolsterten Sofa platziert worden, daneben der in sich zusammengesunkene Kadyr, dessen Gesicht sich in einem Ausdruck schierer Angst verkrampfte. Ihnen gegenüber saß Muunokhoi in einem bequem aussehenden Sessel. Luvsan und Tsend hatten zusammen mit ein paar Männern, die vermutlich zu Muunokhois Sicherheitstrupp gehörten, auf harten Stühlen rund um einen Mahagonitisch Platz genommen und beobachteten die Unterhaltung.

»Ich weiß ein bisschen«, sagte Nergui schließlich. »Aber beileibe nicht alles. Wahrscheinlich eher weniger, als Sie vermuten.« Er hielt inne, den Blick fest auf Muunokhoi gerichtet. »In mancher Hinsicht aber vielleicht auch eher mehr.«

»Undurchsichtig wie immer, Nergui«, sagte Muunokhoi mit einer Spur von Schärfe in der Stimme. »Aber von Ihren Erkenntnissen werden wir sicher geblendet sein.«

»Meine Fähigkeiten sind begrenzt«, sagte Nergui. »Ich habe sie genutzt, so gut ich kann. Soll ich Ihnen verraten, was ich zu wissen glaube?«

Muunokhoi lehnte sich in seinem Sessel zurück. »Ich bitte doch darum.«

»Ich weiß eine ganze Menge Dinge«, sagte Nergui. »Die Frage ist, wo ich anfangen soll. Ich weiß zum Beispiel, dass Ihre Organisation das Destruktivste, Korrupteste ist, das es in diesem Land je gab. Was wirklich eine Leistung darstellt, wenn man bedenkt, auf welche Weise hier über die Jahrhunderte hinweg Macht ausgeübt wurde. Ich weiß, dass Sie trotzdem – oder, um ehrlich zu sein, gerade deswegen – in allen Bereichen unseres täglichen Lebens einen ungeheuren Einfluss ausüben, sowohl durch Ihre rechtmäßigen kommerziellen Aktivitäten als auch durch die eher – schmutzigen Geschäfte. Ich weiß, dass Sie mehr Leute in der Tasche haben, als ich mir je hätte vorstellen können ...« Mit einer eleganten Geste deutete er auf Luvsan drüben am Tisch. »Obwohl Sie bei der Auswahl Ihrer Leute vielleicht nicht immer sehr weise sind. Luvsans Vorliebe für schnelle Autos – für teure schnelle Autos – hatte ihn bereits zu einem Hauptkandidaten für meine Nachforschungen gemacht.«

»Wenn auch, wie immer, zu spät, wie ich feststelle«, sagte Muunokhoi. »Ihre Ansichten über meinen geschäftlichen Einfluss sind höchst interessant, nur weiß ich nicht, ob sie irgendetwas zur Sache tun.«

»Das tun sie sicher nicht«, sagte Nergui. »Aber sie entsprechen meiner Überzeugung und stehen, wie ich glaube, in direktem Bezug zu unserer – Anwesenheit hier und heute.« Er hielt inne, das Gesicht ausdruckslos, den Blick unverwandt auf Muunokhois leere Augen gerichtet. »Wir sind hier, weil Sie sich zum ersten Mal in zwanzig Jahren verletzlich fühlen. Sie glauben, dass Ihre Organisation bedroht ist.«

Muunokhoi brach plötzlich in lautes Gelächter aus, wenn auch seine Miene keine Spur von Humor aufwies. »Wirklich? Dabei sind Sie es doch, der auf mein Geheiß hierhergebracht wurde, verraten von einem Ihrer eigenen Polizisten.«

Nergui zuckte die Schultern. »Dem ist wohl tatsächlich so. Die Frage ist aber, warum Sie uns überhaupt haben herbringen lassen. Und warum Sie Frau Radnaa entführt haben. Und nicht zuletzt, warum Sie Frau Tuya haben umbringen lassen.«

Zum ersten Mal betrachtete Muunokhoi Nergui mit so etwas wie Interesse. »Wer ist Frau Tuya?«

Jetzt war es an Nergui, zu lachen, und er schien wirklich amüsiert zu sein. Doripalam schielte zu ihm hinüber, ebenso verwundert über seine gute Laune wie über das, was er sagte. Manchmal fragte er sich, ob überhaupt irgendetwas Nerguis Selbstvertrauen erschüttern könnte.

Nergui drehte sich immer noch lächelnd zu dem jungen Mann um, der zusammengekauert neben ihnen auf dem gewaltigen Sofa saß. »Frau Tuya«, sagte er, »ist die Mutter dieses jungen Mannes.« Er machte eine Pause und genoss die Stille, während alle um ihn herum diese Information aufnahmen. »Und dieser junge Mann«, dabei wandte er sich Muunokhoi wieder zu, »ist natürlich Ihr Sohn.«

Diesmal zog die Stille sich noch länger hin. Doripalam starrte Nergui an und fragte sich, was für ein komplexes Spiel er wohl spielte. Kadyr sah noch verängstigter aus als vorher, sein Körper verdrehte sich, als hoffte er, das dicke Polster des Sofas würde ihn vielleicht verschlucken.

»Ich hatte ja schon gehört, dass Sie intelligent sind, Nergui«, sagte Muunokhoi schließlich. »Aber dass Sie eine solche Fantasie besitzen, ist mir neu.«

»Vielleicht mache ich mich ja auch nur zum Narren«, entgegnete Nergui, immer noch mit einem Lächeln. »Aber da Sie nicht vorhaben, uns lebend wieder gehen zu lassen, dürfte das wohl eine nebensächliche Überlegung sein.«

Muunokhoi ließ den Blick zwischen Nergui und Doripalam hin und her wandern. »Wir können zu einer Übereinkunft kommen«, sagte er. »Nichts ist absolut.«

Nergui schüttelte den Kopf. »Ich sehe nicht so recht, was für eine Übereinkunft das sein könnte. Wir kennen die Wahrheit über Sie oder zumindest annähernd die Wahrheit. Und Sie haben sich bereits dadurch schwer strafbar gemacht, dass Sie uns hierhergebracht haben. Ich sehe nicht, wie Sie uns gehen lassen könnten.«

»Ich bin sicher, wir können zu einer Übereinkunft gelangen«, wiederholte Muunokhoi. »Wenn die Dinge einmal gelöst sind.«

»Das glaube ich nicht.« Nergui warf einen flüchtigen Blick auf Luvsan. »Nicht jeder ist käuflich.«

Er hat recht, dachte Doripalam. Wir sind tot. Wenn wir andere Leute wären, könnte Muunokhoi noch einmal ungeschoren davonkommen. Und wir ebenfalls. Aber das würde Nergui nie tun. Und er selbst, konstatierte Doripalam, genauso wenig.

Muunokhoi starrte Doripalam an, als erwartete er von ihm, Nergui zu widersprechen. Doch Doripalam schüttelte nur den Kopf. »Er hat recht«, sagte er. »Es gibt keine Übereinkunft.«

Muunokhoi schüttelte den Kopf. »Vielleicht haben Sie tatsächlich recht«, sagte er. »In diesem Fall tut es mir leid. Ich will nur, was mir gehört.«

»Ihnen gehört nichts«, sagte Nergui. »Alles, was Sie haben, ist gestohlen. Oder mit Bestechung erkauft.«

»Sie wissen gar nichts. Sie haben zwanzig Jahre lang einen persönlichen Feldzug geführt. Sie sehen in mir ein Symbol all dessen, was Ihrer Meinung nach in diesem Land nicht stimmt. Sie haben es aber nie geschafft, mich in die Finger zu bekommen. Sie wissen nichts.«

Nergui lächelte. »Sie waren mir immer einen Schritt voraus. Vielleicht sind Sie es immer noch. Sie werden dieses Haus wieder verlassen, wir nicht. Aber es ist nicht wahr, dass ich nichts weiß. Ich weiß nicht alles. Aber ich weiß eine ganze Menge.«

Muunokhoi starrte ihn an. »Dann schießen Sie los«, sagte er. »Was wissen Sie?«

»Ihre Geschichte«, antwortete Nergui. »Die vor langer Zeit beginnt. Vor sechzehn, siebzehn Jahren, nehme ich an. Es ist für uns jetzt nicht mehr so genau nachzuvollziehen, denn Sie haben es hervorragend verstanden, sich Ihren eigenen Mythos aufzubauen. Damals besaßen Sie allerdings noch nicht dieselbe Macht wie heute. Damals waren Sie ein kleiner Fisch.«

Zum ersten Mal hatte Doripalam den Eindruck, Nergui könnte Muunokhoi an einer empfindlichen Stelle getroffen haben. »Ich war größer, als Sie je sein werden, Nergui. Was waren Sie denn damals? Ein Geheimpolizist?«

»Ungefähr so etwas, nehme ich an. Aber Sie, was waren Sie? Ein kleiner Ganove mit einem Haufen Ambitionen. Schutzgelderpressung. Schmuggel aus Russland und China. Drogenhandel im kleinen Maßstab. Prostitution. Illegale Glücksspiele. Alles, womit sich schnelles Geld machen ließ.« Er hielt inne. »Wir hätten Sie damals schnappen können, haben Sie aber nicht ernst genug genommen.«

»Normalerweise ja nicht eine Ihrer Schwächen, Nergui.«

»Wir hatten damals andere Dinge im Kopf«, erwiderte Nergui lächelnd. »Der Staat war mehr mit den Vorgängen in der Sowjetunion als mit kleinen Kriminellen beschäftigt. Nur waren Sie aus genau diesem Grund nicht mehr lange ein Kleinkrimineller. All diese Veränderungen jenseits der Grenze öffneten Ihnen Türen. Und dann trafen Sie eine geschäftliche Entscheidung, die manch einer vermutlich töricht fand. Sie gingen eine Partnerschaft mit Gansukh ein.«

Muunokhoi zog die Augenbrauen hoch, als wollte er diese Einschätzung seiner unternehmerischen Fähigkeiten bestreiten, schwieg dann aber.

»Vielleicht traue ich Ihnen zu viel zu«, fuhr Nergui fort, »aber ich glaube nicht, dass Sie auf Gansukhs Prahlerei hereingefallen sind. Sie sahen ihn als den, der er war. Unbedeutend, wenig Grips, ein Hasardeur. Gansukh war verzichtbar. Aber er hatte etwas, was Sie nicht hatten. Er – oder zumindest sein Partner Khenbish – hatte gute Kontakte zum Drogenhandel. Ich weiß jetzt noch nicht genau, wie er dazu kam – ich nehme an, dass es selbst in jenen chaotischen Zeiten nicht einfach war, als Soldat in Afghanistan diese Art von Netzwerk aufzubauen. Aber Khenbish war tatsächlich klug. Er war einer wie Sie. Wenn Sie ihn hätten leben lassen, säße er vielleicht heute auf Ihrem Platz.«

»Sie haben ja keine Ahnung, wovon Sie reden, Nergui. Ich bin nicht der Einzige, der sich in Mythenbildung auskennt.«

Den Blick auf Muunokhoi geheftet, beugte Nergui sich vor. »Ich bin damals nah an die Geschichte herangekommen, aber nicht nah genug, um Sie festzunageln. Sie holten Gansukh und Khenbish an Bord. Die beiden verfügten weder über die Mittel noch über den Sachverstand, um ihre Kontakte zu nutzen, ganz im Gegensatz zu Ihnen. Sie versuchten mitzumischen, aber Khenbish war zu schlau dafür. Er bestand auf einem Deal.« Nergui hielt kurz inne. »Und zum ersten und vermutlich letzten Mal in Ihrer geschäftlichen Laufbahn waren Sie gezwungen, Farbe zu bekennen. Sie wussten, wie wichtig das war. Sie wussten, welche Möglichkeiten dort draußen warteten. Und Sie wussten, dass Sie das nicht Mittelsmännern überlassen durften. Das musste im direkten Kontakt mit den beiden und ihren Verbindungsleuten angegangen werden.«

Nerguis Stimme wirkte geradezu hypnotisch in dem stillen Raum. Doripalam betrachtete ihn mit so etwas wie Bewunderung. Muunokhoi war eine charismatische Figur, der es scheinbar mühelos gelang, einen Raum zu beherrschen. Doch darin war Nergui ihm durchaus ebenbürtig.

»Und das Risiko hat sich gelohnt«, sagte Nergui. »Genau zum richtigen Zeitpunkt haben Sie sich eine beherrschende Position im Drogengeschäft aufgebaut. Der eiserne Vorhang fiel, die Grenzen öffneten sich und über Osteuropa breitete sich das Chaos aus. Als auch andere Spieler in das Spiel hätten einsteigen können, hatten Sie es bereits für sich entschieden. Seitdem bildet es das Fundament Ihres Imperiums, die Grundlage, auf der alles andere – das Energiegeschäft, das Medienreich, alles – aufgebaut wurde.« Er machte eine Kunstpause. »Aber hier liegt auch Ihre einzige Schwachstelle.«

»Ich sollte Sie einfach umbringen, Nergui«, sagte Muunokhoi herablassend. »Dann bräuchten wir uns diesen Unsinn nicht länger anzuhören.« Etwas in seinem Ton strafte seine Worte Lügen, so als wollte er letztlich, dass die Geschichte erzählt wurde.

»Sie haben sich zu sehr exponiert«, sagte Nergui. »Gansukh und Khenbish konnte man nicht trauen. Ich nehme an, die beiden versuchten, Sie zu erpressen, einen besseren Deal herauszuholen. Sie hatten ja viel mehr zu verlieren als die beiden Männer. Sie waren dabei, sich in der Öffentlichkeit ein bestimmtes Profil zuzulegen, Freunde in den richtigen Positionen zu gewinnen, die Beziehungsgeflechte aufzubauen, die Ihnen seither von Nutzen waren. Sie brauchten Gansukh und Khenbish oder zumindest das, was sie Ihnen bringen konnten, aber Sie konnten es sich nicht leisten, sich von zwei kleinen Ganoven erpressen zu lassen.« Nergui zögerte, als arbeitete er jetzt erst die letzten Einzelheiten seiner Geschichte aus. »Also haben Sie Khenbish ermorden lassen. Nicht weiter schwierig. Er war Soldat. Und starker Trinker. Hatte sich innerhalb und außerhalb der Armee Feinde gemacht. Und bevor Sie ihn ermorden ließen, versuchten Sie, alles aus ihm herauszupressen, was er an Informationen besaß. Doch Khenbish, der Klügere der beiden, wollte seinen Hals retten, indem er Gansukh die Schuld zuschob – er habe hinter dem Erpressungsversuch gesteckt, er besitze das belastende Material und so weiter. Ob Sie ihm glaubten oder nicht, spielte keine Rolle. Sie ließen ihn so oder so umbringen, als aus ihm nichts mehr herauszuholen war. Danach machten Sie Jagd auf Gansukh.«

»Es waren Ihre Leute, die Gansukh jagten, wenn Sie sich recht erinnern«, bemerkte Muunokhoi.

Nergui nickte. »Gansukh hat wie immer den rechten Moment verpasst. Sie waren kurz davor, ihn zu schnappen, doch stattdessen schaffte er es, sich festnehmen zu lassen. Ebenso wie Khenbish versuchte er, sich mit der Behauptung herauszureden, er habe nützliche Informationen für uns.« Wieder hielt Nergui inne, um dann fast wehmütig fortzufahren. »Und vielleicht hatte er die auch. Damals dachte ich einen Moment lang wirklich, ich würde Sie drankriegen.«

»Wohin führt Sie das alles, Nergui? Diese ganze Sehnsucht nach einer Zeit, die zwei Jahrzehnte zurückliegt, und der persönliche Rachefeldzug, den Sie seitdem gegen mich führen?«

Nergui lächelte. »Ich weiß nicht, wohin es mich führt. Aber für Sie, Muunokhoi, ist dabei ein Punkt besonders interessant. Einen Aspekt der Geschichte haben wir nämlich noch gar nicht angesprochen. Ihre Affäre mit Khenbishs Frau. Frau Tuya. Damals eine sehr attraktive Frau, könnte ich mir vorstellen, obwohl ich nicht weiß, ob es das war, was Sie an ihr interessiert hat. Ohne zu sehr psychologisieren zu wollen, könnte es auch um Macht gegangen sein. Sie hatten Khenbish viel Boden abgetreten. Vielleicht wollten Sie einen Teil davon zurückgewinnen. Und als ausgewiesener Traditionalist haben Sie das auf die Art getan, die einen mongolischen Mann alter Schule am härtesten treffen würde. Womöglich haben Sie sogar dafür gesorgt, dass er es erfuhr oder zumindest vermutete. Und ungewollt dabei herausgekommen, Sie mögen mir das verzeihen ...« Nergui bedachte den zusammengekauerten jungen Mann mit einer entschuldigenden Geste. »... ist dieses arme Individuum, das uns als Kadyr, einer von Frau Tuyas Cousins, vorgestellt wurde, in Wirklichkeit aber natürlich Gavaa, ihr Sohn, ist. Der die letzten paar Wochen vor Ihnen auf der Flucht war. Kein Wunder, dass er so verängstigt aussieht.«

»Er ist nicht mein Sohn«, sagte Muunokhoi.

Nergui zuckte die Schultern. »Ich sehe im Augenblick keine starke Ähnlichkeit, aber Sie glaubten, er sei es. Und es kam Ihnen sehr zupass, es seiner Mutter einzureden.«

Muunokhoi schüttelte den Kopf. »Sie spielen ein riskantes Spiel, Nergui.«

Nergui fuhr fort, als hätte Muunokhoi gar nichts gesagt. »Gansukh und Khenbish waren beide tot. Sie wussten aber immer noch nicht, ob irgendwo etwas Belastendes gegen Sie existierte. Sie durchsuchten Gansukhs Wohnung. Dasselbe haben Sie vermutlich mit Khenbishs gemacht. Aber Sie haben nichts gefunden. Eine Zeitlang lebten Sie mit der Angst, die beiden hätten vielleicht Vorkehrungen getroffen, damit das Material nach ihrem Tod an die Öffentlichkeit gelangte. Doch das passierte nicht. Und Sie hatten selbst eine Art Versicherung abgeschlossen. Sie stärkten Frau Tuya in dem Glauben, Gavaa sei ihr Sohn, und boten ihr die dauerhafte Zahlung eines großzügig bemessenen Unterhalts an. Falls sie die Unterlagen hatte oder wusste, wo sie waren, würde sie es sich zweimal überlegen, sie einzusetzen. Und als im Laufe der Zeit nichts geschah, nahmen Sie an, damit sei die Sache abgehakt, und entspannten sich ein wenig.«

Muunokhoi lächelte. »Dann erzählen Sie mir mal, warum das alles mich achtzehn Jahre später plötzlich wieder interessieren sollte?«

»Tja, genau das ist die Frage, nicht wahr?«, sagte Nergui. »Meiner Ansicht nach passierten einige Dinge gleichzeitig. Das Wichtigste davon ist sicher, dass unser junger Gavaa sich auf der Schwelle zum Erwachsensein befand. Seine Mutter erkannte, dass binnen kurzem die Unterhaltszahlungen aufhören würden. Also richtete sie eine letzte Bitte an Sie. Oder war es eine Forderung? Sie bat Sie, ihn in das Geschäftsimperium der Familie aufzunehmen.«

Gavaa beugte sich vor und sah aus, als wäre plötzlich Leben in ihn zurückgekehrt. »Das hat sie nicht getan. Es hatte gar nichts mit ihr zu tun. Ich habe den Kontakt hergestellt. Sie hatte immer geglaubt, sie müsste alles machen. Aber das war ich selbst. Ich wollte nicht für immer da draußen festhängen und Schafe hüten. Ich wollte …«

»So sein wie Ihr Vater?«

Der junge Mann nickte errötend. »Das nehme ich an. Jahre zuvor hatte er den Leuten – meinen Onkeln und anderen – erzählt, er hätte mit Muunokhoi zusammengearbeitet, damals, als der erst anfing, berühmt zu werden, und er hätte ihn genau dagehabt, wo er ihn hatte haben wollen, weil er Beweismaterial besaß, das ihn zu Fall bringen würde. Niemand glaubte ihm. Sie hielten es alle für das Gerede eines Säufers. Und Jahre später, als Muunokhoi richtig berühmt wurde, erzählten meine Onkel immer diese Geschichten und machten sich über meinen Vater und seine Behauptungen von damals lustig …«

»Aber Sie glaubten, dass er die Wahrheit gesagt hatte?«

»Ich wusste, dass er die Wahrheit gesagt hatte. Er war ein kluger Mann, und unerschrocken.« Er brach ab, den Blick auf Muunokhoi gerichtet. »Zehn Mal so viel wert wie dieser …«

»Also haben Sie sich an Muunokhoi herangemacht?«

»Ja, ich habe Kontakt mit ihm aufgenommen. Das war nicht leicht. Aber als er erkannte, wer ich war, willigte er ein, mich zu sehen. Ich habe ihn nicht bedroht oder so was …«

Muunokhoi lachte kratzig auf. Aus dem Mund eines zitternden Teenagers klangen die Worte absurd, aber Nergui schien ihn ernst zu nehmen.

»Natürlich haben Sie das nicht«, sagte Nergui. »Sie haben nur über Ihren Vater gesprochen und dass er mit Muunokhoi zusammengearbeitet hatte. Und Sie fragten Muunokhoi, ob er bereit sei, Ihnen einen Job zu geben.«

»Genau so war's«, sagte Gavaa kläglich. »Ich dachte nur, dass – also, dass er meinen Vater respektiert haben musste. Und deshalb bereit wäre zu helfen.«

»Sie wussten nicht, dass er Ihrer Mutter seit Ihrer Geburt Unterhalt für Sie gezahlt hatte? Dass er vielleicht Ihr Vater war?«

»Er ist nicht mein Vater«, widersprach der Junge empört. »Aber, nein, davon wusste ich nichts. Ich habe auf eigene Initiative hin gehandelt. Die Beziehungen meines Vaters genutzt. Und es hat funktioniert. Er hat mich genommen. Sagte, er wollte mich als seinen ...«

»Schützling?«, warf Nergui ein.

»So ungefähr. Er wollte das Andenken meines Vaters ehren ...«

Nergui wandte sich Muunokhoi zu. »Das war noch ein Hebel für Sie. Eine weitere Versicherungspolice. Sicherzustellen, dass er bei Ihnen war, in alles verwickelt, was Sie taten. Selbst wenn seine Mutter irgendetwas Schmutziges gegen Sie in der Hand hatte, konnte sie es nicht verwenden.«

Muunokhoi machte den Mund auf, um etwas zu sagen, aber der Junge unterbrach ihn, noch bevor er einen Ton herausgebracht hatte.

»Ganz genau so ist es«, sagte er. »Genau das hat er getan. Ich dachte, er würde mich in sein Geschäft hineinnehmen, aber das tat er nicht. Er steckte mich zu seinen Schlägertypen, seinem – Sicherheitstrupp ...« Fast schluchzend hielt er inne, bevor er, kaum noch Herr seiner selbst, fortfuhr: »Wir haben jemanden getötet. Am zweiten Tag, nachdem ich hergekommen war.« Seine weit aufgerissenen Augen waren auf den Boden gerichtet, aber man konnte nicht sagen, was er tatsächlich sah. »Sie haben es Disziplinierung genannt«, sagte er. »Er hatte – ich weiß es nicht – aber sie wollten ihn bestrafen. Ich müsste mitkommen, sagten sie, damit mir klar würde, wie die Dinge hier liefen. Ich dachte ... ich dachte, sie würden nur das Auto verbrennen. Ich dachte, es sei sein Auto – das von dem Mann, den sie bestrafen würden.« Er hielt inne, kaum imstande, weiterzureden. »Aber er war drinnen, im Kofferraum eingesperrt. Sie haben es mir später erzählt, ich wusste es schon. Und sie sagten, es sollte mir eine Lehre sein, falls ich je irgendetwas täte …«

Muunokhoi schüttelte den Kopf und erhob sich langsam. »Genug mit diesen Geschichten«, sagte er. »Warum sollte mich das interessieren? Warum, glauben Sie, habe ich Sie hierhergebracht?«

Nergui zuckte die Schultern. »Vermutlich aus demselben Grund, aus dem Sie Frau Radnaa hierhergebracht haben. Oder wo immer sie jetzt ist.«

Muunokhoi lachte. Unter anderen Umständen, dachte Doripalam, wäre es faszinierend gewesen, diesen Zusammenprall von Egos zu beobachten. Muunokhoi stand da und sah jetzt aus, als wäre er derjenige, der hier eigentlich nicht hingehörte, als versuchte er, an Boden zu gewinnen.

»Natürlich haben Sie recht, Nergui«, sagte Muunokhoi. »Ursprünglich wollte ich Sie wegen Frau Radnaa hier haben. Ich dachte, sie hätte Ihnen vielleicht gegeben – was immer sie hatte.« Einen Moment lang sah er verwirrt aus, so als wüsste er plötzlich nicht mehr, wohin das alles führte. »Aber das ist jetzt unwichtig. Wenn Sie und Ihr Kollege …« Er schaute auf Doripalam herunter. »Wenn Sie und Ihr Kollege von der Bildfläche verschwunden sind, brauche ich mir keine Sorgen mehr darüber zu machen, was für belastendes Material es da draußen noch geben könnte.«

»Was bringt Sie auf diesen Gedanken?«, fragte Doripalam, der zum ersten Mal das Wort ergriff. »Nergui und ich sind nur zwei kleine Rädchen im Getriebe. Wenn es da draußen irgendetwas für Sie Belastendes gibt, wird es irgendwann ans Tageslicht kommen.«

»Glauben Sie das wirklich?«, erwiderte Muunokhoi. »Sie sind ja noch naiver, als Sie aussehen. Begreifen Sie eigentlich, was für eine Mannschaft Sie da unter sich haben? Ich glaube, Nergui weiß es besser.«

»Nicht alle arbeiten für Sie«, sagte Nergui. »Sie haben nicht alle Polizeibeamten in der Tasche.«

»Selbstverständlich nicht. So vermessen würde ich nie sein. Aber die, auf die es ankommt, sind auf meiner Seite. Sie selbst natürlich ausgenommen.« Er schaute zu Luvsan hinüber, der seinem Blick auswich. »Luvsan ist einer meiner loyalsten und tüchtigsten Männer, aber er ist keineswegs der Einzige. Ich glaube, jetzt kann ich ziemlich sicher sein, dass, selbst wenn irgendwelche Unterlagen auftauchen, sie – diskret behandelt werden.«

»Und was haben Sie nun mit uns vor?«, fragte Doripalam. »Nicht einmal Sie würden es wagen, zwei hochrangige Staatsbeamte umzubringen.«

Muunokhoi lächelte. »Sie haben es wirklich noch nicht verstanden. Sie verstehen mich einfach nicht. Ich kann alles tun. Ich bin jetzt die Macht in diesem Land. Ich und meinesgleichen.«

Einen Moment lang herrschte Stille. Dann sagte Nergui, das Gesicht so ausdruckslos wie immer: »Ich habe die Geschichte noch nicht zu Ende erzählt. Vielleicht sollte ich das tun.«

»Das ist nicht nötig, Nergui«, sagte Muunokhoi. »Ich glaube, wir wissen alle, wie die Geschichte enden wird.«

»Machen Sie weiter. Sie können es ruhig über die Bühne bringen«, sagte sie.

Tunjin starrte auf die Frau hinunter und fragte sich, wovon sie sprach. »Ich will nicht …«

»Einen Besseren konnten sie nicht finden?«, fragte sie. »Mit viel Widerstand rechnen die wohl nicht. Vielleicht sollte ich sie vom Gegenteil überzeugen.«

Irgendwie kam sie ihm bekannt vor. Eine sehr elegante Frau mittleren Alters, jetzt leicht derangiert. Vielleicht war sie eine von Muunokhois Freundinnen, womöglich irgendeine Berühmtheit. Aber wenn ja, was tat sie dann in diesem Keller? Vielleicht war sie aus irgendeinem Grund gerade hier unten gewesen und hatte angenommen, er sei ein – ja was? Ein Einbrecher? Allerdings war es, als hätte sie ihn erwartet.

Tunjin hob die Hände, merkte aber zu spät, dass er in einer davon eine Waffe hielt. »Entschuldigen Sie«, sagte er. »Ich werde Ihnen nichts antun.«

Ihre Augen weiteten sich vor Überraschung. »Nein? Warum sind Sie denn dann hier? Ich habe Muunokhoi gesagt, dass ich nichts habe. Ich kann ihm nicht schaden. Er hat einen Fehler gemacht.« Sie hielt inne, denn sie fand, dass es einen letzten Versuch wert war. »Er kann mich gehen lassen. Erfreut bin ich über das alles sicher nicht. Aber ich werde es nicht an die große Glocke hängen. Nicht, wenn er mich einfach gehen lässt.«

Tunjin sah sie blinzelnd an und ging, während er versuchte, sich einen Reim auf das alles zu machen, ein paar Stufen die Treppe hinunter. »Muunokhoi hält Sie also gegen Ihren Willen fest?«

»Selbstverständlich tut er das.« Sie blickte sich in dem kahlen Keller um. »Dachten Sie, ich fühlte mich besonders wohl in dieser behaglichen Umgebung?«

»Nein, aber ...« Endlich fing er an zu begreifen, wo hier das Missverständnis lag. »Ich arbeite nicht für Muunokhoi.« Schließlich lächelte er in der Erkenntnis, dass er und diese Frau potentielle Verbündete sein könnten. »Ich bin keiner von Muunokhois Leuten«, fuhr er fort. »Ich bin eher so was wie ein Einbrecher.«

»Ein ganz schön mutiger Einbrecher«, sagte sie, bemüht,

das Ganze zu verstehen. »Ich glaube, dass nur wenige Leute beschließen, hier einzubrechen.«

»Das ist eine lange Geschichte«, sagte er. »Aber ich bin kein Dieb. Ich bin Polizist.« Er zögerte. »Zumindest war ich einer.«

Sie nickte und versuchte so zu tun, als wäre das für sie die normalste Unterhaltung, die man, in einen leeren Keller eingesperrt, haben konnte. Beziehungsweise, wie ihr bei nochmaligem Nachdenken über Tunjins Anwesenheit mit einem Mal bewusst wurde, jetzt offensichtlich nicht mehr eingesperrt. »Tja, das ist offensichtlich Schicksal«, bemerkte sie. »Ich bin nämlich Richterin.«

»Richterin?« Er starrte sie einen Moment an, während sein Verstand die Verbindung herstellte. Deswegen war sie ihm also so bekannt vorgekommen. Jemand hatte sie ihm – bevor alles aufflog – als die vorsitzende Richterin in dem Prozess gegen Muunokhoi gezeigt. »Sind Sie deshalb hier?«

Sie schüttelte den Kopf. »Nicht ganz. Das ist auch eine lange Geschichte. Noch dazu eine, von der ich nicht sicher bin, dass ich selbst sie verstehe.« Sie richtete den Blick auf die Steintreppe, die hinter ihm zum Kellereingang hinauf führte, wohl wissend, dass sie jederzeit anderen, weniger angenehmen Besuch bekommen konnten. »Schauen Sie, ich weiß nicht, warum Sie hier sind«, sagte sie. »Aber können Sie uns hier rausbringen? Aus dem Keller, meine ich.«

Tunjin zog den schweren Schlüssel aus der Tasche. »Aus dem Keller, ja. Aber ich weiß nicht, ob wir es schaffen werden, das Haus zu verlassen. Es ist sehr gut gesichert. Kameras. Wachen. Was auch immer. Wir wären noch keine fünf Meter weit gelaufen, da hätten sie uns schon erwischt.«

»Was ist mit Ihnen?«, fragte sie. »Wie wollten Sie denn hier rauskommen?«

Er zuckte die Schultern. »Eigentlich gar nicht. Ich hatte

mich mit der Tatsache abgefunden, dass ich es nicht schaffen würde.«

Sie starrte ihn an. »Wie meinen Sie das? Was wollten Sie denn machen?«

»Ich wollte Muunokhoi umbringen«, sagte er einfach. »Das habe ich als Dienst an der Gesellschaft betrachtet. Wenn ich es nicht tue, wird er mich auf jeden Fall töten. Also könnte ich es genauso gut mit einem beiderseitigen Geschäft probieren. Allerdings ...« Er brach ab, als wäre ihm ein neuer Gedanke durch den Kopf geschossen. »Ich weiß nicht, was mit dem Rest von ihnen passieren wird.«

»Dem Rest von ihnen?«

»Sie sind hier nicht die einzige Gefangene. Oben hat Muunokhoi noch mehr.« Er hielt inne. »Er ist völlig übergeschnappt. Er muss wirklich wahnsinnig sein.«

»Was für Gefangene? Wen?«

Er schüttelte den Kopf. »Polizeibeamte. Gehobener Dienst. Ministerialbeamte. Er ist verrückt.«

Entsetzt schaute sie ihn an. »Ministerialbeamte? Wen meinen Sie?«

»Kennen Sie Nergui? War früher unser Chef. Und Doripalam. Unser jetziger Chef. Sie sind beide hier.«

»Nergui?«, sagte sie und sah dabei verzweifelter aus, als er erwartet hätte. »Das muss meinetwegen sein. Es ist meine Schuld. Er hat mich gewarnt. Muunokhoi hat mich gewarnt. Aber ich hätte nie gedacht, dass er es so schnell schaffen würde.«

»Ich glaube, niemand von uns weiß, wozu Muunokhoi fähig ist«, sagte er. »Manche von uns glaubten es zu wissen. Aber wir sind immer hinter ihm zurückgeblieben. Er war uns immer einen Schritt voraus.« Er betrachtete die elegante Frau Radnaa und überlegte, inwiefern Nerguis Gefangenschaft ihre Schuld sein konnte.

»Wir müssen es tun«, sagte sie. »Sie haben recht. Nergui würde nicht wollen, dass wir zögern. Wenn wir es nicht tun, sind sie auf jeden Fall tot. Und wir auch.«

Er nickte. Eigentlich gab es gar keinen Zweifel. Die Frage war nur, ob sie, während sie darüber sprachen, nicht schon zu lange gewartet und die Gelegenheit verpasst hatten.

Die Antwort darauf gab eine Sekunde später die sich über ihnen öffnende Kellertür.

»Ich glaube, es ist Zeit«, sagte Muunokhoi, »dass Sie wieder mit Frau Radnaa zusammenkommen. Es wird ein bewegender Moment sein.«

Nergui schwieg, und sein Gesicht verriet nichts. Seine hellblauen Augen funkelten, aber es war unmöglich, seine Gefühle zu deuten. Doripalam, der ein oder zwei Schritte hinter ihm stand, versuchte, die scheinbare Emotionslosigkeit des älteren Mannes nachzuahmen, fürchtete jedoch, dabei nicht halb so erfolgreich zu sein. Vielleicht hatte Nergui irgendeinen Plan in der Hinterhand, aber worin der bestehen könnte, war schwer zu erfassen. Einen Weg hier hinaus konnte es nicht geben. Er schielte zu Luvsan, der mit seiner Pistole hinter ihm stand, sich lässig gab, aber sorgfältig vermied, Doripalams Blick zu begegnen. Ich hoffe, das, was er hierfür bekommt, ist es ihm wert, dachte Doripalam.

Sie standen vor der Tür zu dem Keller. Muunokhoi streckte die Hand aus, verharrte jedoch in der Bewegung und drehte sich mit einem fragenden Blick zu seinen Leuten um. »Wer hat den Schlüssel? Ich habe ihn stecken lassen.«

Für einen Moment herrschte Schweigen. Muunokhoi drehte den Türgriff, eindeutig nicht in der Erwartung, die Tür unverschlossen vorzufinden. Als sie mühelos aufging, wich er erstaunt zurück. »Wer ist hier drin gewesen?«, fragte er und schaute sie alle der Reihe nach an. »Einer von euch Trotteln hat vergessen, sie zuzuschließen.«

Wieder gab niemand eine Antwort. Doripalam schaute sich nach der Gruppe um. Es war nicht schwer zu ermessen, was sie dachten. Muunokhoi selbst war als Letzter aus dem Keller gekommen. Muunokhoi selbst hatte die Tür nicht zugeschlossen. Muunokhoi selbst war derjenige – dachten sie, wagten es aber nicht zu sagen –, der langsam, aber sicher durchdrehte.

»Weg sein kann sie jedenfalls nicht«, sagte Muunokhoi wie zu seiner eigenen Beruhigung. »Seid einfach nächstes Mal vorsichtiger, wer immer es war.«

Er zog die Tür auf und schaute die Treppe hinunter. An deren Fuß stand, soeben als Silhouette erkennbar, Frau Radnaa. Sie wirkte ruhig, so als erwartete sie einen angekündigten Gast.

Muunokhoi machte einen Schritt zur Seite und wies Nergui, Doripalam und Gavaa mit einer Handbewegung an, auf den oberen Treppenabsatz vorzutreten. Doripalam zögerte auf der Schwelle, denn er erkannte, dass es von hier aus wahrscheinlich keinen Rückweg gab, und fragte sich, ob es wohl möglich wäre, Widerstand zu leisten.

Wie sich herausstellte, war es nicht möglich. Muunokhoi, der Doripalams Zögern bemerkt hatte, gab Luvsan ein Zeichen, worauf der vortrat, seine Pistole hob und sie seinem früheren Chef mit voller Wucht gegen den Kopf hieb. Doripalam taumelte vorwärts auf den Treppenabsatz, schlug sich den Kopf an der Wand an und stürzte dann die Steinstufen hinunter, bis er mit verdrehtem Körper, ausgestreckt und reglos, auf halber Treppe liegen blieb. Ob er noch lebte, war schwer zu sagen.

Darauf trat eine kurze Stille ein, so als hätten alle aus Mitgefühl das Atmen eingestellt. Im nächsten Moment packte Nergui mit ungeheurer Schnelligkeit Luvsans Arm und verdrehte ihn schmerzhaft. Nachdem er es irgendwie geschafft hatte, ihm bei dieser Bewegung die Pistole zu entreißen, drehte er sich um und stieß Luvsan an Doripalams hingestrecktem Körper vorbei die Treppe hinunter. Luvsan kam mit einem furchtbaren Schlag auf dem Betonfußboden auf und blieb reglos liegen. An seinem Tod schien niemand zu zweifeln.

Nergui drehte sich wieder um, packte Gavaa und zog ihn hinter sich, um den Jungen zu schützen. Muunokhois Handlanger waren für einen Moment vor Überraschung wie erstarrt. Bevor sie sich besinnen konnten, erschoss Nergui einen der beiden, und der Mann fiel rückwärts zu Boden, wo sein Blut pulsierend auf Muunokhois dicken Teppich lief. Der Zweite richtete seine Waffe auf Nergui, doch der war ihm nah genug, um Luvsans Pistole mit aller Kraft auf seinen Arm niedersausen zu lassen. Nerguis Gegner heulte auf, ließ seine Waffe fallen und gab einen qualvollen, halb verschluckten Schrei von sich, als Nergui ihm mit der Pistole eins auf den Kopf haute. Der Mann taumelte rückwärts, stolperte über seinen Kollegen und sackte völlig benommen zu Boden.

Eine Sekunde lang war gar nichts zu hören. Nergui sah wieder zu Muunokhoi hin. Er rechnete damit, dass dieser auf Nerguis Herz oder Kopf zielte.

Doch dem war nicht so. Stattdessen hatte Muunokhoi die Waffe auf Sarangarel gerichtet. Langsam begann er die Treppen hinunterzusteigen. »Versuchen Sie es bloß nicht, Nergui. Ich bin zu schnell für Sie. Wenn Sie auf mich schießen, ist Frau Radnaa noch vor mir tot. Das hätten Sie nicht gerne auf dem Gewissen.«

Nergui zögerte, unsicher, ob Muunokhoi wirklich imstande war, diese Drohung wahr zu machen. Allerdings wusste er aus bitterer Erfahrung, wie gefährlich es war, Muunokhois Fähigkeiten auf irgendeinem Gebiet zu unterschätzen.

Muunokhoi bewegte sich langsam und ruhig die Treppe hinunter, bis er noch ungefähr einen Meter von Sarangarel entfernt war. »Töte ihn«, sagte sie gefasst. »Es ist egal, was er mir antut. Das ist es wert.«

Nergui hob die Pistole, konnte aber nichts tun, sein Finger war am Abzug erstarrt. »Nergui«, rief sie, »er wird mich so oder so umbringen. Er wird mich als Geisel benutzen, solange es ihm passt. Er wird wieder davonkommen. Deshalb töte ihn jetzt. Was mit mir passiert, spielt keine Rolle.«

Sie hatte recht. Natürlich hatte sie das. Die letzte Chance war jeden Augenblick vorbei, und dann würden sie wieder Figuren in Muunokhois Spiel sein.

Im letzten Moment, ehe Muunokhoi Sarangarel die Pistole an die Schläfe setzte, hob Nergui schließlich seine Waffe. Und durch den leeren Keller hallte ein Schuss.

24. KAPITEL

Irgendwo hinter ihnen drehten sich die Gebetsmühlen, und sie konnten den sonoren Singsang der Mönche hören. Es war ein hypnotischer Klang, im Zusammenspiel mit dem Atem des Windes und dem Kindergeschrei irgendwo unten in der Stadt. Der klare blaue Himmel erschien endlos, passend zur ewigen Weite der grünen Steppe jenseits der Stadt.

»Ich könnte mich daran gewöhnen«, bemerkte Doripalam. »Solange Sie das Schieben übernehmen.«

»Ihnen ist doch klar, wie gefährlich das für Sie hier oben ist?«, fragte Nergui, während er den Rollstuhl nah an den Abhang fuhr. »Ich könnte einfach loslassen, und Sie würden bergab rollen, bis Sie auf irgendein Hindernis träfen.«

»Das hat Solongo auch schon gesagt«, bemerkte Doripalam. »Sogar ziemlich deutlich. Ich glaube, das ist ihre Art, mir ihre Zuneigung zu zeigen.« Ihre Reaktion war eine typische Mischung aus Sorge über seinen Zustand und Missbilligung der Tatsache gewesen, dass er es überhaupt so weit hatte kommen lassen. Er hoffte, dass wenigstens für den Augenblick die Sorge überwog.

Nergui nickte, während er einem Raubvogel bei seinem Flug durch den wolkenlosen Himmel nachschaute. Endlich wurde es wärmer. Bald würde der Sommer kommen. »Dann verderben Sie es sich lieber nicht mit ihr«, sagte er. »Wir brauchen Sie so bald wie möglich wieder bei der Arbeit. Jetzt ganz besonders. Der Minister verzichtet nicht gern auf meine Dienste, während ich Sie vertrete.«

»Es gibt aber auch niemanden sonst, oder? Niemanden, dem wir trauen können, meine ich.«

»Es gibt ein paar, bei denen das schon möglich ist. Aber niemand mit genügend Erfahrung, um Sie zu vertreten, während wir anfangen aufzuräumen.«

»Und wir wissen nicht, wer vertrauenswürdig ist und wer nicht. Wir haben keine Ahnung, wie stark Muunokhoi übertrieben hat.«

Nergui zuckte die Schultern. »Muunokhoi hatte unzählige Fehler. Aber seinen Einfluss zu übertreiben, das hatte er nicht nötig. Es ist ein schwieriges Unterfangen. Aus den Ermittlungen, die ich bereits durchgeführt habe, ergeben sich ein paar Hinweise. Aber jetzt, wo Muunokhoi von der Bildfläche verschwunden ist, dürfte es einfacher werden. Es ist niemand mehr da, der sie beschützt.«

»Es gibt aber auch nichts mehr zu beschützen. Seit Muunokhoi weg ist – tja, seitdem sind sie keine korrupten Polizisten mehr. Jedenfalls kriegen sie kein Geld mehr von ihm. Womöglich ist gar nichts zu finden.«

»Einmal bestechlich, immer bestechlich. Integrität ist wie Jungfräulichkeit: Man kann sie nicht zurückgewinnen.«

»Sehr philosophisch«, sagte Doripalam und fragte sich, ob das wohl ein geeigneter Zeitpunkt war, um nach Frau Radnaa zu fragen.

Nergui hatte ihm diese letzten Momente in dem Keller beschrieben, aber selbst jetzt konnte Doripalam sich nur schwer vorstellen, wie sein ehemaliger Chef sich gefühlt haben musste. Als nach dem Knall eines einzigen Pistolenschusses Frau Radnaa zusammengesackt war, während Muunokhoi noch über ihr stand. Nergui hatte seine eigene Hand angestarrt, überzeugt, dass sein Finger noch nicht abgedrückt hatte, aber ebenso überzeugt, dass nicht Muunokhoi Sarangarel erschossen hatte, dass die Kugel von woanders gekommen war. Er schielte hinter sich, aber von den zwei Handlangern kam keine Regung.

Und dann, als das Entsetzen Nergui die Kehle zuschnürte, war Muunokhoi schließlich vorwärtsgetaumelt, sein Körper hatte sich verdreht, und Nergui hatte Blut aus seinem Rücken rinnen sehen. Es war, als hätte Muunokhoi in einem verzweifelten Versuch, die Unausweichlichkeit seines eigenen Todes zu leugnen, das allerletzte bisschen Willenskraft mobilisiert. Doch dann fiel ein zweiter Schuss und Muunokhois Kopf war explodiert, während sein Körper auf den Steinfußboden gekracht war. Zu dem Zeitpunkt war Sarangarel zum Glück schon bewusstlos.

Wie so oft war es, als hätte Nergui Doripalams Gedanken erraten. »Ich habe sie – Frau Radnaa – heute Morgen besucht. Sie erholt sich gut. Sie war nicht ernsthaft verletzt. Ihr Zusammenbruch kam hauptsächlich vom Schock.«

War es falsch, überlegte Doripalam, das Disziplinarverfahren gegen Tunjin einzustellen? Muunokhois Erschießung war unvermeidlich gewesen, aber Tunjin hatte sich nicht an die vorgeschriebenen Abläufe gehalten. Außerdem war da noch die unbestreitbare Tatsache, dass er zum Zeitpunkt der Schüsse formal vom Dienst suspendiert war.

Nergui hatte sich jedoch um diese Feinheiten nicht gekümmert und seine amtliche Autorität entsprechend eingesetzt. Tunjin hatte ihnen das Leben gerettet. Tunjin war zweifellos unbestechlich, einer der wenigen, bei denen sie sich dessen sicher sein konnten. Er gehörte zu der Art von Männern, die sie bei der Polizei brauchten. Tunjin selbst – jedenfalls war das Doripalam zugetragen worden – hatte seine Rückkehr in den Dienst mit einer Flasche Wodka gefeiert. Womöglich auch mit zweien.

»Sie haben die Geschichte nie zu Ende erzählt«, sagte Doripalam.

»Stimmt, das habe ich nicht. Aber Sie haben das Ende sicher selbst herausgefunden.«

»Tun Sie mir den Gefallen«, bat Doripalam.

Nergui lächelte. »Also, was hatten wir alles? Wir hatten Muunokhoi, der versuchte, den armen Gavaa in panischen Schrecken zu versetzen. Der jedoch, und das ist anerkennenswert, nicht mitmachte bei – all den Dingen, die Muunokhoi ihm zeigte, sondern bei der nächstbesten Gelegenheit ausstieg. Und das Einzige tat, was ein achtzehnjähriger Junge unter solchen Umständen tun kann.«

Doripalam zog die Augenbrauen hoch. »Nämlich?«

»Zu seiner Mutter zurückgehen. Was immer zwischen ihnen vorgefallen war, seine Mutter würde ihn immer wieder aufnehmen. Er erzählte ihr die ganze Geschichte, worauf sie fürchterliche Angst bekam. Sie kannte Muunokhoi. Sie wusste, wozu er fähig war. Sie wusste, wie paranoid und rachsüchtig er war und dass er den Jungen nicht mehr aus seinen Fängen lassen würde. Deshalb versteckte sie Gavaa in der Hoffnung, dass Muunokhois Zorn irgendwann einmal verraucht wäre. Unter großem Tamtam wandte Frau Tuya sich mit der Sorge um ihren vermissten Sohn sogar an die Presse und die Polizei, damit Muunokhoi gar nicht erst auf den Gedanken kam, der Junge würde sich bei ihr verstecken.« Nergui hielt inne und lächelte. »Sie war eine clevere Frau, und selbst als Muunokhois Schläger auftauchten, verriet sie nichts. Doch eines Tages stand, vielleicht unvermeidlich, Muunokhoi selbst vor ihr. Möglich, dass er versuchte, sie an alte Zeiten zu erinnern, dass er ihr wieder erzählte, Gavaa sei vermutlich sein Sohn. Möglich, dass er ihr die schlimmsten Dinge androhte.« Er hielt inne.

Nergui begann, den Rollstuhl zum Tempel zurückzuschieben. »Aber sie war schlau. Als sie merkte, in welche Richtung das Gespräch ging, deutete sie an, dass sie vielleicht

Beweismaterial habe, dessen Enthüllung Muunokhoi sicher nicht recht wäre. Sie drohte ihm an, damit zur Polizei zu gehen, falls er sich weigerte, ihren Sohn in Ruhe zu lassen. Und Muunokhoi reagierte …«

»Indem er sie kaltblütig ermordete.«

»So ist es. Zuvor misshandelte er sie jedoch noch auf schreckliche Weise, um sie dazu zu zwingen, den Aufenthaltsort ihres Sohnes preiszugeben. Was sie natürlich nicht tat.«

»Eine interessante Form des Umgangs mit der Exgeliebten. Und angeblichen Mutter des eigenen Sohnes. Gavaa selbst war als vermeintlicher Cousin inzwischen mit dem Rest der Familie weitergezogen.«

»Genau. Weshalb sie auch so panische Angst davor hatten, dass irgendjemand – sprich, Muunokhoi – sie einholte. Was er, nicht ganz ohne Zutun unseres Freundes im Norden, ja schließlich auch tat.« Bisher war es ihnen nicht gelungen, die Leichen von Gavaas drei Verwandten aufzuspüren. Der junge Mann hatte ihnen erzählt, dass mitten in der Nacht ein Polizeitrupp, anscheinend aus Tsends Abteilung, bei den Jurten aufgetaucht war und die drei Männer aus ihren Jurten gezerrt hatte. Gavaa selbst war genau für einen solchen Fall außerhalb des eigentlichen Lagers versteckt worden. Er hatte die Schreie der Männer gehört, als sie unter dem Vorwand, sie seien verhaftet, fortgeschleppt wurden, und sich tiefer im Wald versteckt, um erst wieder aufzutauchen, als der Trupp weg war, der allerdings für den Fall, dass Gavaa zurückkehrte, einen einzelnen Wachposten zurückgelassen hatte. Am Ende war aber der Wachposten selbst überrascht worden, als Gavaa wenigstens auf diese Weise Rache genommen hatte.

Tsend war verhaftet und verhört worden, hatte aber ebenso wie alle anderen Polizisten der Polizeidirektion Bulgan bisher geleugnet, irgendetwas über die angebliche Verhaftung der Männer zu wissen. Vielleicht würden sie eines Tages die Leichen finden, dachte Doripalam, obwohl Tsend seine Spuren wahrscheinlich gut verwischt hatte.

Doripalam blickte zu einer Reihe von Mönchen auf, die, immer noch singend, vor ihnen den Pfad überquerten. »Aber was ist mit diesen angeblichen Unterlagen? Glauben Sie, dass Frau Tuya sie wirklich hatte?«

Nergui zuckte die Schultern. »Wer weiß? Vielleicht haben sie nie existiert. Gansukh und Khenbish brachten es ja durchaus fertig, in einer Fantasiewelt zu leben und auch andere dazu zu verleiten. Ich kann mir gut vorstellen, dass Gansukh, nachdem er versucht hatte, aussagekräftiges Material zu sammeln, einfach ein paar handfestere Beweise fälschte, um sich Muunokhoi vom Leib zu halten. Vielleicht waren die beiden wirklich etwas zu schlau für Muunokhoi. Und für sich selbst letztlich auch.«

»Dann war also alles umsonst?«

»Ich fürchte, ja. Wahrscheinlich hatte Muunokhois Verhalten schon lange vorher paranoide Züge erreicht. Er sah in allem eine Bedrohung. Das Ganze schien irgendwie – na ja, vorherbestimmt zu sein. Muunokhoi fand sich zum ersten Mal in seinem Leben vor Gericht wieder. Unter dem Vorsitz der Frau des Mannes, den er umgebracht hatte. Ich kann mir vorstellen, dass er das kaum glauben konnte. Und obwohl der Prozess geplatzt ist, dürfte das – mit all den Dingen im Hintergrund – genügt haben, um ihn in den Wahnsinn zu treiben.«

»Glauben Sie, er war verrückt geworden?«

»Ich nehme an, dass seine Welt längst nicht so sicher und unangreifbar war, wie er sich eingebildet hatte. Er dürfte erste Risse darin entdeckt haben. Seine Paranoia war vermutlich nicht unbegründet. Ja, ich glaube, am Ende ist er verrückt geworden.«

Sie waren am Rand des Tempelgeländes stehen geblieben und schauten auf die labyrinthischen Gässchen hinunter, die sich zwischen den Jurten hindurchschlängelten. Man hörte Kindergeschrei und Hundegebell. Hier und da saßen, in ihre scheinbar viel zu warmen *dels* gehüllt, Grüppchen von alten Männern, die seelenruhig rauchten und plauderten. Das Leben ging weiter.

»Und was jetzt?«, fragte Doripalam.

»Es wird gar nicht einfach sein«, erwiderte Nergui. »Muunokhoi ist weg. Die meisten Leute werden nicht wissen, warum oder wie. Viele werden um ihn trauern.« Niemand hatte an Nerguis Bericht über die Ereignisse gezweifelt – das wäre auch ungewöhnlich gewesen –, aber vom Minister aufwärts hatte keiner den Wunsch geäußert, die Umstände von Muunokhois Tod öffentlich zu machen. Anscheinend war er nach kurzer Krankheit unerwartet eines natürlichen Todes gestorben. Was, wie Doripalam zugeben musste, zumindest eine Version der Wahrheit war.

»Und es werden andere Muunokhois kommen und die Lücke schließen, die er hinterlässt. Das ist der Lauf der Dinge. Unsere Welt hier verändert sich. Das können wir nicht aufhalten. Wir können es sogar begrüßen. Aber wir müssen am Ball bleiben, müssen die Kontrolle behalten.« Sie lauschten auf die entfernten Klänge der Mönche, die in den verzierten Gebäuden hinter ihnen ihre alten Rituale vollzogen. »Es wird gar nicht einfach sein«, sagte er noch einmal.